La mariée de Marbella

*

Un mariage de raison

*

Pour une seule nuit d'amour

CAROL MARINELLI

La mariée de Marbella

Traduction française de
DIANE LEJEUNE

HARLEQUIN

Titre original :
THE PLAYBOY OF PUERTO BANÚS

Ce roman a déjà été publié en 2014

HARPERCOLLINS FRANCE
83-85, boulevard Vincent-Auriol, 75646 PARIS CEDEX 13
Service Lectrices — Tél. : 01 45 82 47 47

www.harlequin.fr

ISBN 978-2-2804-1735-8

1

— Estelle, promis juré, tu n'auras rien d'autre à faire que de tenir la main de Gordon et danser avec lui…

Estelle poussa un soupir de résignation et referma son livre, consternée par l'aplomb de Ginny, sa colocataire.

— Tu crois vraiment que les gens vont me croire amoureuse d'un sexagénaire ?

— Bien sûr ! opina Ginny sans l'ombre d'une hésitation. On pensera juste que tu n'en as qu'après son argent, et d'ailleurs…

Elle dut s'interrompre, prise d'une nouvelle quinte de toux.

Longtemps, Estelle s'était demandé comment, à vingt-deux ans, Ginny pouvait posséder une voiture neuve et une garde-robe si fournie. Mais maintenant, elle avait découvert son secret. Ginny travaillait pour une agence d'escort-girls et avait un client de longue date, Gordon Edwards, un homme politique qui tenait à garder son homosexualité secrète. Ainsi, lui assurait-elle, Estelle n'avait rien à craindre de cet homme qui voulait juste une compagnie féminine au mariage où il était attendu.

— Peut-être, mais je vais quand même devoir partager sa chambre ! argua cette dernière.

Estelle n'avait jamais partagé de chambre avec un homme. De lit non plus, d'ailleurs. Pourtant, elle n'était pas si timide que ça, même si elle ne possédait pas le quart de l'assurance et de la sociabilité de Ginny, qui n'envisageait ses week-ends qu'en termes de fête, de clubs et de bars. Estelle, elle, préférait visiter les vieilles chapelles ou bouquiner au coin d'un bon feu.

— Gordon dort toujours sur le canapé quand on partage une chambre.

— N'insiste pas, c'est non !

Estelle chaussa de nouveau ses lunettes et reprit sa lecture. Mais comment se concentrer quand elle se faisait un sang d'encre pour son frère ? Il ne l'avait toujours pas appelée pour lui dire s'il avait décroché le poste.

Il avait enduré tellement d'épreuves, ces derniers mois ! Nul doute qu'un coup de pouce financier pourrait le mettre à l'abri un temps.

Et voilà qu'une occasion se présentait pour l'aider…

Le mariage avait lieu ce soir même dans un château, en Ecosse. Si Estelle décidait de remplacer Ginny comme celle-ci la suppliait de le faire, il fallait qu'elle se prépare dès à présent, réfléchit-elle.

— Mais que vont penser les gens qui connaissent Gordon ? demanda-t-elle à son amie d'un ton dubitatif. Ils ont l'habitude de te voir à son bras…

— Gordon saura leur expliquer, lui assura Ginny. Il dira que nous nous sommes disputés. De toute façon, nous devions bientôt annoncer notre rupture, puisque je ne vais pas tarder à finir mes études. Crois-moi, Estelle, Gordon est un homme adorable. Sa carrière ne souffrirait pas la révélation de son homosexualité. Il tient à venir à ce mariage accompagné d'une femme. Contente-toi de penser à la rémunération.

A dire vrai, Estelle n'avait rien d'autre en tête. Accepter l'offre signifiait pouvoir payer à son frère un mois entier de loyer et quelques factures. Lui et sa petite famille avaient subi tant de coups durs qu'ils méritaient bien un petit sursis. Andrew n'avait cessé de s'occuper d'elle longtemps après la mort de leurs parents, quand Estelle n'avait que dix-sept ans : c'était maintenant à elle de lui venir en aide.

Elle prit une longue inspiration. Sa décision était prise.

— D'accord, j'accepte de te remplacer.

Ginny lui adressa un sourire plein de gratitude, avant de froncer les sourcils. Avec ses longs cheveux noirs serrés en queue-de-cheval, sa peau diaphane sans l'ombre de fond de teint et ses yeux verts dénués de tout maquillage, Estelle ne ressemblait en rien aux sirènes aguicheuses que l'agence avait l'habitude de recruter.

— Alors, prépare-toi, lui intima-t-elle. Si tu veux, je peux t'aider à te coiffer.

— Ne m'approche pas avec cette toux ! la prévint Estelle. De toute façon, je peux très bien me débrouiller.

Elle ignora la moue dubitative de son amie d'un haussement d'épaules.

— N'importe quelle femme peut se transformer en vamp, s'il le faut. Mais j'avoue que je ne possède pas vraiment la garde-robe adéquate.

— J'avais déjà prévu une robe pour le mariage, la prévint Ginny en riant, avant de se diriger vers son armoire.

Estelle resta bouche bée quand elle aperçut le minuscule fourreau en lamé.

— C'est pour porter *sous* la robe, n'est-ce pas ?

— Allons, essaye-le. Tu vas voir, il t'ira à merveille.

— J'en doute…

— Détends-toi, Estelle. Je suis sûre que tu vas bien t'amuser.

Après un rapide brushing pour gonfler sa chevelure ébène et une séance de maquillage où Ginny lui enjoignit de ne pas lésiner sur le mascara, Estelle alla enfiler la robe dans la chambre puis revint pour entendre le verdict de sa colocataire.

Cette dernière écarquilla les yeux, médusée par sa métamorphose.

— Je crois que Gordon va me congédier, ironisa Ginny.

— C'est la première et la dernière fois que je fais ça, dit Estelle avec un soupir.

— C'est aussi ce que je disais quand j'ai commencé à l'agence. Mais tu vas voir, tu y prendras goût…

— Tu délires, ma pauvre ! s'exclama Estelle tandis qu'une voiture klaxonnait devant leur porche.

— Tu es splendide et tout ira bien, la rassura Ginny en la voyant sursauter.

Estelle se répéta cette phrase en silence alors qu'elle refermait la porte de l'appartement derrière elle et avançait sur le trottoir, vacillant sur ses talons vertigineux, en direction d'une berline noire où l'attendait l'homme politique.

— J'ai décidément des goûts impeccables !

Gordon l'accueillit avec un grand sourire bienveillant

tandis que le chauffeur s'effaçait pour la laisser entrer dans le véhicule. Replet, vêtu du costume traditionnel écossais, il la fit aussitôt sourire.

— Et puis, vos jambes sont bien plus jolies que les miennes, ajouta-t-il avec bonne humeur. Je me sens ridicule affublé de ce kilt !

Estelle se sentit immédiatement en confiance. En route vers l'aéroport, Gordon entreprit de lui donner les instructions à suivre.

— Nous nous sommes rencontrés chez Dario's, commença-t-il, avant de préciser devant son air perplexe : c'est un bar où les riches vieillards comme moi trouvent de belles jeunes femmes. Vous travaillez ?

— Oui, à mi-temps, dans une bibliothèque.

— Bon. Inutile de le mentionner. Dites plutôt que vous êtes mannequin, suggéra-t-il. Restez vague dans vos réponses. Expliquez simplement que s'occuper de moi est un travail à plein temps.

Estelle rougit et Gordon lui adressa un petit sourire amer.

— Je sais. C'est lamentable, n'est-ce pas ? Dire que c'est moi qui ai inventé cet immonde personnage...

— J'ai juste peur de ne pas être à la hauteur.

— Tout ira bien, lui assura-t-il, avant de répéter une dernière fois le scénario avec elle.

Dans l'avion, il s'enquit du frère et de la nièce d'Estelle, qui fut surprise de découvrir que Ginny lui avait tout raconté.

— Ginny et moi sommes devenus bons amis, lui expliqua Gordon, avant de lui presser la main avec tendresse. Elle s'inquiétait tellement pour vous quand votre frère a eu ce terrible accident, puis quand le bébé est né si malade... Comment va la petite, à présent ?

— Elle attend une opération.

— Gardez à l'esprit que, ce soir, vous leur venez en aide, lui répondit Gordon, tandis qu'ils montaient à bord d'un hélicoptère dépêché pour les emmener au château. Demain, à cette heure-ci, votre mission sera terminée.

2

Le cri des mouettes et le pouls distant de la musique électronique agissaient comme une berceuse sur Juan. Mais celui-ci se réveilla en sursaut, hanté par le même vieux cauchemar.

Le doux roulis de son yacht le poussa un instant à se rendormir, puis il se souvint qu'il avait rendez-vous avec son père. Il rouvrit les yeux avec peine et regarda la jolie blonde qui s'étirait à ses côtés.

— *Buenos dias*, roucoula-t-elle.

— *Buenos dias*, lui répondit-il, avant de se tourner pour vérifier l'heure sur son réveil.

— A quelle heure devons-nous partir pour le mariage ? s'enquit-elle dans son dos.

Juan ferma les yeux, agacé. Il n'avait jamais proposé à Kelly de l'y accompagner, mais celle-ci connaissait bien sûr son emploi du temps par cœur : après tout, elle était sa secrétaire ! Comme elle couchait avec lui, elle s'imaginait être automatiquement invitée. A tort.

— Nous en parlerons plus tard, lui répondit-il sans chaleur.

— Allons, reste un peu, insista-t-elle d'un ton mutin.

— Pas maintenant. J'ai rendez-vous avec mon père dans dix minutes.

— Ce n'est pas le genre de chose qui t'arrêtait, avant.

Il ignora sa remarque, s'habilla à la hâte et prit congé d'elle d'un vague signe de la main. Il sortit sur le pont du bateau d'un pas pressé. Une employée commençait déjà à nettoyer les lieux, qui avaient accueilli la veille l'une des fêtes légendaires de Juan Sanchez Fuente. Elle lui adressa un sourire enjoué et le remercia quand il lui donna un substantiel pourboire. Les excès de son patron ne la dérangeaient pas. Lui, au moins, la traitait avec respect et la payait bien, contrairement aux autres propriétaires de yachts qui la faisaient trimer pour un salaire de misère.

Juan mit ses lunettes de soleil et traversa la marina de Puerto Banus. Il adorait cet endroit, où la fête ne s'arrêtait jamais. Et il savait pourquoi. Le silence n'y avait pas droit de cité.

Enrique, son chauffeur, l'attendait au bout du quai. Juan entra dans le véhicule et, tandis qu'il se faisait conduire vers ses bureaux de Marbella, réfléchit en silence. Il connaissait la raison pour laquelle son père voulait le voir, mais son esprit revenait sans cesse aux dernières paroles que Kelly avait prononcées.

« Ce n'est pas le genre de chose qui t'arrêtait, avant. »

C'était toujours la même rengaine ! Au moment même où il commençait à se lasser, ses conquêtes se mettaient à s'attacher. Mais Juan fuyait toute relation durable. Il refusait de s'engager et préférait ne pas se laisser approcher de trop près. Il avait suffisamment causé de souffrances comme cela.

— Je n'en ai pas pour longtemps, dit-il à Enrique qui, arrivé à destination, lui ouvrait la portière.

La conversation qu'il était sur le point d'avoir avec son père ne l'enchantait guère, mais ce dernier avait insisté pour qu'ils se voient ce matin, et Juan comptait en finir au plus vite.

— *Buenos dias*, dit-il à Angela, la secrétaire de son père. Que fais-tu là un samedi ?

D'habitude, Angela retournait chaque week-end en avion auprès de son fils, à San Sebastian.

— J'essaye de joindre un certain Juan qui avait promis d'être là à 8 heures, rétorqua-t-elle avec un regard réprobateur. As-tu oublié de rallumer ton téléphone ?

Angela était bien la seule personne qui s'autorisait à lui parler de manière si familière. A près de soixante ans, elle travaillait pour la société depuis toujours. Juan éprouvait tant d'affection pour elle qu'il ne pouvait prendre ses réprimandes qu'avec bonne humeur.

— Je n'ai plus de batterie.

— Evidemment… Bon, avant que tu ne voies ton père, nous

devons vérifier ton emploi du temps. Et il faut aussi te trouver une nouvelle secrétaire, de préférence une qui ne te plaise pas !

Juan leva les yeux au ciel, sans qu'Angela ne s'en émeuve.

— Juan, dois-je te rappeler que je pars en congé dans quelques semaines ? Si tu tiens à ce que je forme ta nouvelle assistante, je dois m'en charger dès maintenant.

— Très bien, trouve-moi quelqu'un, concéda-t-il avec un soupir las. Et tu as raison : mieux vaut quelqu'un qui ne m'attire pas.

— A la bonne heure ! s'écria Angela d'une voix moqueuse.

Juan secoua la tête. Pourquoi fallait-il que toutes ses conquêtes finissent par penser qu'elles ne pouvaient concilier travail *et* sexe avec lui ? Non, après quelques semaines, il leur en fallait toujours plus. Or, Juan n'avait aucune intention de s'engager davantage. Comme d'autres avant elle, Kelly serait ainsi transférée dans un autre département, ou partirait avec un gros chèque, si elle préférait cette option.

— Tous tes vols et transferts sont confirmés, l'informa Angela. Dire que tu vas porter un kilt !

— Mais ça me va très bien, je te signale ! répliqua-t-il avec un sourire. Donald a insisté pour que tous les hommes invités en portent un. D'ailleurs, ce ne sera pas ma première fois.

Il avait étudié en Ecosse pendant quatre ans. Sans doute les quatre années les plus heureuses de sa vie, qui lui avaient valu plusieurs amitiés indéfectibles.

Sauf une.

Ses traits se durcirent en repensant à son ex qui, malheureusement, se rendait elle aussi au mariage. Peut-être aurait-il mieux valu y emmener Kelly, en fin de compte ? Tout pour faire fuir Araminta…

— Bien. Je vais voir mon père, à présent.

— Pas avant d'avoir avalé un café et changé de chemise. Tu as une mine affreuse !

Décidément, Angela était bien la seule femme à oser lui parler de la sorte, songea-t-il.

Juan entra dans son propre bureau, une pièce si vaste qu'elle ressemblait davantage à la suite d'un palace. L'endroit abritait, en plus du bureau, une grande chambre et une salle de bains attenante. Juan jeta un œil en direction du lit, un instant tenté de s'y allonger pour rattraper un peu de sommeil. Il n'avait dormi que deux ou trois heures la veille, et la vision de son visage dans le miroir de la salle de bains le lui confirma.

Ses yeux étaient rouges et fatigués. Il avait oublié de se raser hier, et ses cheveux de jais, d'habitude si bien coiffés, retombaient sur son front en boucles emmêlées. Sans parler de la marque de rouge à lèvres qui s'étalait sur son col de chemise.

Oui, il ressemblait en tout point au play-boy dévoyé que son père lui reprochait d'incarner.

Il enleva sa veste et sa chemise et s'aspergea le visage d'eau glacée puis revint dans son bureau, encore torse nu, pour avaler le café qu'Angela avait déposé sur la table basse.

Celle-ci était peut-être la seule femme à ne pas rougir devant cette vision. A sa décharge, elle l'avait connu en culottes courtes !

— Tu avais raison, j'avais besoin de me rafraîchir, admit-il avant de la remercier d'un signe de la tête pour le café et la chemise propre qu'elle lui tendait. Sais-tu pourquoi mon père veut me voir ?

Il ne le savait que trop bien. Encore des reproches sur ses mœurs dissolues et le besoin de se ranger…

— Je… je n'en suis pas sûre, balbutia Angela, dont les joues rosirent imperceptiblement. Mais dans tous les cas, écoute ce qu'il a à te dire. Ne vous disputez pas. Ton père est malade…

— Ce n'est pas parce qu'il est malade qu'il a forcément raison.

— Certes, concéda Angela avec prudence. Mais il tient à toi malgré tout, Juan, même s'il ne te le montre pas toujours. Ecoute-le, je t'en prie. Il s'inquiète de te laisser gérer les affaires seul, et…

Elle vit le front plissé de Juan et s'interrompit.

— J'ai l'impression que tu en sais plus que tu ne veux bien l'admettre, dit celui-ci d'une voix suspicieuse.

— Juan, je veux juste que tu l'écoutes. Je ne supporte plus de vous entendre vous disputer.

Juan lui adressa un sourire rassurant. Il aimait beaucoup Angela. Elle était comme une mère pour lui.

— Ne t'inquiète pas. Je n'ai pas l'intention de me disputer

avec lui. C'est juste qu'à trente ans, j'estime que personne n'a à me dicter mes actes, ou à juger les femmes que je mets dans mon lit.

Il retourna dans la salle de bains une dernière fois pour dompter ses boucles rebelles d'un coup de peigne. Après tout, ne valait-il pas mieux faire croire à son père qu'il avait rencontré quelqu'un de bien ? songea-t-il. Prétendre qu'il avait l'intention de mettre de l'ordre dans sa vie ? Son père n'en avait plus pour très longtemps. Pourquoi ne pas le laisser partir l'esprit tranquille ? Cela ne l'engageait à rien, au fond.

— Souhaite-moi bonne chance, dit-il avec une grimace tandis qu'il repassait devant Angela, dont les traits trahissaient une nervosité qu'il n'arrivait pas à expliquer.

Il s'arrêta et planta son regard dans le sien, décidé. Il savait qu'Angela ne saurait cacher une information aussi essentielle à son père.

— Ecoute, tout ira bien. Tu sais, j'ai rencontré quelqu'un, mais je ne veux pas que mon père s'emballe à cette idée.

— Vraiment ? Qui ? s'exclama Angela, stupéfaite.

— Une de mes ex. Nous nous sommes revus récemment. Elle sera au mariage ce soir…

— Araminta !

— Motus…, chuchota-t-il, un sourire aux lèvres.

Voilà. Son plan avait fonctionné, se félicita-t-il en silence. Il savait qu'Angela ne saurait tenir sa langue.

Satisfait, il alla frapper à la porte de son père puis entra.

3

Estelle avait l'impression que tout le monde la regardait de travers.

Elle et Gordon patientaient dans le hall immense en attendant le début de la cérémonie. Elle ferma ses paupières trop fardées et prit une profonde inspiration. Pourquoi diable avait-elle accepté une telle mission ?

Mais elle savait pourquoi, se rappela-t-elle.

— Voici Estelle, dit Gordon qui la présentait à un couple d'invités.

Estelle vit la femme hausser un sourcil réprobateur, esquisser un vague sourire contrit puis entraîner son mari un peu plus loin dès les salutations terminées.

— Vous jouez votre rôle à merveille, lui murmura Gordon en lui tapotant la main pour la rassurer. Peut-être pourriez-vous juste sourire davantage et feindre d'être totalement amourachée de ma personne. J'ai ma réputation de don Juan à tenir !

— Bien sûr, acquiesça Estelle avec un faible sourire.

— Un vieux gay et une jeune vierge... Quel couple improbable ! gloussa-t-il. S'ils savaient !

Estelle écarquilla les yeux, mortifiée, et Gordon s'empressa de s'excuser.

— J'essayais juste de vous détendre.

— Comment Ginny a-t-elle osé vous le dire ?

Mais à dire vrai, Estelle n'en attendait pas moins de sa colocataire. Ginny trouvait tellement amusant qu'Estelle n'ait jamais couché avec un homme...

Rester vierge n'était pourtant pas un choix. Après la mort de ses parents, elle s'était plongée dans les livres et ses études, davantage passionnée par les vieilles pierres et les châteaux que par les fêtes et les clubs à la mode.

Elle allait toucher deux mots à cette chipie de Ginny, fulmina-t-elle en silence.

— Ginny ne voulait pas se moquer de vous, lui assura Gordon, visiblement ennuyé de l'avoir mise mal à l'aise. Nous en avons juste parlé un soir. Je n'aurais jamais dû le mentionner. Navré.

— Ce n'est pas grave, lui répondit-elle. Après tout, je suis une rareté, par les temps qui courent.

— Nous avons tous des secrets, lui dit Gordon. Et ce soir, vous et moi avons tout intérêt à les taire. Estelle, je sais que cette mission vous pèse beaucoup, mais rassurez-vous : sous peu, je serai un homme marié.

Dans l'avion, Gordon lui avait confié qu'il allait bientôt épouser Franck, son compagnon de longue date, lors d'une cérémonie en Espagne.

— Je sais, mais je ne supporte pas le regard des gens, lui expliqua-t-elle. Tout le monde me prend pour une croqueuse de diamants. Même si, bien sûr, c'est le but.

— Ne vous préoccupez pas de l'avis des autres, lui assura Gordon.

N'était-ce pas ce qu'elle répétait à son propre frère, honteux de se déplacer en fauteuil roulant ? se rappela-t-elle.

— Vous avez raison, concéda-t-elle avec un sourire.

Ainsi, Estelle reprit un peu confiance et, accrochée au bras de Gordon, fit de son mieux pour ignorer les moues désapprobatrices des autres convives.

Mais alors qu'elle commençait tout juste à se détendre, elle regarda par la fenêtre et le vit.

— Oh ! oh ! Voilà que la soirée devient intéressante, se réjouit Gordon alors qu'au-dehors, le plus magnifique des hommes émergeait d'un hélicoptère posé sur la pelouse.

Grand, les cheveux noir d'encre, il affichait une expression fermée et ténébreuse. Le kilt qu'il portait aurait dû jurer avec son hâle méditerranéen, or, il lui allait à merveille. Avec ses longues jambes athlétiques et son port altier, il attirait tous les regards.

Les yeux rivés sur lui, Estelle le regarda entrer dans la salle et accepter une coupe de champagne d'un serveur. Il semblait ailleurs, perdu dans de sombres pensées, indifférent aux femmes qui s'agglutinaient autour de lui avec des sourires languides.

Puis, il croisa son regard.

Estelle voulut détourner le sien. En vain.

Il la scruta longuement, considérant un instant sa robe en lamé, mais sans paraître la juger, contrairement aux autres convives.

Elle sentit ses joues s'empourprer lorsqu'il porta le regard sur son compagnon de soixante-quatre ans. Comme elle aurait voulu lui avouer que ce vieil homme rougeaud et transpirant dans son kilt n'était pas son amant ! Mais bien sûr, elle ne le pouvait pas.

— Ne vous laissez pas distraire, lui chuchota Gordon, conscient du trouble qui l'envahissait. Mais j'avoue que cette vision a de quoi émoustiller. Il est divin.

— Qui ? dit Estelle, feignant de ne pas avoir remarqué le superbe inconnu.

— Juan Sanchez Fuente, bien sûr, murmura Gordon. Nos chemins se croisent de temps à autre. Il possède tout sauf la vertu. Même vêtu d'un kilt, ce gredin s'avère toujours aussi séduisant !

Estelle ne put s'empêcher de rire.

Les yeux de Juan parcouraient lentement l'assemblée. Avait-il bien fait de venir seul ? se demandait-il, alors qu'il apercevait Shona, l'une de ses ex, que le temps ne semblait pas avoir épargnée. Celle-ci lui jeta un regard furieux, comme si elle lisait dans ses pensées.

— Juan…

Il fronça les sourcils tandis qu'Araminta approchait de lui d'un pas hésitant. Elle affichait cette expression suppliante qu'il ne connaissait que trop. Il chercha un moyen de s'en débarrasser au plus vite. Ce soir, il avait besoin de distraction. Certainement pas d'une scène.

— Comment vas-tu ?

— Bien, lui répondit-elle.

Elle entreprit alors de lui faire le récit de son divorce. Comme elle se réjouissait de le voir ce soir ! lui confia-t-elle. Comme elle regrettait que les choses n'aient pas marché entre elle et lui, et...

— Je t'avais dit à l'époque que tu t'en mordrais les doigts, l'interrompit-il avec humeur. Et maintenant, si tu veux bien m'excuser, j'ai un coup de fil à passer.

— On se voit plus tard, alors ?

Il perçut la note d'espoir dans sa voix et sentit l'agacement monter en lui.

— A quoi bon ?

Et sur ces paroles, il lui tourna le dos sans même lui adresser un regard quand il l'entendit s'éloigner en sanglotant.

Que diable faisait-il ici ? se demanda-t-il. Il aurait dû se trouver sur son yacht, à se préparer pour une de ces soirées endiablées, plutôt que de replonger dans son passé. Et puis, il n'y avait pas assez de femmes disponibles, ici. Et après ce qu'il avait découvert ce matin, il n'avait pas intérêt à rester célibataire trop longtemps.

Il resserra les doigts sur sa coupe de champagne, traversé par un éclair de rage au souvenir des paroles de son père.

Il s'apprêtait à retourner vers son hélicoptère, décidé à quitter cet endroit qui ne faisait rien pour égayer son humeur, quand l'apparition d'une jeune femme aux cheveux d'ébène et au teint d'ivoire attira son regard. Leurs yeux se croisèrent et ne se lâchèrent plus.

Contrairement à la plupart des filles bavardes et pleines d'assurance que Gordon fréquentait d'habitude, celle-ci paraissait nerveuse et mal à l'aise.

Pour la première fois depuis le début de la journée, la conversation qu'il avait eue avec son père lui sortit de la tête.

Finalement, il allait peut-être rester un peu, décida-t-il, intrigué par cette apparition.

Une voix à l'accent écossais annonça le début imminent de la cérémonie, et tout le monde commença à se diriger vers la chapelle.

*
* *

— Allons-y, dit Gordon en attrapant la main d'Estelle. Ah, que j'aime les mariages !

— Moi aussi, approuva Estelle en souriant.

Ils traversèrent la grande pelouse qu'un clair de lune illuminait doucement. On avait disposé des torches dans les ailes de la chapelle et, avec le château en arrière-plan, l'endroit tenait du conte de fées.

Estelle se détendit un peu, décidée à s'amuser. Somme toute, elle avait volé pour la première fois de sa vie en hélicoptère, elle passait la nuit dans un château de rêve dans les Highlands, et Gordon se révélait d'une compagnie délicieuse. Malgré ses craintes initiales, elle finissait par trouver sa mission plutôt agréable.

Lorsque résonnèrent les premières notes de la marche nuptiale, l'assemblée se leva, et la future mariée apparut sur le seuil. Estelle, impatiente de voir la robe, se retourna afin d'en avoir un premier aperçu… et découvrit que Juan était assis derrière elle.

Juste derrière elle.

Peu importe, se raisonna-t-elle. Il s'agissait d'une pure coïncidence. Après tout, il fallait bien qu'il s'asseye quelque part, non ?

Elle s'efforça donc de se concentrer sur la mariée qui progressait vers l'autel, rayonnante dans sa robe de fin tulle blanc qu'égayait un petit bouquet de bruyère. Elle sourit à la vue de l'expression radieuse du marié, mais pas longtemps.

Les yeux de Juan lui brûlaient les épaules et le cou. Elle savait pertinemment qu'il la regardait.

Au prix d'un effort considérable, elle reporta son attention sur les paroles du prêtre. Il parlait de soutien mutuel, dans la santé comme dans la maladie et, les yeux soudain embués de larmes, elle se souvint du mariage de son propre frère, à peine plus d'une année auparavant.

Qui aurait pu imaginer à l'époque les terribles épreuves qu'Andrew et Amanda, alors enceinte, s'apprêtaient à traverser ?

Gordon lui tendit un mouchoir avec un sourire bienveillant, qu'elle s'efforça de lui rendre, le menton tremblant.

Par pitié ! Epargnez-moi les larmes de crocodile, se moqua Juan en lui-même. L'ex-petite amie de Gordon avait déjà joué les pleureuses lors du dernier mariage, se souvint-il. Comment s'appelait-elle déjà ? Ah, oui, *Ginny*…

Il devait bien reconnaître que celle-ci, même si elle ne correspondait pas à ses goûts habituels, lui plaisait bien. D'où il venait, les brunes abondaient, et pour cette raison, il préférait généralement les blondes. Mais ce soir, cette couleur-là lui convenait. Il ne voulait rien d'autre.

Retourne-toi, lui intima-t-il en silence, désireux de revoir ce regard de braise.

Retourne-toi ! lui ordonna-t-il en voyant peu à peu son dos se raidir, comme si la mystérieuse jeune femme percevait sa demande silencieuse, mais y résistait de toutes ses forces.

Elle résistait, et comment !

Estelle se tenait droite sur son banc, refusant de se retourner afin de suivre du regard les mariés qui redescendaient l'allée pour lâcher des colombes dans le ciel nocturne.

Mais il fallait bien quitter les lieux à un moment ou un autre. A contrecœur, elle se retourna donc et vit deux yeux noirs et ardents rivés sur elle. Elle aurait dû, comme le reste des convives, lever la tête pour admirer l'envol des colombes vers l'horizon.

Au lieu de cela, elle soutint ce regard.

Que diable faites-vous avec lui ? voulait lui demander Juan. *Comment pouvez-vous accompagner un homme au moins trois fois plus âgé que vous ?*

Mais bien sûr, il connaissait la réponse.

L'argent.

Et ce fut à cet instant que Juan sut ce qu'il devait faire. La réponse au dilemme qui le hantait depuis le petit déjeuner venait de lui apparaître.

Ses lèvres formèrent un lent sourire tandis que la jeune femme détournait d'un coup le regard pour voir — trop tard — les oiseaux s'envoler dans le ciel noir.

On rentra au château au son de la cornemuse. Juan marchait devant Gordon et Estelle, dont les hauts talons ne cessaient de s'enfoncer dans le gazon. Mais ce n'était rien en comparaison des sables mouvants qui l'avaient engloutie lorsque le regard de Juan s'était posé sur elle. Il avançait d'un pas tranquille et sûr, son kilt gris et lilas et son impeccable veste noire soulignant la perfection de sa carrure. Elle aurait voulu le rattraper, lui taper sur l'épaule et lui dire de cesser de l'importuner. Pourtant, il n'avait rien fait de mal. Sans même un regard vers elle, il se contentait de bavarder gaiement avec d'autres invités.

Juan mettait un soin particulier à l'ignorer. Il discuta un moment avec Donald, alla saluer une vieille connaissance, puis quelques-unes de ses anciennes conquêtes, sans ignorer que la belle inconnue le cherchait de temps à autre du regard.

Juan savait exactement comment et pourquoi il devait agir. Mélanger travail et plaisir lui avait causé quelques soucis par le passé.

Ce soir, pourtant, il tenait là la solution à son problème.

4

— S'il vous plaît, monsieur.

Un serveur aborda Gordon et Estelle qui traversaient le grand hall vers leur table.

— Le plan de table vient d'être modifié, les informa-t-il. Les mariés ont insisté pour que vous obteniez une table plus près de la leur. Toutes nos excuses pour cette erreur.

— Oh ! oh ! Nous voilà surclassés, jubila Gordon tandis qu'ils suivaient leur guide jusqu'à leur nouvelle table.

Estelle savait d'avance où il les conduisait.

Juan ne leva pas les yeux à leur approche, ne daignant les regarder que lorsqu'ils prirent place. Les deux seules chaises libres se trouvaient, bien évidemment, à côté de lui.

Il l'avait fait exprès, se dit Estelle.

On lui tira la chaise à côté de la sienne et, dans un instant de panique, elle faillit supplier Gordon d'échanger avec elle, mais se ravisa, de peur de paraître tout simplement ridicule.

— Bonsoir, Gordon, dit Juan en lui serrant la main.

— Bonsoir, Juan.

Avec un sourire ravi, Gordon prit place à côté d'Estelle, de sorte qu'elle se retrouvait entre eux deux. Elle s'inclina légèrement en arrière tandis que les deux hommes se parlaient.

— Je ne vous ai pas vu depuis la dernière saison des mariages, lui fit remarquer Gordon dans un éclat de rire. Mais permettez-moi de vous présenter Estelle.

— Estelle…, répéta-t-il, songeur. En Espagne, on vous appellerait Estella.

— Peut-être, mais nous sommes en Ecosse.

Elle avait conscience du ton un peu abrupt de sa réponse, mais n'y pouvait rien : elle était sur sa défensive.

On leur servit du vin et, après en avoir pris une gorgée, elle demanda de l'eau au serveur. Pour un château plein de courants d'air, il y faisait étrangement chaud.

Des discussions s'engagèrent, et elle fut présentée au reste des convives de la table. Tout aurait pu se dérouler à merveille sans la présence troublante de cet homme qui, malgré son attitude en apparence nonchalante, ne perdait pas une miette de ce qu'elle disait.

Elle éclata de rire quand Gordon eut un bon mot, comme celui-ci le lui avait recommandé, et entreprit de lire le menu pour se donner une contenance.

On leur apporta le hors-d'œuvre, et elle fut soulagée que Gordon se tourne de nouveau vers elle pour bavarder, même si le téléphone de son compagnon n'arrêtait pas de sonner.

— C'est le travail ?

— Oui, confirma-t-il. Je devrais l'éteindre, mais à un moment ou à un autre, je vais malheureusement devoir passer quelques coups de fil…

Le plat principal arriva. C'était la meilleure volaille qu'Estelle se souvenait avoir dégustée. Pourtant, elle mangeait avec peine, trop troublée pour apprécier son repas. La question que lui posa l'une des invitées n'arrangea rien.

— Que faites-vous dans la vie, Estelle ?

Elle prit une longue gorgée d'eau avant de répondre.

— Eh bien, je fais un peu de mannequinat…, commença-t-elle avant de se souvenir des instructions de Gordon. Mais, bien sûr, s'occuper de Gordon est un travail à temps plein !

Du coin de l'œil, elle vit Juan se figer, tandis que Gordon éclatait d'un grand rire, suivi bientôt par le reste de la table.

Tout cela n'était qu'une mise en scène, se rappela-t-elle. Encore quelques heures, et plus jamais elle ne reverrait ces gens. Qu'importe si Juan la trouvait futile !

— Et maintenant, les discours ! soupira Gordon d'un air las.

Ce fut long. Bien trop long. Surtout quand les mariés vous étaient parfaitement inconnus. Surtout quand la présence de Juan empêchait toute pensée cohérente.

C'était au tour de Donald, le marié, de prendre la parole. Après quelques formalités d'usage, il remercia ses invités, en particulier ceux venus de loin.

— J'espérais que Juan déclinerait l'invitation, plaisanta-t-il, tandis que toute l'assemblée se tournait vers ce dernier. Je suis juste soulagé que ma chère épouse ne l'ait pas vu en kilt *avant* que je lui passe l'anneau au doigt. Comment un Espagnol peut-il si bien porter ce vêtement ?

Toute la salle éclata de rire. Pas le moins du monde embarrassé, Juan riait de bon cœur avec les autres, sans doute habitué à se trouver au centre de l'attention.

— En Espagne, il n'y a pas de discours, dit Juan, en se penchant légèrement vers elle pour s'adresser à Gordon. Il y a la cérémonie, la fête, et puis, au lit !

La note suggestive dans sa voix la fit frissonner au plus profond de son être, tout comme la sensation de sa peau sur la sienne quand il effleura son bras du sien.

Estelle resserra les doigts sur son verre, luttant pour apaiser son souffle soudain affolé. L'homme n'avait pourtant rien dit ou fait de déplacé. Avait-elle donc trop d'imagination ? se demanda-t-elle.

— Vraiment ? s'exclama Gordon. Ça me donne envie de m'installer en Espagne. D'ailleurs, je vais justement…

Gordon fut de nouveau interrompu par la vibration de son téléphone, et Juan se redressa sur son siège.

— Ma chérie, je suis navré, s'excusa Gordon après avoir lu un message sur son écran. Je vais devoir sortir pour passer un coup de fil urgent. Il se peut que ce soit un peu long…

— Un problème ? s'enquit Estelle.

— Pas encore. Mais il faut que je m'en charge tout de suite si je ne veux pas que ça le devienne. Je vais faire au plus vite. Je déteste l'idée de te laisser seule.

— Elle ne sera pas seule, intervint Juan. Je lui tiendrai compagnie.

Elle n'avait certainement pas besoin de *sa* compagnie ! se lamenta-t-elle en silence.

— Mille mercis, lui dit Gordon. Avec une telle robe, elle mérite de danser.

Et, pour les apparences, il prit congé d'elle d'un petit baiser sur la joue.

Quel gâchis ! songea Juan en lui-même.

Une fois Gordon parti, Estelle se tourna en hâte vers ses autres voisins de table dans l'espoir qu'ils l'incluent dans leur conversation. Mais ceux-ci ne semblaient pas enclins à parler à la nouvelle conquête de Gordon. Ils finirent par se lever avec les autres couples pour rejoindre la piste de danse, la laissant seule à table avec Juan.

— De dos, vous pourriez passer pour une Espagnole…

Elle se retourna au son de sa voix profonde et veloutée.

— Mais de face…

Ses yeux se posèrent sur son teint clair, et Estelle sentit le feu envahir ses joues sous l'intensité de son examen. C'était comme s'il la déshabillait du regard. Comme si elle se retrouvait face à lui, complètement nue.

Jamais un homme n'avait exercé un tel pouvoir sur elle.

— Des origines irlandaises ? s'enquit-il.

Estelle hésita un instant avant d'acquiescer d'un signe de tête, tandis que son agitation redoublait. Hors de question de divulguer trop d'informations à cet homme.

— Vos parents vivent-ils toujours là-bas ?

— Non.

Devant sa réticence manifeste à parler, il préféra changer de sujet.

— Où vous êtes-vous rencontrés avec Gordon ?

— Chez Dario's, lui répondit-elle, comme le lui avait instruit Gordon. C'est un bar…

— Je sais. J'en ai souvent entendu parler, mais je n'y ai jamais mis les pieds. Je crois être encore trop jeune pour ce genre de lieu. Cela dit, en vous voyant, je me dis que je devrais essayer.

Il esquissa un petit sourire en la voyant rougir. Avec ses yeux d'un vert très foncé, qui contrastait avec le rose de ses pommettes, elle était incroyablement séduisante. Malgré l'ostentation de sa tenue et de son maquillage, il se dégageait de sa personne une certaine douceur, une maladresse charmante qui ne manquait pas de l'interpeller. Pourtant, elle n'incarnait en rien le type de femmes qu'il fréquentait d'habitude.

— Nous voilà donc tous deux seuls à un mariage...

— Je ne suis pas seule, lui fit-elle observer. Gordon ne va pas tarder à revenir. Et vous, comment se fait-il que... ?

Qu'un homme aussi séduisant que lui se retrouve seul ? Elle s'interrompit au milieu de sa phrase, incapable de trouver une manière adéquate de formuler sa question.

— Nous avons rompu ce matin.

— Oh ! je suis désolée.

— Ne le soyez pas, lui assura-t-il, réfléchissant un instant avant de continuer. D'ailleurs, rompre n'est pas vraiment le mot. Au fond, cela faisait à peine quelques semaines que nous étions ensemble.

— Quand bien même, une rupture est toujours douloureuse, non ? risqua-t-elle.

— Pas pour moi. C'est plutôt *avant* la rupture que je souffre.

— Quand la relation commence à se détériorer ?

— Non, objecta-t-il. Quand elle commence à se consolider.

Les yeux plantés dans les siens, il parlait d'une voix grave et basse. Estelle se pencha vers lui pour mieux l'entendre, fascinée par la singularité de ses propos.

— Quand elle commence à me demander ce qu'on va faire le week-end prochain, continua-t-il. Quand elle croit deviner mes envies ou lire dans mes pensées. Je n'aime pas qu'on pense à ma place.

— Je veux bien le croire.

— Et savez-vous à quoi je pense, là, tout de suite ?

Estelle retint son souffle, luttant pour paraître impassible. Oui, elle savait ce qu'il pensait. La même chose qu'elle.

— Voulez-vous danser ? lui proposa-t-il alors, la prenant totalement au dépourvu.

— Non, merci, je préfère attendre Gordon, répondit-elle aussitôt, consciente du dangereux magnétisme qu'il exerçait sur elle.

— Cela va de soi, concéda Juan. Aviez-vous déjà rencontré les mariés ?

— Non, dit-elle, avec le désagréable sentiment de subir

une fois encore un interrogatoire. Et vous ? Etes-vous l'ami du marié ?

— Nous avons fait nos études ensemble.

— En Espagne ?

— Non, ici, en Ecosse. J'y ai vécu quatre ans avant de retourner vivre à Marbella. J'aime toujours autant y revenir. L'Ecosse est un pays magnifique.

— C'est vrai, approuva-t-elle. Du moins, du peu que j'en ai vu.

— C'est votre première fois ?

Elle acquiesça.

— Et êtes-vous déjà allée en Espagne ?

— Oui, l'année dernière. Mais seulement quelques jours. J'ai eu des soucis dans ma famille et j'ai dû repartir très vite…

— Juan ?

Celui-ci leva à peine la tête au son de la voix. C'était la femme qu'on avait changée de table quelques heures plus tôt, constata Estelle. Elle affichait une expression contrariée, presque suppliante.

— J'ai pensé que tu aimerais peut-être danser avec moi…

— Je suis occupé.

— Juan…

— Araminta, soupira-t-il avant de se tourner vers elle pour de bon, si je voulais danser avec toi, je serais venu te trouver.

5

Estelle cligna les yeux plusieurs fois, choquée par la sévérité de ses propos. Car malgré la douceur de sa voix, ses paroles se révélaient glaçantes.

— Vous avez été un peu dur, commenta-t-elle tandis qu'Araminta s'éloignait, tête basse.

— Mieux vaut se montrer dur que d'envoyer des signaux ambivalents.

— Peut-être…

— Bref, dit Juan, les yeux de nouveau plantés dans les siens. Donc, si s'occuper de Gordon est un travail à temps plein, que faites-vous quand vous ne *travaillez* pas ?

L'emphase avec laquelle il avait prononcé ce mot signifiait clairement ce qu'il insinuait. Elle le fusilla du regard.

— Je n'apprécie pas vos sous-entendus.

Surpris de sa repartie, Juan sourit. Peu de gens osaient se montrer aussi offensifs avec lui.

— Pardonnez-moi. Je ne maîtrise peut-être pas assez bien votre langue.

Estelle prit une longue inspiration, jouant avec son verre tandis qu'elle réfléchissait à l'attitude à adopter.

— Et vous, que faites-vous, dans la vie ? lui demanda-t-elle alors, soudain consciente qu'elle ne savait rien de son interlocuteur. Etes-vous dans la politique, vous aussi ?

— Pitié !

Il la vit esquisser non sans déplaisir un petit sourire amusé.

— Je dirige la société immobilière De La Fuente. J'achète, je rénove, je construis et je vends. Prenez par exemple ce château. S'il m'appartenait, j'en ferais un hôtel en plus d'un lieu de réception. Selon moi, cet endroit est sous-exploité.

Estelle le considéra un instant, admirative, mais s'efforçant de n'en rien laisser paraître. Juan ne pouvait évidemment pas savoir qu'elle étudiait l'architecture ancienne et qu'elle se passionnait pour la rénovation des monuments historiques.

Mais elle n'avait pas besoin de ce détail supplémentaire pour se laisser séduire. Pas une fois durant ses vingt-cinq années d'existence, elle ne s'était senti autant attirée par un homme.

— C'est donc l'entreprise paternelle ? lui demanda-t-elle, dans l'espoir de lui trouver un défaut quand il lui expliquerait que c'était l'argent de son père qui lui avait permis d'accéder à un tel degré d'opulence.

— Non, c'était l'entreprise de la famille de ma mère. Mon père en a hérité quand ils se sont mariés.

— Ah ? Pourtant vous avez dit De La Fuente, et je croyais que Fuente était *votre* nom.

Pour un mannequin occasionnel qui choisissait ses compagnons chez Dario's, la jeune femme lui paraissait bien perspicace, songea-t-il non sans perplexité.

— En Espagne, c'est différent, lui expliqua-t-il. On prend le nom du père en premier, puis celui de la mère. Mon père s'appelle Antonio Sanchez. Et ma mère s'appelait Gabriella De La Fuente.

— « S'appelait » ?

— Elle est morte dans un accident de voiture…

D'ordinaire, Juan le disait sans même s'en émouvoir, refoulant ce douloureux souvenir sous un masque d'impassibilité. Or, avec tout ce qu'il venait d'apprendre le matin même, son aplomb habituel menaçait à présent de le déserter.

Tous les hommes invités avaient lutté dans la chaleur de l'été écossais. Avec son physique athlétique et habitué au soleil comme il l'était, lui n'avait pas transpiré un seul instant. Mais ce soir, dans la grande salle du château traversée de courants d'air, il fut soudain pris de sueurs froides. Son visage se vida de ses couleurs.

Il s'efforça de se ressaisir et but une longue gorgée d'eau.

— A quand remonte l'accident ? s'enquit Estelle, bouleversée d'apprendre qu'ils avaient tous deux perdu leurs proches de la même façon.

Elle le regarda boire son verre d'eau et se passer une main sur le visage, avant de se tourner vers elle, de nouveau calme et composé.

— J'étais encore enfant, lui répondit-il avant de changer de sujet, préférant ne pas s'attarder sur ce passé qu'il tenait à conserver enfoui. Mon nom complet est donc Juan Sanchez De La Fuente, mais je l'abrège souvent quand je me présente.

Il lui sourit et elle lui rendit son sourire.

— C'est une belle tradition de conserver le nom de la mère.

— En effet, même si cela ne dure qu'une génération, argua-t-il.

Il la vit plisser le front, manifestement en proie à la perplexité.

— Donc, si vous aviez un enfant… ? l'interrogea-t-elle.

— Cela ne risque pas d'arriver. Je ne veux pas d'enfant.

— Oui, mais imaginons que vous en ayez un…

— Bien, dit-il avec un petit soupir. Je vais tenter de vous expliquer.

Il prit la salière et le poivrier sur la table et entreprit de construire un petit arbre généalogique.

— Quel est votre nom de famille ? lui demanda-t-il.

— Connolly.

— Bien. Nous avons une petite fille et l'appelons Jane…

Estelle sentit ses joues s'enflammer de plus belle à les imaginer concevant ce bébé…

— Elle s'appellerait donc Jane Sanchez Connolly.

— Je vois.

— Et quand Jane se marie…, continua-t-il en s'emparant d'une fourchette,… avec Harry Potter ici présent, leur fille…

Il prit alors une cuillère et l'ajouta à l'ensemble.

— … que nous appelleront Maria, prendra le nom de Maria Sanchez Potter. Plus de Connolly ! Simple, non ?

Il releva les yeux vers elle pour voir si elle avait bien suivi le cheminement, puis secoua la tête, mains au ciel.

— Ce qui est moins simple, ajouta-t-il, c'est les cinquante années de mariage qui vont avec. Je ne me vois pas un seul instant rester avec la même personne aussi longtemps. D'ailleurs, je ne crois pas à l'amour.

Il tenait toujours à ce que les choses soient claires d'emblée.

— Comment peut-on assister à un mariage et penser cela ? s'indigna Estelle. N'avez-vous pas aperçu le sourire de Donald à la vue de sa fiancée ?

— Bien sûr que si, admit Juan. Je l'ai bien reconnu : c'était le même sourire que celui qu'il arborait lors de son précédent mariage.

Elle éclata de rire, entre incrédulité et amusement.

— Vous êtes sérieux ?

— Tout à fait.

Le sourire qu'il lui adressa alors renforça encore le trouble qui grandissait en elle. Elle tenta de se ressaisir, de contrer un tel cynisme.

— Vous avez tort, Juan. Mon frère s'est marié l'an dernier, et lui et sa femme s'aiment profondément.

— Une année, dit-il avec un haussement d'épaules. C'est encore tout frais !

— Ils ont subi plus d'épreuves en un an que la plupart d'entre nous en l'espace d'une vie, rétorqua-t-elle, piquée au vif. Andrew, mon frère, a eu un accident lors de leur lune de miel. En jet-ski…

— Vraiment ?

Juan semblait sincèrement navré. Estelle confirma d'un hochement de tête.

— Il se déplace maintenant en fauteuil roulant.

— Est-ce donc le drame qui a interrompu votre séjour en Espagne ?

Elle acquiesça de nouveau. Elle ne lui précisa pas qu'elle suivait alors un circuit des églises andalouses. Sans doute pensait-il qu'elle avait appris la triste nouvelle dans une discothèque à la mode…

— Amanda était déjà enceinte, continua-t-elle, sans savoir ce qui la poussait à se confier de la sorte. Leur fille est née quatre mois plus tard. L'idée de devenir père était la seule motivation qui restait à Andrew. Et quand ce jour est arrivé…

Elle s'interrompit, bouleversée. Juan vit ses beaux yeux

verts s'emplirent de larmes, son geste rapide pour tenter de les dissimuler.

— La petite souffre d'un problème cardiaque, reprit-elle, la voix éraillée de sanglots. Ils attendent qu'elle grandisse pour l'opérer.

Juan comprit alors que ce n'était pas des larmes de crocodile qu'il l'avait vue verser lors de la cérémonie. Il devina également la raison de sa présence aux côtés de Gordon ce soir. Il plongea son regard dans le sien.

— Votre frère travaille-t-il ?

— Non, confirma-t-elle. Il était auto-entrepreneur et…

Elle s'interrompit de nouveau, assaillie par le souvenir des trop nombreux problèmes qui compliquaient la situation d'Andrew.

Juan sut qu'il était temps de changer de sujet.

— J'ai les jambes engourdies par le froid. Il faut que je bouge, et puisque Gordon m'a demandé de prendre soin de vous…

Il se leva et lui tendit la main. Cette danse allait revêtir plus d'importance que nulle autre, décida-t-il. Cette danse allait lui permettre de vérifier que cette jeune femme était attirée par lui, *et par lui seul.* Si bien que lorsqu'il lui ferait la proposition qu'il avait en tête, elle ne la trouverait pas si absurde. Mais d'abord, il fallait sonder le terrain. Percer à jour ses véritables motivations.

6

— M'accordez-vous cette danse ?

Estelle n'avait plus le choix. Un nouveau refus aurait sans doute trahi pour de bon le trouble qu'il suscitait en elle.

Alors qu'ils se dirigeaient vers la piste de danse, elle pria intérieurement pour que l'orchestre se mette à jouer un air plus rapide que ce slow langoureux. En vain.

Juan passa les bras autour de sa taille.

— Etes-vous nerveuse ?

— Non.

— Je pensais que vous aimeriez danser, vu que vous et Gordon vous êtes rencontrés chez Dario's.

— J'adore danser, répliqua-t-elle avec un sourire forcé, déterminée à jouer son personnage jusqu'au bout. C'est juste qu'il est encore tôt.

— Pour moi aussi, acquiesça Juan. D'habitude, à cette heure-là, je m'apprête tout juste à sortir. Allons, détendez-vous.

Elle essayait, mais la promiscuité de ses lèvres contre son oreille l'en empêchait, son souffle chaud faisant naître un délicieux frisson dans son cou.

— Puis-je vous poser une question ?

— Bien sûr, répondit Estelle, qui n'en avait pas la moindre envie et attendait la fin de cette épreuve avec hâte.

— Que faites-vous avec Gordon ? Vous êtes tellement plus jeune que lui…

— Cela ne vous regarde en rien ! riposta-t-elle, plus que jamais sur la défensive, sidérée par l'aplomb de son cavalier.

— Vous avez vingt ans, n'est-ce pas ?

— Vingt-cinq.

— Il avait déjà dix ans de plus que mon âge actuel quand vous êtes née.

— Tout ça, ce ne sont que des chiffres…

Elle voulut se dégager, interrompre cette danse bien trop compromettante, mais il resserra son étreinte. Elle perçut alors les contours de son corps, la fermeté de son torse, le parfum viril qui émanait de son cou.

— Avouez que vous n'en voulez qu'à son argent.

— Vous êtes d'une grossièreté inouïe.

— Je me montre simplement lucide, rectifia-t-il. Mais sachez que je ne vous juge pas. Il n'y a rien de mal à cela.

— *Vete al inferno!* murmura-t-elle, contente de se souvenir d'un des rares jurons qu'elle avait appris grâce à une amie espagnole. Mais peut-être préférez-vous que je vous le dise dans ma langue?

Il posa un doigt sur sa bouche avant qu'elle ne puisse s'exécuter. Le contact avec ses lèvres, la pression sensuelle, l'intimité du geste eurent l'effet désiré. Estelle se tut.

— Une dernière danse, lui dit Juan en ôtant lentement son doigt. Ensuite, je vous rends à Gordon, promis. Je ne voulais pas vous blesser, et je vous présente mes excuses si tel a été le cas.

Estelle plissa les yeux, méfiante. La sensation de son doigt sur sa bouche la brûlait encore. Le bon sens lui soufflait de refuser, de s'extirper de cette situation au plus vite, pourtant, la déraison l'emporta. Son corps, qui semblait s'épanouir au contact du sien, refusait de s'éloigner.

La musique se fit plus douce et, ignorant sa réticence initiale, Juan la serra plus fort contre lui. Cette femme remplissait tous les critères pour le projet qu'il avait imaginé. Pour une escort-girl, elle ne semblait pas si superficielle, au contraire même. Somme toute, elle méritait un généreux salaire pour la proposition qu'il comptait bientôt lui soumettre.

La tête contre son torse, elle sentait le velours soyeux de la veste effleurer sa joue et, plus encore, la main ferme et caressante, posée au bas de son dos, quand l'autre maintenait doucement sa nuque…

L'espace d'un instant, Juan ne pensa plus à son plan. Il se contentait de savourer cette étreinte fugace, la tiède chaleur qui irradiait de la jeune femme, la douceur de sa peau à la base de son cou, qu'il caressait du bout des doigts.

Comme il aurait aimé y déposer les lèvres, savourer son goût !

Ils dansaient, à leur propre rythme, oublieux de l'air que jouait l'orchestre, des autres couples qui les entouraient. Et plus ils dansaient, leurs corps à l'unisson, plus Estelle se sentait gagner par une douce torpeur, enivrée par la pulsation qui montait en elle et répandait un feu brûlant dans ses veines.

Juan percevait la chaleur de sa peau sous ses doigts, son souffle de plus en plus court contre son torse. Il imagina sa couronne de cheveux noirs étalée sur l'oreiller, la blancheur veloutée de ses seins sous ses lèvres… Jamais il n'avait autant désiré une femme. Et cette pensée faisait naître en lui un étrange malaise.

Non, il fallait confiner cette relation dans un strict cadre professionnel, se rappela-t-il. Ce soir, il devait réussir à tout prix à ce qu'elle ne pense plus qu'à lui et à lui seul. C'était son objectif premier, et il n'avait pas l'habitude de voir ses plans contredits.

Il laissa glisser sa main de la base de la nuque vers son dos, où la robe se découpait pour faire apparaître la peau nue et, à sa plus grande satisfaction, la sentit frémir sous la caresse.

— Bientôt, je vous rendrai à Gordon, lui répéta-t-il. Mais avant cela, je vous veux à *moi*.

Muette, Estelle ferma les yeux. Elle voulait s'éloigner, fuir ce piège qui la guettait. Mais son corps refusait de lui obéir, et se réchauffait au contact de ces bras puissants. Elle entendait le battement régulier du cœur de Juan quand son propre cœur, lui, martelait un rythme effréné dans sa poitrine.

Il sentait délicieusement bon, et sa joue si près de la sienne lui donnait envie de tourner la tête vers lui, de chercher le réconfort de ses lèvres. Sans le savoir, elle suivait le chemin qu'il avait tracé pour elle.

— Merci pour cette danse, parvint-elle tout juste à articuler, avant de reculer d'un pas.

Mais il la retint encore et lui souleva le menton d'une main.

— Tout le plaisir était pour moi.

Il la libéra alors, et Estelle partit se réfugier aux toilettes, passant ses mains sous l'eau glacée pour les refroidir.

Prudence, se répétait-elle en elle-même. *Sois très prudente, Estelle.*

Jamais elle n'avait connu quelque chose d'aussi fort que l'attirance qu'elle éprouvait pour cet homme. Or, elle ne doutait pas un seul instant qu'un homme comme Juan pouvait la détruire.

Elle étudia son reflet dans le miroir et sortit son tube de rouge à lèvres, essayant en vain d'analyser ce qui venait de se produire.

— Ah, vous voilà enfin !

Gordon lui souriait tandis qu'elle revenait vers leur table, rongée de culpabilité.

— Je suis vraiment désolé de vous avoir abandonnée de la sorte, mais un ministre étranger voulait me parler. Seulement, nous n'arrivions pas à le joindre, et on nous a promenés de secrétariat en secrétariat… Bref, dansons.

Il vida son verre d'un trait et lui tendit la main.

Danser avec Gordon se révéla bien différent. Le vieil homme plaisantait et bavardait gaiement, tandis qu'Estelle s'efforçait de ne pas penser à Juan, dont elle sentait les yeux noir d'encre les observer depuis leur table.

— J'ai l'impression que vous plaisez à Juan, lui fit remarquer Gordon avec bonhomie.

Elle sursauta, comme prise sur le fait.

— Allons, Estelle, ne vous inquiétez pas. Je suis ravi, ou du moins, mon personnage l'est. Avoir Juan comme rival est plutôt flatteur, vous savez.

Il lui déposa un petit baiser sur la joue, et elle posa la tête contre son épaule. Ses yeux croisèrent alors ceux de Juan, et de nouveau, le feu qui l'avait consumée un instant plus tôt se ralluma en elle. Elle voulut l'ignorer, en vain. Elle le vit esquisser un lent sourire satisfait, puis le perdit de vue, emportée par les pas de Gordon.

Quand, quelques minutes plus tard, elle le chercha du regard dans la salle, Juan avait disparu.

7

— Désolé !

Gordon se répandait en excuses après avoir effrayé Estelle qui, rentrée quelques minutes après lui dans leur chambre, avait trouvé un monstre !

Il ôta le masque à oxygène de son visage.

— C'est pour mieux respirer. Je fais de l'apnée du sommeil.

Estelle avait passé un vieux pyjama râpé, seul vêtement de nuit qu'elle avait sous la main au moment du départ, mais elle savait de toute façon que Gordon ne s'attendait pas à la voir minauder en nuisette.

Elle proposa de dormir sur le canapé — il la payait, après tout — mais il insista pour qu'elle prenne le lit.

— Merci mille fois pour cette soirée, Estelle.

— De rien, Gordon, lui assura-t-elle en nettoyant avec peine l'épaisse couche de fond de teint de son visage. Ça n'a pas été si difficile, en fin de compte. Mais pour vous, n'est-ce pas dur de devoir sans cesse cacher votre véritable vie ?

— Si, ça l'est. Mais d'ici six mois, quand Franck et moi serons mariés et installés en Espagne, je pourrai enfin être moi-même.

Ils continuèrent à bavarder quelque temps encore, puis Estelle sentit le sommeil la gagner. Elle se glissa sous les draps et allait s'endormir, encore frémissante du souvenir de Juan, de leur danse envoûtante, quand Gordon mit en route son appareil respiratoire.

Ginny avait omis de la prévenir.

Elle resta allongée, la tête sous l'oreiller, à écouter le sifflement insupportable de la machine. Finalement, elle capitula.

Pieds nus, elle alla dans la salle de bains du couloir pour boire un verre d'eau puis, curieuse d'explorer les lieux, sortit sur l'immense balcon de pierre qui surplombait le *loch*. L'aube pointait à l'horizon, et elle inspira une longue bouffée d'air tiède.

Une porte grinça de l'autre côté du balcon, et elle se retourna. Les yeux écarquillés, elle vit Juan apparaître.

Il portait encore son kilt. *Et rien d'autre.*

La vue de son torse large, dont la peau hâlée se voilait d'une toison brune, réveilla en elle l'onde de chaleur qui l'avait assaillie plus tôt.

Il parlait au téléphone et croisa son regard. Elle déglutit avec peine, esquissa un vague sourire et passa devant lui dans l'espoir de fuir au plus vite cette rencontre inopportune. Mais d'un geste vif, Juan lui attrapa le poignet et ne le lâcha pas, sans cesser sa conversation téléphonique.

— Tu n'as pas besoin de connaître mon numéro de chambre, disait-il dans le combiné, les yeux au ciel. Araminta, tu ferais mieux d'aller te coucher. Non, *sans* moi !

Il finit par raccrocher avec un soupir d'agacement et, seulement alors, lâcha son poignet.

— Vous savez, sans tout ce maquillage sous lequel vous cachez votre visage…

Il s'interrompit pour examiner sa peau claire et pure, ses cheveux attachés en une queue-de-cheval basse, sa tenue qui n'avait rien à voir avec ce dont Gordon devait raffoler.

Juan, lui, la trouvait *très* affriolante ainsi. Estelle paraissait encore plus jeune sans maquillage, et son pyjama laissait imaginer les courbes parfaites qui se cachaient dessous.

D'ailleurs, il ne se priva pas de le faire.

— … vous êtes splendide, conclut-il. Comment Gordon a-t-il pu vous laisser échapper ?

— J'avais besoin de prendre l'air, répondit-elle, sur ses gardes.

— Moi, je me cache, lui confia Juan.

— De qui ? Araminta ?

— Quelqu'un a dû lui donner mon numéro. Il va encore falloir que j'en change…

Estelle sourit, non sans éprouver une certaine compassion pour l'autre femme.

Le téléphone de Juan sonna de nouveau. Celui-ci poussa un soupir, mais ne décrocha pas.

— Drôle de journée, n'est-ce pas ? se contenta-t-il de dire, avant de se diriger vers la balustrade pour admirer l'aube naissante.

Estelle acquiesça d'un signe de tête puis regarda à son tour le ciel nocturne. La jeune femme semblait visiblement à l'aise avec le silence, songea Juan. Lui, au contraire, cherchait à remplir ses jours et ses nuits de bruit et d'action, pour éviter de se retrouver seul avec ses pensées.

Il fut le premier à briser le silence, désireux d'entendre la voix d'Estelle.

— Quand repartez-vous ?

— Dès ce matin. Et vous ?

— Le plus tôt possible.

Il s'accouda à la balustrade, et Estelle aperçut alors la grande cicatrice qui courait depuis son épaule jusqu'à sa taille. Il tourna la tête vers elle et lut le choc sur son visage. D'ordinaire, il refusait d'expliquer la cause de cette blessure, peu enclin à éveiller la pitié d'autrui. Mais cette nuit, quelque chose le poussait à en parler.

— Ça date d'un accident de voiture…

— Celui qui a tué votre mère ?

Il acquiesça d'un bref hochement de tête puis reprit sa position initiale, le visage tourné vers la nuit. La présence de cette jeune femme lui était agréable. Car s'il vivait la seconde nuit la plus longue de son existence, cette fois, il n'était pas tout seul.

— Alors, reprit-il, que faites-vous *vraiment* avec un homme comme Gordon ?

— Il est gentil.

— Il existe beaucoup d'hommes gentils sur terre. Ce n'est pas une raison pour…

Il ne compléta pas sa phrase, certain qu'elle comprenait là où il voulait en venir.

— Etes-vous avec lui pour votre frère ? l'interrogea-t-il alors.

Liée par le secret, Estelle ne pouvait répondre à cette question. Pourtant, tous deux connaissaient la vérité.

— Avez-vous des frères et sœurs ? lui demanda-t-elle son tour.

Il y eut un long silence. Le père de Juan l'avait prié de ne rien révéler encore, mais tôt ou tard, cela allait finir par sortir au grand jour.

— Vous m'auriez demandé cela hier, ma réponse aurait été négative, commença-t-il en la regardant, satisfait de voir qu'elle ne le pressait pas de questions. Ce matin, mon père m'a annoncé que j'avais un frère, Luka. Luka Sanchez Garcia.

Prononcer ce nom était tellement étrange pour lui !

Grâce à la petite leçon qu'il lui avait dispensée plus tôt, Estelle en déduisit que les deux frères n'avaient pas la même mère.

— Quel âge a-t-il ?

— Vingt-cinq ans. Je suis entré dans le bureau de mon père ce matin, prêt à recevoir mon sermon habituel, à savoir quand vais-je trouver une épouse et rentrer enfin dans le rang. Mais là, je dois avouer qu'il m'a surpris. Mon père est mourant. Il souhaite mettre les choses au clair avant de disparaître.

— Cela a dû vous faire un terrible choc…

— Les secrets de famille ne sont pas rares, mais là, il s'agit carrément d'une vie parallèle. Son autre famille habite San Sebastian, dans le nord de l'Espagne. Plus jeune, je croyais que s'il y allait si souvent c'était pour ses affaires. Mais maintenant, j'en connais la vraie raison. Son assistante, Angela, a toujours été si présente…

Il haussa les épaules et secoua la tête. Il avait toujours considéré Angela comme une deuxième maman et lui avait accordé une confiance aveugle.

Les yeux clos, il se souvint comment, au sortir du bureau de son père, il avait crié des choses terribles à la seule femme qu'il pensait dénuée de toute perfidie.

— Nous nous sommes toujours très bien entendus, reprit-il avec un sourire contrit. Et à présent, je comprends que le fils dont elle parle si souvent est en fait mon demi-frère. Moi qui me targuais d'être fin psychologue, je réalise que je vivais dans l'ignorance la plus complète !

Il en avait assez dit pour ce soir. Trop dit, même.

— Donc, pour répondre à votre question : oui, j'ai un frère. Mais contrairement à vous, il ne m'est pas cher.

— Si vous le rencontriez, peut-être changeriez-vous d'avis.

— Ça ne risque pas de se produire !

Estelle fut parcourue d'un frisson, dû autant à la fraîcheur de l'air qu'à l'amertume qui tintait la voix de Juan.

— Je vais rentrer à l'intérieur, annonça-t-elle.

— Non, restez s'il vous plaît.

Estelle devait rentrer, retrouver la présence rassurante de Gordon. Mais elle ne voulait pas quitter Juan. Pourtant, il le fallait car plus elle restait en sa présence, plus elle sentait la faiblesse l'envahir.

— Bonsoir, Juan.

— Restez…

Elle secoua la tête, soulagée d'entendre le téléphone de Juan sonner de nouveau. Tandis qu'il s'en saisissait, elle en profita pour tourner les talons. Mais alors qu'elle s'apprêtait à regagner sa chambre, elle entendit la voix irritée d'une femme dans le couloir.

— Décroche, Juan ! Qu'est-ce que tu fabriques ?

Rapide comme l'éclair, Juan éteignit son téléphone et saisit Estelle par le bras pour l'attirer dans l'ombre.

— J'ai besoin d'un petit service, lui chuchota-t-il au creux de l'oreille.

Et avant même qu'elle ne puisse répondre, il l'enlaça et s'empara de ses lèvres en un baiser enfiévré.

Estelle voulut se débattre, résister à cet assaut brûlant, mais elle était incapable d'effectuer le moindre geste.

Elle entendit Araminta appeler Juan au loin, puis s'éloigner peu à peu.

Il pouvait arrêter, à présent, pensa-t-elle. Mais il n'en faisait rien, cherchant sa langue de la sienne, descendant une main vers le bas de ses reins, tandis que l'autre se glissait entre les pans de son pyjama entrouvert.

Sa poitrine à moitié dénudée effleurait son torse, et il émit un soupir sensuel.

— Ne le rejoignez pas…, murmura-t-il sans lâcher ses lèvres.

Non, il ne supportait plus de l'imaginer dans le lit de Gordon. Il lui fallait lui exposer son projet dès maintenant, décida-t-il.

— Partez avec moi.

Estelle mesura à cet instant l'ampleur du malentendu qu'elle-même avait contribué à créer : Juan présumait que, pour elle, ce genre de transaction allait de soi. Qu'elle se donnait simplement au plus offrant.

Et tandis qu'il s'approchait de nouveau pour prendre ses lèvres, elle leva la main et le gifla. Elle n'avait pas d'autre moyen de le repousser.

— Pourquoi le devrais-je ? Parce que vous payez davantage, c'est ça ? s'écria-t-elle, dégoûtée à l'idée qu'il puisse la prendre pour ce qu'elle n'était pas.

— Ce n'est pas ce que je voulais dire…

Juan savait qu'il méritait cette gifle. Sa suggestion prêtait à confusion. Pourtant, en cet instant, il ne pensait plus à résoudre ses propres problèmes.

Non, il refusait simplement de la voir partir pour un autre.

— Ce que je voulais dire…

— Je sais très bien ce que vous vouliez dire !

C'est alors qu'une voix derrière eux interrompit leur échange.

— Salaud !

Ils se tournèrent pour découvrir Araminta, les yeux rougies de larmes, une expression incrédule sur le visage.

— Tu disais être fatigué, ne pas vouloir sortir de ton lit !

— Retourne te coucher, Araminta, s'écria Juan, agacé par cette intrusion.

Estelle comprit alors combien l'homme pouvait se montrer virulent lorsqu'il le voulait.

— N'as-tu pas compris que tu ne m'intéressais plus ?

Sur ces paroles, il lui tourna le dos afin d'aider Estelle, mortifiée, à rattacher les boutons de son pyjama. Mais celle-ci balaya sa main d'une tape furieuse.

— Ne me touchez pas !

Elle quitta le balcon en courant, retourna dans sa chambre et se glissa sous les draps.

Puis, avec le sifflement de l'appareil de Gordon en fond sonore, elle s'efforça alors d'oublier la sensation des mains de Juan sur sa peau, celle de ses lèvres…

D'oublier ce désir inconnu qui s'était emparé d'elle.

8

Le lendemain matin, elle raconta à Gordon comment Juan l'avait embrassée pour éviter une autre femme. Le vieil homme se montrait si prévenant avec elle qu'elle ne pouvait imaginer lui mentir. Elle se sentait pourtant terriblement honteuse.

— Allons, ne le soyez pas, la rassura-t-il. Me retrouver en compétition avec le beau Juan Sanchez Fuente ne peut que parfaire ma réputation. Et maintenant, coiffez-vous, mettez une tonne de maquillage et descendons prendre le petit déjeuner !

Estelle s'exécuta, passa une jupe trop courte et s'attacha les cheveux en une queue-de-cheval haute.

— J'ai l'air d'un clown, se lamenta-t-elle devant son reflet.

— Eh bien, au moins, vous me faites rire !

En bas, les convives restés pour la nuit s'attablaient autour d'un fastueux petit déjeuner à l'écossaise.

Par chance, Juan était parti, et Estelle n'eut qu'à endurer les œillades assassines d'Araminta à l'autre bout de la table. Elle se sentait soulagée de ne pas le voir et, à la fois, étrangement déçue, un sentiment qu'elle préférait ne pas trop tenter d'analyser.

Elle ne revint chez elle qu'en fin de journée. Gordon la raccompagna jusqu'à sa porte, puis lui fit ses adieux, et elle pénétra dans l'appartement avec un long soupir de soulagement, avant d'aller voir Ginny dans sa chambre.

— Comment te sens-tu ?

— Au fond du gouffre !

Ginny n'avait en effet pas l'air en forme.

— Je vais aller chez mes parents quelques jours. Mon

père vient me chercher. J'ai besoin de ma maman et de bons petits plats.

— Tu as bien raison.

— Alors, et ce mariage ?

— C'était bien, répondit Estelle, évasive.

Nul doute que Ginny apprendrait tous les détails croustillants par Gordon. Estelle était encore agacée qu'ils aient tous deux discuté de sa virginité. Mais à voir son amie si malade, elle préféra reporter à plus tard cette petite mise au point.

— Tu vois, je t'avais dit de ne pas t'inquiéter, lui fit observer Ginny.

Le téléphone sonna, et le cœur d'Estelle bondit en voyant s'afficher le numéro de son frère.

— J'espère qu'il a décroché le poste !

Non. Il ne l'avait pas décroché.

— Encore raté, lui dit-il à l'autre bout du fil. Personne ne semble vouloir d'un employé en fauteuil.

Estelle percevait le désespoir qui teintait sa voix.

— Je suis sûre que tu vas finir par trouver, l'encouragea-t-elle avec une conviction forcée. Tu dois juste continuer de postuler.

Le père de Ginny klaxonna dehors, et Estelle se leva.

— Ecoute, je dois raccrocher. Je te rappelle demain, pour discuter…

Elle ne savait comment lui annoncer qu'elle avait un peu d'argent pour lui, quand bien même un mois de loyer ne pouvait suffire à soulager Andrew et sa femme bien longtemps, elle le savait. Elle devait réfléchir à une solution plus durable.

— Ton père est là ! cria-t-elle en direction de Ginny.

— Merci encore pour hier soir, lui dit celle-ci en attrapant son sac avant de sortir pour aller rejoindre son père.

Ginny était bien trop groggy pour remarquer la luxueuse berline garée un peu plus haut dans la rue.

Mais Juan, lui, ne manqua pas d'apercevoir Ginny. Et il fronça les sourcils en constatant qu'Estelle et l'ex de Gordon vivaient sous le même toit. Après les révélations que lui avait faites son propre père, plus rien ne pouvait l'étonner, mais il devait reconnaître que cette découverte le décevait quelque peu.

La rencontre entre Estelle et Gordon tenait-elle réellement

du hasard ? Ou les deux jeunes femmes travaillaient-elles dans une agence d'escort-girls ?

Juan réfléchit. Après tout, si tel était le cas, il pouvait y voir un avantage : il lui fallait trouver une femme solide. Une femme capable de séparer sexe et sentiments et de considérer la proposition qu'il s'apprêtait à lui soumettre comme une opportunité financière plutôt que comme une promesse romantique.

Pourtant, un désagréable pincement lui tenaillait le ventre tandis qu'il s'approchait de la porte. Depuis la veille, l'idée de savoir Estelle avec Gordon le rendait fou de rage.

Estelle serait tellement mieux avec lui !

Etait-ce présomptueux de le penser ? se demanda-t-il en gravissant les marches du perron. Peut-être. Mais il possédait suffisamment de bon sens pour savoir qu'il avait raison.

— Qu'as-tu encore oublié ? s'exclama Estelle avant de se figer quand elle vit qu'il ne s'agissait pas de Ginny.

Juan, sourire aux lèvres, l'étudiait avec attention. Il préférait sa tenue de la veille sur le balcon, mais tout compte fait, son apparence actuelle — minijupe, maquillage outrancier, cheveux laqués — facilitait les choses.

— Que voulez-vous ?

— M'excuser pour hier soir. Je crois que vous m'avez mal compris.

— Non, je vous ai très bien entendu, assura-t-elle avant de hausser les épaules. Mais puisque vous y tenez, j'accepte vos excuses. Et maintenant, si vous le permettez…

Alors qu'elle s'apprêtait à lui fermer la porte au nez, Juan sut qu'il n'avait plus de temps à perdre. Il fallait agir.

— Vous avez raison ! Je ne voulais pas vous voir retourner avec Gordon, mais c'est parce que…

La porte se refermait sur lui, et Juan décida alors d'aller droit au but.

— Je voulais vous demander en mariage.

Estelle se figea, saisie de stupeur, puis partit d'un grand rire nerveux.

Après la tension de ces dernières vingt-quatre heures, le

désespoir de son frère au téléphone, et maintenant, Juan, debout devant elle, dans toute l'élégance de son jean noir et de sa chemise immaculée, qui se moquait ouvertement d'elle… Que pouvait-elle faire d'autre qu'éclater de rire ?

— Je suis sérieux.

— Mais oui, bien sûr, aussi sérieux qu'hier soir, quand vous m'avez assuré ne jamais vouloir vous marier !

— En effet, je ne crois pas au mariage d'amour, concéda-t-il. Mais j'ai besoin d'une épouse. Une femme sensée, qui sait ce qu'elle veut et comment l'obtenir.

Encore une de ces désagréables allusions, songea Estelle. Elle s'apprêtait à refermer la porte pour de bon quand elle aperçut le chèque que Juan tenait dans la main. Un chèque où elle lisait son propre nom, inscrit à côté d'un montant faramineux. Non, il ne pouvait être sérieux. Elle posa les yeux sur lui et comprit qu'il l'était. Il voulait la payer pour ses services. Tout comme Gordon l'avait fait.

Estelle déglutit avec peine, consciente que, malgré tout ce que Juan pouvait penser d'elle, elle ne devait pas trahir le secret de Gordon.

— Ecoutez, je ne sais pas ce que vous avez dans la tête, mais Gordon et moi…

— Voulez-vous dire, Gordon, *Ginny* et vous ? rectifia-t-il, satisfait de la voir rougir sur-le-champ. Sortez-vous toutes les deux avec lui ?

— Je n'ai pas à vous donner d'explication.

— Certes, concéda-t-il.

— Comment avez-vous su où j'habitais ?

— J'ai fouillé votre sac quand vous dansiez avec Gordon.

Estelle cligna les yeux. Au moins, il fallait reconnaître à cet homme une sincérité à toute épreuve, reconnut-elle pour elle-même. Décidément, il l'intriguait de plus en plus. Le bon sens lui soufflait de refermer la porte, mais alors qu'elle observait ces yeux noir d'encre, la curiosité la gagna. Elle voulait en savoir davantage sur cet homme qui n'avait plus quitté son esprit depuis qu'elle avait croisé son regard.

— Allez-vous vous décider à me laisser entrer ? Je ne demande que dix minutes de votre temps. Ensuite, si vous souhaitez encore que je parte, je le ferai, et jamais plus je ne vous solliciterai.

Il parlait avec tant d'assurance ! songea Estelle. Pour lui, tout cela tenait d'une simple transaction. Et il s'imaginait qu'il en était de même pour elle.

Et à bien y réfléchir, mieux valait rester dans ce registre, décida-t-elle.

— Dix minutes, accorda-t-elle finalement, avant d'ouvrir la porte.

Juan jeta un regard autour de lui, curieux de découvrir un logement étudiant typique. Estelle n'avait rien d'une étudiante typique, pourtant.

— Vous êtes étudiante ?

— Oui.

— En quoi ?

Estelle hésita, rétive à trop révéler d'indices.

— En architecture ancienne…

— Vraiment ?

Juan fronça les sourcils, stupéfait de cette réponse.

Estelle l'invita à s'asseoir, ce qu'il fit, puis elle choisit un fauteuil de l'autre côté du petit salon. Juan alla à l'essentiel.

— Je vous ai dit que mon père était malade, dit-il, tandis qu'elle acquiesçait d'un signe de tête, et qu'il rêvait de me voir marié. Or, maintenant que sa mort approche, il souhaite plus que tout accélérer les choses.

Estelle resta silencieuse.

— Vous ai-je dit qu'il m'avait révélé avoir eu un autre fils ?

Estelle acquiesça de nouveau.

— Eh bien, il m'a juré que si je refusais d'exaucer son souhait, il laisserait sa part de l'entreprise à mon…

Non, il ne parvenait pas à appeler Luka son *frère*. Il secoua la tête avec amertume.

— Je ne peux accepter ça. Voilà pourquoi je suis ici ce soir.

Il releva le visage vers Estelle, qui aperçut la lueur de détermination qui animait son regard.

— Pourquoi ne pas demander Araminta en mariage ? suggéra-t-elle avec un détachement feint. Je suis sûre qu'elle ne demande que ça.

— J'y ai vaguement pensé, admit-il. Mais je ne crois pas qu'elle apprécierait le fait qu'il s'agisse avant tout d'un marché. Elle s'imaginerait que l'amour finirait par triompher, qu'un bébé parviendrait à me faire changer d'avis. Mais aucune chance. C'est pourquoi je suis venu vous trouver. Vous semblez avoir un certain sens des affaires.

— Mais vous ne savez rien de moi.

— J'en sais assez pour déduire que vous n'avez aucun mal à séparer sexe et sentiments.

Estelle retint son souffle. Selon toute apparence, il la considérait comme une prostituée, or, elle ne pouvait le contredire.

— Nous paraissons attirés l'un vers l'autre, poursuivit-il avec la même décontraction. Nous aimons tous les deux faire la fête, et nous partageons le même goût pour les affaires.

Mise à part la première affirmation, il avait tout faux, songea-t-elle. Car oui, elle se sentait indéniablement attirée vers lui. Sa peau frémissait encore du contact de ses mains, ses lèvres brûlaient encore du baiser échangé la veille…

Perdue dans ses pensées interdites, elle se ressaisit et s'efforça de se concentrer sur ce que Juan lui disait.

— Estelle, mon père n'en a plus que pour quelques semaines à vivre. Vous ne partiriez pas si longtemps…

— Partir ?

— Je vis à Marbella.

Elle secoua la tête avec fermeté.

— Juan, ma vie est ici. Ma nièce est malade, je dois suivre mes cours…

— Vous rentreriez avec un compte en banque bien garni.

Il l'observa, avec ses paupières fardées, ses lèvres trop rouges, sa coiffure sophistiquée. Il préférait se souvenir d'elle sur la terrasse, le visage nu, au naturel. Cela ne le concernait en rien, pourtant il refusait de la voir mener une telle vie. Soudain, apaiser son père ne constituait plus la seule raison pour laquelle il voulait qu'elle accepte de le suivre.

— Je ne vous juge pas, Estelle. Mais sachez que vous pourriez alors faire ce que bon vous semble sans plus jamais vous soucier de l'état de vos finances.

Estelle se releva et alla à la fenêtre, peu désireuse de lui montrer les larmes qui baignaient ses yeux. Un instant, au ton de sa voix, il avait presque semblé tenir à elle.

— Je ne vous demanderai pas de cuisiner pour moi ou d'organiser des dîners, n'ayez crainte, poursuivit-il. Je travaille du matin au soir. Vous n'aurez qu'à faire les boutiques pendant ce temps. Nous dînerons dehors tous les soirs. Et j'ai mes entrées dans tous les clubs de la ville. Vous ne vous ennuierez jamais.

Décidément, il n'avait pas la moindre idée de qui elle était en réalité…

— Après la mort de mon père, ajouta-t-il, nous déclarerons simplement que notre couple n'a pas supporté cette épreuve. Personne ne saura que vous vous êtes mariée pour l'argent. Le contrat le stipulera.

— Un contrat ?

— Cela va de soi, affirma Juan. Cela nous protégera tous deux. J'ai dépêché mon avocat par avion pour que nous puissions nous réunir demain et régler les formalités.

— Juan, mon frère ne voudra jamais croire à cette mascarade.

— Et pourquoi pas ? Je lui dirai que nous nous sommes rencontrés l'année dernière, quand vous étiez en Espagne. Mais bien sûr, avec l'accident de votre frère, ce n'était pas le moment de lui en parler.

De toute évidence, il avait pensé à tout. Estelle n'en revenait pas.

— Je ne veux pas lui mentir.

— Ah oui ? Vous ne lui cachez rien, c'est ça ? Est-il donc au courant pour Gordon ?

Estelle ne sut quoi répondre. Bien sûr, son frère ne savait pas tout de sa vie. Elle esquiva sa remarque par une pirouette.

— Et votre famille à vous ? Vous croirait-elle ?

— Hier, par simple précaution, j'ai dit à l'assistante de mon père avoir rencontré une jeune femme. Evidemment, je ne pensais pas encore à vous, mais ça, il l'ignore.

Tout concordait.

Juan vit le plissement qui marquait le front de la jeune femme disparaître tandis que s'évanouissaient ses derniers doutes, et il comprit que son plan allait fonctionner. Il était temps de la laisser seule réfléchir à tout cela.

— Je dois partir, annonça-t-il avant de déposer le chèque et deux cartes de visite sur la table. Voici l'adresse de l'hôtel où se tiendra la réunion avec mon avocat. L'autre comporte mes coordonnées pour aujourd'hui. Je vais en changer dès demain pour éviter les appels intempestifs d'Araminta.

Estelle restait muette de stupeur. Elle posa les yeux sur la cheminée, où trônait une photo de son frère et d'Amanda entourant la minuscule Cécilia, dont le teint diaphane trahissait sa maladie.

Elle en avait assez de se battre. Pourtant, elle peinait à croire qu'elle puisse considérer l'offre de Juan avec sérieux. Après tout, elle avait bien accepté celle de Gordon, se rappela-t-elle.

Demain, elle s'était apprêtée à annoncer à son frère qu'elle interrompait ses études et qu'elle emménageait avec eux pour les aider. Elle avait déjà pris la décision de changer sa vie, autant la changer de façon spectaculaire.

Elle alla dans la cuisine sous prétexte de préparer du café, mais avant tout pour rassembler ses esprits, au calme.

Achetée par Juan.

Estelle ferma les yeux. Cela allait à l'encontre de tout ce en quoi elle croyait. Pourtant, il ne s'agissait pas seulement d'argent.

Un homme aussi beau que Juan pour premier amant... L'idée de partager son lit et sa vie, ne serait-ce que pour une courte durée, la séduisait autant que le chèque qu'il avait rédigé.

Elle laissa échapper un petit soupir, soudain saisie d'un délicieux frisson d'appréhension.

— Pas pour moi.

Elle se retourna pour voir Juan, debout dans l'encadrement de la porte, qui la regardait verser du café dans deux tasses.

— Je vous laisse réfléchir à ma proposition. Si vous ne venez pas à la réunion, j'accepterai votre décision et annulerai le chèque. Comme je l'ai dit, je change de numéro de téléphone demain. Après cela, il sera trop tard pour changer d'avis.

Jamais une telle occasion ne se représenterait, Estelle le savait.

9

Les événements s'étaient enchaînés à une vitesse qu'Estelle peinait encore à mesurer.

Après une nuit sans sommeil, passée à peser le pour et le contre, elle avait fini par se résoudre à appeler Juan.

La réunion avec son avocat avait duré des heures ; ils avaient peaufiné les moindres détails de la cérémonie et discuté les clauses spécifiques du contrat.

Devant l'insistance de Juan à ce qu'elle fasse venir l'ensemble de sa famille, elle avait fini par lui confier à contrecœur que ses parents étaient morts. Quant à son frère et sa belle-sœur, ils ne pourraient venir en raison de la maladie de leur petite fille.

A la mention de l'accident de voiture de ses parents, elle avait bien remarqué la stupéfaction de Juan en découvrant qu'ils avaient donc connu la même tragédie. Mais elle avait préféré ne pas en dire davantage, consciente que les termes de leur contrat n'encourageaient pas à verser dans le sentimentalisme.

Non, comme lui, elle se devait de rester froide et imperturbable. Professionnelle, en somme.

A présent, elle se tenait sur la terrasse du luxueux appartement de Marbella, où elle était arrivée deux jours plus tôt, et admirait la marina dans la lumière matinale. Tout ici était à couper le souffle. Chaque pièce, à l'exception de la salle de cinéma, offrait une vue spectaculaire sur la Méditerranée. A eux seuls, sauna et Jacuzzi faisaient presque la taille de son logement d'étudiante, et le dressing spécialement aménagé pour elle contenait plus de vêtements qu'elle n'en avait jamais possédés. Seule anomalie : les placards et le réfrigérateur de la cuisine étaient vides.

— Appelle le traiteur si tu ne veux pas sortir, lui avait suggéré Juan. On te livrera tout ce que tu désires.

L'unique élément un peu familier trônait sur le mur, dans un cadre magnifique : une photo d'eux deux prise lors du mariage écossais. A bien y réfléchir, Estelle avait le vague souvenir d'un flash qui l'avait éblouie au moment où elle riait d'une plaisanterie de Juan. Le photographe les avait sans doute considérés comme un couple, et il fallait reconnaître que le cliché était réussi : elle arborait un sourire rayonnant, et lui semblait parfaitement à son aise, comme s'il avait lui-même fait en sorte que la photo soit prise à cet instant précis.

D'ailleurs, se pouvait-il qu'il se soit arrangé avec le photographe pour que celui-ci exécute ce portrait d'aspect pourtant si spontané ? Maintenant qu'elle savait que Juan ne reculait devant rien pour obtenir ce qu'il souhaitait, Estelle avait de quoi s'interroger. Du reste, en scrutant plus attentivement l'image, elle se rendit compte qu'on avait estompé son maquillage et diminué la profondeur de son décolleté.

Cette retouche lui rappela aussitôt ce qu'elle incarnait aux yeux de Juan : une fille légère et vénale, qu'on pouvait acheter avec un simple chèque. Juan s'assurait à présent d'atténuer ce côté vulgaire afin qu'elle se conforme davantage à l'idée qu'il se faisait d'une épouse digne de porter son nom.

Sans cesse, elle devait s'assurer de jouer le rôle de cette femme-là. Une femme qui devait feindre le ravissement devant sa nouvelle garde-robe et prétendre adorer danser jusqu'à l'aube dans les boîtes de nuit.

Mais ce n'était pas ce qui occupait en priorité ses pensées ce matin, tandis qu'elle regardait les navires luxueux tanguer sur les flots scintillants en se demandant lequel d'entre eux appartenait à Juan.

Ce soir, elle serait à bord de *son* yacht.

Cette nuit, elle partagerait *son* lit.

Estelle ne savait ce qui la terrifiait le plus : perdre sa virginité ou que Juan découvre qu'elle n'avait jamais couché avec un homme auparavant.

Peut-être ne remarquerait-il rien ? se dit-elle sans espoir.

Mais elle n'avait aucune chance de déployer autant d'expertise au lit que ce que Juan attendait d'une femme comme elle.

— Un appel pour vous, la prévint Rosa, la domestique, la tirant de ses sombres pensées.

Amanda patientait à l'autre bout du fil.

— Comment ça se passe ? s'enquit celle-ci avec enthousiasme.

— Je suis morte de peur, lui avoua Estelle, contente de pouvoir, pour une fois, parler avec sincérité.

— C'est normal, la rassura Amanda. Quelle future mariée ne le serait pas ? Mais je suis certaine que Juan prendra bien soin de toi.

De toute évidence, le charme de ce dernier avait agi sur son frère et sa belle-sœur. C'est lui-même qui avait tenu à se présenter au téléphone et à leur expliquer la situation. Il n'avait eu aucun mal à les convaincre. Vu la force de persuasion qui le caractérisait, Estelle ne s'en trouvait pas si surprise.

— Comment va Cécilia ?

— Elle dort encore.

Il était 9 heures en Angleterre, et Cécilia s'était toujours réveillée aux aurores. Elle dormait de plus en plus ces derniers temps, mais si ce fait inquiétait Amanda, celle-ci s'efforçait toujours de rester positive et enjouée.

— Je vais lui passer une jolie tenue pour ton mariage et je t'enverrai la photo, lui assura celle-ci. Même si nous ne pouvons pas venir, sache que toutes nos pensées sont avec toi aujourd'hui.

Estelle la remercia et se retourna alors au bruit de la porte qui s'ouvrait derrière elle. Elle faillit lâcher le combiné à la vue de son frère.

— Andrew !

A l'autre bout du fil, Amanda éclata de rire.

— Ah ! Il est enfin arrivé ! Je suis désolée de ne pas être là aussi, Estelle. Mais avec Cécilia…

— Merci, murmura Estelle, soudain submergée par l'émotion.

— Je crois qu'elle est contente de me voir, intervint Andrew en s'emparant du téléphone avant de raccrocher après un bref échange avec sa femme.

— Je n'arrive pas à croire que tu es venu ! s'exclama Estelle.

— Juan a pensé qu'il était préférable que tu ne sois pas seule. Et puis, j'avais très envie de te mener à l'autel. Il m'a assuré qu'en cas d'urgence avec Cécilia, son jet personnel me ramènerait en deux heures.

Estelle peinait à croire que Juan ait fait tout cela pour elle. Jusque-là, elle n'avait pas pris la mesure de la peur que lui inspirerait ce mariage. Mais Juan, lui, y avait pensé.

— J'ai apporté quelque chose pour toi, dit Andrew.

Estelle se mordit la lèvre, priant qu'il n'ait pas dépensé de l'argent qu'il n'avait pas pour un mariage qui tenait de l'imposture.

— Te souviens-tu de ça ? lui demanda-t-il en ouvrant un boîtier. Papa les avait offertes à maman le jour de leur mariage.

Deux petites boucles d'oreilles en diamant scintillaient dans leur écrin. Estelle se sentit rongée de culpabilité.

— Assez de larmes, lui ordonna Andrew avec douceur. Allons, préparons-nous pour ce mariage.

Juan se laissait rarement gagner par la nervosité, mais tandis qu'il se tenait devant l'autel à attendre sa future épouse, il sentait une vague d'appréhension monter en lui.

Son père avait semblé croire à son histoire, et il se trouvait à présent au premier rang, aux côtés d'Angela, son éternelle assistante.

Un éclair de rage le traversa. Comment cette femme avait-elle le culot de se montrer là ? pesta-t-il en lui-même. Encore heureux qu'elle n'ait pas amené son fils caché avec elle !

Puis, il perçut le murmure qui parcourut l'assemblée et se retourna. Sa rage s'évanouit en un instant. Une seule pensée occupait maintenant son esprit.

Estelle était splendide.

Il avait craint que, livrée à elle-même, elle ne se rue sur le fond de teint et le mascara et arrive devant l'autel juchée sur des talons trop hauts.

Jamais il n'aurait imaginé une apparition aussi magnifique.

Sa robe crème en dentelle andalouse soulignait avec grâce ses courbes parfaites. Elle portait un bouquet de fleurs d'oranger, comme les mariées espagnoles, et arborait un discret rouge à lèvres corail, en parfaite harmonie avec la teinte claire de son visage. Depuis ses cheveux bruns relevés en un chignon lâche, jusqu'à ses boucles d'oreilles d'une élégante simplicité, il ne trouvait rien à changer.

Elle paraissait nerveuse, et il plaisanta pour la détendre.

— Tes talents de couturière laissent à désirer.

Estelle jeta un œil à sa chemise et ils échangèrent un sourire complice. La tradition voulait que la mariée brode un ornement sur la chemise de son époux.

Juan s'était attendu à y trouver un S, comme « Sanchez », mais en s'habillant ce matin, il y avait découvert avec étonnement un drôle de petit ananas. Il n'avait toujours pas la moindre idée de sa signification, mais se félicita de la voir enfin sourire tandis que commençait la cérémonie.

Ils s'agenouillèrent et, tout au long de l'office, il lui traduisit les paroles du prêtre à l'oreille, d'une voix douce et profonde qu'elle seule pouvait entendre.

— *El lazo*, l'informa-t-il alors que le prêtre déposait sur leurs épaules une sorte de chapelet de fleurs d'oranger. Il symbolise la pérennité du mariage.

Les joues d'Estelle s'enflammèrent devant une telle hypocrisie. Elle tremblait de honte de participer à cette mascarade. Un vent de panique monta en elle, mais avec une fermeté mêlée de douceur, Juan lui saisit la main et plongea ses yeux noirs dans les siens, comme s'il devinait son trouble.

— A présent, lui dit-il de la même voix douce et rassurante, le prêtre veut que tu lui montres les *Arras*.

Elle tendit la petite bourse qu'il lui avait donnée à son arrivée dans l'église et qui contenait treize pièces, symbole de l'engagement financier de l'époux envers sa promise.

C'était la seule part de vérité de cette cérémonie, songeat-elle avec amertume, tandis que le prêtre les bénissait.

Pourtant, tout cela semblait si vrai…

Le service prit fin et ils sortirent de l'église sous les hourrahs, accueillis par les jets de fleurs et de riz que leur lançaient les invités. La main de Juan, chaude et puissante, tenait fermement la taille d'Estelle.

Une série de petites explosions la fit alors sursauter.

— Des pétards, lui expliqua Juan. Désolé, j'ai oublié de te prévenir.

Lui aussi n'allait pas manquer d'exploser à son tour, songea-t-elle, quand ils allaient se retrouver au lit et qu'il découvrirait sa virginité. Mais il était désormais bien trop tard pour faire marche arrière.

La fête fut un véritable succès.

Comme Juan l'avait prévenue le soir de leur première rencontre, il n'y eut pas de discours mais simplement de la musique, de la danse et de la joie.

Estelle fit la connaissance de la famille de son époux, consciente que lorsque le secret du père paraîtrait au grand jour, l'amitié que tous affichaient en cet instant volerait sans doute en éclats.

— Mon fils a un goût très sûr, lui dit Antonio en l'embrassant sur les deux joues.

Estelle l'avait très brièvement rencontré la veille, et Juan s'était chargé de répondre à la plupart de ses questions, mais elle comme lui n'avait pas manqué d'apercevoir la lueur de doute qui éclairait sa pupille. Pourtant, à présent, le doute semblait se dissiper.

— Je suis ravi de voir mon fils heureux, ajouta le vieil homme avec une sincérité manifeste.

Durant leur première danse en tant qu'époux, alors que l'ensemble des convives les observait, Juan lui sourit avec douceur.

— Te souviens-tu de notre première danse ?

Comment aurait-elle pu l'oublier ? songea-t-elle, les joues en feu.

D'autres couples se joignirent à eux sur la piste. La musique se fit plus douce et sensuelle, et il effleura son bras. Elle frissonna à l'idée de ce qui l'attendait plus tard, se demandant si ces yeux, pour l'heure si doux et bienveillants, se chargeraient d'éclairs quand la vérité éclaterait. Mieux valait désamorcer au plus tôt sa colère…

— Juan..., commença-t-elle d'une voix hésitante. J'ai peur pour ce soir.

— Pourquoi cela ? s'étonna-t-il. Je vais prendre soin de toi, ne t'inquiète pas.

Et il n'y manquerait pas, se dit-il, surpris de cette soudaine envie de la protéger. Après tout, elle n'avait pas eu une vie facile. Il resserra les bras autour de sa taille et perçut de nouveau la tension qui l'agitait.

— Puis-je te demander pourquoi, chuchota-t-il au creux de son oreille, tu as brodé un ananas sur ma chemise ?

— C'est un chardon ! L'emblème de l'Ecosse !

Elle lui adressa un clin d'œil rieur, et il le lui rendit. Enfin, elle semblait plus détendue.

— Depuis ce matin, je me creuse la tête pour essayer de comprendre sa signification.

Elle se mit alors à rire franchement, et il se surprit à rire à son tour. Il baissa la tête et l'embrassa.

Il n'y avait rien d'anormal à cela, bien sûr. Quel époux n'embrassait-il pas sa femme ?

A maintes reprises depuis qu'il lui avait soumis sa proposition, elle avait eu des doutes — sur la moralité de cette union, surtout —, mais alors qu'il l'embrassait et qu'elle sentait la chaleur de ses lèvres sur les siennes, la caresse de sa main au creux de ses reins, elle se demanda si elle serait capable d'aller jusqu'au bout. Et il n'était plus ici question de sa virginité. A présent, elle avait de sérieuses craintes pour son cœur.

Sans doute était-ce la musique, la présence de son frère, le baiser de Juan... Tout cela, se dit-elle, justifiait son trouble. Comme si tout cela était vrai. Comme s'il s'agissait bien... d'amour.

Quelques instants plus tard, elle s'excusa et alla aux toilettes afin de rassembler ses esprits. Mais une mariée ne peut guère se cacher le jour de son mariage.

— Estelle ?

Elle se retourna au son de la voix féminine.

— Je suis Angela. L'assistante du père de Juan.

— Oui. Juan m'a parlé de vous, répondit-elle avec prudence.

— J'imagine qu'il n'a pas été tendre à mon égard, continua

la femme, les yeux brillant de larmes. Estelle, je n'ai jamais vu Juan plus heureux qu'aujourd'hui. Mais sachez que malgré ce qu'il pense de moi, je tiens beaucoup à lui. J'aimerais qu'il vienne nous rendre visite. Je veux que nous formions une véritable famille, même si cela ne doit pas durer.

— Vous auriez pu vous y prendre il y a des années, répliqua Estelle, dans l'espoir que sa réponse était celle que Juan aurait attendu de sa fidèle épouse.

— Je veux qu'il se réconcilie avec son père tant qu'il est temps. Je ne veux pas qu'il éprouve des remords ensuite. Je sais combien il se sent responsable de la mort de sa mère.

Estelle resta interdite. Elle connaissait si peu l'histoire de leur famille. Pourquoi Juan aurait-il dû se sentir coupable ? Il n'était qu'un enfant au moment de la mort de sa mère.

— J'ai toujours aimé Juan, poursuivit Angela. Je l'ai toujours considéré comme un fils.

— Alors, pourquoi avoir attendu si longtemps avant de lui parler ? s'écria Estelle, soudain furieuse. Si vous tenez tant à lui…

Elle s'interrompit. Elle n'avait aucun droit d'intervenir dans cette affaire. Son rôle consistait à faire en sorte que Juan obtienne sa part légitime d'héritage, rien d'autre. Elle devait garder cela à l'esprit.

Elle se contenta donc de tourner les talons, et sortit des toilettes pour se retrouver nez à nez avec Juan.

— Angela voulait me parler de toi, lui avoua-t-elle aussitôt. Je ne sais pas si j'ai bien répondu…

— Nous en discuterons plus tard, lui répondit Juan, qui avait vu Angela entrer à la suite d'Estelle. Pour l'heure, nous devons remercier nos invités.

— Une fête très réussie, les félicita Andrew, en prenant sa sœur dans ses bras avant de serrer la main de son nouveau beau-frère avec chaleur. Prends bien soin d'elle, Juan.

— N'ai aucune inquiétude à ce sujet, lui assura celui-ci.

— Je vous souhaite une superbe lune de miel.

Un chauffeur l'aida à grimper dans le taxi et à plier son fauteuil, et ils se firent leurs derniers adieux.

*
* *

Mis à part le personnel, il n'y avait plus personne dans la salle, à présent, sauf Juan et Estelle. Et comme la musique jouait toujours, ils dansèrent une dernière fois sur la piste.

— La présence d'Andrew m'a fait du bien, murmura-t-elle, les mains passées autour de son cou.

— Je le savais, répondit Juan avant de déposer un baiser au creux de son cou. Mais assez parlé des autres.

Estelle déglutit avec peine. D'une main, Juan suivait la ligne de son cou, et de l'autre, il effleurait la rangée de petits boutons qui fermaient son bustier jusqu'à la base de ses reins.

— Juan..., commença-t-elle, peinant pour ne pas se laisser enivrer par la sensation de ses lèvres sur ses épaules. Je n'ai jamais couché avec un homme...

Il émit un gémissement grave contre son épaule et l'attira à lui, jusqu'à ce qu'elle sente toute l'ampleur de son excitation. De toute évidence, il pensait qu'elle disait cela pour l'émoustiller.

— Je suis sincère, insista-t-elle, la voix tremblante. Tu seras mon premier amant.

— Alors, viens, lui chuchota-t-il de sa voix profonde. Faisons comme si c'était la première fois...

10

On les reconduisit à la marina au petit matin.

Alberto, le skipper, les accueillit à bord et les présenta au personnel navigant. Mais Estelle ne retint aucun prénom, à peine consciente du luxe des lieux, tant ce qui allait suivre la tourmentait.

Juan finit par congédier ses employés et s'approcha d'elle pour lui prendre des mains sa coupe de champagne.

— Demain, je t'offrirai une visite en bonne et due forme du bateau. Mais pour l'instant…

Plus d'issue possible. Il l'attira à lui et enfouit sa bouche dans son cou, avant de défaire d'un geste leste et sûr le nœud qui retenait son bustier.

Il s'attendait à trouver une guêpière, ou toute autre pièce de lingerie supplémentaire à ôter, et il émit un sourd gémissement de satisfaction quand apparurent les seins qui hantaient ses pensées secrètes depuis des jours.

— Juan, quelqu'un pourrait venir…

Estelle l'étonnait à croire qu'un membre de l'équipage puisse les surprendre. Et puis, le personnel de bord avait connu nombre de fêtes décadentes — une nuit de noces paraissait bien sage comparée à ce qui avait lieu d'habitude ici.

— Oui, *toi*, lui murmura-t-il d'un ton amusé. Allons, personne ne nous dérangera.

Il baissa la tête pour prendre entre ses lèvres la pâle aréole, qui réagit aussitôt sous la caresse. Mais tandis qu'il prenait l'autre sein en main, elle chercha à le repousser. D'abord surpris par sa réticence, il se souvint de leur petit jeu.

— Oui, bien sûr, susurra-t-il, sourire aux lèvres. Tu as peur…

Il la souleva et la porta vers la cabine principale sans cesser de l'embrasser. Il la déposa à terre et entreprit de lui ôter sa robe, couvrant chaque parcelle de peau dévoilée d'une pluie de baisers qui éveilla en elle un feu dévorant.

Après la robe, il lui enleva ses chaussures, ses bas. Et comme sa bouche s'attardait à présent sur le tissu soyeux de sa culotte, Estelle crut défaillir de plaisir.

— Juan…

Ses mains cherchaient à l'arrêter, alors que ses soupirs l'encourageaient à continuer.

— J'ai tellement envie de toi ! chuchota-t-il.

Il lui ôta sa culotte et s'agenouilla entre ses cuisses où sa langue experte alla trouver le bouton secret de son plaisir.

— Juan…, gémit-elle, les mains nouées dans ses cheveux, perdue entre extase et désespoir. Je ne t'ai pas menti. Je n'ai jamais couché avec un homme…

Visiblement, il refusait de la croire, et tandis que la jouissance l'envahissait, Estelle pria pour qu'il ne s'aperçoive de rien. Car malgré son inexpérience, son corps réagissait avec aisance. Elle se cambra contre sa bouche, en proie à la plus délicieuse des sensations.

Juan n'en pouvait plus. Il se redressa et ôta sa veste d'un geste impatient.

Le souffle court, tremblant de désir, elle lui défit les boutons de sa chemise et découvrit son torse voilé d'une toison brune. Il renversa la tête en arrière tandis qu'elle l'explorait de ses mains fébriles et lui dénouait sa ceinture.

Son érection s'affermit encore sous le passage léger de ses doigts.

— Estelle…, parvint-il tout juste à articuler.

Enfin, elle lui défit la fermeture Eclair et le libéra, glissant les doigts le long de son membre tendu de désir. L'idée qu'il pénètre en elle la terrifiait autant qu'elle l'envoûtait.

Ils échangèrent un long baiser, profond et sensuel, leurs langues s'entremêlant pour ne plus en former qu'une, puis il l'étendit sur le lit et lui entrouvrit lentement les cuisses.

— Doucement, supplia-t-elle, frémissant de peur et d'excitation mêlées.

— Il est bien trop tard pour cela.

Trop tard pour s'interrompre, trop tard pour se montrer doux. Mais alors qu'il s'enfonçait en elle, il l'entendit étouffer un cri de douleur et regretta aussitôt ses paroles.

Juan se figea. Hissé sur ses avant-bras, il la vit reprendre tant bien que mal sa respiration puis, avec d'infinies précautions, commença à se retirer.

Estelle avait naïvement pensé qu'il ne remarquerait rien, mais réalisait à présent qu'elle avait eu tort. Pourtant, elle le supplia de rester, s'efforçant de s'habituer à la douleur brûlante de la déchirure.

Peu à peu, elle parvint à se détendre, son corps s'habituant à le sentir en elle.

— Ne t'arrête pas.

— Sûre ?

Juan ne demandait qu'à continuer, mais refusait de la faire souffrir. Il entra un peu plus profondément en elle, le souffle court, tandis que, les mains sur ses fesses, elle le guidait et lui indiquait le rythme à prendre. Jamais aucune femme n'avait osé agir ainsi avec lui.

Repoussant à plus tard la question qui lui brûlait les lèvres, il s'abandonna à l'ivresse que lui procurait leur étreinte lente et enflammée. La bouche sur la sienne, il perçut la respiration d'Estelle qui se faisait plus rapide, son bassin qui se soulevait à mesure que le plaisir montait en elle, la pression de ses mains sur ses fesses, et il ne put se retenir davantage.

En un mouvement fougueux, il la pénétra plus profondément encore. Estelle se cambra tandis que chaque assaut la transportait d'extase, lui arrachant des soupirs de volupté.

Il allait vite, à présent, et elle noua les jambes autour de sa taille, stupéfaite de la rapidité avec laquelle son propre corps s'acclimatait au sien.

L'orgasme qui la submergea ne ressemblait à rien de ce qu'elle avait connu. Un cri rauque sortit de sa gorge alors qu'à son tour, il jouissait en elle, étouffant son gémissement de ses lèvres.

Ils restèrent étendus l'un contre l'autre un long moment sans rien dire, s'efforçant de recouvrer leur souffle, abasourdis par l'intensité de leur union.

Estelle finit par tourner le visage vers Juan, prête à subir un interrogatoire, une demande d'explication, mais celui-ci se contenta de se tourner vers elle et de l'attirer dans ses bras.

— J'aurais dû le deviner, murmura-t-il.

— J'ai essayé de te prévenir.

Il acquiesça d'un hochement de tête.

— Nous en parlerons demain.

Pour l'heure, ils s'enlacèrent et, dans les bras l'un de l'autre, épuisés et comblés, ils sombrèrent dans le sommeil.

A son réveil, Estelle ne sut plus où elle se trouvait pendant quelques secondes. Elle avait mal partout.

— Enfin réveillée ?

Elle se retourna et retint son souffle à la vue de Juan, une serviette nouée autour de la taille, le torse marqué de rougeurs là où elle se souvenait à présent l'avoir mordu.

Il prit une gorgée de jus de fruits que l'on avait apparemment déposé sur la table basse pendant leur sommeil, et elle aperçut alors les griffures sur son dos, qui témoignaient de la passion de leurs ébats.

— Je dois prendre une douche, parvint-elle tout juste à articuler.

— D'accord. Prend une douche et déjeune, puis nous parlerons.

— Déjeuner ?

— Il est presque 14 heures, lui indiqua-t-il avec un sourire amusé.

Estelle prit une gorgée de jus de pamplemousse et fila dans la salle de bains. Lorsqu'elle avait appris qu'ils passeraient leur lune de miel sur un bateau, elle s'était attendue à y trouver des installations sanitaires rudimentaires. Au lieu de cela, elle découvrait une salle de bains luxueuse, digne d'un véritable palace.

Mais aujourd'hui, elle n'y prêtait garde, l'esprit occupé par une seule pensée.

Son médecin lui avait rappelé l'importance de prendre sa pilule à l'heure tous les jours. Mais avec son réveil tardif, elle ne savait plus très bien à quel horaire s'en tenir.

La tête lui tournait. Juan allait sans nul doute vouloir reparler de cette nuit, et elle n'avait pas encore réfléchi à ce qu'elle allait lui dire.

Elle prit une douche rapide, se maquilla et se coiffa puis revint dans la chambre où, à son grand soulagement, Juan ne se trouvait pas. Elle choisit un maillot deux pièces parmi ceux qu'il lui avait achetés, et se drapa dans un paréo lilas avant d'enfiler ses espadrilles.

Soudain, son regard horrifié s'arrêta sur le lit.

Affolée à l'idée que la gouvernante découvre les taches de sang, elle entreprit d'enlever les draps avec précipitation.

— Que fais-tu ?

— Je fais le lit.

— Laisse ça, lui répondit-il d'une voix clairement impatiente. Le personnel s'en chargera. Je vais plutôt te montrer les lieux.

— Oh ! je préfère les découvrir par moi-même, répliqua-t-elle en passant devant lui.

— Tu ne pourras pas me fuir éternellement, la prévint-il avant de lui attraper le poignet. Mais ce dont nous devons parler peut attendre. Je ne veux pas que mon personnel doute de l'authenticité de cette lune de miel.

— Ne fais-tu pas confiance à tes employés ? s'étonna-t-elle, surprise qu'un homme de son rang ne puisse pas acheter facilement le silence de son entourage.

— Je ne fais confiance à personne, répondit-il avec un regard appuyé dans sa direction. Et pour cause…

Elle le suivit sur le pont supérieur, où elle fut aveuglée un instant par le soleil.

— Où sont tes lunettes solaires ? lui demanda-t-il.

— En bas. Je retourne les chercher.

Elle fit demi-tour, mais il la retint par le bras et demanda à l'un des employés de les lui apporter. Puis, il l'attira à lui et l'embrassa très lentement.

— Nous sommes ici pour deux jours, ma chérie. Autant profiter l'un de l'autre au maximum.

Estelle, le souffle coupé, resta muette. Une domestique lui tendit ses lunettes, puis Juan commença la visite.

Le salon qu'elle avait à peine remarqué la veille se révélait immense, doté de canapés bas et d'un écran de cinéma. Estelle fit de son mieux pour paraître enjouée.

— C'est l'idéal pour regarder des films, dit-elle avec une légèreté feinte.

— Voici la salle de sport, annonça-t-il ensuite en ouvrant une porte. Mais tu n'en auras pas besoin. Je veillerai à ce que tu fasses beaucoup d'exercice.

Ce ne fut qu'à cet instant, une fois la porte fermée derrière eux, qu'il se déchargea de la frustration qui le tenaillait depuis des heures.

— Si tu crois que nous allons regarder bien sagement des films, main dans la main…

— Je sais ce que tu attends de moi.

— Eh bien, ne l'oublie pas.

Juan s'était réveillé vers midi d'un sommeil réparateur, le seul sans cauchemar depuis des jours. Mais le bref sentiment de paix qui l'avait alors habité s'était évaporé dès qu'elle avait bougé dans ses bras, les draps froissés dévoilant ses seins ronds et fermes, pressés contre son torse. Son ventre doux à la peau si claire… La trace rouge sur l'intérieur de sa cuisse.

Il avait voulu la recouvrir du drap, mais ce geste l'avait troublée dans son sommeil, et il n'avait plus osé bouger, réprimant l'envie de l'attirer à lui et de l'embrasser. De lui faire de nouveau l'amour. Il avait senti la chaleur de sa paume sur son torse, hésitant un instant à la faire descendre plus bas… Mais il s'était ravisé.

Il lui avait ôté la main de son buste, puis avait observé son visage un long moment. Le voile de taches de rousseur sur son nez, ces lèvres pleines… Comment une si jolie personne pouvait-elle mentir ainsi ?

A présent, il se tenait dans la salle de sport, bien décidé à mettre les choses au clair.

— Je voulais une femme rompue à mon style de vie, commença-t-il. Une femme expérimentée. Notamment au lit.

Il vit ses joues devenir cramoisies.

Loin de lui l'idée de la mettre mal à l'aise. Mais cette petite mise au point lui semblait nécessaire : ils devraient cohabiter pendant plusieurs semaines et il ne pouvait risquer qu'Estelle engage ses sentiments. Il fallait lui rappeler les règles du jeu, la tenir à distance. Il ne voulait plus jamais avoir à blesser une femme.

— Que dirais-tu d'un Jacuzzi ? suggéra-t-il.

Elle perçut la lueur de défi dans ses yeux, sut qu'il la testait, et lui rendit son sourire.

— D'accord !

Elle le suivit sur le pont, s'efforçant d'ignorer le fait qu'il s'était entièrement dénudé. Elle ôta ses espadrilles, son paréo.

— Enlève ton haut.

Elle hésita, troublée par sa requête. Agacé par sa pruderie, Juan se surprit à souhaiter la mort imminente de son père, juste pour que tout ceci prenne fin au plus vite.

— Enlève ton haut, répéta-t-il.

Si elle croyait qu'elle était là pour admirer le paysage, ou pour que l'un et l'autre fassent mieux connaissance, elle allait vite se rendre compte de son erreur. Estelle l'avait peut-être pris pour un imbécile, mais il allait lui montrer qu'il n'en était rien !

Le visage enflammé, elle défit enfin le fermoir de son soutien-gorge d'une main tremblante, puis s'immergea presque aussitôt dans l'eau bouillonnante avant de finir de l'ôter et de le placer sur le rebord.

— Bonjour ! les salua le skipper.

Les poitrines dénudées étaient légion sur le navire de Juan Sanchez Fuente, et son skipper ne montrait aucune gêne à regarder Estelle droit dans les yeux, comme s'il n'y avait rien de plus ordinaire. Celle-ci, en revanche, semblait au bord des larmes malgré son sourire forcé, observa Juan.

— Nous mettons le cap vers Acantilados, les informa Alberto, avant de se tourner vers Juan. Souhaitez-vous y faire escale ce soir ? Le chef s'apprête à préparer le dîner et vous demande si vous aimeriez le prendre sur la plage ?

— Nous dînerons à bord, décida Juan. Nous irons ensuite à terre en jet-ski.

— Entendu, acquiesça Alberto, qui se tourna alors vers

Estelle. Avez-vous des préférences pour le dîner ? Une envie particulière à transmettre au chef ?

— Non, non. Tout m'ira très bien.

Elle avait prononcé ces mots avec un effort visible.

— Vous allez voir, cette baie est magnifique, continua Alberto avec engouement. Elle se situe non loin d'une zone plus construite, mais reste pratiquement vierge par endroits.

Il leur souhaita un bon après-midi, puis s'éclipsa.

— Les terres vierges sont rares de nos jours..., murmura Juan lorsqu'ils furent de nouveau seuls.

Estelle ne dit rien.

Il lui tendit le soutien-gorge, agacé de céder, mais rétif à l'idée de l'humilier. Elle semblait minée, constata-t-il en silence, non sans une pointe de culpabilité, tandis qu'il la regardait remettre son haut humide. Mais il se souvint alors de sa peur, la veille au soir, quand elle l'avait supplié de se montrer doux. Une demande qu'il avait ignorée...

Il avança vers elle et la tourna pour l'aider à rattacher les bretelles dans son dos. Puis, sans pouvoir s'expliquer son geste, il la prit dans ses bras et la tint jusqu'à ce qu'elle cesse de trembler.

Il déposa alors un baiser sur son épaule et termina enfin sa phrase commencée plus tôt.

— ... mais celle que j'ai découverte m'a émerveillé.

11

Le soir venu, ils arrivèrent dans la baie d'Acantilados sous un ciel embrasé de rose, le blanc des falaises scintillant de mille feux tandis qu'ils jetaient l'ancre dans une crique tranquille.

— Les plages sont superbes ici, leur indiqua Alberto. Et les touristes le savent. Mais celle-ci ne possède pas d'accès par la route.

Puis il se tourna vers Juan.

— Les jet-skis sont prêts.

Ce ne fut que lorsqu'il s'apprêtait à monter sur l'engin que Juan se souvint et se tourna vers Estelle, dont le visage s'était vidé de ses couleurs. Comment avait-il pu ne pas y penser ? se fustigea-t-il intérieurement.

— Estelle, je suis désolé. J'avais oublié l'accident de ton frère…

— Ce n'est rien, assura-t-elle. Il faisait l'imbécile, il allait trop vite… Il nous suffira d'être prudent.

En organisant cette virée en jet-ski, Juan n'avait pas imaginé se montrer prudent. Il adorait l'excitation que lui procurait la vitesse, et avait brûlé de ressentir ce frisson avec Estelle.

— Entendu, lui dit-il avec douceur, la main tendue vers elle. Monte avec moi.

Ils allèrent jusqu'à la plage à une allure bien plus raisonnable que ce qu'il avait prévu initialement.

La tête posée contre son dos, Estelle serrait fort sa taille alors que le jet-ski fendait l'écume des vagues. Son cœur battait à tout rompre, tant par la peur que lui inspirait le véhicule que par les questions qu'il ne tarderait pas à lui poser. Ou simplement par l'excitation de cette virée en mer.

Faire l'amour avec Juan s'était révélé la plus merveilleuse des expériences et à présent, tandis que la brise iodée et le sel de l'océan imprégnaient sa peau, elle ne regrettait rien. Même pas de lui avoir menti. Sentir le plaisir de Juan quand il était entré en elle restait le plus incroyable des souvenirs.

Pour l'instant, toutefois, il fallait se montrer forte et le convaincre enfin qu'elle était à la hauteur de la mission qu'il lui avait confiée.

Ils ralentirent à l'approche du rivage, et elle se détacha de lui à contrecœur pour mettre pied à terre.

— Quelle splendeur ! s'écria-t-elle devant les falaises. Tu as vu ça ?

Juan acquiesça d'un bref signe de tête, mais il semblait préoccupé par d'autres pensées. De manière inexplicable, la vue des falaises paraissait assombrir son humeur.

— Que t'a dit Angela l'autre soir, au mariage ? lui demanda-t-il à brûle-pourpoint.

Elle s'était attendue à un interrogatoire en règle sur son inexpérience, et fut quelque peu déroutée par cette question imprévue. Mais après tout, Juan n'éprouvait qu'un intérêt limité pour elle, se rappela-t-elle.

— Elle m'a suppliée de t'encourager à faire la paix avec ton père tant qu'il est encore vivant. Elle aimerait que nous leur rendions visite, à elle et à son fils.

— Il est trop tard pour jouer les familles heureuses.

— Elle m'a assuré qu'elle ne voulait pas que tu te sentes coupable comme tu l'avais été pour la mort de ta mère…

— La culpabilité devrait être partagée, répliqua-t-il sans s'étendre davantage.

Ils s'assirent sur le sable. Au large, les lumières du bateau se reflétaient sur l'eau turquoise, et l'on apercevait les membres de l'équipage s'activer pour préparer le dîner sur le pont. Estelle peinait à croire à l'existence d'un tel luxe. Un luxe qu'elle découvrait pour elle-même non sans déplaisir, certes. Mais le seul luxe qu'elle désirait par-dessus tout était celui de mieux connaître Juan.

— Je ne savais pas quoi lui répondre, finit-elle par lui avouer. J'ignore encore trop de choses de ta famille, et de toi.

— Eh bien, soit ! Je vais te dire ce que tu as besoin de savoir.

Il réfléchit un instant à la meilleure façon de présenter les choses, puis se lança.

— Mon grand-père maternel a commencé par monter un petit hôtel puis, quand les affaires se sont mises à marcher, il a acheté des terres au nord, à San Sebastian.

— C'est de là que vient Angela, n'est-ce pas ?

Juan acquiesça d'un signe de tête.

— A la mort de son beau-père, mon père a repris les rênes de la branche de San Sebastian. A ma naissance, la santé de ma mère a périclité. Aujourd'hui, je sais qu'il s'agissait en fait d'une dépression. C'est à cette époque qu'il a commencé à coucher avec Angela.

— Comment as-tu appris tout ça ?

— Mon père me l'a raconté le jour même où je t'ai rencontrée.

Il s'interrompit de nouveau, secoua la tête, puis reprit d'une voix plus grave, lasse et amère.

— Quand Angela est tombée enceinte, mon père s'est senti si coupable qu'il a tout raconté à ma mère, dans l'espoir qu'elle lui pardonne. Après une scène terrible, elle lui a dit de partir, et c'est ce qu'il a fait : Angela était alors sur le point d'accoucher. Il pensait que ma mère irait tout révéler à ses parents, mais ça n'a pas été le cas : elle a trouvé la mort dans un accident de voiture. A son retour, mon père a découvert que personne ne savait qu'il avait désormais un autre fils. Au lieu de le rejeter comme il l'avait craint, la famille de ma mère l'a accueilli de nouveau au sein de l'entreprise.

— Angela avait l'air de penser que tu t'en voulais pour la mort de ta mère…

— Tu n'as nul besoin d'en savoir davantage, déclara-t-il, péremptoire. A ton tour.

— Que veux-tu savoir ?

— Pourquoi m'as-tu menti ?

— Je ne t'ai pas menti.

— De la même façon que mon père ne m'a pas menti quand il a omis de mentionner l'existence d'un autre fils ? Qu'Angela, quand elle ne m'a pas révélé que Luka était mon frère ? Je vois. Alors, s'agirait-il plutôt d'une tromperie sur la marchandise ?

Il la vit serrer les mâchoires, le regard perdu à l'horizon.

— Je voulais une femme expérimentée.

— Désolée si tu t'attendais à plus de prouesses…

— Je ne parlais pas de sexe ! s'exclama-t-il. Je voulais une femme qui sache gérer ce genre d'alliance. Qui respecte sa part du contrat. Qui ne tombe pas amoureuse…

— Que vas-tu t'imaginer ? s'emporta-t-elle à son tour. Pourquoi tomberais-je amoureuse d'un homme froid et insensible qui ne pense qu'en termes de rentabilité et ne recherche pas la moindre affection ?

Elle enfonça les pieds dans le sable, envahie d'une rage nouvelle. Avec suffisamment de conviction, elle pouvait presque croire à ses propres paroles et ignorer que, la veille au soir, elle s'était endormie dans ses bras, la tête pleine de pensées indicibles. Les craintes de Juan avaient peut-être de quoi être fondées, finalement…

Mais hors de question de lui montrer le moindre signe de faiblesse, se rappela-t-elle en silence.

Elle se tourna et lui fit face, une expression déterminée sur le visage.

— Je suis ici pour l'argent, Juan. Je sors avec toi pour la même raison que je suis sortie avec Gordon.

Juan sembla réfléchir un instant, puis fronça les sourcils, confus.

— Mais si tu étais vierge, que faisais-tu avec Gordon ?

— Je ne couchais pas avec lui. Je remplaçais juste Ginny.

— Allons, tout le monde connaît la réputation de ce vieux séducteur !

— Contrairement à toi, il n'avait pas envie de venir seul à ce mariage, lui expliqua-t-elle, pesant ses mots avec prudence.

— Alors, il t'a payée pour être sa conquête d'un soir ? Ne vous êtes-vous pas rencontrés chez Dario's ?

Sa voix défaillit tandis qu'il comprenait le mal que le vieil homme s'était donné pour mettre en place cette supercherie. Son front se plissa alors davantage quand tout se fit jour en lui.

— Gordon serait-il… ?

Il ne termina pas sa phrase, conscient que cela ne le regardait en rien.

— Et toi, tu avais besoin de l'argent pour aider ton frère, c'est ça ?

Elle acquiesça en silence, puis eut un sursaut de panique.

— Ne lui dis rien, je t'en prie !

— Si j'avais une sœur, je ne voudrais pas qu'elle…

— Tu n'as même pas de sœur, et tu refuses de reconnaître le seul frère que tu aies.

— Quel est le rapport ?

— Nous sommes deux personnes bien différentes, Juan. Si je découvrais l'existence d'un frère ou d'une sœur, je ferais tout pour les rencontrer, pas pour tenter de les évincer.

— Je ne cherche pas à l'évincer. Je refuse simplement qu'il prenne ce qui me revient de droit !

Elle l'observa un instant. Ses lèvres, son regard, si sensuels, qui savaient à la fois attirer et tenir à distance celles qui s'approchaient d'un peu trop près…

— Tu passes à côté de tant de choses, Juan.

— Je ne passe à côté de rien, objecta celui-ci. J'ai tout ce que je veux.

— Tout ce que l'argent peut t'acheter, précisa-t-elle. Y compris, moi.

Il voulut alors la faire taire en s'emparant de ses lèvres, mais elle lui offrit un baiser sans chaleur, sans passion, bien différent de celui qu'ils avaient échangé la veille.

Cette fougue lui manquait, à présent. Il voulait retrouver l'intimité qui les avait unis. Mais pour cela, il devait prendre soin d'elle. D'ailleurs, il n'avait aucune envie de passer les prochains jours en compagnie d'une jeune femme tendue et triste, comme à présent. Il avait vu à quel point Estelle pouvait se montrer forte, et il admirait sa dévotion envers son frère et sa famille. Désormais, il la croyait quand elle prétendait ne pas vouloir de son amour.

— Allons, retournons à bord, dit-il alors, décidé à ne pas gâcher cette lune de miel décidément pleine de surprises.

12

— Allons nous changer pour le dîner, dit Juan une fois qu'ils furent revenus à bord. A tout à l'heure !

Mais Estelle, que la délicieuse odeur de cuisine avait mise en appétit, le rappela.

— Pourquoi devrions-nous dîner habillés ? Il n'y a que nous.

Juan parut hésiter un instant, puis haussa les épaules. Après tout, elle avait raison.

— Très bien. Alberto, veuillez prévenir le chef que nous sommes prêts.

Ils se rincèrent donc avec la douche du pont et prirent place à table, simplement vêtus de leurs maillots de bain.

Juan avait davantage l'habitude de prendre ses repas face à des femmes tirées à quatre épingles, mais il trouvait un certain charme à dîner à moitié nu.

— Je pourrais prendre goût à cette vie-là, commença Estelle, avant de s'interrompre, embarrassée. Enfin, je voulais dire…

— Je sais ce que tu voulais dire.

Elle fut soulagée de le voir sourire.

Ils dînèrent en discutant de sujets bien plus légers que tous ceux abordés jusque-là. Ils plaisantèrent, rirent, et dansèrent même sur le pont.

La nuit tombait doucement sur les eaux turquoise, et Juan enfouit le visage dans la chevelure brune de sa cavalière, moins enivré par le vin bu à table que par le parfum délicieux de sa peau tiédie par le soleil de la journée.

Estelle frissonna à ce contact.

— Je crois que j'ai attrapé un coup de soleil.

— J'en ai l'impression, oui, confirma-t-il en observant ses douces épaules légèrement rougies.

Ils passèrent dans le salon. Estelle commençait à se détendre. Au point de ne pas tenter de quitter ses bras quand un employé vint leur apporter un dernier verre de champagne.

— Allons au lit, lui murmura-t-il, une main glissée sous la bretelle de son haut pour libérer sa poitrine.

— Pas tout de suite, répondit-elle contre ses lèvres. Je n'arriverai jamais à m'endormir.

— Je n'ai aucune intention de te laisser dormir.

— Et si nous regardions plutôt un film ? proposa-t-elle en se libérant de son étreinte pour aller consulter sa collection de DVD.

Juan la considéra un instant, déconcerté. Son envie d'elle n'avait jamais été aussi forte, pourtant, il savait qu'il ne devait pas brusquer les choses. Après avoir connu cette jeune femme si abattue, il avait plaisir à la voir si enthousiaste. Et puis, la soirée ne faisait que commencer, après tout… Il aurait bien le temps d'assouvir son désir.

— J'adore celui-là, s'écria-t-elle, film en main, visiblement ravie.

Il ne s'était pas étendu sur un canapé pour regarder un film depuis une éternité.

Estelle frissonna. Les portes étaient ouvertes et l'air se rafraîchissait. Quand Juan attrapa une couverture et l'étendit sur eux, elle se lova contre lui.

— Tu as mal ? s'enquit-il, les lèvres sur ses épaules rougies.

— Un peu.

Elle s'efforça de se concentrer sur l'intrigue du film, tandis que lui préférait se concentrer sur elle. Il l'embrassa dans le cou et sur les épaules, puis fit glisser les mains vers ses seins, les massant lentement de ses paumes, en saisissant la pointe entre le pouce et l'index. Comme elle se laissait faire, il descendit plus bas encore, et défit le nœud de son Bikini.

Et tandis que ses doigts se glissaient en elle, il répéta la même question, cette fois beaucoup plus suggestive.

— Tu as mal ?

— Un peu, dit-elle de nouveau.

Mais il se montrait si doux qu'elle en frémit de plaisir.

Elle sentait le bateau tanguer, et Juan derrière elle, de plus en plus fébrile.

— Retourne-toi, Estelle, murmura-t-il dans un souffle.

— Une minute, c'est le moment que je préfère.

Les yeux fermés, elle ne regardait même pas le film. Elle se délectait de la sensation de ses doigts en elle et n'avait aucune envie qu'il arrête.

Il remonta un peu de façon que ses fesses nues se trouvent contre son bassin et trouva la position idéale. Elle le sentit alors s'introduire lentement, et si une certaine douleur subsistait, elle l'accueillit avec soulagement en elle.

— C'est *ça*, le moment que je préfère, lui susurra-t-il de sa voix basse et profonde.

Il allait et venait en elle, mais sans l'urgence de la veille, ses doigts agiles la menant bientôt au bord de la jouissance.

Très vite, un grand frisson d'extase parcourut Estelle, qui tenta de refouler encore un peu l'orgasme qui menaçait de la submerger.

Il trouva alors en elle un point si sensible qu'elle laissa échapper un petit cri de plaisir.

— C'est là ? demanda-t-il.

Estelle ne comprenait pas ce qu'il signifiait, mais lorsqu'il recommença, elle cria, plus fort cette fois.

— C'est là !

Ne pouvant se retenir davantage, elle se mit à sangloter de plaisir.

Un flot d'extase se répandit en elle, qui la fit vibrer tout entière. Juan gémit d'aise en la sentant se resserrer autour de lui et à son tour, s'abandonna à l'ivresse de la jouissance.

Ils mirent quelques instants à recouvrer leur souffle.

— C'était quoi, ça ? dit Estelle d'une voix éraillée.

— C'était *nous*, lui répondit-il.

Un étrange sentiment s'empara de lui alors qu'il réalisait à quel point il avait apprécié cette soirée avec elle.

Il ne s'agissait pas que de sexe, ni de leur conversation ni de leur dîner.

C'était un tout.

*
* *

— Nous devrions rentrer.

Ils avaient observé les poissons au masque pendant une bonne partie de la journée et se trouvaient à présent sur la plage, où leurs activités avaient pris une tournure moins innocente. Juan ne savait si c'était de l'entendre rire, de la sentir enlacé contre lui ou simplement de l'avoir à ses côtés qui l'emplissait de bien-être. Ils avaient passé deux jours et deux nuits de pur bonheur. Cette lune de miel initialement factice se révélait bien plus authentique que tout ce qu'il avait planifié.

Il l'embrassa sur la joue et lui dénoua les jambes de sa taille.

— Est-ce l'heure de dîner ? s'enquit-elle.

— Non, je voulais dire qu'il était temps de rentrer à Marbella.

Une fois à bord, ils passèrent dans leur chambre pour se préparer pour le dîner.

Tandis que Juan passait un coup de fil, Rita, l'esthéticienne, coiffait et maquillait Estelle pour le dîner. Ce soir, ils passaient leur dernière soirée sur le yacht, et elle avait envie de marquer cette occasion.

Elle enfila la robe que Rita lui tendait, se repassant à l'esprit tous les moments magiques vécus à bord. Comme si les termes du contrat s'étaient trouvés un temps suspendus, ils avaient passé leur temps à discuter, à rire, à manger, à faire l'amour… Mais Juan n'avait pas hésité à lui rappeler que les choses ne seraient plus ainsi à leur retour à Marbella.

Elle sentait déjà un léger changement dans l'humeur de ce dernier, dont la conversation téléphonique en espagnol semblait prendre une tournure désagréable.

— Ils vont se marier, annonça Juan quand il raccrocha. Mon père tient à régulariser le statut d'Angela. Il veut qu'elle ait son mot à dire dans les décisions médicales le concernant.

— Et qu'as-tu répondu ?

— Qu'il s'agissait de la première chose sensée que j'entendais de sa bouche depuis longtemps.

— Alors, comptes-tu assister à la cérémonie ?

Il ne répondit pas à sa question, préférant changer de sujet.

— Allons, viens. Le dîner ne va pas tarder à être servi. Ne faisons pas attendre le chef.

Le dîner était fabuleux. Le chef avait préparé une paella qui, même aux dires de Juan, était la meilleure qu'il eût jamais dégustée.

Pourtant, il toucha à peine à son assiette.

Il observa Estelle, plus belle que jamais. Elle avait la même coiffure que le jour de leur mariage, sa robe noire soulignait ses courbes à ravir…

Et soudain, une idée lui vint.

— Que dirais-tu si nous ne rentrions pas tout de suite à Marbella ?

Estelle avala sa bouchée avec peine et prit une gorgée d'eau en s'efforçant de ne pas s'étrangler. Une étrange nervosité l'envahit.

— Nous pourrions visiter les îles, prolonger notre périple, continuait-il.

— Pour ne pas assister au mariage de ton père, c'est ça ?

— Il a choisi de se marier pendant ma lune de miel. Il ignore que nous nous apprêtions à revenir.

— Il faudra bien que tu l'affrontes tôt ou tard.

— Ne me dis pas ce que j'ai à faire ! s'emporta-t-il avant de se ressaisir aussitôt. S'il veut un mariage serein, mieux vaut lui éviter ma présence. Surtout si Luka y va.

Il prit une longue bouffée d'air, puis se tourna vers elle avec un sourire.

— Alors, que dis-tu de ma proposition ? Je n'ai pas pris de vraies vacances depuis des années…

Il attendait sa décision, avant de se souvenir que la décision lui appartenait, à lui. Il payait pour sa compagnie, pas pour qu'elle ait son mot à dire.

— Je vais prévenir l'équipage, annonça-t-il.

Et sur ces mots, il disparut à l'intérieur en quête du skipper.

Estelle resta à table, peu à peu submergée par une vague de panique. Soudain, elle voulait retourner sur la terre ferme, revenir en lieu sûr. Car à vivre ainsi avec Juan, et à mieux le connaître jour après jour, elle en oubliait les termes du contrat.

Elle perdait pied avec la réalité, et savait qu'en s'abandonnant de la sorte, elle finirait par se perdre tout court.

Les « quelques jours » se muèrent en deux semaines.

Ils cabotèrent le long des côtes de Minorque, jetant l'ancre dans de petites criques isolées au gré de leurs envies.

La peau d'Estelle passa du blanc pâle au brun hâlé, se couvrant d'une myriade de taches de rousseur. Juan l'observait gagner en assurance, ravi de la voir désormais s'étendre sur un transat vêtue d'un simple bas de Bikini sans la moindre gêne visible. Sa sexualité s'épanouissait sous ses yeux, et sous ses mains expertes.

Mais tout a une fin, et ils finirent par rentrer à Marbella. D'habitude, l'apparition de sa ville à l'horizon remplissait Juan d'allégresse. Pourtant, aujourd'hui, il avait envie de dire au skipper de ne pas s'arrêter. De dépasser les côtes de Marbella et de continuer vers Gibraltar, puis vers le Maroc. De prolonger encore un peu leur séjour. Mais il commençait à trop s'attacher à Estelle. Mieux valait refermer cette parenthèse idyllique, se répéta-t-il avec fermeté.

Estelle posa une main sur son épaule pour assister avec lui à leur entrée dans le magnifique port. Mais elle le sentit se raidir à son contact.

Il se tourna vers elle. Elle avait mis un bas de maillot et la chemise qu'il portait le jour de leur mariage, nouée à la taille. Il contempla son ventre bruni par le soleil, ses joues empourprées et ses lèvres encore enflammées de leurs récents ébats.

— Tu ferais mieux de t'habiller.

D'ordinaire, Juan se plaignait qu'elle portait *trop* de vêtements.

— Nous allons sans doute devoir affronter la presse, lui expliqua-t-il. Mets la robe écrue. Et demande à Rita de te coiffer.

Par ces quelques paroles, il venait de lui rappeler sans ménagement quelle était sa place.

De retour sur la terre ferme, il lui prit la main. Mais devant le parterre de photographes, le geste n'avait rien de naturel. Le Juan froid et distant était de retour, et elle allait à présent découvrir ce qu'était vraiment sa vie.

13

C'était une vie qu'elle n'aurait jamais pu imaginer.

Juan travaillait comme un fou. Ses journées de labeur débutaient à 6 heures pour s'achever tard le soir. Mais loin de rentrer épuisé, il allait nager quelques brasses, ou lui faisait l'amour. Ou plutôt, il couchait avec elle. Car le Juan qu'elle avait connu sur le yacht avait bel et bien disparu. Ils prenaient ensuite une douche rapide puis s'habillaient pour sortir. Jamais ils ne dînaient chez lui. La nuit se prolongeait enfin dans les clubs les plus huppés de la ville, jusqu'aux premières lueurs du jour.

Estelle peinait à suivre le rythme, sidérée de découvrir un tel mode de vie.

— Je pourrais cuisiner, suggéra-t-elle un soir, alors qu'ils attendaient leur repas chez Sol's, un restaurant à la mode situé en bas de chez lui. Ça nous changerait…

— Pourquoi cuisiner quand il existe des centaines de restaurants à deux pas ?

C'était donc sa vie : un tourbillon de fêtes et de faste. Mais après six semaines de mariage, et malgré l'octroi d'une semaine pour retourner dans sa famille, Estelle n'en pouvait plus. Dire qu'en plus de tout cela, Juan travaillait ! Comment faisait-il ?

Mais tandis que le serveur leur apportait leurs boissons, elle se reprit mentalement. Elle aussi travaillait. Qui plus est, sept jours sur sept, vingt-quatre heures sur vingt-quatre. Car seule, jamais elle n'aurait choisi de dîner tous les soirs dehors, jamais elle n'aurait arpenté des rues vibrant de musique après minuit, surtout en semaine.

Sa nièce Cécilia avait vu le cardiologue aujourd'hui, et Estelle se faisait un sang d'encre tout en s'efforçant de n'en rien laisser paraître. Mais elle ne cessait de regarder son téléphone, priant pour qu'il sonne, attendant l'appel de son frère avec fébrilité.

Ils partageaient une succulente entrecôte, et elle fit de son mieux pour paraître enjouée.

— Comment se débrouille ta nouvelle assistante ? s'enquit-elle d'une voix légère.

Juan haussa les épaules.

— Pas trop mal. Mais sans Angela, je me rends compte que tout est plus difficile.

— Quand revient-elle ?

— Elle ne revient pas, lui dit-il. Elle a pris un congé sans soldes pour s'occuper de mon père. Quand il sera mort et que la famille de ma mère apprendra leur secret, ils ne voudront plus d'elle dans l'entreprise.

— Et ton père, quand vas-tu le voir ?

— Il a choisi de finir ses jours dans son autre famille. Pourquoi devrais-je…

Il s'interrompit, secoua la tête.

— Je n'ai pas envie d'en parler.

— Angela m'a de nouveau appelée aujourd'hui.

— Je t'ai dit de ne pas lui répondre.

— J'attendais un appel de mon frère, protesta-t-elle. Cécilia devait voir le cardiologue aujourd'hui. Je n'ai pas pensé à vérifier le numéro avant de décrocher.

D'un coup, Estelle avait perdu l'appétit. Elle repoussa son assiette.

— Tu n'as pas faim ?

— Non, j'ai trop mangé.

— Si nous allions à Barcelone, ce week-end ? Je suis invité à la première d'un film, et je pense que tu pourrais trouver ça amusant.

— Juan…

Estelle secoua la tête. Elle ne pouvait plus rester silencieuse. La frénésie avec laquelle il s'efforçait d'occuper son temps libre la stupéfiait. De toute évidence, il cherchait à combler un vide, à oublier les épisodes traumatisants de sa vie. Et qui d'autre qu'elle pouvait mieux le comprendre ? Elle devait s'ouvrir à lui, lui montrer qu'elle savait ce qu'il ressentait, pour qu'il s'ouvre enfin à elle.

— Ecoute, moi aussi, je me suis sentie coupable à la mort de mes parents.

Juan resta un instant sans rien dire. Il ne s'attendait visiblement pas à ce qu'elle aborde le sujet. Mais il reprit vite contenance.

— Pourquoi ?

— A cause de toutes les disputes que nous avions eues avant, de toutes les choses dont on s'accuse à la mort de quelqu'un. Mais il faut accepter de ne pas pouvoir changer les choses, plutôt que d'essayer vainement d'oublier le passé.

Par réflexe, elle voulut lui prendre la main, mais il la retira d'un geste brusque.

— Tu commences à parler comme une épouse.

Elle le dévisagea, interdite.

— Eh bien, crois-moi, je ne m'en sens pas une.

Son téléphone sonna alors, et elle se précipita pour décrocher.

— Je dois répondre, désolée.

— Ne t'excuse pas.

C'était Amanda qui s'efforçait, comme à son habitude, de paraître enjouée.

— Ils vont garder Cécilia pendant quelques jours. Elle est un peu déshydratée…

— Sais-tu quand on va pouvoir l'opérer ?

— Elle est trop petite, lui expliqua sa belle-sœur. Ils lui ont mis un tube pour l'alimenter, et elle pourrait peut-être revenir à la maison sous oxygène…

Juan vit les yeux d'Estelle s'emplirent de larmes, mais elle se détourna et baissa la tête dans l'espoir de cacher son trouble. Il l'entendit tenter de paraître optimiste alors qu'elle enroulait nerveusement ses cheveux entre les doigts.

— Comment va ta nièce ? lui demanda-t-il une fois qu'elle eut raccroché.

— Toujours pareil, lui répondit-elle, peu encline à s'étendre sur le sujet, tant elle craignait de perdre ses moyens.

Hors de question de craquer et de fondre en sanglots devant Juan ! se répéta-t-elle en silence. Il serait mortifié ! Et comme il avait fini de manger, elle lui adressa un grand sourire forcé.

— Où veux-tu aller, maintenant ?

— Et toi, où veux-*tu* aller ? lui répondit-il en l'entraînant dehors.

A la maison, suppliait-elle intérieurement, tandis qu'ils s'enfonçaient dans les rues noires de monde.

Mais Juan ne la payait pas pour ça. Elle avait envoyé de l'argent à Andrew depuis qu'il était rentré en Angleterre. La première fois, elle avait prétexté qu'il s'agissait de ses économies pour l'achat d'une voiture. La deuxième fois, elle avait prétendu avoir contracté un emprunt. A présent, elle lui avait donné une somme suffisante pour leur assurer quelques mois de tranquillité, avec pour explication qu'elle et Juan souhaitaient juste les aider.

A présent, il était temps de mériter son salaire.

Ils passèrent devant un club particulièrement bruyant et animé, dont l'accès semblait réservé à quelques privilégiés. L'un des repères favoris de Juan.

Elle n'y entra pas.

Estelle se réveilla dans le silence. Il était 10 h 10, et Juan travaillait sans doute déjà depuis de longues heures.

Elle se redressa dans le lit puis, prise d'un vertige, se rallongea.

Comment diable pouvait-il tenir cette cadence infernale en permanence ? se demanda-t-elle, médusée. Une chose lui apparaissait claire, en tout cas : elle ne sortirait pas ce soir.

Qu'il sorte seul, si cela lui chantait, décida-t-elle en s'habillant pour se rendre non pas dans les boutiques de luxe, mais au marché. Elle ne rêvait que d'une chose : une soirée à la maison, autour d'un bon petit dîner concocté par ses soins. Leur contrat incluait sans doute une clause qui lui accordait une soirée au calme de temps à autre, non ?

D'habitude plutôt sec, l'air semblait aujourd'hui chargé d'humidité. Il régnait une ambiance lourde, oppressante sur le marché, dont chaque allée fourmillait de badauds.

Elle acheta de grosses tomates bien mûres et hésitait entre un gigot et du steak quand elle passa devant l'étal du poissonnier.

Une violente nausée l'assaillit, et elle pressa le pas, refoulant la pensée qui lui venait à présent à l'esprit.

Non, elle ne pouvait pas être enceinte.

Elle prenait sa pilule chaque jour à la même heure.

Ou du moins, s'y efforçait-elle.

— Regardez où vous allez ! pesta quelqu'un en espagnol, alors qu'elle marchait tête baissée, perdue dans ses pensées.

— *Lo siento*, s'excusa-t-elle avant de changer de direction, vers la pharmacie, tout en faisant les comptes dans sa tête.

Incapable de se rappeler la date de ses dernières règles, elle priait pour que ses calculs se révèlent inexacts.

Une demi-heure plus tard, elle découvrait qu'ils étaient corrects.

Juan ne revint du bureau qu'à 19 heures, et fut accueilli par l'odeur du pain en train de cuire et la vue d'Estelle en tablier, dans sa cuisine qui ne servait jamais.

— Tu prends ton rôle d'épouse un peu trop au sérieux, là, lui dit-il, visiblement troublé. Rien ne t'oblige à cuisiner.

— Mais j'en avais envie, argua-t-elle tout en lavant la salade. Je voulais juste passer une soirée à la maison, Juan.

— Pourquoi ?

— Parce que, répondit-elle en haussant les épaules. N'as-tu donc jamais envie de te poser un peu ?

— Jamais, admit-il avant de s'approcher pour lui donner un léger baiser sur ses lèvres. Tout va bien ?

— Oui. Pourquoi ?

— Tu ne t'es pas réveillée quand je suis parti, ce matin. Tu avais le sommeil agité.

— Je m'inquiète pour ma nièce, lui rappela-t-elle en se dégageant de son étreinte pour placer la viande sous le gril.

Estelle se sentait étrangement engourdie. Depuis qu'elle avait fait son test de grossesse, elle avait l'impression de fonctionner en mode automatique. Elle avait fait du pain, activité qu'elle pratiquait quand elle avait besoin de se vider la tête. Ce soir, elle n'avait pas la force d'endosser son rôle.

Ils s'installèrent sur la terrasse pour déguster leurs steaks et la salade composée accompagnés du pain aux herbes, sous un ciel chargé de lourds nuages d'orage.

Estelle voulait rentrer chez elle, cesser cette mascarade. Or, elle ne pouvait se le permettre. Mais elle avait plus que jamais besoin d'une bouffée d'air. Dès que sa grossesse serait visible, il lui faudrait se trouver aussi loin que possible de Juan.

Jamais elle ne pourrait le lui dire. En tout cas, pas en face.

Elle ne pouvait supporter l'idée de le voir exploser de rage, de voir toute la confiance qu'il avait mise en elle s'évanouir en un clin d'œil.

— J'ai parlé avec mon père, aujourd'hui, annonça-t-il avec détachement.

Elle dévia son regard de l'orage menaçant et le posa sur lui.

— Comment va-t-il ?

— Pas très bien. Il m'a demandé de venir le voir aussi vite que possible.

— Tu pourrais faire cet effort, tu ne crois pas ?

Et tant pis si elle le brusquait, à présent. Il y avait bien plus grave.

— Certes, ton père a eu une liaison, poursuivit-elle. Mais ce n'était pas une simple aventure. Lui et Angela sont toujours ensemble après toutes ces années…

— Une liaison qui a conduit à la mort de ma mère, précisa Juan sur un ton rageur en plantant sa fourchette dans son steak. Leurs mensonges m'ont poussé à me sentir coupable.

Il reposa ses couverts et l'observa d'un regard empreint de tristesse et de confusion.

Et alors qu'elle avait décidé de fuir cet homme pour mieux se préserver, au moment où elle s'y attendait le moins, voilà que Juan se confiait enfin à elle.

— Je m'étais disputé avec ma mère la nuit où elle est morte. Elle avait raté mon spectacle de Noël, comme elle avait raté beaucoup de choses avant cela. Quand je suis rentré à la maison, elle s'était excusée, en larmes. Ma réponse ? *Te odio.* Je lui ai dit que je la détestais. Cette nuit-là, elle m'a transporté endormi jusqu'à sa voiture…

Il s'interrompit un instant, perdu dans ses tristes souvenirs, puis reprit d'une voix plus grave.

— Les falaises sont dangereuses par temps orageux. Je ne comprenais rien à ce qui se passait. Je croyais l'avoir blessée avec mes reproches. Je me suis excusé, lui ai supplié de ralentir…

Estelle peinait à imaginer une telle scène de panique.

— La voiture a dérapé et a quitté la route, puis a dévalé le ravin. Mon père est rentré de son prétendu voyage d'affaires pour apprendre que sa femme était morte, et son fils à l'hôpital. Il a choisi de n'avouer à personne la raison de son absence.

— Ta famille n'a-t-elle jamais rien soupçonné sur lui et Angela ?

— Pas le moins du monde. Il a prétendu simplement consacrer de plus en plus de temps à l'hôtel de San Sebastian. Angela a continué à travailler pour lui. Avec les années, comme Luka grandissait, elle a commencé à venir plus souvent à Marbella avec mon père. Nous avions un appartement pour elle, où elle séjournait pendant la semaine.

— Il devait s'occuper de deux enfants, intervint Estelle. Peut-être était-ce là la seule façon qu'il avait trouvée pour concilier les deux vies.

— Foutaises ! s'emporta Juan. Il voyait Angela dès qu'il en avait l'occasion et me laissait chez ma tante et mon oncle. S'il avait voulu une famille, il aurait pu l'avoir. Ça n'aurait pas été forcément facile, mais il aurait pu nous réunir. Non, il a choisi cette vie-là, et ce choix a causé la mort de ma mère. Je m'en suis accusé pendant des années, à cause de la scène que je lui avais faite…

— Tu n'étais qu'un enfant.

— Je sais, concéda-t-il. A présent, je m'en rends compte. Elle est morte deux jours après la naissance de Luka. Je crois que ce soir-là, elle était en route pour les affronter.

— Ton père doit s'en vouloir terriblement, dit Estelle avec douceur. Mais à présent, il veut juste s'assurer que tu es heureux. Il a besoin de faire la paix avec toi.

— Nous avons tous besoin de faire la paix.

Il se tut, un instant songeur, puis s'approcha d'elle, le visage grave.

— Tu viens les voir avec moi ?

C'était une invitation, pas un ordre.

— D'accord.
— Demain ?
— Oui.
Le soulagement qu'elle lut dans ses yeux ne lui échappa pas.

14

Ils s'envolèrent tôt le lendemain matin, le jet survolant les collines luxuriantes du nord. Mais malgré la beauté du paysage, la tension dans l'air restait palpable.

Quand ils arrivèrent devant la maison de San Sebastian, Angela vint leur ouvrir, un sourire hésitant aux lèvres.

— Entrez, leur dit-elle. Soyez les bienvenus.

Elle embrassa Estelle sur les deux joues, et fit de même avec Juan, qui eut un mouvement de recul.

— Allons, dit-elle doucement, nous pouvons faire cet effort. Pour ton père.

Juan acquiesça d'un bref signe de tête, et ils se dirigèrent vers le salon où les attendait le père de Juan. La dégradation de sa santé ne faisait plus de doute. Juan et Estelle eurent tous deux un choc en le découvrant si mal en point.

— Salut, dit-il à son fils. Tu en as mis, du temps.

— Je suis là, maintenant, répliqua Juan, avant de lui tendre une bouteille. Félicitations pour votre mariage. J'ai apporté du champagne pour trinquer en votre honneur.

— Je lui ai enfin accordé sa digne place d'épouse, acquiesça Antonio.

Estelle vit Juan réprimer une réponse lapidaire. Mais vu l'état de fragilité de son père, il ne pouvait se permettre de jeter de l'huile sur le feu.

— Ton frère arrive de Bilbao ce soir. Dînerez-vous avec nous ? demanda Antonio, une lueur d'espoir dans le regard.

— Je ne suis pas sûr de pouvoir rester…

— Il faudra bien que vous vous rencontriez, insista son père.

A moins que tu ne souhaites pas assister à mes funérailles. Car sache que je souhaite être enterré ici.

Estelle vit l'expression de Juan se durcir tandis qu'il écoutait son père lui expliquer qu'il considérait cet endroit comme sa demeure. Ce même homme qui avait privé son premier fils d'un vrai foyer.

— Je vais nous préparer à boire, dit Angela à Estelle. Vous venez m'aider ?

Estelle la suivit dans la cuisine. Malgré sa volonté de ne pas envenimer les choses et de conserver une ambiance sereine, elle éprouvait de la colère pour le compte de Juan.

— Laissons-les discuter tous les deux, lui dit Angela avec douceur, tandis qu'Estelle s'asseyait à la table. Vous semblez fatiguée.

— Juan ne mène pas une vie très reposante.

— Ça, j'en sais quelque chose, acquiesça Angela en lui tendant une tasse de chocolat chaud.

Estelle prit une gorgée, mais elle fut aussitôt écœurée et reposa la tasse.

— Je peux vous préparer une tisane au miel, si vous préférez, lui proposa Angela d'un air entendu. C'est ce que je prenais quand j'étais…

Elle ne finit pas sa phrase en voyant la lueur de panique dans les yeux d'Estelle. De toute évidence, celle-ci ne l'avait dit à personne. Pourtant, aux yeux d'Angela, il n'y avait aucun doute possible. Elle n'avait pas vu Estelle depuis le jour du mariage, et malgré le hâle de son visage, ses traits tirés parlaient pour elle, ainsi que d'infimes signes que seule une femme pouvait remarquer.

— Le voyage en avion a dû vous donner mal au cœur, suggéra-t-elle plus prudemment.

— Je vais bien, lui assura Estelle, qui prit une autre gorgée et se força à l'avaler sans grimacer.

— J'ai peur de ne plus jamais voir Juan après la mort d'Antonio…, lui confia alors Angela, un tremblement dans la voix.

Estelle se mordit la lèvre. Juan avait en effet toutes les raisons de vouloir s'éloigner d'elle et de Luka. Car maintenant qu'elle constatait de ses propres yeux combien sa famille lui avait menti toutes ces années, elle comprenait un peu mieux l'origine de son amertume.

— Juan est comme un fils pour moi, ajouta Angela.

Estelle ne pouvait rester muette.

— Un fils que vous tenez à distance ?

Elle observa les photos encadrées sur le mur. On y voyait Luka, qui ressemblait beaucoup à Juan en plus jeune.

— Juan est là aussi, fit remarquer Angela en désignant quelques cadres.

— En pensée, peut-être, mais vous ne l'avez jamais accueilli dans cette maison jusqu'à aujourd'hui, répliqua Estelle. Vous formiez une vraie famille ici, tandis que Juan vivait avec son oncle et sa tante, n'apercevant son père que de temps à autre.

— C'est plus compliqué que ça…

— Pas vraiment. Vous dites le considérer comme un fils, et pourtant…

— Nous avons suivi les recommandations des médecins, commença Angela, visiblement émue de replonger dans ses souvenirs. Mieux vaut que je vous le raconte, parce que si Juan refuse de nous revoir, je préfère que vous sachiez toute la vérité. Luka n'a presque pas vu Antonio les deux premières années de sa vie. Celui-ci faisait tout pour que Juan aille mieux, et cela supposait de taire l'existence de son petit frère. Les médecins ont affirmé que Juan avait besoin d'être entouré de ses proches, et qu'il lui fallait de la stabilité. Comment aurions-nous pu l'enlever à son oncle et sa tante, qu'il adorait, pour l'installer dans une maison qu'il ne connaissait pas ?

Estelle haussa les épaules.

— Cela aurait sans doute été dur au début, mais pas plus dur que de perdre sa mère. Personne ne lui a demandé son avis. Vous l'avez simplement abandonné à son oncle et à sa tante, pendant que vous formiez une gentille petite famille ici, avec son père.

Il y eut un long silence, qu'Angela finit par briser.

— Juan ne vous a pas tout raconté, je crois.

— J'en sais assez.

— Vous a-t-il dit qu'il n'avait pas prononcé un mot pendant un an ?

Angela vit le visage déjà livide d'Estelle se vider de ses couleurs.

— Nous n'avons pas su ce qui s'était vraiment passé ce soir-là, poursuivit-elle, parce que Juan ne pouvait pas parler. Le choc de se retrouver coincé sous la tôle froissée avec sa mère morte…

— Il… Combien de temps est-il resté ainsi ? balbutia Estelle, abasourdie.

— Une nuit entière. Ils ont dévalé la falaise. Gabriella a dû mourir sur le coup. Quand l'ambulance est arrivée, Juan la suppliait encore de se réveiller. Il n'arrêtait pas de dire qu'il était désolé. Une fois sorti de l'hôpital, il n'a plus parlé pendant plus d'un an. Comment aurions-nous pu l'arracher à la seule famille qu'il connaissait ? Comment aurions-nous pu lui dire qu'il avait un frère ?

— Excusez-moi…

Estelle sentit une nouvelle vague de nausée monter en elle et courut aux toilettes. Elle y resta quelques minutes, secouée de sanglots, puis s'efforça de se ressaisir. Juan n'avait certainement pas besoin de plus d'effusions aujourd'hui, se sermonna-t-elle.

Elle se rinça donc la bouche et se recoiffa d'une main, puis regagna la cuisine au moment où Juan sortait du salon.

— Ça va ?

— Bien sûr.

— Mon père va se reposer, à présent. J'ai accepté de rester pour dîner.

Estelle acquiesça d'un signe de tête.

— Merci d'être venue, lui dit-il d'un ton plus bas. Sans toi, je ne l'aurais sans doute jamais fait.

— Comment va-t-il ? s'enquit Estelle, troublée par cette marque inespérée de gratitude.

— Pas très bien.

— Il t'aime, tu sais.

— Je sais, admit-il. Et parce que je l'aime aussi, je vais faire en sorte que la soirée se déroule sans accrocs.

*
* *

Quand elle fit la connaissance de Luka, Estelle ne sut si Juan allait réussir à tenir sa résolution. Selon toute apparence, le jeune homme n'avait accepté de venir que pour ne pas contrarier ses parents.

Comme Antonio se reposait, ce fut Angela qui alla ouvrir.

Les photos ne mentaient pas : Luka était une version plus jeune de Juan — plus maussade, aussi. Il prononça un vague « Bonjour », refusa la main que lui tendait Juan et dit quelques mots en espagnol d'une voix irritée.

— Qu'a-t-il dit ? s'enquit Estelle alors que Luka s'éloignait pour aller saluer ses parents.

— Quelque chose à propos du retour du fils prodigue…

Ils allèrent à leur tour dans le jardin, où Luka discutait avec son père, puis tous les cinq s'installèrent autour de la table, prêts à passer un moment difficile.

Or, le dîner ne se révéla pas si désastreux que cela. Certes, au départ, une certaine gêne flottait dans l'air, mais bientôt, la conversation s'étoffa tandis qu'Estelle aidait Angela à apporter les plats.

— Je n'aurais jamais cru vivre ce jour, se réjouit Antonio. Ma famille au complet, réunie autour d'une même table…

De toute évidence, l'occasion ne se représenterait pas. Il semblait si frêle, si affaibli que tous savaient qu'il s'agissait d'un moment unique. Ce fut sans doute pour cette raison que Luka et Juan s'efforcèrent de rester courtois l'un envers l'autre. Et même si la tension restait palpable par instants, Estelle savait que leur père était trop heureux pour s'en rendre compte.

Les plats étaient tous plus succulents les uns que les autres. Angela avait préparé des spécialités du nord et du sud, pour satisfaire tous les goûts. De la *pringa*, un ragoût de viande d'Andalousie, que Juan adorait enfant, et le *marmitako*, un plat basque très relevé qui, selon les dires d'Antonio, avait contribué à le maintenir en vie jusqu'à maintenant.

— Vous étudiez, me semble-t-il ? demanda le vieil homme à Estelle.

— Oui, l'architecture ancienne. Mais je dois avouer que je n'ai pas été très assidue, ces derniers temps.

— Etre ma femme est un travail à temps plein, intervint Juan avec un sourire moqueur.

C'étaient les mots qu'elle avait utilisés avec Gordon. Et si la plaisanterie fit rire toute l'assemblée, Estelle croisa un instant le regard de Juan, consciente qu'il disait vrai.

C'était *vraiment* un travail, se rappela-t-elle. Un travail qui allait bientôt prendre fin. Mais elle pensa alors au petit être qui grandissait en elle — un bébé dont les parents ne pouvaient être plus différents.

Il la croyait férue de fêtes et de clubs à la mode, quand tout ce qu'elle souhaitait était de se retrouver en famille, autour d'un bon dîner. Cette soirée, malgré toute la tension qu'elle révélait, comptait parmi les plus agréables de ces derniers mois, songea-t-elle.

— Vous adoreriez San Sebastian, continuait Antonio. L'architecture y est superbe. Juan, tu devrais l'emmener à la Basilique Santa Maria…

— Estelle préfère sortir le soir, réfuta Juan. Et moi, les églises m'ennuient un peu.

— Tu vas pourtant t'y retrouver bientôt, lui rappela son père d'un ton tranchant. Et tu devrais t'intéresser à ce qu'aime ton épouse.

Estelle observa Juan vider son verre d'un trait pour éviter de répondre à son père. Ce dernier n'avait visiblement aucune idée du fossé qui les séparait, elle et Juan. Juan non plus, d'ailleurs.

Elle tenta d'imaginer leur avenir : Juan rentrant d'une nuit de fête, accueilli par un bébé en pleurs, la valse ininterrompue des nounous, les droits de visite… Et elle, obligée de s'accommoder à la vie espagnole si elle souhaitait ne pas priver le bébé de son père…

Elle se souvint de son ton péremptoire quand il lui avait assuré ne jamais vouloir d'enfant, et se promit de ne rien lui dire tant que leur contrat les liait encore. De retour chez elle, en Angleterre, protégée par la distance, elle lui en parlerait. Mais pas avant.

— Donc…, reprit Antonio, manifestement désireux de

mieux connaître sa belle-fille, vous vous êtes rencontrés l'année dernière ?

— En effet, acquiesça-t-elle avec un sourire poli.

— Quand j'ai su qu'il voyait quelqu'un, j'ai cru qu'il s'agissait de cette ex… vous savez… comment s'appelle-t-elle, déjà ?

Le vieil homme réfléchit un instant, claquant des doigts pour tenter de se souvenir.

— Celle avec un nom étrange… Ah, voilà : Araminta ! Tu l'aimais bien, celle-là.

— Antonio ! intervint Angela, consciente que les médicaments avaient ôté toute inhibition à son époux. La femme de Juan est ici.

— Ce n'est pas grave, balbutia Estelle, dont les joues empourprées trahissaient la gêne. Si Juan devait me raconter toute sa vie passée, nous n'en aurions jamais terminé !

Elle plaisantait pour sauver les apparences, mais un étrange mélange de jalousie et d'effroi courut dans ses veines quand elle se souvint de la façon dont Juan avait repoussé Araminta, en Ecosse. Dire qu'à une époque, il avait aimé cette femme…

Le dîner ne s'éternisa pas. Antonio se fatigua vite, et comme ils rentraient tous à l'intérieur, Luka ne tarda pas à prendre congé d'eux. Le jeune homme serra longuement son père dans ses bras, puis salua d'un signe de tête Juan et Estelle, leur indiquant par ce geste distant qu'il n'avait pas besoin d'eux pour se faire raccompagner à la porte de sa propre maison.

Ils allèrent se coucher. Dormir sur le yacht de Juan ou dans son appartement de Marbella était bien différent que de rester dans la maison de son père, songea Estelle. Juan lui-même semblait éteint, et pour la première fois depuis le début de leur mariage, elle chaussa ses lunettes et prit un livre. Le même livre qu'elle lisait le jour de leur rencontre, sur le mausolée du premier empereur Qin.

Elle n'avait pas progressé d'une seule page.

Dès la fin de son « contrat », elle reprendrait ses études, se promit-elle. En présence de Juan, il lui était tout simplement impossible de se concentrer.

— Lis-moi les passages coquins, plaisanta Juan.

Mais comme elle ne lui répondait pas, il lui prit le livre des mains et en lut le titre.

— Eh bien, voilà de quoi calmer nos ardeurs, ironisa-t-il, ce qui eut le mérite d'arracher à Estelle un petit sourire.

— Tu aimes vraiment ça ? insista-t-il, incrédule.

— Oui.

Il avait posé la main sur sa hanche et la caressait doucement.

— Ils devraient nous entendre nous disputer, en ce moment, lui fit-il observer avec un sourire. Toi, exigeant des explications sur mon passé...

— Je ne veux rien savoir.

Mais Juan ne tint pas compte de sa remarque.

— J'ai adoré mon séjour en Ecosse. Je partageais une maison avec Donald et deux autres étudiants. Pour la première fois depuis la mort de ma mère, j'avais ma propre chambre, ma maison, un groupe d'amis. Ensuite, j'ai rencontré Araminta, on a commencé à sortir ensemble, et ç'a été l'expérience la plus proche de l'amour que j'aie connue.

— Je n'ai pas envie de savoir tout ça, répliqua-t-elle avec humeur, luttant pour garder un ton calme. Te souviens-tu seulement de la façon dont tu lui as parlé au mariage de Donald ? Comment tu l'as traitée ?

Elle le défia d'un regard noir. Agirait-il de la sorte avec elle si elle le rencontrait dans quelques années ? se demanda-t-elle.

— Aurais-je donc dû coucher avec elle, comme elle l'aurait aimé ?

— Non !

— Aurais-je dû danser avec elle quand elle me l'a demandé ?

Estelle savait qu'il avait raison.

— Bref, ça n'a pas tenu, continua-t-il. Son père me méprisait parce que je n'avais pas de titres de noblesse, donc j'ai fini par rompre.

— Tu as rompu à cause de ça ?

— Elle a eu de la chance que je lui donne une raison, normalement je n'en fournis même pas.

Estelle leva les yeux au ciel, sidérée par son arrogance, puis s'efforça de reprendre sa lecture là où elle l'avait interrompue.

— Pose ton livre, lui intima Juan.

— Je suis en train de lire.

— Je n'ai jamais vu quelqu'un lire aussi lentement, la tança-t-il. Si nous regardions un film sous-titré, il faudrait s'arrêter à chaque plan pour que tu suives…

De toute façon, ils n'auraient bientôt plus l'occasion d'en regarder ensemble, se dit-elle avec amertume.

Avec un soupir d'impatience, elle referma son livre d'un claquement sec. Juan ne souriait plus, à présent.

— Je n'aurais jamais pu faire tout ça sans toi, reprit-il d'une voix plus douce. J'ai failli ne pas arriver à temps pour voir mon père vivant.

— Tu es là, à présent.

— Bientôt, ça sera fini, lui rappela-t-il, sans savoir s'il redoutait davantage la mort de son père ou le départ d'Estelle. Tu retourneras à tes études…

— Et toi, sur ton yacht, à faire la fête dans tous les ports…

— Peut-être pourrions-nous repartir en mer, ce week-end ? Nous avons passé un bon moment, non ?

Etait-il en train d'éprouver des choses qu'il s'était juré de ne jamais éprouver ? s'alarma-t-il. Ou avait-il simplement l'esprit confus ?

— Oui, nous nous sommes bien amusés, admit Estelle, avant de secouer la tête avec lassitude. Mais mieux vaut en rester là, tu ne crois pas ?

Elle refusait de gâcher leurs souvenirs en retournant sur le yacht pour constater qu'il n'y avait plus rien entre eux.

Plus rien entre eux ?

Pourtant, cette nuit-là, il lui tint le visage et l'embrassa — un baiser très lent, très doux. Estelle avait l'impression de se retrouver à bord et percevait presque le clapotis des vagues contre la coque, tandis qu'il l'enlaçait et la prenait dans une dernière étreinte.

Elle l'embrassa avec la tendresse d'une épouse, comme s'ils formaient vraiment le couple qu'ils prétendaient incarner. Jamais il n'avait connu un tel baiser. Elle plongeait les mains dans ses cheveux, pressait ses lèvres contre les siennes, leurs corps fusionnaient pour ne faire plus qu'un. Il la voulait ainsi, dans son lit, pour toujours.

— Estelle…

Au lieu de dire quelque chose qu'il allait regretter, il préféra lui faire l'amour.

Ses mains explorant chaque parcelle de sa peau, il s'empara de sa bouche et entra en elle. Dans ce face-à-face brûlant, aucun des deux ne ferma les yeux.

— Estelle ?

Il répétait son prénom, comme pour l'inviter à lui confier ce qu'elle ressentait, mais elle se retenait, craignant de trop en dire.

Elle contemplait cet homme qui lui avait ravi le cœur. Nul besoin de l'embrasser pour sentir sa bouche la consumer tout entière. Les hanches pressées contre son bassin, elle eut son orgasme si profond, si intense qu'elle lui enfonça les ongles dans la peau, lui arrachant un lent gémissement.

Les yeux fermés, il la rejoignit dans la jouissance, puis rouvrit les paupières pour voir ses joues s'embraser, ses traits tendus sous l'effet du plaisir, son visage qu'il aimait tant s'enfouir dans son cou.

Elle savait qu'il se détournerait d'elle plus tard, que les choses étaient allées trop loin, que la tendresse s'était immiscée entre eux, et qu'il ne le fallait pas.

Elle observa la cicatrice sur son dos et resta ainsi jusqu'à l'aube, à attendre qu'il se réveille et qu'il vienne à elle comme il le faisait presque chaque matin.

Mais cela n'arriva pas.

15

Il se réveilla et attendit de recouvrer ses esprits. Un semblant de raison.

En vain.

Il se tourna vers elle et la regarda s'éveiller à son tour. L'ennui aurait dû le rattraper, à présent, songea-t-il. Estelle aurait dû l'agacer, le lasser.

Il n'en était rien.

Cette jeune femme le fascinait. Juan restait toujours lui-même, en toute circonstance. Elle, en revanche, demeurait insaisissable. Il se rendait compte à présent qu'il ne la connaissait pas du tout. Le sexe avait jusqu'ici constitué la meilleure forme de communication entre eux.

Estelle distingua des bruits dans la cuisine et se félicita de posséder une bonne raison pour partir.

— Je vais aider Angela, le prévint-elle avant de se glisser hors des draps. Je lui ai parlé hier soir, et…

— Tu me diras ça plus tard, coupa Juan.

Elle obtempéra. La journée allait être suffisamment dure comme cela.

Ils se préparèrent donc, puis descendirent tous deux dans la cuisine.

— *Buenos dias*, dirent-ils ensemble à Angela.

— *Buenos dias*, leur répondit celle-ci avec un sourire. J'allais préparer le petit déjeuner pour ton père, Juan. Que voulez-vous manger ?

— Ne t'en fais pas pour nous. Nous allons juste boire un café et ensuite, Estelle et moi irons nous promener.

— Bonne idée, approuva Angela. Tiens, tu n'as qu'à apporter son plateau à ton père pour le lui dire.

Il resta dans la chambre pendant longtemps. Angela et Estelle échangèrent un regard à la fois étonné et soulagé quand elles perçurent de grands éclats de rire.

— Je suis si contente qu'ils aient réussi à se voir, soupira Angela.

Quand Juan finit par revenir, lui et Estelle sortirent pour marcher dans les collines verdoyantes qui entouraient la propriété.

— Connais-tu bien la région ? s'enquit Estelle.

— Pas vraiment. J'y suis venu deux fois. Aimerais-tu rester un peu plus longtemps pour visiter ?

— Nous sommes ici pour passer du temps avec ton père, lui rappela-t-elle, nerveuse à l'idée de lui avouer combien elle aurait aimé cela.

— Tu as raison. Mais rien ne nous empêche de concilier les deux.

— Ne risques-tu pas de t'ennuyer si l'on visite de vieilles églises ? lui demanda-t-elle avec un sourire amusé.

— Je pourrai toujours faire les boutiques, répondit-il avec une expression facétieuse, avant de lui raconter plus sérieusement sa discussion avec son père.

— Il a parlé d'Angela et de Luka à ma tante et à mon oncle.

— Comment l'ont-ils pris ?

— Mal, évidemment.

Ils marchèrent durant des heures, échangeant à peine quelques paroles. Pourtant, à son grand étonnement, Juan se sentait bien dans ce silence. Pour une fois, il l'aidait à réfléchir, à bien formuler ce qu'il avait l'intention de proposer à Estelle. Mais était-elle prête à l'entendre ?

— Ton pays te manque-t-il ?

— Oui, admit-elle. Ma famille, surtout.

— Et moi, je te manquerai ?

Il s'arrêta de marcher, et elle se tourna vers lui, interdite.

— Eh bien, les clubs et les restaurants ne vont pas me manquer…

— Mais *nous* ?

— Je… je ne sais pas quoi répondre, balbutia-t-elle, de plus en plus troublée.

— Tu avais raison Estelle, finit-il par lui dire en l'enlaçant avec une infinie douceur. Je suis passé à côté de trop de choses…

Il prit ses lèvres et ils s'embrassèrent comme pour la première fois. Un baiser d'adolescent, langoureux et doux, qui n'avait plus rien à voir avec la frénésie érotique des débuts. Il lui caressait les cheveux, le visage, et elle faillit tout lui dire.

— Juan…

Il plongea son regard brûlant dans le sien, et comme il la contemplait ainsi, elle frémit de tout son être.

Mais pour l'heure, elle se retint de parler, préférant attendre de se retrouver loin de lui, comme elle l'avait décidé plus tôt.

— Rentrons.

Ils redescendirent de la colline main dans la main, discutant de tout et de rien — des jours à venir, et pourquoi pas d'une petite escapade en France, toute proche. Ils formaient un couple comme un autre, qui allait retrouver sa famille…

Mais à l'approche de la maison, elle sentit la main de Juan se resserrer autour de la sienne.

— C'est l'ambulance.

Ils couraient maintenant, ne reprenant leur souffle qu'au seuil, avant de pousser la porte.

Dès l'entrée, ils perçurent les sanglots d'Angela.

— Ton père…, balbutia-t-elle en arrivant vers eux avant de se jeter en larmes dans les bras de Juan. C'est fini.

Les choses défilèrent ensuite à toute vitesse.

Luka revint peu après, mais semblait moins que ravi de la présence d'Estelle et de Juan dans sa maison. Ils prirent donc une chambre dans un hôtel, où ils passèrent la nuit.

Le lendemain matin, ils se rendirent dans la petite chapelle pour faire leurs adieux. Les deux frères se tenaient côte à côte, mais ne semblaient pas unis dans leur peine.

— Avant, je me disais que Luka était le fils préféré, dit Juan à Estelle, dans l'avion qui les ramenait l'après-midi même à Marbella pour la lecture du testament. Quand j'ai compris que mon père souhaitait mourir là, j'ai eu le sentiment que son autre famille était la seule qui comptait pour lui. Mais Luka voit les choses sous un autre angle. Il se considère comme le fils secret, la honte de son père. Moi, j'ai travaillé à ses côtés, alors que Luka a souffert de son absence, enfant. Sa rancœur est profondément enracinée.

— Et toi, qu'éprouves-tu ?

— Je ne sais pas..., soupira Juan. J'ai juste envie que tout cela soit terminé. Qu'on en finisse une bonne fois pour toutes avec ce testament.

La réunion n'eut rien d'agréable. L'oncle et la tante de Juan jetèrent un regard noir à Angela dès qu'elle entra dans la pièce.

— Elle n'a pas besoin de ça, murmura Estelle, mais Juan la fit taire d'une pression sur sa main.

Estelle se mordit la lèvre, consciente qu'elle n'était pas là pour donner son opinion sur la famille de son époux. Mais elle gardait à l'esprit leur dernière promenade dans les collines, cette complicité qui les avait alors unis, ce sentiment si proche de l'amour...

Le notaire lut le testament, et malgré sa maîtrise limitée de la langue espagnole, Estelle comprit qu'Angela héritait de la maison de San Sebastian ainsi que de quelques placements faits en son nom.

Puis, ce fut au tour de Luka et de Juan.

Estelle entendit les murmures de protestation de l'oncle et de la tante tandis que Juan restait silencieux et immobile.

Ils sortirent peu après, et Juan la prit par le bras pour l'entraîner à l'écart.

— Sa part de l'entreprise revient à Luka, lui expliqua-t-il, le visage défait. Il m'avait assuré me la léguer si je me mariais. Tu parles ! Même mort, mon père me joue encore des tours ! Moi, j'hérite d'un vignoble !

— Juan ! appela Angela, qui avait couru pour les rattraper. Antonio rêvait juste que ses deux fils travaillent ensemble, tu sais. Voilà pourquoi il a finalement agi ainsi.

— Il aurait dû y penser il y a vingt-cinq ans.

— Juan...

Mais il ne voulait pas en entendre parler. Il prit Estelle par la main et ils s'éloignèrent sans même se retourner.

De retour à l'appartement, Juan faisait les cent pas dans le salon, réfléchissant à voix haute.

— Je vais revendre mes parts de l'entreprise, annonça-t-il avec détermination. Recommencer de zéro ne me fait pas peur.

Estelle n'en doutait pas une seconde.

— Et je vais vendre ce vignoble…

— Pourquoi ?

— Parce que je n'en veux pas ! Je ne veux rien de *lui*. Et hors de question de me rapprocher de ce frère…

L'entreprise de Gabriella se voyait confiée au fils illégitime de son mari — cela l'aurait tuée si elle n'était déjà morte. Juan se revit cette nuit-là, petit enfant, dans la voiture dévalant le ravin, l'orage grondant au-dessus de sa tête. Les cris de sa mère, le crissement des pneus et du métal…

Mais ce n'était pas le souvenir le plus douloureux. La suite s'était révélée bien plus traumatisante à ses yeux.

Ce silence qui s'était ensuivi… Il aurait tout fait pour ne plus jamais l'entendre.

— Tu n'es pas obligé de prendre une décision ce soir, Juan, dit Estelle avec douceur, consciente du trouble qui semblait l'habiter. Nous en parlerons plus calmement demain, et…

— « Nous » ? répéta-t-il, un sourire cynique sur les lèvres. *Nous* parlerons de *mon* avenir ? Estelle, je crois que tu as oublié ta place.

— Non, réfuta-t-elle, incapable de continuer ainsi à se mentir. Quand nous avons parlé, pendant cette promenade, nous avons tous les deux choisi d'oublier ma *place* ! Tu ne peux pas souffler le chaud et le froid sur notre relation à ta guise !

— Notre *relation* ? répéta-t-il en la dévisageant froidement.

Estelle soutint son regard, saisie d'une assurance nouvelle. Lui tenir tête restait la meilleure manière de se préserver, elle n'en doutait plus à présent.

— Oui, une *relation*, confirma-t-elle. C'est ce dont tu as envie, je le sais. Cesse de te mentir.

— Et maintenant, tu crois lire dans mes pensées ! Tu m'aimes, c'est ça ? Tu tiens à moi, hein ? La barbe ! Si je t'ai payée, c'est pour éviter ce genre de conversation. Tu ferais mieux de t'en souvenir.

Estelle ne dit rien tandis qu'il quittait l'appartement dans un claquement de porte furieux. Elle ne chercha même pas à le retenir. Son rôle d'épouse docile avait bel et bien pris fin.

Juan regardait la piste de danse où la foule en transe s'agitait au son d'une musique assourdissante.

Un vignoble.

Un vignoble qui, une fois vendu, ne couvrirait même pas les frais de son yacht pendant un an… Estelle resterait-elle quand même ?

Il n'avait jamais douté de ses propres capacités à repartir de zéro, mais cette fois, ses certitudes vacillaient.

« *Te odio* ». Il entendait le petit garçon de cinq ans hurler ces mots rageurs à sa maman, furieux qu'elle ait raté son spectacle. Il n'était alors qu'un enfant en colère. Or, toute sa vie, il avait cru que ces paroles avaient poussé sa mère à commettre l'irréparable.

En était-il capable ?

Pouvait-il enlever Estelle à la famille qui la chérissait pour la faire vivre avec un homme incapable d'aimer ?

Sauf que, contre toute attente, il l'aimait.

Et elle l'aimait.

Il avait tout fait en son pouvoir pour éviter que cela survienne, avait mis en place des règles, érigé des murs autour de lui pour ne pas que de tels sentiments l'atteignent. En vain.

Il ne voulait pas de cet amour, de ce poids étouffant qui le forçait à se soucier d'un autre cœur que le sien. Car même s'il ne doutait pas qu'Estelle le soutienne, la situation s'avérait trop explosive. L'empire se retrouvait divisé, et tôt ou tard, le chaos allait les rattraper. Il refusait qu'elle y soit exposée.

Il devait la préserver. Et pour cela, il ne voyait qu'un seul moyen.

Il jeta un regard circulaire sur la piste de danse, avisa une escort-girl, commanda un verre et lui fit signe d'approcher.

Il sortit quelques billets de son portefeuille, les lui tendit et lui donna ses instructions.

Elle s'exécuta, enfouit la bouche dans son cou et y laissa une trace de rouge à lèvres.

— Maintenant, du parfum, ordonna-t-il ensuite.

Elle sortit un petit flacon et vaporisa la senteur trop sucrée dans sa direction.

— *Gracias.*

Il en avait fini.

Juan vida son verre et quitta le club.

16

— Bonjour, Amanda.

Estelle s'efforçait de parler au téléphone d'une voix tranquille et insouciante tandis qu'elle contemplait la photo d'elle et de Juan au mariage de Donald, portrait d'un couple factice dont l'homme refusait d'aimer et d'être aimé en retour.

— J'ai essayé de t'appeler sur ton portable, mais il ne sonne pas.

Estelle commença à lui expliquer qu'elle avait oublié son chargeur à San Sebastian, lui racontant des anecdotes sans importance, quand elle se rendit compte que, contrairement à son habitude, Amanda ne semblait pas enjouée et optimiste.

Elle sentit soudain un souffle glacial lui courir dans le dos.

— Que se passe-t-il ?

— Nous sommes à l'hôpital. Les médecins vont opérer Cécilia demain. Elle a perdu du poids, et s'ils ne l'opèrent pas, nous allons la perdre.

— Je rentre tout de suite. Tout va bien se passer.

— Je n'en suis pas si sûre.

Et sa belle-sœur, d'habitude si forte, si positive, s'effondra enfin au bout du fil.

Estelle dit tout ce qu'elle pouvait pour la réconforter, mais savait qu'il ne s'agissait que de mots, et qu'il lui fallait se rendre à leurs côtés au plus vite.

Elle raccrocha, alla chercher sa valise et y fourra quelques vêtements en toute hâte. Filer à l'aéroport, prendre le premier avion pour Londres… Elle énumérait mentalement la liste des choses à faire quand surgit à son esprit la vision de la petite Cécilia, si minuscule, si fragile, sur la table d'opération.

Saisie d'un sanglot incontrôlable, elle se laissa tomber sur le lit et fondit en larmes, pleurant comme elle n'avait jamais pleuré.

Juan entendit ses sanglots dès qu'il franchit le seuil. Il courut dans la chambre et se figea.

— Estelle…

Il aperçut la valise et comprit qu'elle partait.

— Ne t'inquiète pas, lui dit-elle sans même le regarder. Je ne pleure pas à cause de toi. Cécilia va se faire opérer. Ils ne peuvent plus attendre… Je dois les rejoindre.

Elle revit le tout petit bébé, imagina la détresse de ses parents s'ils la perdaient, et les larmes affluèrent de nouveau.

— Je m'occupe du voyage, lui dit-il.

Hors de question de la laisser partir seule, décida-t-il. Il ne pouvait accepter de la savoir là-bas sans lui pour la soutenir et l'épauler.

Il la prit dans ses bras et la tint fort contre lui. Non, il ne pouvait se le cacher davantage. Il l'aimait.

— Partons tout de suite !

— Non.

Elle essayait de se souvenir qu'elle était en colère, mais dans ses bras, elle se sentait si bien que toute volonté de protester l'abandonnait.

— Estelle, j'ai fait n'importe quoi, je l'avoue. Mais maintenant, je sais ce que je veux.

— Juan…

Le parfum lui parvint alors aux narines — une fragrance écœurante, sucrée et bon marché. Elle se dégagea de ses bras et l'étudia attentivement. Son haleine alcoolisée, la marque de rouge à lèvres dans son cou…

— Ce n'est pas ce que tu crois, commença-t-il.

— Ah vraiment ? s'écria-t-elle, des éclairs de fureur dans les yeux. Tu as gagné, Juan ! Je m'en vais.

Les larmes cessèrent de couler. Elle se détourna et entreprit de boucler sa valise.

— Estelle…

— Je n'ai aucune envie de t'écouter, l'interrompit-elle sans même élever la voix.

— Tu as raison. Le moment est mal choisi. Nous en parlerons dans l'avion.

— Pas question que tu m'accompagnes.

— Ton frère se demanderait pourquoi je ne suis pas à ses côtés dans cette épreuve.

— Mon frère a d'autres préoccupations que celle-ci ! répliqua-t-elle en le regardant cette fois avec aplomb. Ne rends pas les choses plus difficiles qu'elles ne le sont déjà, Juan.

Il lui saisit le bras pour la retenir.

— Ne me touche pas !

— Tu ne peux pas partir comme ça, Estelle. Tu es trop contrariée…

— Je suis contrariée à cause de ma nièce ! Jamais je ne pleurerais pour un homme qui ne m'aime pas. Je ne suis pas ta mère, Juan. Je ne vais pas perdre la raison ou me tuer dans ma voiture parce que l'homme que j'ai épousé me trompe ! Je suis bien plus forte que ça.

Il n'en doutait pas une seconde.

— Et maintenant, si tu le permets, j'aimerais retourner chez moi pour voir ma nièce.

Il l'avait perdue. Juan le savait. Tenter de la retenir n'aurait fait qu'empirer les choses, car elle devait partir auprès de sa famille sans attendre.

— Je vais appeler mon chauffeur et réserver mon jet.

— Je peux très bien me débrouiller seule.

De nouveau, des larmes lui montèrent aux yeux. Des larmes pour lui, cette fois. Des larmes qu'elle tenait à cacher à tout prix.

— Si tu prends mon jet, tu gagneras du temps, insista Juan.

Et cela l'éloignerait de lui avant qu'elle ne craque, songea-t-elle. Qu'elle ne lui dise pour le bébé… qu'elle faiblisse.

Ce fut la seule raison qui lui fit accepter son offre.

Juan se retrouva seul, sans un bruit autour de lui.

Le silence était ce qu'il détestait le plus au monde.

Son pire cauchemar.

Il voulait rattraper Estelle, mais il lui avait prêté son chauffeur. Il appela donc un taxi, même s'il savait d'avance qu'elle ne voudrait pas de lui dans l'avion.

Sur la route, ils passèrent devant ses bureaux et il leva la tête, songeant à ce que l'entreprise allait devenir sans lui, sans son père et Angela.

Il aperçut de la lumière et demanda au chauffeur de s'arrêter.

— Juan !

Angela eut un hoquet de surprise en le voyant arriver. Mal rasé, chemise froissée, les yeux rougis, les cheveux en bataille, son col taché de rouge à lèvres…

Elle connaissait bien ce Juan-là.

— Que fais-tu ici à cette heure ? lui demanda-t-elle.

— J'ai vu de la lumière et j'ai voulu vérifier qui était là. Je suis en route pour l'aéroport. La nièce d'Estelle a été hospitalisée.

— Je suis navrée de l'apprendre. Où est Estelle ?

— Dans l'avion pour Londres.

— Et ne devrais-tu pas être à ses côtés ? s'étonna Angela.

— Elle ne voulait pas que je l'accompagne.

— Alors, tu es allé dans un club séduire la première venue ?

— Non.

— Ne me mens pas, Juan. Ta femme ne porterait jamais un parfum aussi vulgaire.

— Je serais incapable de la tromper.

Angela fronça les sourcils. Les preuves étaient pourtant bien là, constata-t-elle. Pourtant, elle connaissait Juan mieux que quiconque, et cette fois, il ne mentait pas, elle le lisait sur son visage.

— Alors, que s'est-il passé ?

Juan ferma les yeux, empli d'un sentiment de honte.

— Je ne l'ai pas trompée. Je voulais juste le lui faire croire.

— Eh bien, maintenant elle le croit sans aucun doute ! Et elle se retrouve seule face à cette épreuve.

Angela vit les yeux de Juan se voiler et réprima un élan d'amour pour celui qu'elle avait toujours considéré comme son fils.

Il lui raconta alors ce qui s'était passé, ce qu'il avait fait, les mauvaises pensées qu'il avait eues, et elle le crut.

— Tu ne cesses de repousser ceux qui t'aiment, n'est-ce pas ? De quoi as-tu si peur, Juan ?

— De ça, admit-il. De blesser l'autre. D'être responsable d'une autre vie que la mienne…

— Nous ne sommes responsables que de nous-mêmes, lui dit Angela d'une voix douce. Moi aussi, j'ai commis des erreurs. Et à présent, on me les fait payer. Je dois vider mon bureau avant demain matin. Ton oncle et ta tante ne m'adressent plus la parole. Mais si c'était à refaire, je n'hésiterais pas un seul instant. Nous étions trop amoureux avec ton père pour que je renonce à notre histoire. Je ferais juste certaines choses différemment.

— Et qu'aurais-tu fait différemment ?

— J'aurais davantage insisté pour que tu sois mis au courant de notre relation plus tôt. Je t'aurais parlé de ton frère. Nous allions le faire quand tu es entré à l'université, mais ton père s'est ravisé au dernier moment. Pour ça, je m'en veux. J'aurais dû lui tenir tête. J'aurais dû te le dire moi-même. Et maintenant, je dois vivre avec ce regret.

Angela baissa la tête, perdue dans ses tristes pensées, puis laissa échapper un soupir résigné et le désigna du menton.

— Et *toi*, Juan, qu'aurais-tu fait différemment ?

— Je n'aurais pas dû aller dans ce club, commença-t-il avec un petit sourire. Et beaucoup d'autres choses.

— Tu devrais partir la retrouver, lui conseilla Angela. Il faut lui dire la vérité. Expliquer pourquoi tu as agi de la sorte.

— Elle ne voudra pas m'écouter. Elle a d'autres choses bien plus importantes à gérer pour l'instant.

— Si tu n'es pas là pour la soutenir dans cette épreuve, il sera trop tard pour tenter de la raisonner ensuite. Je vais te réserver un vol. Pendant ce temps-là, va te rafraîchir.

Juan alla dans son bureau, étudia son reflet dans le miroir, puis commença à se raser tandis qu'Angela lui apportait une chemise propre et du café.

— C'est la dernière fois que tu me vois faire ça.

— Peut-être pas, lui répondit-il. Tes deux fils auront sans doute leur mot à dire dans cette décision.

Les yeux d'Angela s'emplirent de larmes comme Juan lui

avouait enfin quelle place elle tenait dans son cœur. Mais elle se ressaisit et secoua la tête avec un sourire.

— Je voulais dire que c'est la dernière fois que je te couvre. Estelle mérite mieux que cela.

— Et elle l'aura.

— Ton père semblait si content de vous voir ensemble ! lui dit-elle. Je ne l'ai jamais vu aussi serein. Juste avant sa mort, nous vous regardions marcher dans les collines. Nous vous avons vus vous arrêter pour vous embrasser.

Juan ferma les yeux et se souvint de ce jour où, pour la première fois de sa vie, il avait failli déclarer son amour à une femme.

— Il vous savait heureux ensemble. Je suis tellement soulagée de lui avoir dit, pour le bébé.

Juan se figea.

— De quoi parles-tu ? *Quel* bébé ?

Sa surprise était sincère, Angela s'en aperçut tout de suite.

— Estelle ne te l'a pas dit ?

— Non ! s'écria Juan, abasourdi. Elle te l'a dit, à *toi* ?

— Non, rectifia Angela. Je l'ai deviné. Elle ne buvait pas de vin. Elle semblait nauséeuse le matin...

Oui, Estelle était forte. Oui, elle pouvait se passer de lui. Mais il ne le voulait pas.

— Réserve-moi un vol !

17

— Juan !

Dans ce contexte de crise familiale, Estelle fut soulagée que la tension de sa voix passe inaperçue quand apparut Juan, rasé de frais, sans la moindre trace de rouge à lèvres.

— Désolé de ne pas avoir pu arriver plus tôt, s'excusa-t-il en serrant la main d'Andrew.

— Nous te sommes déjà si reconnaissants d'avoir permis à Estelle de venir aussi vite, lui assura celui-ci. Nous sommes vraiment navrés pour ton père, Juan.

— Merci. L'opération a-t-elle commencé ? s'enquit-il avant de s'asseoir près d'Estelle pour lui passer le bras autour des épaules.

Il la sentit se raidir.

— Oui, il y a une heure, répondit-elle d'un ton glacial. Cela pourrait durer encore longtemps.

Le temps semblait s'écouler avec une lenteur infinie. Juan lut toutes les affiches sur les murs et toutes les brochures disposées sur la table. Estelle l'entendait tourner les pages et sentait monter l'impatience.

Pourquoi diable était-il venu ? Comment l'oublier s'il restait ainsi à la suivre ?

— Pourquoi ne nous tiennent-ils pas au courant ? s'insurgea Amanda. Personne n'est venu nous voir pour l'instant !

— Allons, on ne va pas tarder à savoir, lui dit son mari en lui prenant la main avec tendresse.

Juan remarqua la douceur d'Andrew quand il s'adressait à sa femme, l'amour qu'elle lui portait quand elle s'appuyait contre lui. Malgré ce drame, ils semblaient incroyablement complices.

Il alla vers la machine à café, et Estelle le suivit.

— Pourquoi cherches-tu à me compliquer les choses, Juan ?

— Ce n'est vraiment pas mon but, au contraire, se défendit-il. Je sais que ce n'est ni le lieu ni le moment de te le dire, mais sache que rien n'est arrivé entre moi et cette femme. Je lui ai juste demandé de m'embrasser dans le cou et de me vaporiser avec son parfum. Je voulais te faire fuir.

Il planta un regard déterminé dans le sien.

— Eh bien, ton plan a fonctionné à merveille.

— J'ai fait une erreur, reprit-il. Une grossière erreur. Je ne voulais pas te faire souffrir.

Estelle secoua la tête, lasse, l'esprit confus. Elle ne savait plus ce qu'elle voulait : qu'il disparaisse et la laisse enfin en paix, ou qu'il reste auprès d'elle, la serre dans ses bras, la soutienne dans cette épreuve.

— Je ne peux pas parler de ça maintenant, Juan. Pour l'instant, je dois me concentrer sur ma nièce.

Malgré son envie de rester auprès d'elle, il ne pouvait rien trouver à redire à cela.

— Préfères-tu que je t'attende à l'hôtel ?

— Oui, acquiesça-t-elle.

Car elle ne parvenait pas à conserver les idées claires tant qu'il restait dans ses parages.

— Moi aussi, j'ai besoin d'un café, intervint Andrew derrière eux.

Estelle lui sourit et lui prit aussitôt un gobelet dans la machine.

— Estelle, emmènerais-tu Amanda prendre l'air ? lui demanda son frère. Elle a besoin de sortir de cette salle d'attente où elle ne fait que tourner en rond.

— Bien sûr.

Estelle croisa un bref instant le regard de Juan, comme pour le mettre en garde contre tout commentaire qu'il pourrait émettre sur elle à son frère, puis disparut dans le couloir pour aller chercher Amanda.

— Tu as la meilleure sœur au monde, dit Juan à Andrew une fois qu'elle fut partie.

— Je sais, approuva ce dernier. Je ferais tout pour elle.

Comme Estelle agirait pour son frère, songea Juan. Elle avait vendu son âme au diable pour sa famille, et à présent, il savait pourquoi.

Ils discutèrent quelques instants, autant pour qu'Andrew puisse se changer les idées que pour le plaisir de l'échange.

— J'avais des réserves sur vous deux, au début, admit Andrew avec un sourire. Vous êtes si différents l'un de l'autre.

Et Juan apprit alors de la bouche de son beau-frère combien Estelle détestait les clubs et les bars, et quel effort elle avait accompli pour aider sa famille.

Andrew retourna peu après dans la salle d'attente passer des coups de fil, et Juan décida qu'il valait mieux quitter les lieux avant le retour d'Estelle.

Il arpentait la petite chambre d'hôtel, inquiet de n'avoir toujours pas reçu la moindre nouvelle de l'hôpital. Il était 21 heures, et il se faisait un sang d'encre pour un bébé qu'il n'avait jamais vu.

— Elle a survécu à l'opération.

Juan perçut le soulagement mêlé d'épuisement dans la voix d'Estelle quand elle apparut à la porte.

— Quand est-elle sortie du bloc ?

— Vers 18 heures, répondit-elle, avant de lui jeter un regard sarcastique. Pourquoi ? Etais-je censée te prévenir ?

— Je trouvais juste que ça prenait beaucoup de temps. Je…

— Désolée, s'excusa Estelle, qui regretta aussitôt sa pique devant la sincérité manifeste de Juan. Il a fallu attendre longtemps avant qu'Andrew et Amanda ne soient autorisés à la voir.

— Comment va Cécilia ?

— C'est trop tôt pour le dire. Nous attendons le résultat des analyses. J'ai perdu mon chargeur. Andrew nous appellera sur ton téléphone dès qu'il aura des nouvelles.

Elle se déshabilla et se glissa sous les draps, soulagée de pouvoir enfin fermer les paupières pour se laisser aller au sommeil. Pourtant, une chose restait à régler avant de s'abandonner au repos.

— Je ne vais pas leur annoncer tout de suite notre rupture, dit-elle. Ça serait trop dur pour eux. Mais après notre visite demain matin, je préférerais que tu partes.

— Je veux rester.

— Mais je n'y tiens pas. Et vu ce qui s'est passé, tu conviendras que notre contrat est rompu. Il s'agissait d'une relation *exclusive*, souviens-toi.

— Je te le répète : il ne s'est rien passé, insista-t-il. Ce qui signifie que tu m'appartiens encore.

— Faux, réfuta Estelle. Qu'importe ce qui s'est passé, je ne veux pas de ton argent. Cela me coûte trop cher.

— Alors rembourse-moi.

— D'accord..., commença-t-elle, consciente de la somme astronomique que cela représentait. Je te rendrai tout, mais cela risque de prendre un peu de temps.

— A toi de voir. Mais pour l'heure, cela ne change pas le fait que le contrat reste valide.

Il tendit la main vers elle, mais elle le repoussa et lui tourna le dos.

— J'aimerais une nuit de congé.

— Accordée.

A son grand désarroi, elle se réveilla dans ses bras. Mais quand elle reprit ses esprits, elle se dégagea bien vite pour téléphoner à son frère.

Juan l'observa se glisser hors des draps, la rondeur nouvelle de ses seins, ses formes plus voluptueuses, et sentit son amour pour elle grandir encore. Il lui était reconnaissant de ne pas lui dire, de préserver leur enfant du contrat qui, pour l'instant, continuait de les lier.

— Tu partiras donc après notre visite à l'hôpital ? s'assura Estelle.

— Pourquoi quitterais-je ma femme dans un moment pareil ? Je ne vais nulle part, Estelle.

— Je ne veux pas de toi ici.

— Mensonge ! persista Juan. Je crois que tu m'aimes autant que je t'aime.

— *T'aimer ?* Je serais folle de t'aimer ! Ce que j'ai cru éprouver pour toi a bel et bien disparu. J'ai des critères stricts, auxquels tu n'as pas su répondre. Même si tu n'as pas couché avec une autre, tu as quand même mal agi.

— De toute façon, notre contrat reste valable, lui fit-il observer. Ce qui signifie que c'est moi qui pose les conditions, pas toi.

— Ton père est mort ! Cela n'annule-t-il pas notre contrat ?

— Tu devrais lire les petits caractères avec plus de soin, Estelle. Notre séparation doit survenir après un laps de temps *raisonnable*. Mais je reconnais que nous ne pouvions pas prévoir de telles circonstances. Aussi, je suis prêt à ce que le contrat expire dès demain.

— Demain ? Pourquoi pas maintenant ?

— Je veux juste une dernière nuit. Ne me force pas à te faire relire ce contrat. Je veux juste parler avec toi.

Estelle secoua la tête, vaincue. Son état ne lui permettait plus de se battre. Juan aurait toujours le dernier mot.

Elle se laissa donc conduire à l'hôpital, sans prononcer un mot de tout le trajet.

18

— Elle est toute rose !

Estelle s'émerveillait à la vue des petits doigts qui s'agrippaient autour de son index. Même les ongles de Cécilia étaient roses — et à ses yeux, cela devenait d'un coup la plus belle couleur au monde.

— C'est un petit miracle, acquiesça Andrew qui tenait l'autre main de sa fille.

Tout le monde était bien trop occupé à admirer Cécilia pour remarquer le trouble de Juan.

Celui-ci se pencha sur le bébé, qui ressemblait tant à Estelle, songeant à ce qu'il avait failli rater.

— Je dois retourner à l'hôtel travailler, prévint-il. Veux-tu déjeuner plus tard ?

Estelle releva les yeux et s'apprêtait à refuser quand elle s'aperçut qu'il s'adressait à Andrew.

— Avec plaisir, accepta celui-ci. Estelle, pourrais-tu emmener Amanda prendre un petit déjeuner ? Elle a besoin d'air, et je vais rester avec Cécilia pendant ce temps.

— Bien sûr, dit Estelle en se levant.

— J'ai pensé que nous pourrions sortir dîner ce soir.

Cette fois, Juan s'adressait bien à elle.

— Je préfère rester auprès de ma nièce.

— Andrew et Amanda seront avec elle. Et puis, il faut bien que tu manges !

— Il a raison, Estelle, intervint son frère. Sors t'amuser un peu. Tu as besoin de changer d'air aussi !

*
* *

La journée touchait à sa fin. Les médecins venaient voir Cécilia de temps à autre et parlaient de supprimer le tube respiratoire si la santé du bébé continuait à s'améliorer de la sorte. Estelle finit par convaincre Amanda d'aller dormir dans l'une des chambres réservées aux parents.

Alors qu'elle refermait la porte et revenait vers la chambre de Cécilia, elle se demanda si elle ne s'était pas un peu trop habituée au train de vie de Juan. Elle aurait tout donné pour se retrouver sur son yacht, sans autre chose à se soucier que de savoir de quoi serait composé le prochain repas et de l'heure à laquelle ils feraient de nouveau l'amour.

Jouer la maîtresse de Juan avait eu ses bons côtés, songea-t-elle avec un sourire amer. Alors qu'incarner son épouse était un rôle ingrat.

— Amanda dort enfin, informa-t-elle Andrew, que Juan avait fini par laisser seul dans la pièce.

— Merci d'être là pour nous, lui dit-il. Merci à tous les deux. Juan est formidable. J'avoue qu'au début, il ne me faisait pas vraiment bonne impression, mais à présent, je vois à quel point il tient à toi.

Estelle sentit ses yeux s'emplir de larmes, qu'elle refoula aussitôt.

— Lui as-tu demandé de me trouver du travail ? ajouta son frère sur un ton suspicieux.

Estelle resta un instant interdite.

— Du travail ?

Andrew n'avait aucun mal à deviner quand sa sœur lui mentait, et à sa voix, il sut que sa surprise était bien réelle.

— Juan m'a assuré qu'une fois que Cécilia serait sortie d'affaires, il m'offrirait un poste au sein de son entreprise. Il voudrait que j'inspecte ses hôtels pour tester l'accueil des clients handicapés.

C'était un poste de rêve. Elle vit la lueur d'enthousiasme dans le regard de son frère. Bientôt, il gagnerait sa vie, voyagerait, et retrouverait toute sa dignité et son assurance. Mais tandis qu'elle l'embrassait avec chaleur et le serrait dans ses bras, un élan de colère monta en elle.

L'entreprise de Juan était sur le point d'imploser, et elle et Juan s'apprêtaient à divorcer. Comment osait-il impliquer Andrew dans ce bouleversement imminent ?

Comme elle aurait aimé être à demain ! Juan parti, elle pourrait enfin réfléchir à sa vie, à ses sentiments, à la façon de lui annoncer que leur brève union allait, contre leur gré, les lier à vie.

Un message de Juan l'attendait quand elle revint à l'hôtel. Il lui donnait rendez-vous au restaurant à 20 heures.

— Tu as signé ce contrat, se répéta-t-elle à voix haute devant le miroir, tandis qu'elle appliquait du mascara sur ses cils.

S'agirait-il d'un simple dîner, ou l'entraînerait-il ensuite dans un club, ou… ?

Elle ferma les paupières si brusquement qu'elle faillit frotter sa pupille avec le pinceau.

Il ne s'attendait tout de même pas à coucher avec elle, si ?

Non, il n'oserait insister.

Mais Juan était tellement imprévisible, se dit-elle dans le taxi qui la menait vers le restaurant. Il insisterait peut-être. Sans doute, même. Et elle savait qu'elle devrait obtempérer.

Comme à chacune de ses apparitions, Juan attirait tous les regards. Lorsqu'ils pénétrèrent dans la salle du restaurant à la mode, il aurait pu tout aussi bien débarquer d'un hélicoptère vêtu d'un kilt : tout le monde semblait électrisé par sa présence.

— Tu es magnifique, lui dit il tandis qu'ils s'asseyaient, visiblement inconscient du magnétisme qu'il exerçait.

— Merci.

Il percevait le frémissement de colère qu'elle cherchait à contenir et devina qu'elle avait parlé à Andrew.

Il commanda du vin, mais elle n'en voulut pas.

Il suggéra des fruits de mer, dont il la savait friande, mais elle refusa.

— Je croyais que tu adorais ça ? commenta-t-il, curieux de la réponse qu'elle allait lui donner.

— J'en ai trop mangé ces dernières semaines.

Elle commanda un steak bien cuit, et il la vit le découper avec des gestes pleins de rage. Elle finit par reposer ses couverts avec un soupir agacé et se décida enfin à lui poser la question qui la taraudait.

— As-tu proposé un poste à mon frère ?

— En effet.

— Pourquoi as-tu fait ça alors que notre divorce est imminent ? Alors que ton entreprise risque de connaître une crise sans précédent ?

— Allons, il n'y a aucune raison pour que mon entreprise périclite. J'ai parlé avec mon oncle et ma tante ainsi qu'à Luka aujourd'hui. La rancœur va finir par se tasser dans l'intérêt de tous. Nous avons finalement décidé de travailler ensemble. Alors, ne t'inquiète pas pour ton frère. Tant qu'il sera performant, il conservera son poste. Je te le garantis.

— Tu dis ça maintenant, mais…

— Je suis un homme de parole, la coupa-t-il, un regard pénétrant plongé dans le sien. Je ne mens jamais et je reste moi-même en toutes circonstances.

Il observa ses joues s'empourprer, puis reprit.

— Il n'y a que les femmes que je choisis sur un coup de tête. Si j'ai réussi en affaires, c'est parce que je sélectionne mes employés avec soin, sans accorder de passe-droits à quiconque. Ton frère m'a fait part de quelques idées judicieuses pour améliorer l'accueil des handicapés dans l'hôtellerie. Je crois que ses conseils pourraient me faire réaliser de sérieux bénéfices. Je ne veux pas que mes hôtels soient tout juste corrects. Je veux qu'ils soient les meilleurs. Et par cela, j'entends qu'ils le soient pour tous : hommes d'affaires, couples, handicapés, familles… D'ailleurs, Andrew va bientôt pouvoir tester l'accueil des jeunes enfants…

Il l'étudia pendant un long moment. Quand allait-elle se décider à lui parler ?

— Quel soulagement de voir Cécilia récupérer aussi vite ! reprit-t-il.

— En effet, approuva Estelle. Ces derniers mois ont été si éprouvants pour ses parents…

— Etre avec ta nièce te donne-t-il envie d'avoir des enfants ?

Elle retint son souffle, sembla chercher ses mots, puis éclata d'un rire amer.

— Au contraire ! A voir toutes les épreuves qu'ils ont traversées, cela m'a plutôt refroidie.

Elle n'allait rien lui avouer, comprit Juan. Mais loin de l'enrager, cette pensée le fit sourire. Estelle était vraiment la plus obstinée de toutes les femmes qu'il connaissait.

Il fallait bien trouver un moyen de faire tomber ces barrières qu'elle avait érigées tout autour d'elle, réfléchit-il. Ce défi l'amusait autant qu'il le tourmentait. Car c'était leur avenir qui se trouvait en jeu.

Un avenir que, désormais, il ne concevait plus sans elle.

Il fallait se lancer.

— Sais-tu quand je suis tombé amoureux de toi, Estelle ? lui demanda-t-il, avant de poursuivre sans même lui laisser le temps d'accuser le choc que lui causait sa question. Quand je t'ai vue dans ce vieux pyjama informe, au mariage de Donald. Je n'avais plus qu'une idée en tête : t'arracher des griffes de ce vieux Gordon. Et contrairement à ce que tu pensais alors, il n'était pas question pour moi de t'acheter. Je méritais cette gifle, certes, mais tu as mal interprété ma proposition.

Estelle sourit faiblement, déconcertée par la tournure que prenait leur conversation. Elle avait si peur de l'aimer, si peur de lui avouer, pour le bébé. Pourtant, au fond d'elle-même, elle n'aspirait qu'à une chose : leur accorder une deuxième chance. Juan s'ouvrait à elle, et elle devait faire de même.

Mais avant même qu'elle se décide à lui répondre, il parla, et ce qu'il dit la laissa bouche bée.

— Quand allais-tu m'annoncer ta grossesse, Estelle ?

Jamais elle n'aurait pu imaginer qu'il était déjà au courant. Il tendit la main et la posa sur son ventre, puis rapprocha sa chaise et lui déposa un baiser sur la joue.

Elle hésita un instant, consciente qu'elle ne pouvait continuer à lui mentir.

— Quand je serais trop enceinte pour prendre l'avion pour l'Espagne, finit-elle par répliquer.

— Le bébé naîtrait donc en Angleterre ?

— Oui.

— Et comment ferais-tu pour l'élever ?

— Comme des millions de gens normaux. Nul besoin d'être milliardaire pour cela, Juan.

Elle le dévisagea un instant sans rien dire, puis reprit :

— Es-tu resté ici pour le bébé ?

— Non. Je suis ici pour toi.

Elle sut qu'il disait vrai — pas parce qu'il ne mentait jamais, mais parce qu'elle le lisait dans son regard.

— J'ai connu trois nuits atroces dans ma vie, poursuivit-il. J'ai longtemps eu du mal à parler de la première, mais grâce à toi, je commence à l'évoquer. La deuxième a été celle où j'ai appris l'existence de mon frère, et tu étais là. Je me suis couché l'esprit hanté non par la vengeance et la haine, mais par un baiser et la gifle qui avait suivi. Je crois que je t'aimais déjà à ce moment-là, mais je me refusais à l'admettre.

— Et la troisième ?

— La nuit dernière. J'ai compris que la femme que j'aimais était partie à cause de mes reproches et de mes agissements. Et cette fois, c'était *vraiment* ma faute.

Elle savait ce qu'il sous-entendait : il pardonnait enfin au petit garçon de cinq ans qu'il avait été. Le petit garçon qui, pendant trop longtemps, s'était accusé de la mort de sa mère.

— J'ai vu Angela, continua-t-il. Elle a toujours su me conseiller quand je me retrouvais dans une mauvaise passe. Je lui ai demandé quoi faire. C'est là qu'elle m'a annoncé que tu étais enceinte et que mon père l'avait appris avant de mourir. Apparemment, j'étais bien le dernier au courant…

— Je ne lui ai jamais dit.

— Je sais, lui dit-il. Elle l'a deviné, et c'est tant mieux.

Ils restèrent un long moment à se contempler en silence. Estelle retenait son souffle, incapable de prédire ce que Juan allait faire de cette nouvelle situation.

C'est alors qu'elle le vit sourire.

— Qui l'aurait cru ? dit-il, une expression à la fois surprise et amusée sur le visage.

— Pas moi, admit-elle d'une voix hésitante, n'osant croire à ce revirement inespéré.

— Bien. Alors, comment annoncer à sa femme qu'on souhaite l'épouser de nouveau ?

Estelle sourit à son tour. D'abord timidement, puis il éclata d'un rire franc, euphorique.

— Nul besoin de se marier de nouveau ! Quoique, une seconde lune de miel serait agréable…

Leurs mains se touchèrent, et Juan sentit le voile d'incertitude qui l'oppressait depuis des jours se dissiper d'un coup. Jamais il n'avait parlé avec autant de sincérité, et cela était si bon !

— Crois-tu que nos familles vont remarquer le changement entre nous ? dit-il.

— Non, lui répondit Estelle sans se départir de son sourire comblé. Ils croient tous que nous avons eu le coup de foudre dès notre première rencontre.

— Et ils ont raison, lui fit remarquer Juan, avant de l'attirer à elle pour l'embrasser de nouveau. Nous étions les seuls à ne pas l'avoir compris.

Epilogue

Ce fut un mariage émouvant, à bord du yacht qui avait jeté l'ancre dans la baie d'Acantilados.

C'était le cadeau de mariage de Juan à Gordon pour le remercier de lui avoir fait rencontrer Estelle.

Tandis que Gordon prononçait son discours de remerciement aux convives, Estelle s'appuyait contre l'épaule de Juan, à l'affût des mouvements du bébé dans son ventre.

— Te souviens-tu de la journée passée ici ? lui demanda Juan avec un sourire entendu.

— Bien sûr que je m'en souviens, répondit-elle, le souffle un peu court. Nous avions passé l'après-midi à observer les poissons, et je…

Elle s'interrompit au beau milieu de sa phrase.

— Estelle ?

Elle s'était efforcée d'ignorer les contractions de plus en plus fortes, mais impossible d'ignorer la dernière.

Juan posa la main sur son ventre rond et sentit le spasme caractéristique sous sa paume.

— Je vais trouver un bateau pour nous ramener à Marbella.

— Oh non ! protesta-t-elle. Le travail pourrait prendre des heures. Inutile de déranger tout le monde…

— Je crois que Gordon serait plus embêté si tu accouchais ici, lui fit-il remarquer avant d'aller trouver Alberto, qui s'empressa d'organiser un rapatriement.

— Nous allons partir, annonça Juan à Gordon qui venait prendre de leurs nouvelles. Estelle se sent un peu fatiguée, et…

Mais il ne put mentir davantage, car Estelle fit une grimace tout à fait éloquente.

— Oh ! mon Dieu ! s'exclama Gordon avec une joie manifeste. Le bébé arrive !

— S'il vous plaît, les supplia Estelle. Je n'ai pas envie d'attirer l'attention sur moi.

Peine perdue. Ils montèrent sur le hors-bord au son des applaudissements et des bravos des convives réunis sur la jetée. Estelle enfouit le visage dans le cou de Juan, dont la sérénité la réconfortait malgré les éclairs de douleur qui la traversaient de part en part.

Oui, Juan se sentait serein. Il avait tout ce dont il voulait ici, sur ce petit bateau. Il leva le visage vers les falaises, dont la vue désormais ne le replongeait plus dans les affres de ses souvenirs. Et l'espace d'un instant, il pensa à sa mère et pria pour la paix de son âme.

Le travail dura des heures.

La nuit touchait à sa fin et les premières lueurs de l'aube pointaient quand, alors qu'Estelle pensait qu'elle ne pouvait plus tenir, tout se précipita.

Elle poussa et poussa encore, les ongles enfoncés dans le bras de Juan qui, s'il n'avait pas perdu son calme, semblait toutefois quelque peu éprouvé.

Et d'un coup, il la vit.

Rouge, furieuse, les cheveux noir de jais et de petites joues rebondies.

La sage-femme la lui mit dans les bras, et il sentit son cœur se gonfler de joie et de fierté à la vue de ce petit être parfait.

On leur demanda le prénom à inscrire sur le bracelet, et Juan interrogea Estelle du regard. Ils avaient évoqué quelques prénoms, mais avaient préféré attendre la venue du bébé avant de décider pour de bon. Un seul prénom n'avait pas été suggéré jusqu'à maintenant.

— Gabriella ? dit Estelle.

Juan acquiesça d'un signe de tête, avant d'ajouter, la voix étranglée par l'émotion :

— Gabriella Sanchez Connolly.

— Et il lui faut un second prénom, souligna Estelle.

Ils en discutèrent calmement et ne tardèrent pas à le trouver.

— Je veux téléphoner à Andrew pour lui annoncer qu'il est enfin oncle, dit Estelle, des larmes plein les yeux au souvenir du jour où elle avait tenu pour la première fois la petite Cécilia dans ses bras.

— Nul besoin de lui téléphoner, lui annonça Juan. Il vient d'arriver. Je vais le chercher.

Juan apparut dans la salle d'attente, les yeux injectés de sang, les cheveux en bataille, mal rasé, du rouge à lèvres sur son col de chemise. Mais cette fois, Angela lui souriait.

— C'est une fille ! déclara-t-il. Elles vont bien, toutes les deux.

Tandis qu'Amanda éclatait en sanglots de joie, Andrew vint lui serrer la main.

— Venez la voir, les invita-t-il.

— Bébé ! s'écria Cécilia en désignant sa petite cousine tandis qu'Estelle présentait la nouvelle venue au clan Connolly.

— Viens toi aussi, dit Juan à Angela, qui restait au seuil de la chambre sans oser entrer.

— Elle est parfaite, commenta-t-elle. Comment se prénomme-t-elle ?

— Gabriella, lui annonça Juan en regardant la femme qui avait toujours agi comme une mère pour lui. Gabriella *Angela* Sanchez Connolly.

Oui, les noms espagnols pouvaient s'avérer compliqués, mais aussi très simples.

Ce fut une journée parfaite, suivie d'une soirée merveilleuse.

Une fois tout le monde parti, Juan et Estelle se retrouvèrent enfin seuls, allongés côte à côte sur le lit simple de la maternité, leur petit bébé assoupi entre eux.

Juan avait l'impression que son cœur allait exploser de fierté et d'amour à la vue de la petite fille endormie, et de sa maman, radieuse malgré le rude travail qu'elle venait d'accomplir.

— Merci pour aujourd'hui, dit Estelle d'une voix fatiguée mais incroyablement sereine.

— Merci à *toi*, murmura-t-il. Jamais je n'aurais pensé ressentir autant de bonheur un jour.

— Je voulais dire, merci d'avoir rassemblé ma famille. J'étais tellement contente de les voir tous !

— Je sais, lui affirma-t-il avec douceur, les yeux posés sur elle et le bébé. Grâce à toi, je connais désormais l'importance d'avoir sa famille auprès de soi. Et ça, je ne l'oublierai jamais.

KIM LAWRENCE

Un mariage de raison

Traduction française de
ANNE BUSNEL

HARLEQUIN

Titre original :
THE ITALIAN PLAYBOY'S PROPOSITION

Ce roman a déjà été publié en 2012

1

Tom Trent parlait depuis un bon moment, librement, en se référant de temps à autre à ses notes, mais sans jamais user de circonlocutions ou de périphrases. Il connaissait bien l'homme qui lui avait demandé d'écourter ses vacances pour sauter dans le premier avion et traverser l'Atlantique. Gianluca Di Rossi n'aurait pas voulu qu'on lui cache la vérité sous des formules agréables.

Les coudes calés sur le plateau en acajou du bureau, ses longs doigts bruns entrecroisés, ce dernier écoutait en silence son conseiller juridique. Tom pouvait seulement imaginer ce qu'il ressentait, car les traits à la fierté patricienne ne trahissaient rien des pensées qui lui traversaient l'esprit — un esprit vif, à l'intelligence tellement acérée que cela en était parfois déconcertant.

— Et voilà tout ce que l'on peut en dire, conclut Tom après s'être renfoncé contre le dossier de son siège.

Gianluca ne répondit pas immédiatement. Il déplia tout d'abord son imposante silhouette qui culminait à plus d'un mètre quatrc-vingt-dix, ct son rcgard sombrc s'appcsantit plusicurs secondes sur celui qui était à la fois son employé et son ami.

Puis, il se mit à arpenter la pièce de cette démarche nerveuse, presque animale, qui n'appartenait qu'à lui. Et Tom, bien que peu porté sur les métaphores, ne put s'empêcher de songer à un grand fauve farouche qu'on aurait confiné derrière les barreaux d'une cage.

Au bout d'un ultime aller-retour, Gianluca s'immobilisa près du grand bureau et, les mains à plat sur la surface polie, il se pencha vers Tom. Ses épais cils sombres se relevèrent, découvrant les pupilles d'un brun presque noir au-dessus des pommettes saillantes. Le célèbre regard Di Rossi, capable de vous clouer sur place !

— Si j'ai bien compris, tu es en train de me dire que la seule façon d'éviter une bataille juridique longue et fastidieuse serait de me marier dans l'immédiat, de préférence avec une femme déjà mère d'un enfant ?

Tom retint un soupir. C'était typique de Gianluca de condenser trente minutes d'explications complexes en une seule phrase lapidaire. Il n'était pas du genre à utiliser deux mots là où un seul suffisait. Comme ses paroles, ses actions étaient concises, carrées, efficaces avant tout. Il allait droit au but sans jamais s'éparpiller.

De fait, pendant que les autres prenaient des notes, rédigeaient des mémos ou organisaient d'interminables réunions, Gianluca agissait. Prendre une décision ne lui posait pas de problème. Il n'attendait l'aval de personne, et assumait seul les conséquences de ses actes, sans redouter les reproches éventuels. Certains voyaient en lui un risque-tout, d'autres un visionnaire inspiré. Dans les deux cas, l'opinion d'autrui le laissait parfaitement froid.

Jusqu'à présent, l'inébranlable confiance qu'il affichait en toutes circonstances — et que d'aucuns appelaient de la morgue — avait été amplement justifiée par sa réussite professionnelle spectaculaire. Parti de rien, il était désormais à la tête d'un véritable empire.

Tom répondit enfin :

— Ma foi, je n'avais pas envisagé cette hypothèse, mais si tu te trouvais une famille toute prête… oui, la partie adverse verrait sa stratégie s'effondrer d'un coup. Pour tout dire, tu leur couperais l'herbe sous le pied. Excellente idée ! Tu pourrais peut-être faire passer des entretiens pour sélectionner les candidates ? ironisa-t-il encore, un demi-sourire aux lèvres.

Son trait d'humour tomba totalement à plat. Lèvres pincées, Gianluca le dévisageait sans ciller de son regard pénétrant. Il faut dire que Tom n'aurait guère eu envie de plaisanter si, comme son ami, il s'était trouvé à l'aube d'une bataille juridique contre des adversaires déterminés à lui arracher sa fille unique.

En vérité, la situation n'avait rien de comique.

— Une famille toute prête…, répéta finalement Gianluca.

— Je te prie de m'excuser, ce n'était pas drôle. Mais je ne t'apprends rien, conviens-en.

— Peut-être. Parfois, on a besoin qu'un tiers énonce l'évidence pour découvrir enfin ce qui vous crevait les yeux.

Sur ce commentaire énigmatique, Gianluca reprit place dans le fauteuil qu'il venait de quitter. Les mains posées sur les bras du siège, il renversa la tête en arrière et se mit à fixer les élégantes moulures du plafond.

Le siège social de l'entreprise Di Rossi International, auparavant tassé dans des locaux ultramodernes du cœur de Londres, avait récemment emménagé dans ce vieil immeuble restauré à prix d'or avec un soin méticuleux du détail.

Le résultat était vraiment parfait, nota distraitement Gianluca, qui suivait de l'œil les arabesques de plâtre et les baguettes dorées à la feuille.

Face à lui, Tom n'essayait même pas de deviner son état d'esprit. A priori, Gianluca semblait calme et maître de lui-même, mais ceux qui le connaissaient savaient bien qu'avec lui, il ne fallait surtout pas se fier aux apparences.

« Di Rossi n'est jamais plus dangereux que lorsqu'il se trouve au pied du mur ! », avait écrit un jour un célèbre analyste économique. Et ce qui était vrai dans le travail l'était dix fois plus en ce qui concernait sa vie privée qu'il protégeait férocement.

— Tu peux aussi passer une annonce dans le journal, suggéra de nouveau Tom, avant d'ajouter avec une grimace : Bon, d'accord, ce n'était pas drôle non plus ! Mais déride-toi, je n'exige pas que tu trouves une femme dans le quart d'heure ! En premier lieu, il ne faut pas dramatiser. La partie adverse a toutes les raisons de perdre le procès.

— Oui. Et en attendant, Natalia et son fils s'arrangeront pour que mon nom soit traîné dans la boue…

— Même si cela a des répercussions sur l'entreprise, elles seront temporaires. Et je te jure que je ne te dis pas cela pour te réconforter ! Di Rossi International a les reins bien trop solides pour pâtir à long terme de cette échauffourée juridique.

— Tu t'inquiètes pour ma situation financière ? Tu es trop

bon ! Moi, je songe à Valentina : chez une enfant de cet âge, les dégâts ne seront sans doute pas si éphémères.

— Aïe ! C'est vrai, je n'y pensais pas... Désolé, Gianluca.

Le silence retomba. Soudain, Gianluca se redressa dans le fauteuil.

— Et pourquoi pas ? jeta-t-il.

— Pourquoi *quoi* ?

— Pourquoi ne pas me marier ?

— Tu n'es pas sérieux ? Il y a au moins une centaine de motifs qui me viennent à l'esprit en ce moment...

— A t'entendre, c'est pourtant nécessaire, coupa Gianluca d'un ton incisif. Ce serait même radical si je veux éviter de porter l'affaire devant un tribunal. Et tu sais que je ferais n'importe quoi pour épargner Valentina et la protéger d'un scandale orchestré par ces vautours !

Déconcerté, Tom comprit que son ami ne plaisantait pas. Cependant, il n'était pas surpris outre mesure. En cas de nécessité, Gianluca était connu pour ses décisions à l'emporte-pièce.

— Il y a peut-être des recours moins drastiques, objecta le juriste. Pour commencer, tu ne cherches pas à amadouer Natalia et Laurent. Ils doivent avoir l'impression que si tu es venu vivre en Angleterre, c'est uniquement pour les tenir à l'écart de la petite...

— Exactement ! confirma Gianluca avec un sourire carnassier.

— Dans ce cas, tu devais bien te douter de leur réaction quand tu leur as refusé le droit de visite. Natalia Corradi t'a toujours détesté et Valentina est sa petite-fille.

— Elle est avant tout ma fille !

Le ton farouche qu'il avait employé en aurait intimidé plus d'un. Tom leva les mains en signe d'apaisement.

— Doucement, inutile de tirer sur le messager ! protesta-t-il en souriant. Explique-moi plutôt pourquoi tu tiens tant, tout à coup, à isoler Valentina du reste de sa famille.

Il vit Gianluca prendre une profonde inspiration pour se calmer. Celui-ci devait bouillir intérieurement, mais ses traits demeuraient impassibles, comme sculptés dans la pierre.

— Tu veux savoir ce que sa si *gentille* grand-mère disait à Valentina ? fit-il d'une voix sourde. Elle lui faisait un vrai lavage de cerveau ! « Dommage, ma petite, que tu ne sois pas aussi jolie que ta mère », lui disait-elle. Et pire : « Sans toi, ma Maria serait encore en vie. » Bon sang ! Tom, que voulais-tu que je fasse ?

Tom fut secoué par ces révélations. Il se représentait sans peine la fureur de Gianluca surprenant par hasard ces propos !

— Qui sait depuis combien de temps Natalia distille son poison dans les oreilles de ma fille ? poursuivit ce dernier, une lueur meurtrière au fond des yeux. Tu imagines le traumatisme psychologique pour Valentina ? Je ne permettrai pas que l'histoire se répète ! Je dois protéger ma fille contre cette femme et je m'y emploierai. Elle ne l'aime pas, elle se sert juste d'elle comme d'une arme pour mieux m'atteindre.

D'un bond, il se leva, comme s'il ne pouvait plus contenir l'énergie qui bouillonnait en lui.

— Depuis des années, je supporte son mépris et sa haine. Tout cela glisse sur moi, cela n'a aucune importance. Mais cette fois, elle a dépassé les bornes en s'en prenant à Valentina. Le bonheur de ma fille prime sur tout le reste. C'est à elle que nous devons penser en premier.

— La partie adverse soulignera qu'il est dans l'intérêt de ta fille de voir les membres de sa proche famille. Et ils essayeront de te dépeindre comme un homme…

— Obsédé par son boulot et le pire coureur de jupons qui soit, je sais ! Et bien entendu, le nom d'Erika ne manquera pas d'être cité !

— Il faut s'y attendre, en effet.

— Et si j'avais attaqué ce journal en diffamation, comme tu me l'as conseillé à l'époque, nous n'en serions pas là, n'est ce pas ?

Tom soupira.

— Etant donné que tu possédais sur enregistrement vidéo les aveux d'Erika qui admettait que cette ecchymose n'était en fait que du maquillage, je trouvais normal de les rendre publics. Mais bien sûr, je n'ai pas ta nature chevaleresque ! Enfin, inutile de te fustiger maintenant, Gianluca. C'est très facile, *a posteriori*, de déterminer ce qui aurait été la meilleure attitude à adopter. Il n'en demeure pas moins que ton refus de te défendre contre ces accusations ridicules paraîtra suspect lors du procès.

— Tu oublies qu'il n'y avait pas d'accusations réelles. Au contraire, la belle victime a bravement affirmé avec des larmes dans les yeux que je n'avais jamais levé la main sur elle !

Gianluca s'était exprimé d'un ton acide. Tom se racla la gorge avec embarras.

— Concentrons-nous sur les éléments que nous sommes capables d'influencer, conseilla-t-il. Objectivement, il est vrai que tu changes souvent de compagne féminine. Et tu n'empêcheras pas que ta sacro-sainte vie privée soit étalée et disséquée devant le juge si nous allons jusqu'au procès. Il faut t'y préparer.

— Je ne vis pas comme un moine, d'accord. Mais j'ai beaucoup moins d'aventures que ne le prétend une certaine presse.

Le juriste eut un rire bref.

— Si moi-même je ne te crois pas, Gianluca, comment espères-tu convaincre un tribunal ? Et as-tu pensé à l'impression que fera Carlo sur le juge ? Bon, je sais, c'est un type formidable. N'empêche qu'il ne correspond pas vraiment à l'idée que se font les gens de la nounou idéale ! Sans parler de son casier judiciaire…

— Il n'est pas question que je me passe de Carlo !

Il n'y avait là nulle négociation possible, Tom le comprit aussitôt. Il connaissait la loyauté dont Gianluca faisait preuve en amitié et il ne tenta même pas de le raisonner.

Pensif, Gianluca murmura :

— En revanche, il y a quelque chose que je peux faire…

Interrompu par la sonnerie du téléphone, il décrocha, l'air agacé, et appuya avec impatience sur le bouton qui clignotait.

— Qu'est-ce que c'est ? Je croyais avoir demandé qu'on ne me dérange sous aucun prétexte !

Il se tut en écoutant ce que lui disait sa secrétaire, puis déclara :

— Bon, très bien, dites-lui que je le rappelle dans cinq minutes.

Il coupa la communication, se tourna vers son avocat.

— Désolé, Tom. C'est Marco. Il a un souci.

Et quand Marco avait un souci, il se tournait toujours vers

son demi-frère. Tom ne parvint pas à masquer sa réprobation. Il avait du mal à comprendre que Gianluca, qui n'avait pas d'indulgence pour les ratés et les irresponsables, continue de supporter les frasques de Marco et de l'entretenir financièrement.

— Tu ne l'aimes pas, hein ? dit Gianluca.

— Tu le favorises systématiquement et tu lui passes tout. Qui l'apprécierait dans ces conditions ?

— Sa mère l'a toujours idolâtré et lui a seriné durant toute son enfance qu'il était le plus beau, le plus doué, qu'il n'avait pas le droit à l'erreur… C'est lourd à porter pour un homme normal qui a ses défauts.

— Et Dieu sait que Marco en a ! En toute franchise, Gianluca, je trouve ta situation bien plus pesante. En dépit de ta réussite indéniable, les tiens n'ont aucune considération pour toi.

— Cela m'est égal, je n'ai pas besoin de louanges.

— Toujours aussi arrogant…

Contre toute attente, Gianluca se mit à rire et son visage s'en trouva tout à coup métamorphosé et rajeuni.

— Tout le monde semble s'accorder sur ce point ! acquiesça-t-il. Allez, cela suffit pour ce soir. Je te libère, Tom.

Le juriste se leva et, tout en rassemblant ses affaires, demanda :

— Tu retournes chez Marco ?

— Oui. La rénovation de la maison n'est pas terminée. Et encore merci d'être revenu si vite à Londres, mon vieux. Je suis désolé de t'avoir arraché au soleil de Cape Cod.

— Je te pardonne, mais sans doute pas ma femme, rétorqua Tom, dont le sourire démentait les propos. A part cela, y a-t-il autre chose que tu voudrais que je fasse ?

— Dresser une liste de fiancées potentielles ?

Tom, qui s'éloignait déjà, sa mallette à la main, se figea devant la porte.

— Je te connais depuis dix ans, mais je ne sais toujours pas quand tu plaisantes ou non ! soupira-t-il.

— Je n'ai jamais été plus sérieux de ma vie, Tom.

— Maman, il faut que tu m'aides avec les petits ! demandait Judy à sa mère à l'autre bout du fil.

Lyn Lloyd répondit d'une voix qui ne sonnait pas tout à fait juste :

— Et je devrais tout laisser tomber, comme ça, sous prétexte que tu n'arrives pas à t'occuper de tes neveux ?

Judy retint un gémissement de désespoir. Faire appel à l'instinct maternel de Lyn était parfaitement illusoire, elle aurait dû s'en douter.

— On peut toujours rêver…, marmonna-t-elle.

— Pardon ? Qu'est-ce que tu grommelles ?

— Rien, rien…

Judy prit une profonde inspiration, ravalant symboliquement sa fierté. S'il fallait supplier, elle le ferait. La situation catastrophique l'exigeait.

— Ecoute, maman, je te le demande parce qu'il s'agit d'une urgence.

— Franchement, Judy, tu dramatises ! Trois petits enfants ne peuvent tout de même pas poser autant de problèmes.

— Mais c'est *moi*, le problème ! Tu ne comprends donc pas ?

Debout au milieu du salon, le combiné du sans-fil coincé sous le menton, Judy agita les bras, bien qu'il n'y ait personne à prendre à témoin.

En effet, elle gaspillait sa salive. L'investissement personnel de Lyn Lloyd envers sa fille s'était limité à l'achat d'une voiture et à l'ouverture d'un compte bancaire quand Judy avait eu dix-huit ans. Enfants, elle et son frère David la voyaient à peine. Il y avait toujours une nounou pour les laver, les vêtir correctement et leur faire la leçon avant l'inspection parentale. Et, dès que cela avait été possible, on les avait envoyés dans un pensionnat, ce qui expliquait sans doute qu'ils aient été si proches.

— Je ne sais pas m'y prendre avec les petits, plaida encore Judy. Je fais tout de travers et… Sophia ! Non, ne fais pas ça !

Un mouvement suspect dans le séjour venait d'attirer son attention. Quittant le salon transformé en champ de bataille avec les jouets, livres, vêtements épars qui jonchaient le sol, elle attrapa juste à temps la bouteille d'après-shampooing que Sophia s'apprêtait à verser généreusement sur les boucles de sa petite sœur, endormie dans le couffin.

— Rends-moi ça, Sophia. Ce n'est pas à toi, c'est à tatie Judy.

Cette remontrance bienveillante n'eut aucun effet sur la fillette de cinq ans qui se mit à hurler d'une voix stridente :

— Donne ! Donne ! Donne !

Le problème n'était peut-être pas ce qu'elle disait, mais la façon dont elle le disait ?

— Sophia, ne crie pas, tu vas réveiller Amy !

Judy jeta un coup d'œil inquiet en direction du couffin où le bébé commençait à remuer dangereusement. Au bout d'un moment, elle réussit à faire taire la fillette en monnayant un gâteau au chocolat contre son silence. Pas besoin d'être psychologue — et pourtant Judy avait un diplôme en bonne et due forme ! — pour savoir que le marchandage n'était pas une méthode éducative préconisée par les experts, mais elle n'était plus à ce genre de détail près.

David, qui était dentiste, aurait été doublement scandalisé, lui qui interdisait toute sucrerie à sa progéniture. Hélas, il n'était plus là pour protéger les dents de ses enfants, pas plus que sa femme Sam. Tous deux avaient péri le mois précédent dans un accident de voiture, une collision frontale avec un poids lourd qui ne leur avait laissé aucune chance.

Une vague de tristesse pesante comme du plomb submergea Judy, comme à chaque fois qu'elle pensait au drame. Elle connaissait par cœur les différentes étapes du processus de deuil. Le problème, c'est qu'elle n'avait pas une minute pour s'y consacrer. Sa priorité allait aux trois petits orphelins.

Or, plus les jours passaient, plus elle prenait la mesure de son effarante incompétence.

Elle avait adoré son rôle de tatie-gâteau, baby-sitter occasionnelle sans réelles responsabilités. Mais gérer les enfants au quotidien était une tout autre affaire et elle commençait à envisager l'avenir avec terreur. Elle voulait tant que les petits se sentent en sécurité, entourés et choyés ! Après la tragédie qu'ils venaient de vivre, ils avaient besoin de stabilité et de sérénité. Ce qu'elle était bien incapable de leur offrir.

Il fallait l'admettre, elle n'était pas à la hauteur. Pour commencer, elle n'avait aucune autorité sur eux. Elle avait beau changer de méthode, passer de la douceur persuasive à la fermeté, rien n'y faisait. Toutes ses tentatives aboutissaient à des fiascos retentissants, ce qui était gênant, voire mortifiant pour quelqu'un qui avait signé le manuel intitulé :

L'ÉDUCATION PARENTALE EXPLIQUÉE AUX NOVICES.

Sophia, calmée, s'appliquait maintenant à apposer des empreintes digitales chocolatées sur le tissu ivoire du canapé neuf. Judy serra les dents.

— Chérie, ne fais pas ça, s'il te plaît.

Sa supplique ne lui attirant qu'un regard indifférent, elle préféra aller récupérer le combiné du téléphone abandonné sur le guéridon.

Sa mère avait continué sur sa lancée :

— Ce n'est tout de même pas si terrible que ça : les jumeaux n'ont que trois ans et…

— Cinq, maman. Les jumeaux ont cinq ans et Amy dix-huit mois. Je ne m'inquiète pas pour ma tapisserie ou ma porcelaine. Mais Amy réclame sa mère, Sophia a des cauchemars et Joseph pleure…

— Enfin Judy, ils viennent de perdre leurs parents, c'est tout à fait normal !

— Je sais, mais il n'y a pas que ça. Ce n'est pas facile de les accueillir et de les distraire dans un si petit appartement. Je n'ai qu'une chambre ! Il leur faudrait un endroit plus spacieux… avec un jardin, acheva Judy, une note d'espoir dans la voix.

Depuis son divorce, sa mère vivait dans une immense maison vieillotte et biscornue nichée dans un parc d'un hectare, aux abords d'un village de carte postale.

— Cinq ans, c'est un âge délicieux, Judy. Tu sais, j'adorerais vous recevoir ici tous les quatre…

— Oh, merci ! Tu ne sais pas à quel point…

— Malheureusement, j'ai un rendez-vous à New York vendredi prochain et des invités à la maison la semaine suivante. David était si mignon quand il avait cinq ans ! Si malin, si curieux…

La voix de Lyn se brisa dans un sanglot et elle reprocha :

— Comment peux-tu solliciter mon intervention alors que je souffre tant, Judy ? Mon travail est ma seule consolation, tu le sais bien. C'est si affreux ce qui est arrivé... Ils formaient un si beau couple, ils avaient toute la vie devant eux. Pourquoi eux ? Pourquoi ?

Judy se contenta de secouer la tête en silence, même si sa mère ne pouvait la voir. Les larmes qu'elle retenait rendaient sa gorge douloureuse.

— Je n'y arrive pas, maman, chuchota-t-elle dans le téléphone. Je vais traumatiser les enfants. Je ne suis pas capable de les élever.

— David pensait le contraire puisqu'il t'a nommée tutrice légale.

— Il n'a surtout jamais envisagé sérieusement que j'aie un jour l'occasion d'exercer ce rôle !

— Eh bien, c'est le cas aujourd'hui et il va falloir que tu l'assumes. Ce sera plus facile quand tu auras revendu ton appartement pour acheter un logement plus pratique, par exemple une jolie petite maison à la campagne...

— Maman, je ne peux pas quitter Londres ! Et mes cours ? J'ai déjà de la chance que le recteur de l'université m'ait autorisée à prendre un congé...

— Tu me parles de ton travail ? Vraiment, ce que tu peux être égoïste ! Tu me déçois, Judy. Je suis la première à dire qu'une femme a le droit de mener une carrière, mais au vu des circonstances, je m'attendais à ce que tu fasses quelques sacrifices. Il est vrai que tu as toujours été centrée sur toi-même...

Un instant, Judy resta sans voix après ce laïus d'une hypocrisie confondante de la part d'une mère qui, de toute sa vie, n'avait jamais assisté à une réunion des parents d'élèves ou à une rencontre sportive.

— Il ne s'agit pas seulement de mon épanouissement personnel, maman. Je dois travailler pour vivre. Je suis bonne enseignante, mais nulle en ce qui concerne...

— Ta ta ta ! Sache que les parents parfaits n'existent pas. C'est justement ton problème, ma chérie, tu es trop perfectionniste. C'est en tâtonnant qu'on trouve la bonne voie, mais tu veux toujours tout contrôler, les événements comme les gens. Regarde comme cela se passe avec les hommes...

— Maman !

— Je ne sais pas si tu le fais exprès, mais aucun de tes ex n'avait la moindre autorité sur toi.

— Tu exagères. Il se trouve que je n'aime pas qu'on décide à ma place ce que je vais manger au restaurant.

Pour une femme soi-disant libérée, Lyn Lloyd avait une vision plutôt désuète des relations amoureuses. Même après son divorce, elle avait affiché une préférence constante pour les hommes à la personnalité écrasante.

Judy pressa le bout de ses doigts sur ses tempes où la migraine commençait à pulser douloureusement.

— J'ai perdu le fil de notre conversation, avoua-t-elle. Quel est le rapport entre mes ex et le fait que tu refuses de m'aider ?

— Les enfants sont imprévisibles, Judy.

— J'avais remarqué !

— Tu dois juste te montrer patiente et tolérante.

Judy était trop fatiguée pour argumenter davantage.

— J'essaierai, se borna-t-elle à répondre.

— Parfait ! Tu verras, tout ira bien. Il est juste dommage que tu ne sois pas déjà mariée car, inutile de se voiler la face, aucun homme n'a envie de courtiser une femme flanquée de trois marmots. Enfin, si tu as besoin de quoi que ce soit, n'hésite pas à m'appeler, d'accord ?

Et Judy répondit avec lassitude :

— D'accord. Merci, maman.

2

Après avoir raccroché, Judy se laissa tomber sur le canapé couvert de miettes et de legos. Bien que l'appel à sa mère n'ait pas eu le résultat escompté, il l'avait aidée à mettre les choses en perspective.

Elle avait craqué, bon, et après ? Cela n'avait rien de surprenant. Elle venait de perdre son frère et, du jour au lendemain, avait été intronisée mère de substitution de trois enfants en bas âge. Comment n'aurait-elle pas flanché ?

Et pourquoi était-elle si dure avec elle-même ?

Sa mère avait sans doute raison. Elle devait se reprendre, cesser de gémir et retrousser ses manches, tout simplement. Après tout, il y avait pléthore de mères célibataires qui, souvent, se trouvaient dans une situation plus précaire que la sienne.

« Il ne faut pas te décourager si vite, ma vieille ! »

Son optimisme et sa force de caractère reprenaient le dessus, tandis qu'elle savourait ce court répit. Elle glissa un regard affectueux vers le couffin où Amy, yeux clos, tétait son pouce. Les enfants étaient si mignons… quand ils dormaient !

Sophia était assise en tailleur sur le tapis, occupée à dessiner. Quant à Joseph…

Mais où était Joseph ?

Avec un brusque coup au cœur, Judy se redressa sur le canapé. Depuis combien de temps n'avait-elle pas vu Joseph ou entendu le son de sa voix ? Le silence lui parut tout à coup menaçant.

Une décharge d'adrénaline balaya sa fatigue et elle courut dans la chambre. Vide, tout comme la salle de bains. Dans un petit appartement, il n'y avait pas trente-six endroits où se cacher. Paniquée, elle retourna dans le salon.

— Sophie, tu sais où est Joseph ?

— Oui, ze sais, répondit la gamine sans lever les yeux de sa feuille de papier.

Judy se retint à grand-peine de hurler son exaspération.

— Et où est-il, chérie ?

— Il est parti voir le zentil monsieur avec l'ordinateur.

— Oh ! Tu veux dire qu'il est allé voir Marco ?

— Voui.

Le soulagement envahit Judy. En principe, Joseph ne risquait rien en compagnie de Marco, un chic type un peu folâtre qui habitait le superbe appartement du dessus. Il n'y avait plus qu'à espérer que le petit garçon avait atteint sans encombre l'étage supérieur. Sinon…

Résolument, Judy chassa de son esprit l'image du petit bonhomme errant dans les rues de Londres.

« Non, n'y songe même pas ! », s'enjoignit-elle.

Il lui fallait maintenant aller sonner chez Marco, mais elle ne pouvait pas laisser les deux filles toutes seules. Penchée sur le couffin, elle souleva doucement Amy dans ses bras, avant de se tourner vers Sophia :

— Suis-moi, chérie, nous allons chercher Joseph.

— Nan. Z'ai pas envie.

Dans les bras de Judy, Amy, réveillée trop tôt à son goût, commença à protester. Judy la cala contre son épaule.

— Nous allons faire une petite promenade. Laisse ton dessin, Sophia, tu le finiras tout à l'heure…

— Z'ai pas…

— Obéis tout de suite !!!

Vociférer était contre ses principes, mais elle se félicita en voyant la petite abandonner miraculeusement son crayon pour lui emboîter le pas.

Judy s'apprêtait à ouvrir la porte quand un coup de sonnette impérieux retentit. Le battant pivota et elle vit la bouille joyeuse de son neveu, tout faraud, juché sur de robustes épaules.

— Joseph !

Merci, mon Dieu ! Et merci Marco ! songea-t-elle au

moment où son regard descendait sur l'homme qui servait de monture à Joseph.

Ce n'était pas Marco.

Machinalement, elle nota le torse puissant à la musculature d'athlète visible sous la chemise, les hanches étroites, les jambes interminables, avant de reporter son attention sur le visage de son visiteur. Et là, elle demeura sans voix devant les deux prunelles de braise d'une beauté surréaliste.

Les traits de cet homme lui étaient familiers. Il aurait fallu sortir d'un long coma ou s'être enfermée dans un couvent des années durant pour ne pas l'identifier sur-le-champ ! Et il était encore plus fascinant que sur les photos qui paraissaient régulièrement dans la presse. Le front haut, les pommettes saillantes, la bouche pleine et le teint mat des Méditerranéens... tout cela formait un ensemble terriblement sexy !

Surtout, il se dégageait de lui une sensualité étonnante qui la foudroya aussi violemment qu'une décharge électrique. Et pourtant, ce magnétisme animal était loin de la séduire. Au contraire, elle s'était toujours méfiée de ce genre d'individus sûrs de leur pouvoir de séduction, et qui en jouaient à loisir. En général, ils étaient pétris d'arrogance.

Le premier choc passé, Judy en revint à des considérations plus pragmatiques. Que faisait son neveu sur les épaules du « Play-boy de l'année », comme l'avait récemment surnommé un journal qui avait narré avec force détails salaces sa dernière aventure avec un top model largué dans la foulée ?

Le surnom lui avait ensuite collé à la peau et, si la moitié des allégations de cette fille était vraie, il n'était pas usurpé. Judy n'était pas prude, mais quand même ! On le disait d'un tempérament bouillant, insatiablement porté sur le sexe.

Mais ces ragots n'entamaient en rien sa crédibilité de businessman. Depuis quand un homme souffrait-il d'être considéré comme un étalon ? Non, la seule chose qui avait écorné sa réputation était le coquard qu'arborait le mannequin devant les caméras du journaliste qui l'avait interviewée.

Interrogée à ce propos, la fille avait nié avec vigueur que « Gianluca chéri » soit responsable de son œil au beurre noir, mais bien entendu personne ne l'avait crue. Du coup, une kyrielle d'ex-petites amies étaient ressorties de l'anonymat où les avait plongées la rupture, et chacune y était allée de son anecdote corroborant la nature violente de l'intéressé.

En toute logique, Judy fut aussitôt sur le qui-vive face à ce personnage aussi célèbre que suspect. Et, sur le moment, elle peina à trouver la bonne approche.

— Vous n'êtes pas Marco ! s'exclama-t-elle finalement d'un ton accusateur.

Marco était aussi charmant que charmeur avec ses yeux bruns pétillants et son sourire craquant. Dès qu'elle avait fait sa connaissance, Judy l'avait rangé dans la catégorie des séducteurs. Mais face à Gianluca Di Rossi, elle avait l'impression de se trouver devant le champion toutes catégories !

Ce fut Joseph qui déclara d'un air important :

— C'est pas Marco, c'est Gianluca !

Si Judy n'avait pas eu Amy dans les bras, elle ne se serait pas gênée pour attraper son neveu et le faire descendre *manu militari* de ces épaules étrangères.

Gianluca Di Rossi tourna légèrement la tête, lui offrant la vision de son profil parfait. Il murmura quelque chose que Judy ne comprit pas mais qui fit pouffer l'enfant, et celui-ci ébouriffa de ses mains potelées les cheveux de sa « monture ». Judy lui envia son naturel quand elle-même se sentait pétrifiée comme la pire des gourdes.

Elle fit une autre tentative :

— Tout va bien, Joseph ? Tu ne t'es pas fait mal ?

— Vous voyez bien que le petit n'a rien, laissa tomber Gianluca Di Rossi en dardant sur Judy ses yeux noirs.

Aucune sympathie dans le ton, aucune chaleur dans le regard. Judy déglutit avec peine et, du bout des lèvres, répliqua :

— Merci de me l'avoir ramené.

D'un geste fluide, il fit descendre le gamin par terre, puis se redressa, tandis que les pans souples de sa veste se remettaient impeccablement en place sans un pli. Judy s'agenouilla près de Joseph et l'entoura de son bras libre. Des larmes de soulagement lui piquèrent les paupières. Elle avait eu si peur qu'elle ne songeait même pas à le gronder pour son escapade.

— Allez, rentre, lui enjoignit-elle d'une voix enrouée en se relevant.

Le gamin fila avec docilité dans l'appartement et Judy se retrouva seule face à Di Rossi. Un silence pesant s'ensuivit, qu'elle finit par rompre avec maladresse :

— Hum… eh bien, encore une fois merci.

Lui paraissait très à l'aise. Evidemment, on débordait d'assurance quand on tenait le monde au creux de la main. Ce type ne devait jamais douter de lui-même. Du coup, elle n'avait qu'une envie : le voir débarrasser le plancher.

— Etes-vous une amie de mon frère ? demanda-t-il soudain.

Judy pesta intérieurement. Bon, il n'allait pas lui faire la conversation, maintenant ! Et tout d'abord, de quel frère parlait-il ?

Puis, le jour se fit dans son esprit.

— Marco ? Vous êtes le frère de Marco !

Elle savait que Marco était d'origine italienne, mais elle n'avait pas vraiment retenu son patronyme. Et surtout, elle n'avait pas fait le lien avec le richissime Gianluca Di Rossi ! Il semblait d'ailleurs improbable que Marco, si superficiel, appartienne à cette vénérable famille qui, hormis l'argent, possédait tout ce qu'on pouvait désirer : une lignée irréprochable, des relations influentes, un palais sur le Grand Canal de Venise et un domaine agricole en Ombrie.

Aujourd'hui, grâce à Gianluca, les Di Rossi jouissaient également de l'aisance financière. Du moins pouvait-on le supposer quand on voyait les vêtements de créateurs et les voitures de sport que Marco s'offrait régulièrement. D'où serait venu cet argent, sinon de Gianluca dont les intérêts mondiaux, très diversifiés, allaient de la chaîne d'hôtels au transport aérien ?

Tous les experts s'accordaient à lui reconnaître un flair qui frisait le surnaturel lorsqu'il s'agissait de prédire les tendances des marchés.

En dépit de cette intuition hors norme largement célébrée, Gianluca n'aurait jamais imaginé qu'on puisse le laisser poireauter aussi longtemps sur un paillasson.

C'était une première pour lui devant qui les portes s'ouvraient sans difficulté. Et s'il ne s'était inquiété pour le petit Joseph, il aurait tourné les talons depuis belle lurette.

Il commençait à suspecter que cette ravissante brune à la bouche pulpeuse était la reine des godiches.

Car elle était jolie, en dépit de l'expression ahurie plaquée sur ses traits depuis qu'elle avait ouvert la porte. Avec sa peau lumineuse, son nez légèrement retroussé semé de quelques taches de rousseur, ses grands yeux très clairs qui hésitaient entre le bleu et le vert, elle attirait tout de suite l'attention.

Soit, elle avait eu peur pour Joseph, toutefois son air hagard et ses paupières rougies n'éveillaient pas la moindre compassion chez lui. Il plaignait seulement les enfants que des parents inconscients avaient confiés à cette cruche. Que faisait-elle donc pendant que le petit garçon s'échappait de l'appartement ? Sans doute regardait-elle une niaiserie à la télé, ou bien téléphonait-elle à son petit ami…

Sa colère enfla. Il ne supportait pas qu'on maltraite ou qu'on néglige des enfants ! Et l'idée que son frère, grand amateur de jolies écervelées, soit lié de près ou de loin à celle-ci accentua son irritation.

— Ça ne m'étonne pas que Marco vous ait repérée ! Vous êtes tout à fait son genre, lança-t-il sans prendre la peine de déguiser son mépris.

Judy mit quelques secondes à saisir le sens de cette phrase, et elle se sentit devenir écarlate, sous le double effet de l'indignation et de la fureur.

Non mais, pour qui se prenait-il, celui-là ?

Sa relation avec Marco était toujours restée platonique, bien que ce dernier, tout sourires et œillades de velours, n'ait jamais perdu espoir. Il avait fallu l'arrivée des trois petits un mois plus tôt pour mettre un terme à sa cour assidue. Manifestement, la dévotion de Marco avait ses limites. Toutefois, Judy ne lui en voulait pas, car il était adorable avec les enfants et avait même accepté de les garder une demi-heure, un jour où elle avait rendez-vous chez le dentiste au coin de la rue.

Tout cela ne légitimait pas les insinuations dédaigneuses de Gianluca Di Rossi. Mais elle n'allait certainement pas s'abaisser à se justifier devant lui !

La moue désinvolte, elle rétorqua :

— La question n'est pas de savoir si *je* suis son genre…

Son regard clair étincela, alors qu'elle rejetait en arrière ses boucles brunes foisonnantes dans un mouvement plein de défi. Gianluca comprit le sous-entendu : il ne tenait qu'à elle de faire accourir Marco d'un simple claquement de doigts. La donzelle n'était peut-être pas si bête, finalement. En tout cas, elle possédait un atout encore plus dangereux que la beauté : un sex-appeal déconcertant. Aucun homme ne pouvait regarder cette bouche aux lèvres pleines sans avoir envie de la dévorer de baisers. Elle manquait peut-être de rondeurs aux yeux de certains, mais on ne pouvait s'empêcher d'imaginer son corps souple et tonique débarrassé de ses vêtements.

En tout cas, elle ne manquait pas d'aplomb. Sans doute faisait-elle partie de ces séductrices qui aimaient manipuler les hommes.

Amy se tortillait dans les bras de Judy qui lui murmura quelques mots pour la calmer. Lorsqu'elle releva la tête, elle fut surprise de trouver le regard inquisiteur de Gianluca Di Rossi toujours fixé sur elle. Et malgré ses traits insondables, elle eut honte tout à coup de son apparence négligée. Elle n'avait pas eu le temps de se faire un brushing ce matin et ses boucles avaient séché librement sur ses épaules pendant qu'elle préparait le petit déjeuner des enfants. Bien sûr, elle ne s'était pas non plus maquillée et avait enfilé à la va-vite son vieux pantalon de jogging ainsi que le minuscule débardeur rouge qu'elle réservait d'ordinaire à ses exercices de gym.

Gianluca Di Rossi, habitué à côtoyer des mannequins sublimes, devait la prendre pour une souillon. Mais quelle importance ?

Calant Amy sur sa hanche, elle remit en place la bretelle de son débardeur qui glissait sur son bras. Cette fois, ce fut l'autre bretelle qui se mit à pendouiller. Judy s'énerva, tira sur le tissu et le décolleté bâilla sur ses seins.

— Ce n'est pas la peine de faire des effets de corsage. Gardez-les pour mon frère, fit-il remarquer d'une voix traînante. Et vos mines désemparées ne me font ni chaud ni froid. Désolé, je n'ai pas l'âme chevaleresque.

Elle le fusilla du regard, mais fut décontenancée par l'émotion qui se saisissait d'elle à la vue de ses belles lèvres plissées dans une mimique narquoise. Bizarre… Marco ne lui avait jamais fait cet effet-là. Au contraire, elle se sentait à l'aise avec lui, son cœur ne battait pas la chamade et elle était capable d'aligner trois mots intelligibles sans rougir…

— Je ne vous fais ni chaud ni froid ? Ça ne m'étonne pas, je n'ai pas grand-chose à voir avec les pimbêches blondes qui se pavanent d'ordinaire à votre bras !

Le regard glacé qui la transperça en aurait tétanisé plus d'un, mais une fois lancée, elle se sentait tous les culots. C'était sa faute, aussi. Il était si arrogant !

— Et pour votre gouverne, sachez que je ne suis pas du tout désemparée ! conclut-elle.

— Je n'en doute pas. En général, c'est une tactique pour attirer l'attention des hommes.

— Certainement pas la vôtre, en tout cas !

Amy, qui gigotait de plus en plus, choisit ce moment pour se mettre à pleurer. Gianluca se désintéressa sur-le-champ de leur querelle pour décréter :

— La petite est fatiguée.

Il prononça ces mots avec emphase, comme s'ils étaient dignes d'être gravés dans la pierre. Judy leva les yeux au ciel et s'apprêtait à formuler un commentaire railleur quand Amy émit un long bâillement sonore. Judy ravala son ironie. Soudain, tout le monde paraissait expert en puériculture sauf elle !

— Je le sais ! répliqua-t-elle. Mais il a bien fallu que je la réveille. Qu'auriez-vous fait à ma place ?

— *Dio mio!* Je n'arrive pas à comprendre qu'on vous ait confié ces enfants ! Vous êtes seule ici avec eux ? demanda-t-il en jetant un regard par-dessus l'épaule de Judy, en quête d'un autre adulte responsable.

— Je ne vois pas en quoi cela vous…

— Vous êtes visiblement débordée. Aviez-vous seulement remarqué l'absence de Joseph ?

— Je ne l'ai perdu des yeux qu'une petite minute…

Judy s'étrangla, suffoquée par une brutale détresse. De quel droit se chargeait-il de lui faire la morale ? Et quel besoin avait-il de lui démontrer qu'elle n'aurait pas été fichue de veiller sur un poisson rouge quand elle n'en avait déjà que trop conscience !

En dépit de ses bonnes résolutions, elle atteignait ses limites. Découragée, elle cacha son visage dans les boucles blondes d'Amy qui pleurait toujours. L'odeur sucrée du bébé acheva de lui chavirer le cœur et elle retint ses larmes.

— Chut, ma chérie, souffla-t-elle.

Gianluca perçut le tremblement de sa voix et son inquiétude s'accrut. Cette fille avait vraiment l'air au bout du rouleau. Elle avait des cernes sous les yeux et était de toute évidence épuisée.

Tout à coup, il faillit pousser un cri d'exaspération en voyant apparaître dans l'entrée une petite fille du même âge que Joseph qui vint se cramponner à la jambe droite de la jeune femme.

Encore un autre ! songea-t-il avec consternation.

Enfin, tout cela ne le concernait pas. Il avait bien d'autres chats à fouetter.

Comme cette pensée lui traversait l'esprit, son regard croisa celui de la petite fille. Bien qu'elle ait les yeux très bleus et non pas bruns, ils lui rappelèrent étonnamment ceux de Valentina.

3

— Cette situation est intenable ! s'emporta Gianluca.

Je ne vous le fais pas dire ! pensa Judy.

Attirée par le bruit de la discussion, Sophia s'était approchée et collée aux jambes de sa tante pour voir ce qui se passait. Judy sentit les petites mains s'agripper à son jogging qui commença à descendre dangereusement sur ses hanches.

De peur d'apparaître en culotte devant son interlocuteur — qui ne manquerait pas d'y voir une provocation ! —, elle retint tant bien que mal son pantalon par l'élastique distendu. Le regard de Gianluca Di Rossi descendit vers son abdomen et un frisson incoercible la secoua. Elle s'en voulut de ce trouble dont elle ne parvenait pas à se libérer face à cet homme impassible ; furieuse, elle serra d'un coup sec le cordon glissé dans la ceinture.

Puis, pressée de le voir partir, elle déclara froidement :

— Merci encore. Je ne veux pas vous retenir plus longtemps...

— Combien d'enfants y a-t-il ici ? coupa-t-il.

Et, comme ça, sans demander la permission, il franchit le seuil pour s'avancer d'un pas résolu dans le couloir. Sidérée, Judy eut juste le temps de s'écarter, ce qui n'était pas facile avec Amy dans les bras et Sophia accrochée à la cuisse droite.

— Ma parole, c'est une vraie smala !

Voilà qu'il inspectait le séjour transformé en un incroyable capharnaüm. Judy réprima une ridicule envie de s'excuser pour le désordre.

— Monsieur Di Rossi...

— Avez-vous le numéro de téléphone des parents ?

Cette question fit à Judy l'effet d'une douche froide. Elle eut une sorte de hoquet proche du sanglot, puis s'écria :

— Mêlez-vous de vos affaires et fichez le camp !

— Je ne partirai pas avant de m'être assuré que ces enfants sont en sécurité.

— Bien sûr qu'ils le sont ! Qu'est-ce que vous croyez ? Et je vous trouve mal placé pour me sermonner à ce sujet. Je n'ai jamais castagné personne, moi !

Ces mots à peine prononcés, elle eut honte de ce coup bas qui la plaçait automatiquement parmi le lectorat d'une certaine presse bas de gamme. Elle eut néanmoins la satisfaction de le voir s'empourprer brutalement. Enfin, elle l'avait touché au vif !

— Si vous me pensez capable de passer mes nerfs sur une femme, vous devriez mesurer vos propos, conseilla-t-il d'une voix sourde.

Ce n'était pas faux. Elle était en train de dénigrer ouvertement cet homme intimidant qui, selon la rumeur, avait une propension à user de ses poings quand on le contrariait. Soit elle était stupide, soit… elle ne croyait finalement pas un mot de ces allégations.

Il est vrai qu'elle n'imaginait pas Gianluca Di Rossi, aussi insupportable soit-il, levant la main sur plus faible que lui.

Toutefois, un vilain démon intérieur la poussa à riposter :

— Oh, je suis de taille à me défendre !

Un sourire condescendant naquit sur les lèvres de son interlocuteur tandis qu'il jaugeait sa silhouette menue. Judy regretta de n'avoir pas été plus loin que la deuxième leçon du cours de judo auquel elle s'était pourtant inscrite avec enthousiasme. Elle était douée, lui avait dit son professeur. Si elle avait persévéré, elle serait sûrement ceinture noire aujourd'hui ; et avec quel plaisir elle aurait alors gommé de ce visage le sourire goguenard qui la narguait !

Faute de mieux, elle se borna à visualiser mentalement sa victoire écrasante sur l'ennemi, dans un style martial impeccable s'achevant par un *ippon* imparable…

Cette vision la réconforta et elle s'en arracha avec peine pour reporter son attention sur son adversaire de chair et d'os, bien loin de crier grâce, hélas. Gianluca Di Rossi n'avait jamais dû supplier quiconque de toute sa vie.

— Vous comptez vous incruster longtemps ?

— Jusqu'à ce que j'aie la certitude que ces enfants sont entre de bonnes mains, ce dont pour l'heure je ne suis pas du tout persuadé.

— Vous ne renoncez jamais ?

— Je suis têtu et j'obtiens toujours ce que je veux. Etant donné les circonstances, j'estime de ma responsabilité d'informer les parents. Vous êtes visiblement trop inexpérimentée et trop fatiguée pour vous occuper de trois petits enfants.

C'est exactement ce que Judy s'évertuait à clamer autour d'elle depuis un mois ! Et pour la première fois, quelqu'un tombait d'accord avec elle. Malheureusement, il fallait que ce soit ce sale type paternaliste et pompeux, qui changeait de petite amie aussi souvent que d'autres changeaient de chaussettes !

— Votre responsabilité ? répéta-t-elle, sarcastique.

— Le concept vous est étranger, peut-être ? Voulez-vous que je vous l'explique ?

Judy pinça les lèvres. Elle chercha désespérément une réplique aussi cinglante qu'humoristique, mais les rouages de son cerveau semblaient grippés. Sa migraine la taraudait de plus belle.

Sur ces entrefaites, des cris perçants s'élevèrent du salon où les jumeaux étaient en train de se disputer le même jouet. Sophia avait griffé Joseph dont la joue saignait. Braillant, il la tirait maintenant par les cheveux. La querelle s'envenimait sérieusement.

Judy leur jeta un regard morne et résigné.

— Vous ne pouvez pas faire cesser ce raffut ? lança Gianluca avec impatience.

— Les enfants sont bruyants. C'est un fait, je vous assure qu'on n'y peut rien. Que j'intervienne ou non ne fera pas la moindre différence. Ils ne m'écoutent pas... ils ne m'obéissent pas, acheva-t-elle avec une franchise qui la surprit elle-même.

Et, à son grand dépit, elle sentit ses yeux s'emplir de larmes.

Gianluca poussa un soupir et, l'air excédé, marmonna

quelques mots en italien. Nul besoin d'être bilingue pour savoir qu'il ne s'agissait en aucun cas d'un éloge.

— Essayez donc, puisque vous êtes si malin ! lui dit-elle par provocation.

Elle s'attendait à le voir se dérober, mais c'était sans doute mal le connaître. Une petite flamme dans ses prunelles noires, il s'avança d'un pas ferme dans le salon. Les enfants se turent brusquement au moment où il penchait sa haute silhouette vers eux. Calmement, il leur confisqua le camion qui était l'enjeu de leur altercation.

— Si vous n'êtes pas capables de partager, c'est moi qui garde le jouet, décréta-t-il.

La protestation de Joseph mourut sur ses lèvres dans un bredouillis vite ravalé lorsqu'il croisa le regard sévère du voleur de camion. Quant à Sophia, bouche bée, elle n'osa même pas proférer un son.

Judy observait la scène, partagée entre l'envie et l'admiration. Bien sûr, c'était plus facile quand on avait ce timbre de voix et cette stature ! Ce n'était pas juste.

Fort de ce premier succès, Gianluca continuait sur sa lancée :

— Vous avez un coffre pour mettre vos jouets ?

Yeux écarquillés, les deux petits hochèrent leurs têtes bouclées.

— Alors vous feriez bien de ranger ces poupées et ces peluches avant que quelqu'un marche dessus. Et que ça saute !

— Voyons, vous ne pouvez pas leur parler sur ce ton ! s'indigna Judy.

— Quel ton ?

— Celui que vous venez d'employer ! Il ne faut pas les brusquer, ils ont… connu de gros bouleversements dans leur vie récemment et… ils ont besoin d'affection et de tendresse, alors que vous les rudoyez !

— Je ne les rudoie pas du tout, je fais simplement preuve d'autorité et c'est exactement ce dont ont besoin les enfants de cet âge. Si on ne leur impose pas des limites strictes, ils se sentent livrés à eux-mêmes, ce qui crée une anxiété. Vous ne le savez donc pas ?

Mortifiée, Judy ravala ses reproches. Elle n'allait pas lui

soutenir le contraire quand c'était elle, la psychologue distinguée, qui professait ces conseils aux autres. Tout ceci constituait le B.A.BA de l'éducation, mais elle avait découvert à ses dépens qu'il y avait un gouffre entre la théorie et la pratique. Surtout quand on réagissait avec son cœur plus qu'avec sa tête !

Avec une docilité exemplaire, les jumeaux s'étaient mis à ranger leurs jouets, frénétiquement, comme si leur vie en dépendait. Ils ne semblaient aucunement ulcérés d'avoir été grondés par un étranger. Ils avaient même l'air de commencer à s'amuser, chacun essayant de prendre dans ses bras plus de jouets que l'autre.

Bien entendu, si Judy leur avait intimé l'ordre de faire un peu de rangement, ils se seraient roulés par terre avant de reprendre leurs jeux comme si de rien n'était.

Il fallait admettre que le « Play-boy de l'année » savait s'y prendre avec les tout-petits. C'était déconcertant, inattendu, mais indubitable.

— Vous devriez mettre cette enfant au lit. Elle tombe de sommeil.

Cette fois, Judy ne discuta pas. Elle saisit le couffin et alla le poser dans sa chambre, au calme. A peine couchée, Amy glissa son pouce minuscule dans sa bouche, ferma les yeux et s'endormit.

Un semblant de sérénité était revenu dans l'appartement.

Loin d'éprouver de la gratitude, Judy revint dans le séjour prête à croiser de nouveau le fer avec M. l'Expert-en-puériculture avant de le mettre à la porte. Elle était peut-être nulle, mais elle n'acceptait pas d'être jugée par un inconnu pour autant.

A son entrée, elle nota que la pièce semblait plus vaste maintenant qu'elle était en ordre. Tels des enfants modèles, Sophia et Joseph jouaient gentiment dans un coin.

— Tatie Judy, est-ce qu'ils ont un téléphone au Paradis ? Je voudrais appeler papa et maman.

Judy pila net, oubliant d'un coup ses velléités belliqueuses. Un gros soupir lui gonfla la poitrine.

— Non, chéri, malheureusement. Si vous voulez, vous pouvez jouer une demi-heure sur l'ordinateur, proposa-t-elle dans l'espoir de détourner leur attention. Mais ne faites pas de bruit à cause d'Amy.

Enthousiastes, les jumeaux coururent s'enfermer dans la petite pièce qui jouxtait la chambre, à l'origine un dressing que Judy avait transformé en bureau. La porte se referma et Judy, le cœur gros, se passa la main sur la figure. La question candide de son jeune neveu lui avait brutalement rappelé qu'elle ne reverrait plus jamais David et Sam, pourtant si vivants dans son souvenir.

Sa main retomba et son regard croisa celui de Gianluca Di Rossi.

— Ils ont perdu leurs deux parents ?

— Oui… dans un accident de voiture, il y a un mois.

— *Madre di Dio !* Quelle tragédie… Pourquoi ne m'avez-vous pas dit qu'ils étaient orphelins ?

— Je… je ne sais pas.

— Et ça, c'est vous ? Dr Judith Lloyd ?

Judy s'aperçut alors qu'il tenait à la main un exemplaire de son livre qu'il avait trouvé sur l'étagère. Sur la jaquette se trouvait une courte biographie illustrée d'une photo en noir et blanc.

— Oui, vous le voyez bien.

— Vous avez écrit un livre sur l'éducation des enfants ? Et les gens *l'achètent* ?

— Figurez-vous que j'ai reçu de nombreuses lettres de parents qui l'ont jugé très utile !

— Eh bien ! Vous allez en avoir des névroses sur la conscience !

— C'est un très bon livre théorique ! se rebiffa-t-elle, vexée.

— Dans ce cas, vous auriez tout intérêt à le lire. Je suis sûr que vous avez proposé vos services de nounou en toute bonne volonté, reconnut-il, soudain radouci. Mais avouez que ce n'était guère sensé, étant donné…

— Etant donné *quoi* ? Que je suis nulle, c'est cela ?

— Pardon, mais les faits parlent d'eux-mêmes. Je ne doute pas de vos capacités à animer une thérapie de groupe pour adultes, mais en ce qui concerne les enfants…

— Je n'exerce pas dans le privé, je donne des cours à

l'université. Du moins, c'est ce que je faisais pour vivre avant de recueillir les enfants.

— Quel est votre lien de parenté avec eux ? Etes-vous vraiment leur tante ?

— Oui. Leur père était mon frère, David.

— Alors vous êtes… leur tutrice légale ?

— Oui.

— Mon Dieu !

Le cri du cœur. Judy se raidit sous le regard consterné de Gianluca. Il est vrai qu'elle avait frémi tout à l'heure quand elle avait entrevu son propre reflet dans la glace du vestibule. Son épuisement était flagrant. Elle avait les traits tirés, les yeux charbonneux… Mais qu'y pouvait-elle ? Des nuits mouvementées, des journées trop longues et des heures d'angoisse avaient laissé leur empreinte sur son visage et son teint. Ce n'est pas du tout ce qui aurait dû la préoccuper en cet instant, pourtant elle se sentait laide et vulnérable.

Allait-il enfin s'en aller ?

Au fond, elle savait bien que son agressivité envers lui découlait du chagrin et de la frustration accumulés. Elle se servait de son visiteur comme d'un bouc émissaire. Et pourquoi pas, après tout ? Il semblait assez solide pour s'en remettre !

Pour la première fois, Gianluca se sentit vaguement attendri à la vue de ces minces épaules voûtées. Mais il comprit qu'il l'avait jugée trop vite car elle se redressa bientôt, menton pointé en avant.

— Pourquoi ne serais-je pas leur tutrice ? Cela vous paraît donc si aberrant ?

— Ma foi… tout d'abord vous êtes trop jeune. Vous manquez de maturité.

— Vraiment ? Parce que reluquer une fille comme vous le faites depuis une demi-heure, c'est une preuve de maturité de la part d'un homme, peut-être ?

Pris au dépourvu par cette attaque on ne peut plus fondée, il tressaillit. Cette fille avait l'art et la manière de le déstabiliser, lui qui se targuait de conserver un calme olympien en toutes circonstances !

Il haussa les épaules :

— Les hommes regardent les femmes, c'est dans leur nature. Et si vous ne cherchiez pas à attirer leur attention, vous ne vous attiferiez pas comme ça, dans des tenues de... de collégienne !

Ça, c'était typique de l'homme de reprocher à la femme d'exciter sa concupiscence ! Judy lui darda un regard hautain.

— Je ne suis pas si jeune que cela. Votre problème, monsieur Di Rossi, c'est que vous ne voulez pas admettre que vous avez tort. Vous n'en avez pas le courage !

— Vous doutez de ma virilité ? Attention, vous vous aventurez en terrain dangereux...

— Qui a parlé de virilité ? Epargnez-moi vos commentaires machistes, je vous en prie ! Et si vous n'êtes pas capable d'accepter quelques vérités, vous devriez distribuer moins largement vos opinions. Vous vous donnez le droit de m'insulter, mais vous ne tolérez pas la réciproque !

— Moi, je vous ai insultée ?

— Oui, vous... vous avez dit que j'étais une collégienne !

Elle n'avait pu empêcher sa voix de chevroter. En définitive, la pique avait porté beaucoup plus qu'elle ne voulait se l'avouer. Sa gorge nouée devenait douloureuse et ses paupières la brûlaient...

— Vous n'allez pas pleurer ? demanda-t-il d'un air suspicieux.

— Pas du tout ! Qu'est-ce que vous allez imaginer ?

Gianluca ne s'en laissa pas compter pour autant. Elle était sur le point de craquer, ce qui n'avait rien d'étonnant. Tous les signes avant-coureurs étaient là.

Il compatissait bien entendu au deuil cruel que la jeune femme venait de subir. En même temps, il n'y pouvait rien et il avait trop de problèmes personnels pour s'impliquer dans un drame qui n'était pas le sien.

— Vous avez raison, déclara-t-elle brusquement dans un souffle. Je suis au-dessous de tout. Joseph aurait pu se perdre par ma faute. Mais les enfants n'ont plus que moi au monde, alors je n'ai pas le choix, vous comprenez ? Il faut... il faut juste que je m'habitue, que je m'améliore...

Le ton était monté dans un crescendo plaintif qui connut son point d'orgue dans un sanglot pathétique.

— D'habitude, je ne pleure jamais ! dit-elle en hoquetant de plus belle.

C'était vrai. D'ordinaire, elle savait se dominer, et elle s'en voulait déjà de se donner ainsi en spectacle. Mais cela ne changeait rien à sa souffrance. Depuis un mois, elle n'avait pas versé une larme. On aurait dit que sa douleur, confinée à l'intérieur d'elle-même, avait peu à peu enflé pour parvenir à maturation. Et c'est précisément aujourd'hui qu'elle explosait et débordait de manière irrépressible !

— Je n'y arrive pas. Tout ce que je fais est mal… et sûrement préjudiciable aux enfants ! Tout va de travers… et aucun homme ne voudra plus jamais de moi… Ce n'est pas drôle ! s'emporta-t-elle en le voyant sourire.

Ses pleurs redoublèrent. Les bras ballants, il la considéra quelques secondes, avant de tirer un mouchoir en papier de sa poche. Il le lui donna et attendit qu'elle se soit mouchée pour la saisir aux épaules et l'attirer maladroitement contre lui.

— Voyons, ça ne sert à rien de se mettre dans des états pareils…

Elle ne lui offrit aucune résistance, ne s'étonna même pas de cette brusque commisération après tant d'agressivité. Elle se sentait si glacée, si solitaire et démunie qu'elle aurait accepté du réconfort de n'importe qui. Toutes ces émotions inhabituelles lui donnaient une curieuse impression de féminité exacerbée, en total contraste avec le corps viril contre lequel elle était blottie.

Ils demeurèrent un moment dans cette position, et Gianluca perçut à la seconde près le changement qui s'opéra en elle, lorsqu'elle cessa d'être un petit animal déboussolé, vaincu par l'épuisement et une surcharge d'émotion, pour reprendre possession d'elle-même et se montrer de nouveau pleine de méfiance… contre lui.

D'un mouvement farouche, elle rejeta en arrière le rideau de boucles brunes qui lui tombaient dans les yeux.

— Je ne sais pas ce que j'ai… Pardonnez-moi, articula-t-elle en reculant.

— Vous auriez dû extérioriser vos sentiments avant qu'ils ne prennent trop de place, voilà tout.

Il avait tapé dans le mille et s'était plutôt bien tiré de la situation. Parce qu'il avait l'habitude de consoler des hystériques en pleurs qui se jetaient contre son torse mâle pour l'implorer quand il avait décidé de rompre ?

« Je déraille complètement ! », se tança-t-elle en s'efforçant de retrouver un cheminement de pensées normal.

— Je sais que je traverse une période particulièrement difficile et que cela va passer, néanmoins je vous prie encore de m'excuser pour vous avoir infligé cela, insista-t-elle.

Elle renifla, se tamponna les yeux à l'aide du mouchoir. Et, confusément, elle sentit qu'elle était aussi désolée pour une toute autre raison, parce qu'elle n'était plus nichée dans les bras de Gianluca Di Rossi.

— Pourquoi les Anglais s'excusent-ils toujours de montrer leurs émotions ? Si vous appreniez à le faire un peu plus souvent, votre corps de métier serait mis au chômage et la nation britannique ne s'en porterait que mieux ! Dites-moi, depuis quand n'avez-vous pas passé une bonne nuit de sommeil ?

— Je... je vais mieux, je vous assure.

— La patience n'est pas ma qualité première. Répondez-moi.

— J'ai dû dormir... environ deux heures d'affilée la nuit dernière.

— C'est bien ce que je pensais. Figurez-vous que le monde vous paraîtra moins catastrophique après huit heures de sommeil sans réveil intempestif ! Le corps humain a ses limites et malgré toute la bonne volonté du monde, on ne peut les repousser indéfiniment. Il y a sûrement quelqu'un dans votre entourage qui peut vous remplacer le temps que vous vous reposiez. Votre mère, par exemple ?

Judy eut un petit rire nerveux.

— Ma mère est très occupée.

— Ah... Je devine un conflit non réglé. C'est bien le vocabulaire qu'on emploie en psychologie, non ? Dans ce cas, je ne m'aventurerai pas sur ce terrain glissant...

— Sage décision !

— Quant à vos craintes de tout à l'heure... Vous n'avez pas à vous inquiéter, je pense. Il se trouvera toujours des hommes pour avoir envie de vous, que vous soyez ou non nantie d'une tripotée de marmots.

Judy se sentit rougir jusqu'aux oreilles aux souvenirs des mots plaintifs qui lui avaient échappé un peu plus tôt. Les avait-elle réellement prononcés ? Apparemment oui.

— Qu'en savez-vous ? lança-t-elle, au comble de l'embarras.

— Oh, croyez-moi sur parole !

Contre toute attente, il s'approcha et, du bout de l'index, lui releva le menton pour plonger son regard dans le sien. Le souffle coupé, Judy vit ses prunelles de jais qui semblaient fouiller le tréfonds de son âme, et cette bouche sensuelle à quelques centimètres de la sienne.

Le temps parut s'arrêter...

4

Judy ne sut jamais où elle avait puisé l'audace de faire ce qu'elle fit par la suite.

Elle devait avoir complètement perdu la tête. Ou alors, la proximité physique de cet homme magnifique la grisait au point de lui brouiller le sens commun. A moins que la perspective terrifiante de finir sa vie en célibataire solitaire n'ait suscité en elle cette pulsion désespérée… ?

Quoi qu'il en soit, elle saisit la tête de Gianluca entre ses mains et, haussée sur la pointe des pieds, elle posa sa bouche sur la sienne.

De toute façon, tout allait mal. Alors, autant avoir un bon souvenir au milieu de ce marasme ambiant !

Elle l'embrassait.

Tout d'abord, il avait légèrement tressailli sous l'effet de la surprise, et ses lèvres fermées étaient restées immobiles. A présent, elles s'animaient, s'entrouvraient, la goûtaient. Puis, tout à coup, la magie opéra. L'étincelle du désir jaillit, une onde voluptueuse les embrasa, et ils échangèrent des baisers avides où leurs langues s'emmêlaient dans un ballet de leur invention.

Les murs se mirent à tourner autour de Judy qui ferma les yeux pour mieux se laisser happer par ce tourbillon de sensations. Sans savoir comment, elle se retrouva le dos au mur, étroitement enlacée par Gianluca, ses hanches soudées aux siennes, n'ignorant plus rien de la passion qui le consumait.

A l'excitation du début succéda bientôt une langueur dangereuse qui s'insinua dans tous ses membres. Un long gémissement franchit sa gorge lorsque, glissant les mains sous ses fesses, il la souleva sans effort de façon à ce que leurs deux corps s'imbriquent plus étroitement encore.

Quand il la relâcha enfin, tous deux haletaient bruyamment. Judy ne se reconnaissait pas. Jamais elle n'avait autant désiré un homme. Elle ne savait même pas que la passion physique pouvait éveiller des sensations si extrêmes, au seuil de la douleur.

Yeux dans les yeux, ils se dévisageaient.

Ils faillirent ne pas entendre le bruit de la porte du bureau qui s'ouvrait, suivi d'une cavalcade dans le couloir. Quand les jumeaux firent irruption dans le séjour, Judy, les joues couleur pivoine, agitait la télécommande d'une main et bégayait :

— Les piles… doivent être à plat… et je voulais tellement voir ce documentaire !

Gianluca, sauvé par son teint mat, tira sur les pans de sa veste et se passa la main dans les cheveux, avant de demander, flegmatique :

— Quel documentaire ?

Judy le fusilla du regard.

— Je… j'ai oublié, bredouilla-t-elle.

Elle avait maintenant l'impression de sortir d'un rêve pour plonger dans le cauchemar. Seigneur, quelle humiliation ! Comment avait-elle pu se jeter au cou de Gianluca Di Rossi telle une midinette énamourée ? Cela lui ressemblait si peu ! Dès le début, elle avait réagi de manière outrancière à sa présence. Mais aller jusqu'à l'*embrasser*… !

Bêtement cramponnée à la télécommande, elle n'osait plus lever les yeux.

— T'es toute rouge, tatie. T'as pleuré ? demanda innocemment Joseph.

— C'est à cause de toi qu'elle pleure, parce qu'elle croyait que t'étais perdu ! lui retourna Sophia.

— Ze me perds pas, moi ! s'offusqua son jumeau. Z'ai le *sens de l'orientation*. Comme papa !

Il avait articulé d'une façon si semblable à celle de David que Judy sentit aussitôt ses yeux s'embuer.

— Peut-être, Joseph, mais tu ne dois jamais t'éloigner sans me prévenir, d'accord ? lui dit-elle d'une voix douce.

Elle ressentit une pointe d'irritation en voyant le garçonnet tourner d'abord un regard interrogateur vers la haute silhouette de leur invité, avant d'acquiescer d'un air contrit :

— Voui, tatie.

Il ne manquait plus que cela ! Joseph, en manque de modèle masculin, avait décidé d'intégrer Gianluca dans le schéma familial ! Choix peu judicieux car ce dernier n'allait pas tarder à disparaître de leur horizon.

— Maintenant, nous allons tous dire un grand merci à M. Di Rossi, enchaîna Judy avec une gaieté forcée. Surtout toi, Joseph, pour l'avoir embêté.

— Ze l'ai pas embêté ! Il m'aime bien. Hein, Gianluca ? s'enquit le gamin avec un sourire désarmant.

— Moi aussi ! Moi aussi ! pépia aussitôt sa sœur qui ne voulait pas être en reste.

— Vous êtes deux galopins ! conclut Gianluca.

Cette réplique souleva une vague d'hilarité chez les jumeaux. Joseph jeta un regard supérieur à sa tante. Incapable d'en supporter davantage, Judy se détourna. Bien que la scène soit attendrissante, savoir que les enfants avaient une telle soif d'amour la désespérait. Le sien ne leur suffisait donc pas ? Voilà qui démontrait une fois de plus qu'elle était incapable de faire face à la situation…

— Gianluca peut rester goûter avec nous ?

Cette proposition, qui émanait de Sophia, ramena brutalement Judy sur terre. Cinq minutes plus tôt, elle embrassait son visiteur à bouche que veux-tu. Elle ne se voyait pas lui offrir des tartines maintenant !

— Malheureusement, ce n'est pas possible. M. Di Rossi est quelqu'un de très occupé.

Elle eut le cœur serré de lire la déception sur les petits visages. Mais elle n'allait pas non plus entretenir de faux espoirs chez eux.

Gianluca s'agenouilla devant les jumeaux.

— Un autre jour, vous viendrez dans ma maison à la campagne, pour le goûter. J'ai une petite fille. Elle est plus grande que vous, mais vous pourrez faire sa connaissance.

— C'est vrai ? Oh, oui, oui !

Incrédule, Judy réussit à museler sa colère en escortant

Gianluca vers la porte. Parvenue sur le seuil, elle jeta un coup d'œil dans son dos pour vérifier que les enfants n'écoutaient plus et, d'une voix assourdie, lui reprocha :

— Comment osez-vous leur faire de fausses promesses ? Vous vous valorisez en jouant les gentils, mais eux vont fantasmer sur cette invitation et ils seront très déçus au bout du compte ! C'est moi qui devrai les consoler lorsque vous serez loin et que vous n'y penserez déjà plus ! Vous ne pouvez pas leur mentir sans penser aux conséquences. Et je suppose que vous vous êtes également inventé une fille pour l'occasion ?

— Pas du tout. Elle existe bel et bien et elle s'appelle Valentina.

— Oh…

— Et la seule fois où je n'ai pas envisagé les conséquences de mes actes, c'est quand je vous ai embrassée.

Ce qu'il avait l'air de regretter maintenant. Tant pis. Elle s'y résignerait.

— Oubliez cela. Personnellement, je n'y pense déjà plus, prétendit-elle.

— C'est faux, nous le savons tous deux. C'est la frustration qui vous rend si acariâtre ?

— La… frustration ? Vous ne pensez quand même pas que j'aurais été jusqu'à… Vous êtes fou, ma parole ! Vous n'aviez aucune chance ! se récria-t-elle.

— Voyons, reconnaissez-le : vous aviez envie de moi.

Terriblement. Mais comment l'avouer quand il adoptait ce ton railleur ?

— Si nous n'avions pas été interrompus, nous aurions fini au lit ou plus vraisemblablement sur le tapis. Nous n'aurions même pas eu la patience de rejoindre la chambre ! murmura-t-il.

Les images érotiques que ces paroles faisaient naître étaient si vivaces que, l'espace d'un instant, Judy craignit de laisser échapper la plainte rauque qui montait dans sa gorge.

— Vous… vous êtes vulgaire et… dégoûtant ! bredouilla-t-elle, la paume plaquée sur sa joue brûlante.

— Et vous, la femme la plus sensuelle que j'aie jamais tenue dans mes bras.

— Moi ?

— Ne faites pas semblant d'être surprise. Et sachez que je n'ai pas menti aux enfants. Nous venons d'arriver d'Italie et Valentina n'a pas encore eu le temps de se faire des amis. Quand notre maison sera prête, vous pourrez venir avec eux. C'est un ancien presbytère à la campagne qui compte neuf chambres. Vous voyez, ce n'est pas la place qui manque !

— Je n'irai pas chez vous ! Si vous tenez à le savoir, je n'ai pas envie de vous revoir.

Il eut un sourire diaboliquement séduisant.

— Menteuse. Et vous m'empêcheriez de tenir la promesse que j'ai faite aux enfants ?

— Vous êtes incroyable ! Je ne coucherai pas avec vous, vous entendez ?

— Vous ne croyez pas au destin ? Moi si. Je suis persuadé que vous et moi sommes destinés à être amants, répliqua-t-il avec une assurance tranquille, avant de s'éloigner sur un signe désinvolte de la main.

Gianluca regardait sans le voir le panorama citadin qui s'offrait à lui de l'autre côté de la grande baie vitrée qui occupait tout un pan de mur dans l'appartement de son frère : les lumières de Londres sous un ciel étoilé.

Le téléphone à la main, il composa un numéro.

— Tom ? Je veux que tu me trouves tout ce qu'il y a à savoir sur une certaine Judith Lloyd, qui habite dans le même immeuble que Marco. Dr Lloyd, précisa-t-il. C'est une psychologue.

— Ah ! Tu t'es enfin décidé à suivre une thérapie ? Depuis le temps que je te le conseille… Excellente idée ! Mais je ne suis pas détective privé, tu sais…

— Il ne s'agit pas d'une thérapie. J'ai besoin de toutes les informations possibles la concernant.

Il y eut un silence au bout du fil, puis Tom demanda d'une voix soucieuse :

— Rassure-moi, ce n'est pas à propos… de ce dont nous parlions l'autre jour ?

— Je pense que j'ai trouvé ma future femme, répondit simplement Gianluca.

Il y eut un silence à l'autre bout du fil. Puis Tom reprit :

— Tu n'es pas sérieux ! Tu ne vas tout de même pas épouser une parfaite inconnue ?

— Tu ne crois donc pas au destin, mon ami ?

— Le destin ! Gianluca, tu as bu ou quoi ?

Avec un sourire, ce dernier cala le combiné sous son menton pour se servir un fond de whisky.

— Non, mais ça ne va pas tarder ! Renseigne-toi comme tu pourras, Tom. Et, petite précision : je voudrais savoir si elle a couché avec mon frère.

— Parce que cela ferait une différence ?

— Au niveau de ma tactique, oui. Pas en ce qui concerne mes intentions.

— Eh bien… j'espère ne rien posséder que tu puisses un jour convoiter ! jeta Tom, sarcastique, avant de raccrocher.

Toujours souriant, Gianluca prit une gorgée de liquide ambré et en savoura le goût puissant.

5

— Ze peux avoir une trottinette ?

Joseph regardait avec envie un autre petit garçon qui, au bout du square, était en train de s'entraîner avec son père.

Sans réfléchir, Judy répondit par les mots qu'elle s'était pourtant promis de ne jamais, *jamais* prononcer dans ce genre de circonstances :

— Peut-être.

— Papa m'a dit que z'en aurai une.

— Nous verrons, Joseph. Viens, ne traîne pas, s'il te plaît.

— Oh, regardez ! Voilà Gianluca ! s'écria Sophia qui partit comme une flèche en direction de son héros qu'elle venait d'apercevoir de l'autre côté de l'aire de jeux.

— Sophia, attends !

Peine perdue. La fillette ne s'arrêta pas et Joseph en profita pour s'élancer à ses trousses en appelant joyeusement :

— Gianluca ! Gianluca !

Coincée avec la poussette, Judy regarda les deux fripons s'éloigner, impuissante.

Ils étaient tranquillement sortis faire une promenade, et il fallait qu'ils tombent sur Gianluca Di Rossi ! C'était jouer de malchance. Et elle ne pouvait même pas détaler dans la direction opposée !

Résignée, elle poursuivit sa route, tâchant d'ignorer son cœur qui se mettait à tambouriner dans sa poitrine. Au bout de dix mètres, feignant de remonter la couverture sur Amy histoire de se donner un peu de temps, elle observa le petit groupe que les jumeaux venaient de rejoindre.

Il y avait là, près de Gianluca, une petite fille brune d'environ sept ou huit ans, ainsi qu'un homme de type méditerranéen à la carrure massive et à la trogne de bouledogue, âgé d'une cinquantaine d'années.

Comme aimanté, le regard de Judy revint se fixer sur la haute silhouette de Gianluca. Elle s'efforça d'afficher un air d'étonnement poli mais détaché, et cet effort fit perler de minuscules gouttes de sueur sur sa lèvre supérieure. Comment ne pas focaliser sur lui après la nuit blanche passée à se remémorer ses baisers enivrants ?

— Bonjour, docteur Lloyd. Quelle bonne surprise !

Une étincelle pétillait dans ses yeux noirs tandis qu'il prononçait ces mots. Une surprise, vraiment ? A le voir si satisfait de lui-même, elle aurait juré qu'il avait croisé leur route délibérément. Peut-être même l'avait-il suivie ?

« Mon Dieu, si je commence à croire que je suis pistée par des play-boys milliardaires, je vais encore plus mal que je ne le pensais ! », s'alarma-t-elle.

Pourtant, une intuition inexplicable lui soufflait que cette rencontre n'était pas fortuite.

— Je vous présente Carlo, un ami.

Judy salua d'un signe de tête l'homme trapu qui lui sourit, ce qui étira la balafre qui courait de son oreille à la commissure de sa lèvre droite. Ainsi, il avait l'air encore plus sinistre. Néanmoins, il avait un regard bienveillant et Judy lui rendit son sourire, tout en se demandant qui était cet étrange personnage. A première vue, on aurait dit une espèce de garde du corps, mais dans ce cas, Gianluca ne l'aurait certainement pas désigné comme un ami. Alors ? Mystère…

Gianluca se tourna vers la fillette brune qui, intimidée, cherchait à demeurer en retrait. Doucement, il la poussa devant lui.

— Et voici ma fille, Valentina. Dis bonjour à la *Signorina* Lloyd, Valentina.

La petite fille s'exécuta dans un anglais hésitant, avant de s'excuser :

— Mon anglais n'est pas terrible.

— Bien meilleur que mon italien ! lui assura Judy en souriant. Tu es très jolie, Valentina. Ton papa doit être fier de toi.

— Très ! confirma Gianluca avec un orgueil évident.

Valentina rougit et son père enchaîna :

— Cette rencontre arrive à point nommé, docteur. Je voulais justement vous parler.

— Ah… Malheureusement, j'ai promis aux enfants qu'ils iraient faire de la balançoire. Une autre fois, peut-être ?

Quoi qu'il ait à lui dire, elle était certaine de ne pas avoir envie de l'écouter ! Déjà, elle se détournait ostensiblement vers les jumeaux, quand une main aux longs doigts nerveux se posa sur son bras.

Surprise, elle pivota et se heurta à son regard impérieux. Gianluca Di Rossi avait l'habitude d'être obéi et n'entendait pas la laisser s'échapper si aisément.

— Je me permets d'insister. D'ailleurs, Valentina aussi a envie de s'amuser. Carlo va surveiller les enfants pendant que nous discuterons ici. N'ayez crainte, il est tout à fait capable. Je lui confierais la vie de ma fille sans la moindre hésitation.

Lorsque Gianluca disait cela, on avait l'impression qu'il fallait prendre ses mots au pied de la lettre !

— Avec de tels arguments, comment refuser ? répliqua Judy d'un ton grinçant.

Les enfants avaient entendu leur conversation et, enthousiastes, se regroupaient déjà autour de Carlo. Alors qu'ils caracolaient vers les jeux, Judy entendit Joseph déclarer avec enthousiasme à Valentina :

— Tatie Judy va nous acheter une trottinette !

— Ce Carlo, il travaille pour vous ? s'enquit Judy, légèrement inquiète.

— A l'origine, il était employé par mon père, mais cela fait longtemps qu'il est à mon service, maintenant.

— Quelle est sa fonction, au juste ?

— Il s'occupe de Valentina.

— C'est son… garde du corps ?

— Cela fait partie de ses attributions, oui. Bon, qu'y a-t-il cette fois ? demanda-t-il avec une soudaine impatience en voyant le visage de la jeune femme se décomposer.

— Est-ce qu'il est armé ? chuchota-t-elle.

— Jusqu'aux dents. Trois pistolets et un bazooka.

Judy avait ouvert la bouche. Elle ravala son exclamation, rougit.

— Vous vous moquez de moi !

— Je n'ai pas engagé une armée de vigiles qui me suivent pas à pas pour assurer ma protection. Du moins, pas dans ce pays ! Carlo est un gentleman au vrai sens du terme. Maintenant, pouvons-nous nous asseoir ? suggéra-t-il en désignant le banc le plus proche.

— Je préfère rester debout.

Il parut amusé par cette objection qui, il est vrai, n'avait été formulée que pour contrecarrer sa volonté.

— Comme vous voudrez, docteur.

— Bon, alors ? De quoi vouliez-vous me parler ?

— Mazette ! Etes-vous toujours ainsi ?

— Que voulez-vous dire ?

— Susceptible, agressive… Je ne sais trop quel qualificatif choisir.

— Mais… c'est juste que… nous sommes tous deux très occupés et…

— Vous savez ce que je crois ? coupa-t-il. Je crois que vous êtes hostile et nerveuse parce que je vous ai vu perdre le contrôle de vous-même et que vous ne le supportez pas. Vous vous êtes montrée en état de vulnérabilité et cela vous embarrasse terriblement. Je me trompe ?

— Qui vous a donné le droit de disséquer mes réactions comme si j'étais une grenouille de laboratoire ?

Il éclata de rire.

— Je vois. Je m'aventure sur votre territoire et cela vous déplaît. N'est-ce pas, *docteur* ?

— Vous n'aimez pas les psychologues, décidément.

— Peu importent mes sentiments. Je sais juste que vous avez besoin d'aide depuis que vous hébergez les enfants. Or, vous préféreriez mourir plutôt que l'admettre. C'est stupide, surtout de la part de quelqu'un qui exerce votre profession.

— Et votre opinion fait autorité en la matière, je suppose ? Franchement, si c'est tout ce que vous avez à me dire…

Il lui coula un regard pénétrant qui la fit frissonner, puis déclara :

— Je ne vous ai pas dit que j'avais pensé toute la nuit à notre baiser.

— Hum… Personnellement, je ne tiens pas à épiloguer sur le sujet. Si vous voulez tout savoir, j'ai passé une très mauvaise nuit en essayant d'oublier ce fâcheux épisode. Je ne tiens pas à ce que vous me le rappeliez. Il se trouve que je n'en suis pas spécialement fière.

— Vous n'assumez pas vos désirs naturels ?

Dit comme cela, elle passait carrément pour une pimbêche prude et coincée.

— Je n'ai jamais dit cela ! Vous déformez tout ! s'insurgea-t-elle.

— C'est vous qui parlez de honte. Mais réjouissez-vous, ce n'est pas de cela dont je souhaitais vous entretenir.

— Ah ? Vous estimez donc que vous ne m'avez pas assez insultée comme ça ?

Ignorant la raillerie, il poursuivit :

— Voilà. Vous vous retrouvez responsable des enfants de votre frère, qui n'avait pas vraiment le sens de l'épargne, et qui ne vous a presque rien laissé pour subvenir aux besoins des petits. Jusque-là, vous êtes d'accord ?

Judy était trop sidérée pour répondre. Yeux écarquillés et bouche bée, elle se contenta de le dévisager.

Il poursuivit :

— Le peu d'argent investi est bloqué à la banque pour servir plus tard à payer les études des enfants. Bien sûr, il y a la maison, mais le prêt immobilier était loin d'être remboursé et, une fois la vente conclue… savez-vous combien il vous restera ?

Judy avait le vertige. Sa gorge se serra douloureusement sous l'emprise de la panique qui la gagnait. D'une voix rauque, elle articula :

— Dites-le-moi, puisque vous êtes manifestement si bien renseigné. Comment avez-vous… ?

— C'est un détail. Ce qui importe pour l'heure…

— Ce n'est pas un détail pour moi ! Vous vous permettez de fouiller dans ma vie, de soutirer des informations à mon entourage…

— Inutile de tourner autour du pot, vous êtes dans une

situation précaire, sans grand espoir de la voir évoluer favorablement. J'appellerai cela un « cul-de-sac »...

— Vous oubliez que je travaille et que je perçois un salaire correct ! Bon, peut-être pas selon vos critères, mais sachez que pour le commun des mortels, *monsieur* Di Rossi...

Il l'interrompit d'un air amusé :

— Ah oui, votre fameux job, celui auquel vous tenez tant !

— Est-ce un mal ?

— Pas du tout, seulement vous n'êtes plus seule désormais. On ne dépense pas autant comme célibataire qu'avec trois enfants en bas âge. Vous voilà face au vieux dilemme des mères qui ont une vie professionnelle. Les nourrices reviennent très cher, et si vous travaillez plus pour payer tous ces frais supplémentaires, vous n'aurez plus le temps de vous occuper d'eux correctement et vous culpabiliserez. Ce n'est pas à vous que je vais apprendre cela.

Judy se mordit la lèvre. Bien que cette pensée soit parfaitement déprimante, il n'avait fait que résumer ce qui lui pendait au nez. Il était déjà difficile pour une mère célibataire de s'en tirer avec un enfant, alors *trois* !

Jusqu'à présent, elle avait délibérément occulté cette réalité parce qu'elle n'avait pas le courage de l'affronter. Et lui en parlait posément, sans détours. Evidemment, Gianluca Di Rossi ne connaissait pas les problèmes de M. Tout-le-monde.

— Dites-moi où vous voulez en venir, ce sera plus simple, marmonna-t-elle.

— J'ai une proposition à vous faire, une solution à vos problèmes qui vous faciliterait la vie et vous ferait envisager l'avenir sous un jour bien meilleur.

— Laquelle ?

— Epousez-moi.

Il y eut un court silence. Puis Judy éclata de rire. Secouant la tête, elle ébaucha un mouvement pour s'en aller. Elle n'avait pas de temps à perdre à écouter ses plaisanteries douteuses.

— Vous trouvez cela comique ? dit-il sans rien perdre de son sérieux.

— Pas vraiment, même si c'est l'idée qu'on se fait d'une bonne blague dans votre milieu. Vous allez peut-être m'annoncer que vous êtes tombé éperdument amoureux de moi ? Ce serait très drôle, ça aussi !

— Non, je ne vous ferais pas une telle insulte. Ce serait absurde.

— Merci beaucoup ! répliqua-t-elle, vexée.

— J'insiste juste sur le fait que je suis votre unique moyen de vous tirer de cette situation épineuse.

— Je vois… Vous vous prenez pour une sorte de chevalier blanc, c'est cela ?

Il lui jeta un regard décontenancé, ne sachant trop comment réagir devant son cynisme. Puis, comme s'il tenait surtout à ne pas la contrarier, il opina vaguement :

— Si vous voulez. Songez surtout que, si vous m'épousez, vous serez libre de poursuivre votre carrière normalement, à votre rythme, sans craindre pour le bien-être des enfants.

— Oh, vous voulez dire que vous comptez cesser de travailler pour devenir homme au foyer ? Comme c'est moderne, cette ouverture d'esprit !

Elle trouvait une échappatoire dans l'ironie. Comment réagir autrement ?

De son côté, Gianluca était toujours sérieux comme un pape. D'ailleurs, cette pique venait de lui attirer un regard franchement réprobateur de la part de celui-ci.

— J'ai l'impression que vous ne me prenez pas au sérieux, docteur.

— Et cela vous surprend ? Dites-moi, est-ce que j'ai l'air d'être complètement folle ?

C'était encore une pirouette de sa part, pourtant il parut s'arrêter sur la question et peser le pour et le contre en toute gravité, avant de répondre finalement, au grand soulagement de Judy :

— Non. Vous me semblez tout simplement épuisée. Vous venez de me dire que vous avez encore passé une mauvaise nuit…

A cet instant, Amy jeta son hochet par terre. Gianluca le ramassa et, souriant, le lui rendit en murmurant quelques mots d'italien. Aussitôt, le bébé réagit au son de cette voix amicale et veloutée. Gianluca avait sans conteste un don pour s'attacher l'affection des enfants, et également leur imposer son autorité. Et Judy se surprit à envier Amy : elle aurait aimé que Gianluca lui sourie de cette façon…

S'arrachant à ces pensées incongrues, elle croisa les bras sur sa poitrine.

— Bon, puisque vous n'avez pas l'intention de me jurer un amour éternel, autant m'expliquer carrément ce que vous recherchez. Que vous apporterait un tel mariage ?

— Une assurance, répondit-il sans hésiter.

— Une quoi ?

— Voilà : la grand-mère de ma fille essaie de m'en enlever la garde. J'ai de nombreux atouts pour moi, j'en suis conscient, mais j'ai une réputation d'homme à femmes, sans parler du fait qu'on a récemment essayé de me faire passer pour quelqu'un de violent. Si je me mariais, je serais tout simplement plus crédible en tant que père et, selon toute vraisemblance, la grand-mère de Valentina n'oserait pas aller jusqu'au procès.

— Mais la mère de la petite ? Même si vous ne vivez plus ensemble…

— Nous n'avons *jamais* vécu ensemble.

— Bon, je ne connais pas votre histoire, néanmoins elle a sûrement son mot à dire dans…

— Elle est morte, dit-il simplement.

— Oh… Je suis désolée. Je vous prie de m'excuser, je n'avais pas songé un seul instant que… Que s'est-il passé ? Je ne veux pas me montrer indiscrète, mais…

— Vous avez le droit de vous renseigner, étant donné que je viens de vous demander de m'épouser. Maria a mis fin à ses jours juste après la naissance de Valentina. Apparemment, elle souffrait d'une forme très sévère de dépression post-natale.

— Ah… Une psychose post-partum ?

— Si vous le dites… Quoi qu'il en soit, la maladie a été diagnostiquée trop tard.

Ce qui expliquait peut-être l'hostilité qu'il semblait éprouver pour les membres de sa profession, nota Judy. Dans l'esprit des gens en effet, les psychiatres, psychologues et autres psychothérapeutes formaient une seule et même engeance, pas forcément fréquentable.

— C'est horrible, murmura-t-elle.

— Et c'est du passé.

Etait-il aussi catégorique parce qu'il refoulait ces souvenirs trop pénibles ? Avait-il aimé la mère de Valentina au point de ne pouvoir évoquer sereinement son souvenir ? Judy ne pouvait s'empêcher de se poser ces questions. Et elle éprouvait également le besoin irrationnel de le réconforter, aussi répondit-elle, ayant totalement oublié l'offre incroyable qu'il venait de lui faire :

— Vous n'avez pas à vous inquiéter, je pense. Vous avez de l'argent, de l'influence, vous pouvez vous offrir les services des avocats les plus renommés qui sauront défendre au mieux vos intérêts.

— Certes, et j'ai déjà agi en ce sens. Si nous allons jusqu'au procès, je suis presque assuré de gagner. Mais ces affaires juridiques sont le plus souvent longues et sordides. Les avocats et les journalistes remuent la boue et il s'ensuit tout un battage médiatique que je préférerais de beaucoup éviter.

— Vous les poursuivrez en diffamation et…

— Ce n'est pas moi que je cherche à ménager, c'est Valentina. Je veux la protéger des attaques d'une certaine presse et lui épargner la gêne d'un procès retentissant. Les enfants de cet âge n'ont pas du tout envie d'être l'objet de l'attention générale, vous le savez comme moi. Et cela peut même les traumatiser.

Judy réfléchit quelques secondes.

— Je vous comprends, dit-elle enfin, toutefois je trouve que vous auriez dû songer avant aux conséquences de vos actes. Pardonnez-moi ma franchise, mais pour quelqu'un qui se plaint d'être montré du doigt, vous savez parfaitement tirer avantage de la publicité faite autour de vous. Du moins professionnellement.

— Peut-être. Mais imaginez le tableau que nous formons : je suis assis à côté de vous, une jolie fille qui se balade avec une poussette, dans un jardin public. Demain, je vais découvrir dans la presse que j'ai un enfant illégitime. Quant à vous, vous trouverez sur le seuil de votre appartement une horde de journalistes hystériques qui, si vous les chassez, iront bombarder de questions vos amis, vos parents, votre épicier et votre dentiste, sans hésiter une seconde à inventer les détails que personne n'aura voulu leur fournir.

Judy avait tressailli et, instinctivement, elle jeta un regard autour d'elle, scrutant les buissons et les bosquets alentour.

— C'est vrai ? Vous croyez que… qu'on nous observe en ce moment même ? Ce serait quand même très malhonnête ! s'indigna-t-elle.

— Seriez-vous naïve à ce point ? Ne montez pas sur vos grands chevaux, s'empressa-t-il d'ajouter en la voyant prête à protester. La candeur est devenue une qualité rare à notre époque tellement cynique.

— Comment supportez-vous d'être traqué de cette façon ? Moi, je crois que je vivrais cachée derrière de hauts murs surveillés par les rondes des vigiles !

— Certains trouvent une échappatoire de cette façon, c'est vrai.

— Pas vous ?

— Oh, je mentirais si je vous disais que je ne prends aucune précaution en matière de sécurité. Dans ma position, ce serait stupide. Mais pour ce qui est des ragots… Les gens peuvent bien penser ce qu'ils veulent, cela m'est égal. En tout cas, cela ne m'empêche pas de dormir la nuit. La vie est trop courte pour se soucier de ce genre de futilités ! conclut-il en souriant.

— Vous avez de la chance…

— Pourquoi ? Vous vous inquiétez vraiment de l'opinion d'autrui ?

— Comme tout le monde, non ? dit-elle, avant de rectifier : Excepté vous, bien entendu.

— Vous craignez donc ce qu'on dira quand vous m'épouserez ?

— Quand ? Comment cela, *quand* ? Vous voulez dire *si* ?

— Non, vous avez bien entendu.

Elle leva les yeux au ciel. L'arrogance de cet homme frisait le pathologique.

— Quand vous voulez quelque chose, il ne vous vient pas à l'esprit que cela puisse ne pas fonctionner ? murmura-t-elle, partagée entre l'étonnement et l'admiration.

— J'ai une attitude positive face à la vie, c'est tout.

— C'est ce que je pensais aussi avant de vous rencontrer !

répliqua-t-elle, pince-sans-rire. En réponse à votre question, apprenez que mon entourage sait que je n'ai jamais eu l'intention de me marier. Mes proches tomberaient des nues si je passais à l'acte si soudainement.

— Vous n'auriez qu'à leur dire que vous êtes tombée follement amoureuse et que cela a totalement bouleversé votre vie.

— Oh, voyons ! C'est grotesque !

— Soit, mais il se trouve que l'amour est en général un prétexte parfait pour justifier n'importe quel comportement aberrant. Quand vous invoquerez cet argument, personne n'y trouvera rien à redire, je vous le garantis.

— C'est insensé ! Je ne vous ai pas dit oui ! Vous êtes… vous êtes… Et d'abord, pourquoi moi ? Pourquoi vouloir m'épouser ?

— A cause des enfants. Vous formez une famille toute faite.

Cette fois, on atteignait le comble de l'absurde. Judy éclata de rire.

— Bien sûr, comme c'est pratique ! Je n'y avais pas pensé. Cela évite tant d'efforts inutiles !

— Ce n'est pas la peine d'ironiser.

— Enfin, ne trouvez-vous pas plus *logique* d'épouser quelqu'un que vous connaissez, dont vous partagez les goûts, quelqu'un avec qui vous avez déjà…

— Couché ?

— Eh bien, oui !

— Les qualités que j'apprécie chez mes maîtresses et les rendent désirables à mes yeux ne sont pas celles que je recherche chez une épouse.

— Et qui sont ? De grâce, ne les énumérez pas, je parie que je peux le faire à votre place : vous voulez une femme bien sous tous rapports, docile et complaisante, qui ne verra aucun inconvénient à ce que vous alliez vous divertir ailleurs pendant qu'elle tiendra votre maison !

— Non, vous ne m'avez pas compris, contra-t-il, imperturbable.

— Ce n'est pas très original : « Ma femme ne me comprend pas… » Et dire que nous ne sommes pas encore mariés. Songez à ce que cela va donner ! Enfin, ce que cela *pourrait* donner.

— Lapsus révélateur ! Vous voyez, au fond vous savez que vous allez m'épouser.

Il paraissait vraiment le croire. Comment lui faire comprendre qu'il se fourvoyait complètement ? Ce type était si têtu ! Il ne tolérait pas qu'on contrecarre sa sacro-sainte volonté. Eh bien, s'il ne voulait pas comprendre quand on lui parlait gentiment...

— Ecoutez, il n'est pas question que je vous épouse ! Et rien ne me fera changer d'avis, quoi qu'il arrive ! Maintenant, je vais rejoindre les enfants, et si vous vous avisez de me suivre, je vous fais arrêter pour harcèlement ! C'est compris ?

Et, sur ces mots, Judy s'en alla dignement avec sa poussette.

6

Judy décrocha le téléphone pour la quatrième fois en quelques minutes, décidée cette fois à appeler le médecin en dépit de l'indécision qui la taraudait.

« C'est idiot, il faut que je me décide… »

Après tout, que risquait-elle ? En cas de fausse alerte, elle passerait pour une névrosée bourrée d'angoisses, voilà tout. D'un autre côté, si les maux de ventre de Joseph requéraient vraiment les services d'un médecin…

Vu sous cet angle, elle n'avait guère le choix.

La sonnette de la porte d'entrée retentit au moment où la voix, sur le répondeur du praticien, lui communiquait le numéro à composer « seulement » en cas d'urgence. Qui aurait appelé un médecin à cette heure sans bonne raison ? pesta Judy intérieurement, tout en s'efforçant de retenir les chiffres énoncés car, bien entendu, le stylo qu'elle gardait *toujours* près du téléphone avait disparu. Où était-il passé ?

La sonnette se fit entendre une seconde fois. Le combiné à la main, Judy courut ouvrir, sans cesser de répéter le numéro.

— 56, 72, 34… 72, 34. Oh, c'est vous ? Allez-vous-en ! lança-t-elle en reconnaissant Gianluca, avant de se raviser et de l'attraper par le bras : Finalement non, restez… 56, 72, 34. Vous avez de quoi écrire ? 34.

— Pardon ?

— Un Bic, un crayon ? 72, 34. Viiite !

Renonçant à discuter, il sortit un Montblanc de la poche de sa veste. Quelques secondes plus tard, le numéro noté au creux de la paume, elle lui rendit son stylo et, sans plus s'occuper de lui, pianota sur les touches du téléphone.

Gianluca désigna la bouteille de vin qu'il avait apportée et déclara :

— Je me suis dit que vous apprécieriez un peu de compagnie une fois les enfants couchés… mais j'ai l'impression que je dérange, au contraire.

— Vous me dérangez tout le temps ! répliqua-t-elle, avant de se lamenter : Oh, Seigneur ! Ça ne répond pas…

— Qui appelez-vous donc à cette heure ? Votre petit ami ?

— Mon… Mais non ! J'essaie de joindre le médecin.

— Etes-vous malade ?

— Pas moi, Joseph. Enfin, je crois. J'espère que ce n'est rien en définitive, mais…

Elle n'acheva pas et, se mordillant la lèvre, attendit en vain une réponse au bout du fil.

Gianluca referma la porte restée ouverte derrière lui. Il posa la bouteille sur le guéridon de l'entrée, se débarrassa de sa veste.

— Expliquez-moi tout, lui intima-t-il.

Judy aurait aimé pouvoir l'envoyer promener. Elle n'en avait tout simplement pas le courage tant elle se sentait désemparée. Elle capitula.

— Bon, d'accord. Suivez-moi, mais surtout ne faites pas de bruit.

Comme ils débouchaient dans le salon, elle indiqua une petite forme roulée en boule sous la couverture qui recouvrait le canapé.

— C'est Sophia, chuchota-t-elle. Je l'ai prise avec moi quand j'ai vu que Joseph n'allait pas bien.

— Vous dormez sur le canapé ?

— Où voulez-vous que j'aille ? De toute façon, c'est temporaire. Les petits se sont endormis vers 20 heures et je me suis couchée tout de suite après, expliqua-t-elle, pour justifier le fait qu'elle soit en chemise de nuit. Je voulais récupérer un peu, mais Joseph m'a réveillée une heure plus tard. Il se plaignait du ventre. Je l'ai trouvé plutôt chaud, mais je n'ai pas de thermomètre et je n'ai pas pu prendre sa température. Je ne sais pas si je dois déranger le médecin de garde ou attendre demain matin…

— Dans le doute, mieux vaut solliciter un avis médical, trancha Gianluca avec fermeté.

— Mais si le médecin ne vient pas avant plusieurs heures ? Croyez-vous que je devrais amener Joseph aux Urgences ? Cela veut dire réveiller les deux autres et embarquer tout le monde dans un taxi…

— Traverser la ville en pleine nuit avec trois enfants dont un malade ? Cela ne me semble pas une très bonne idée.

— Je ne sais pas quoi faire ! avoua-t-elle. Avez-vous déjà vécu une telle situation ? Que me conseillez-vous ? Suis-je en train de m'affoler pour rien ? J'ai tellement peur qu'il lui arrive quelque chose !

Livide, elle leva sur lui un regard éperdu. Il se permit un demi-sourire.

— Les petits enfants tombent malades la nuit de préférence, vous le saurez quand vous aurez acquis un peu plus d'expérience. Ce n'est sans doute rien, en attendant il est normal de rester vigilant. Ne vous inquiétez pas, je vais vous tirer d'affaire…

Il sortit son téléphone cellulaire et composa un numéro. Au terme d'une conversation menée en italien, il coupa la communication et annonça à Judy :

— Un médecin va venir immédiatement.

— Dieu merci ! Comment avez-vous réussi à le joindre si vite ?

— C'est un ami.

A cet instant, un cri de détresse fusa de la chambre à coucher :

— Maman ! Je veux maman !

Juste avant que Judy ne vole au secours de son petit protégé, Gianluca eut le temps de lire le chagrin et l'anxiété dans son regard clair ; émotions étrangement émouvantes sur son visage si expressif, qui lui donnèrent envie de la soulager de son fardeau, d'effacer tous les problèmes qui l'écrasaient pour le simple bonheur de la voir sourire. Pour la première fois, il ne voyait pas seulement en elle la solution à ses problèmes, mais une personne en proie à une crise personnelle, et qui avait besoin d'aide.

Il nota également, sous la transparence de la chemise de nuit, la ligne joliment incurvée d'une hanche très féminine.

Comme si elle avait conscience de son regard, elle s'immobilisa sur le seuil de la chambre pour tourner la tête dans sa direction.

— Je vous remercie infiniment. Vous ne savez pas à quel point je vous suis reconnaissante.

— Si je peux faire autre chose… ?

Elle eut un sourire hésitant et désigna la bouteille restée sur le guéridon :

— Vous n'avez qu'à me la laisser, dans ce cas.

— Ça ? Jamais de la vie ! Il ne faut pas boire seul. En revanche, si un verre de bourgogne vous tente, je vais rester trinquer avec vous. La bouteille et moi, nous formons un lot indissociable.

— Oh ! ce n'est vraiment pas…

Elle n'acheva pas, car Joseph pleurait de plus belle, et elle s'engouffra dans la chambre. La douleur du petit garçon semblait s'être accrue et Judy demeura un long moment à son chevet. Lorsqu'enfin elle réussit à le calmer, elle entendit un échange de voix masculines dans le salon et comprit que le médecin était arrivé.

— Un docteur est venu te soigner, Joseph.

— Naan ! Ze veux pas de docteur !

Un coup discret fut frappé à la porte et deux silhouettes se profilèrent dans l'embrasure. Judy fut consternée de voir que le médecin, un homme grand et distingué aux tempes argentées, était vêtu d'un superbe habit de soirée. Sur l'insistance de Gianluca, il avait dû abandonner une réception ou un dîner quelconque pour se précipiter au chevet du petit malade. Néanmoins, il n'avait pas l'air contrarié ; souriant, il s'approcha du lit.

— Joseph, voici le Dr Greco, annonça Gianluca. Il va te soulager, tu vas voir.

— Nan, ze veux pas ! Va-t'en ! brailla Joseph.

Le Dr Greco s'assit près de lui.

— Tu n'es pas très accueillant, dis-moi. Pourtant Gianluca m'a dit que tu étais un très gentil petit garçon. C'est ton ami, non ? Et c'est aussi le mien, alors je crois que nous devrions essayer de nous entendre.

Joseph lui jeta un regard méfiant, sans toutefois protester. Il finit par accepter de retrousser son pyjama pour permettre au médecin de l'ausculter.

— Je vais préparer du thé, annonça Gianluca avant de disparaître.

Avec douceur, le médecin palpa l'abdomen de Joseph. Puis, après avoir posé quelques questions de routine à Judy, il déclara :

— A priori, nous pouvons écarter le risque d'une appendicite. Je pense qu'il s'agit juste de crampes bénignes, quoique douloureuses. Vous allez lui donner un antispasmodique et tout devrait rentrer rapidement dans l'ordre. Vous avez de la chance, ma mallette se trouvait dans ma voiture…

Il prit un flacon dans la sacoche de cuir noir qu'il avait apportée et indiqua la posologie à Judy. Ensuite, tous deux quittèrent la chambre.

— Merci, docteur ! Je suis si soulagée que je pourrais vous sauter au cou ! confia-t-elle alors qu'ils revenaient dans le séjour.

Il se mit à rire et répliqua :

— Agréable perspective, mais je ne pense pas que Gianluca serait d'accord !

— De quoi parlez-vous ? s'enquit l'intéressé qui revenait de la cuisine.

— Je disais que tu n'apprécierais certainement pas que ta future femme m'embrasse.

Judy retint une exclamation outrée et Gianluca lui lança un regard à peine contrit.

— Hum… Judy n'a pas encore accepté de m'épouser, Alex. Mais tu as raison, cela ne me plairait pas plus qu'à Sonia. A ce propos, dépêche-toi de la rejoindre. Tu as peut-être une chance de voir le deuxième acte ! Et merci encore, mon vieux !

Le Dr Greco marmonna quelques mots en italien, avant de se tourner vers Judy.

— En cas de doute ou d'inquiétude, n'hésitez pas à me rappeler. Gianluca a mon numéro.

— Je… je regrette vraiment d'avoir gâché votre soirée…

Alex Greco eut un sourire malicieux avant de déclarer :

— Vous voulez la vérité ? Je m'ennuyais à mourir ! Ma femme adore l'opéra et s'obstine à m'y traîner. D'habitude, je m'endors bien paisiblement avant l'entracte en dépit des barrissements de la soprano. Vous avez eu de la chance de me joindre juste au moment où j'allais éteindre mon portable.

Judy le raccompagna à la porte. Puis, un peu mal à l'aise, elle revint dans le séjour. Gianluca lui avait tiré une sacrée épine du pied, mais fallait-il pour autant ignorer son inqualifiable conduite ? Il ne pouvait quand même pas crier sur les toits qu'ils allaient se marier !

Après avoir pris une profonde inspiration, elle lui fit face... et reçut de plein fouet l'éclat foudroyant de ses yeux noirs.

Il prit les devants.

— Je sais ce que vous allez dire... que je vais trop vite en besogne, que je cherche à vous forcer la main. Mais je veux juste vous convaincre de ce qui me semble logique, pour ne pas dire inéluctable. Et vous me désirez, Judy. Vous ne pouvez pas le nier.

Son regard la défiait. Elle se sentit faible, tout à coup. Un lent frisson lui remonta le long du dos. Elle avait conscience que la plupart des femmes auraient été flattées par cette demande. Si elle devenait Mme Gianluca Di Rossi, le monde entier lui envierait ce mari richissime et incroyablement sexy.

Il ne manquerait qu'un seul élément à cette équation : l'amour.

Elle secoua la tête.

— Je crois que, tout bien considéré, vous devriez souscrire ailleurs votre police d'assurance.

— Qu'entendez-vous par « tout bien considéré » ?

Une sorte de déclic s'opéra chez Judy. Elle était trop lasse pour prolonger cette joute verbale et user de subtilités de langage.

— Très bien. Vous voulez vraiment le savoir ? Voilà : vous me plaisez, mais je ne veux pas me marier avec vous. Tandis que pour vous, c'est l'inverse : vous voulez vous marier, mais je ne vous intéresse pas particulièrement. A mon humble avis, ces différences sont inconciliables.

Voilà, c'était dit. Sauf qu'elle lui taisait la principale raison, à savoir qu'elle était en train de tomber amoureuse de lui !

Toutefois, elle n'avait pas encore fini :

— En attendant que vous ayez déniché quelqu'un de plus adéquat, évidemment nous pourrions... continuer de nous voir.

— En attendant que… Etes-vous en train de me proposer de devenir ma maîtresse ?

— Eh bien, je ne l'aurais pas formulé en ces termes, mais… oui, cela résume assez bien mon état d'esprit, convint-elle, ahurie de s'entendre prononcer de telles paroles.

— *Dio !* Décidément, vous ne cesserez jamais de me surprendre, *cara* ! En définitive, on dirait que vous avez très sérieusement réfléchi à tout cela, non ?

Comme elle ne répondait pas, il l'enveloppa d'un regard circonspect et murmura :

— Vous êtes fatiguée, stressée. Vous n'êtes pas vraiment vous-même…

— Je vous embarrasse, c'est cela ? s'exclama-t-elle, mortifiée. Je suis désolée, oubliez ce que j'ai dit ! Vous avez raison : ces humeurs cyclothymiques et irrationnelles sont les signes classiques du manque de sommeil. Je…

— Vous vous trompez, *cara*. Depuis que je vous connais, je suis dans un état d'excitation quasi permanent. Aussi, quand vous me faites ce genre de proposition, je ne suis pas embarrassé, je suis… en feu !

Judy en perdit le souffle. Une vague torride explosa en elle alors que, la mine grave, Gianluca s'approchait lentement, se penchait vers elle. La caresse de son haleine sur sa joue suffit à déclencher une vague de frissons qui coururent sur sa peau brûlante ; leurs deux corps s'inclinèrent l'un vers l'autre, comme reliés par d'invisibles fils.

— J'ai envie de vous faire l'amour, maintenant, chuchota-t-il d'une voix rauque. Et je donnerais tout pour que nous soyons seuls ici ce soir. Vous ne douteriez plus de la force de mon désir.

— Alors… vous êtes d'accord ? Vous acceptez… ma proposition ? balbutia-t-elle.

Il se rejeta brusquement en arrière.

— Non !

— Mais… vous disiez…

— J'ai dit que j'avais très envie de vous, ce qui est vrai. Mais tant que mes conditions ne sont pas respectées, je ne vous ferai pas l'amour. Il n'y a pas de négociation possible.

Croyez-vous que je vais renoncer maintenant que vous venez de m'avouer votre désir ? ajouta-t-il d'un ton triomphant.

— Je croyais que vous vous en étiez déjà rendu compte !

— Sans doute… mais c'est toujours agréable de se l'entendre dire ! Maintenant, *cara*, je ne peux que vous conseiller d'aller vous coucher. Vous êtes harassée et vous devez en plus veiller un enfant malade, aussi je juge l'occasion peu propice à la romance. Allongez-vous sur le canapé et tâchez de dormir. Je reste ici pour garder un œil sur Joseph. Si jamais il vous réclame, je vous promets de vous réveiller. D'accord ?

— Comment ? Mais non, voyons, je…

— Ne discutez pas ! Vous n'avez pas encore compris qu'il était vain de s'opposer à ma volonté ? dit-il, l'œil malicieux.

Oui, vain et épuisant. Sur ce point, elle ne pouvait que lui donner raison. Elle n'avait pas le courage de se battre avec lui. Elle n'était même plus capable de réfléchir correctement !

— Je vais aller voir si Joseph va bien… et ensuite, je ferai peut-être un petit somme, acquiesça-t-elle en étouffant un bâillement.

Ce fut une bonne odeur de café frais qui réveilla Judy. Elle s'étira, grimaça en sentant plusieurs nœuds musculaires la tirailler dans le dos.

— Elle est réveillée ! Elle est réveillée ! pépia une petite voix animée. On peut regarder les dessins animés, maintenant ?

Judy ouvrit les yeux et vit Sophia, une tartine à la main, qui sautillait dans le séjour en pyjama en attendant l'autorisation qu'elle réclamait.

La haute silhouette de Gianluca apparut au bout du couloir. Judy éprouva un pincement au cœur. Ce n'était pas juste d'avoir une telle mine alors qu'il avait à peine dormi ! Il était magnifique, quoi qu'il arrive…

Elle rejeta la couverture, s'assit sur le canapé.

— Si elle n'était pas réveillée, elle l'est maintenant ! fit observer Gianluca en fronçant les sourcils, avant de demander : Ça ne vous dérange pas, Judy ? Je le leur ai promis.

Il alluma la télévision à l'aide de la télécommande.

— Une demi-heure seulement, dit-il à Sophia.

— Comment va Joseph ? s'enquit Judy.

— Très bien. Dès que vous vous êtes endormie, il en a fait autant. Il a ouvert un œil il y a quelques instants pour me réclamer son petit déjeuner. Je lui ai juste donné une tartine pour l'instant, et il s'est rendormi dans la foulée.

— Pourquoi ne m'avez-vous pas réveillée ?

— Vous ronflez, mais je peux m'en accommoder.

— Quoi ? Je ne ronfle pas du tout ! Et ce n'est pas à vous de vous occuper de ma famille.

— J'aimerais pourtant endosser cette responsabilité… si vous me le permettez.

Judy eut beau chercher, elle ne trouva rien à répliquer à cette simple déclaration.

Gianluca désigna l'ordinateur portable posé sur le comptoir de la cuisine.

— J'avais du travail à finir, aussi ai-je demandé qu'on me l'apporte. Vous voyez, dans tous les cas de figure, je n'aurais pas dormi cette nuit. Et vous aviez vraiment besoin de récupérer. Je n'ai pas encore eu le temps de baigner Amy, mais… Quoi ? Qu'y a-t-il encore ? dit-il en l'entendant pousser une sorte de hoquet.

— Rien… Ou plutôt si : j'ai du mal à imaginer le « play-boy de l'année » en train de donner son bain à un bébé !

— J'espérais que vous commenciez à faire attention à ma personne ; que vous aviez cessé de ne voir en moi que cet individu à la vie scandaleuse dépeinte dans les journaux.

Judy rougit.

— Je… je ne m'intéresse pas à ces ragots ! bredouilla-t-elle. Et je trouve abjectes ces histoires que l'on colporte sur votre compte. Je faisais juste cette remarque parce que mon propre père ne s'est jamais beaucoup occupé de nous. Apparemment, les Italiens sont plus à l'aise avec les enfants.

Gianluca garda le silence, disparut dans la cuisine quelques instants avant de revenir déposer une tasse fumante sur la table basse.

— Vous ne devriez pas ranger le café en grains au réfrigérateur, cela tue l'arôme. Vous parliez de votre père… est-il toujours en vie ?

— Oui, il vit à l'étranger. Mes parents ont divorcé quand David et moi étions encore petits. Papa s'est remarié. J'ai un demi-frère et une demi-sœur que je n'ai jamais vus. Nous nous écrivons, enfin… *je* leur écris. Papa n'a jamais été un homme de plume.

— Quand l'avez-vous vu pour la dernière fois ?

— Il y a cinq ans. Et nous nous parlons au téléphone de temps en temps.

Elle haussa les épaules, pour bien lui faire comprendre qu'elle s'arrangeait très bien de cette situation et, d'un ton léger, elle le complimenta :

— Excellent café !

— Votre père n'est donc pas venu à l'enterrement de votre frère et de votre belle-sœur ?

— Eh bien, il en avait l'intention, mais apparemment sa femme a été admise à l'hôpital d'urgence alors qu'il s'apprêtait à prendre l'avion. Bah ! il ne changera pas, vous savez ! conclut-elle d'un ton détaché.

— Je ne suis pas d'accord avec vous. Les gens apprennent et s'améliorent par l'exemple, le tâtonnement, et aussi en commettant des erreurs.

— Une chose est sûre : du côté maternel, je n'ai rien appris par l'exemple, marmonna-t-elle avec une grimace comique.

— Comment cela se fait-il ?

Elle faillit lui répliquer tout de go de se mêler de ses affaires, puis se ravisa. Somme toute, il n'était pas désagréable de discuter avec lui. Gianluca savait écouter, qualité rare chez les gens en général et chez les hommes en particulier. La plupart de ceux qu'elle connaissait préféraient de loin parler d'eux-mêmes !

— Ma mère est associée dans une entreprise de Relations publiques très florissante qui a des clients dans le monde entier. Elle ne s'est jamais beaucoup occupée de nous. Petite, je lui en ai voulu de ne pas nous consacrer assez de temps. Plus tard, j'ai commencé à apprécier le train de vie que son salaire nous permettait de mener. Je suppose que de telles relations parents/enfants vous semblent hallucinantes ? J'imagine que vous êtes issu d'une famille nombreuse avec moult frères, sœurs, tantes, oncles, cousins et cousines ?

Il y avait une note d'envie dans sa voix. Elle se représentait une tribu méditerranéenne typique, des tablées bruyantes, des gens qui riaient fort et se disputaient, mais restaient toujours unis dans l'adversité.

— A dire vrai, il n'y a que Marco et moi, répondit-il. Il est mon demi-frère. Ma mère est morte quand j'étais très jeune et mon père n'a jamais cessé de l'aimer. Ma belle-mère s'en est bien rendu compte. Comme j'étais le fils de sa rivale décédée, elle s'est toujours méfiée de moi et, après la naissance de Marco, elle a tout fait pour m'isoler du reste de la famille. Elle ne voyait en moi qu'un concurrent qui lui disputait l'affection de mon père, ce qui était stupide car il faisait à peine attention à moi.

Il s'était exprimé avec désinvolture, mais Judy, habituée à voir au-delà des apparences, se figura des années de souffrance masquées sous la carapace d'indifférence qu'il s'était forgée.

— Oh, Gianluca… je suis navrée.

— Désolé de détruire votre vision idéale de la famille méridionale.

— Heureusement, vous avez votre propre famille, aujourd'hui.

— Oui. Enfin, je *vous* ai.

— Gianluca !

Souriant, il alla décrocher sa veste du portemanteau fixé dans le vestibule.

— J'ai un rendez-vous que je ne peux pas rater et je dois prendre le petit déjeuner avec Valentina. Vous voyez, il faut vraiment que vous veniez vivre avec nous : je ne peux pas continuer à prendre deux petits déjeuners tous les matins, je finirais obèse ! Songez au côté pratique de l'affaire. Nous en rediscuterons plus tard.

Après son départ, Judy demeura prostrée sur le canapé. S'imaginait-il vraiment qu'elle allait emménager chez lui pour le simple plaisir d'économiser sur la facture d'électricité ? Irritée, elle secoua la tête. Non, elle ne voulait pas penser aux détails pragmatiques, elle ne voulait songer qu'à l'amour !

— Imbécile ! marmonna-t-elle dans sa barbe.

— Qui est un imbécile, tatie ? demanda Sophia en venant s'installer sur ses genoux.

Moi, pour être tombée amoureuse d'un homme qui considère le mariage comme une transaction commerciale ! songea-t-elle, amère, avant de répondre en caressant doucement les boucles de la petite fille :

— Personne, chérie.

7

Judy abandonna son sourire crispé dès que la porte se fut refermée derrière les deux femmes qu'elle venait de recevoir chez elle.

En réalité, elle bouillait de fureur. Le choc avait été tel qu'elle en avait la nausée et craignait d'être physiquement malade.

Yeux clos, elle s'adossa un instant contre le mur et attendit que son malaise s'estompe un peu.

Lorsque Gianluca l'avait prévenue qu'il était opiniâtre et qu'il s'arrangeait toujours pour obtenir ce qu'il voulait, elle n'avait pas imaginé une seule seconde qu'il puisse avoir recours à des méthodes si drastiques et sournoises ! Ce qui révélait d'ailleurs la candeur ridicule qu'il avait évoquée précédemment. Elle aurait dû savoir de quoi il était capable. Il n'y avait qu'à le regarder pour comprendre qu'il était bouffi d'arrogance et dénué du moindre scrupule !

Eh bien, soit ! Il avait tombé le masque et elle allait se défendre bec et ongles, puisqu'il le fallait. S'il pensait pouvoir l'intimider et la contraindre à suivre sa volonté…

Elle pressa ses doigts contre ses tempes douloureuses et eut un frisson alors qu'elle se remémorait la terreur qui l'avait saisie lorsque les deux femmes s'étaient présentées comme des employées des Services Sociaux.

Un voisin « soucieux de ses devoirs de citoyen » les avait alertés pour signaler qu'un enfant avait soi-disant crié toute la nuit.

Judy en aurait pleuré de rage. Mais il lui avait fallu se contenir durant la demi-heure très pénible qui avait suivi. Les deux représentantes n'avaient pas mis longtemps à se rendre compte que les enfants étaient en bonne santé et bien traités. Elles avaient compati à leur situation, mais avaient également exprimé des réserves quant à l'exiguïté des lieux. Judy s'était empressée de leur assurer qu'il s'agissait d'un arrangement provisoire.

Bien que les deux femmes lui aient confirmé leur satisfaction, Judy avait senti, tapie au fond d'elle-même, la crainte d'être considérée comme une mauvaise mère. Allait-elle passer les dix prochaines années à guetter la réprobation d'autrui, à se culpabiliser, voire à redouter qu'on lui enlève la garde des enfants pour incompétence notoire ?

Un coup frappé à la porte l'arracha soudain à ses pensées moroses. Elle serra les poings dans un réflexe, rejeta ses cheveux en arrière. Gianluca n'avait sûrement pas résisté à la tentation de venir plastronner !

Se redressant de toute la hauteur de son mètre cinquante-huit, elle alla ouvrir, prit son élan… et s'exclama :

— Maman !

Lyn Lloyd, un peu désarçonnée de se trouver face à cette furie, eut un léger mouvement de recul, avant de franchir le seuil d'un pas décidé.

— En voilà des façons d'accueillir sa mère ! Quand je pense qu'il m'a fallu annuler plusieurs réunions pour venir te voir…

Elle mima un baiser sonore à quelques centimètres de la joue de sa fille, puis s'écarta pour la considérer d'un œil critique.

— Qu'est-ce que tu as fait à tes cheveux ?

— Hein ? Oh, rien, répondit Judy en passant distraitement la main dans ses boucles. Maman, tu tombes à pic ! Pourrais-tu garder les petits un instant ? Merci, c'est formidable ! Tu n'as qu'à leur mettre un dessin animé. Mais pas celui avec le robot, il fait peur à Amy ! précisa-t-elle, alors qu'elle se précipitait déjà sur le palier.

Ahurie et pour une fois à court de mots, Lyn Lloyd regarda sa fille s'engouffrer dans l'ascenseur. A cet instant, une voix perçante fusa dans son dos :

— Mamie ! Mamie !

Résignée, elle fit face aux deux charmants petits monstres qui l'appelaient du salon.

— Bonjour, les enfants ! Venez voir les cadeaux que mamie vous a apportés…

L'impavide Carlo ouvrit la porte de l'appartement de Marco. Avisant la mine furieuse de Judy, il recula pour lui livrer le passage sans même lui demander le but de cette visite impromptue.

— Je vais voir si… , commença-t-il.

— Oh, il a intérêt à me recevoir, et tout de suite ! gronda Judy, péremptoire, avant de scruter les lieux d'un regard acéré. Où est-il ?

— Je crois qu'il est dans sa chambre, mademoiselle. Quatrième porte sur la gauche au bout du couloir. Mais…

— Parfait !

D'un pas vengeur, Judy s'engagea dans le couloir. Parvenue devant la dernière porte, elle respira un bon coup et, sans hésiter, entra dans la pièce.

Gianluca releva vivement la tête en entendant le battant rebondir contre la cloison, si brutalement que, sur la table de chevet en merisier, les délicates pampilles de la lampe tintinnabulèrent. Puis, il haussa les sourcils en voyant une furie faire irruption dans la chambre avant de se planter devant le lit, mains sur les hanches.

Posément, il glissa autour de son cou la serviette de toilette avec laquelle il était sur le point de se sécher les cheveux.

— Que me vaut le plaisir de cette visite inattendue ?

Judy s'arrêta net dans son élan. Elle aurait dû se douter qu'en pénétrant dans la chambre d'un homme sans s'être fait annoncer au préalable, elle risquait de voir beaucoup plus qu'elle ne l'espérait !

« Et alors ? Si le spectacle ne te plaît pas, tu n'as qu'à regarder ailleurs ! », ironisa dans sa tête une petite voix sarcastique.

Mais elle le fixait toujours de ses yeux écarquillés. Comment cette vision aurait-elle pu lui déplaire ? Il était absolument magnifique ! Des épaules larges, perlées de gouttelettes qui tombaient de ses cheveux, une poitrine musclée mais sans excès, un ventre plat sur lequel courait une ligne de duvet noir qui se perdait… Oh Seigneur !

Les secondes s'écoulaient. Elle devait réagir, se reprendre. Après tout, elle était venue dans un but précis qui, à l'origine, n'était pas de se ridiculiser. Quel but, d'ailleurs ?

Il lui fallut une dizaine de secondes supplémentaires pour s'en souvenir et recouvrer l'usage de la parole. Entre-temps, elle avait réussi à lui tourner le dos.

— Comme si vous ne saviez pas pourquoi je suis ici ! haleta-t-elle, les joues en feu, bien consciente que sa réponse venait avec un retard suspect.

Elle entendit un bruit de froissement de tissu qui lui laissa supposer que Gianluca était en train de s'habiller. Il était temps ! On ne pouvait certes pas le taxer de pudeur excessive. Il n'avait pas eu un mouvement pour se couvrir quand elle l'avait si longuement contemplé !

A ce souvenir, un frémissement sensuel la parcourut.

La voix moqueuse de Gianluca s'éleva dans son dos :

— Vous feriez mieux d'éclairer ma lanterne. On a beaucoup exagéré mes pouvoirs divinatoires.

Elle sentit ses petits cheveux se dresser sur sa nuque et fut avertie de son approche silencieuse bien avant qu'il n'entre dans son champ de vision. Une odeur boisée flotta jusqu'à ses narines. Ouf ! il avait enfilé un peignoir. Le vêtement assez court révélait des mollets musclés…

Devant son silence, il insista :

— Alors, vous ne voulez vraiment pas me dire pourquoi vous êtes là, Judith ?

— Je vous interdis de m'appeler comme ça !

— Ce n'est pas grave. J'aime bien Judy, aussi.

— Et moi, je préfère « Dr Lloyd ». Ne faites pas l'innocent, vous savez parfaitement ce qui m'amène ! Vous êtes prêt à tout pour parvenir à vos fins, hein ? S'il faut marcher sur la tête des autres, cela ne vous dérange pas…

Elle poursuivit sur sa lancée, tremblante, pleine de rancœur et de colère, incapable de masquer l'immense déception qu'elle ne pouvait s'empêcher d'éprouver. Les mots jaillissaient dans un torrent de reproches qui semblait ne jamais devoir s'arrêter.

Quand enfin elle se tut, Gianluca la considéra sans s'émouvoir et demanda :

— Vous avez fini ?

— Je commence tout juste à m'échauffer !

— Bien. Alors si cela doit durer encore, vous devriez vous mettre à l'aise, suggéra-t-il en désignant la petite chauffeuse placée près de la fenêtre, avant d'ajouter d'un ton dur : A moins que vous ne préfériez le lit ?

Des images désordonnées se bousculèrent aussitôt dans le cerveau en déroute de Judy : des vêtements qui volaient et retombaient en tas informes sur le sol ; deux corps qui se cherchaient, se joignaient, fusionnaient ; la peau perlée de sueur, la spirale du plaisir…

— Me mettre à l'aise ? articula-t-elle. Je crois que vous l'êtes assez pour deux !

— Je me serais vêtu décemment si j'avais su que vous aviez l'intention de venir me voir.

Il la dévisageait, très calme. Quand il la regardait comme ça, elle avait vraiment l'impression qu'il était capable de lire dans ses pensées, et cela la paralysait. Mais Gianluca Di Rossi n'était pas devin. C'était juste un monstre sans cœur !

— Ne vous inquiétez pas, je ne resterai pas longtemps, reprit-elle. Je suis juste passée vous dire que votre petit manège n'a pas marché. Les assistantes sociales sont venues et force leur a été de constater que les enfants ne souffraient d'aucun mauvais traitement, qu'ils étaient en bonne santé et aimés !

Elle s'était étranglée sur le dernier mot. Gianluca ne la quittait toujours pas des yeux. Au fil des secondes, son air de vague ennui se muait en incompréhension. Oh, on ne pouvait que saluer son talent d'acteur ! Pour un peu, elle-même serait tombée dans le panneau…

— Des assistantes sociales ?

— Oui ! Celles à qui vous m'avez dénoncée pour m'ôter la garde des petits ! Une technique abjecte ! Si vous croyez que je vais me laisser intimider, que je vais vous épouser sous la contrainte du chantage, vous vous trompez totalement sur mon compte ! Après la nuit où Joseph a été malade, j'ai commencé à croire que je vous avais mal jugé. Je me suis dit que, finalement, vous étiez capable d'aider les autres de façon désintéressée, sans profiter de leur vulnérabilité... En fait, c'était un coup de maître ! Figurez-vous que j'ai été *touchée* par votre délicatesse ! C'est comique, n'est-ce pas ?

— Je ne sais pas. J'ai un peu de mal à vous suivre, je l'avoue. Vous dites que des assistantes sociales sont venues frapper à votre porte ?

Sans répondre, Judy le fusilla du regard. Il se dirigea alors vers la porte, laissant au passage des empreintes de pieds humides sur le parquet ciré et, du seuil, appela d'une voix de stentor :

— Carlo ?

Ce dernier lui répondit et les deux hommes discutèrent assez longuement en italien. Au bout d'un moment, Gianluca referma la porte et pivota vers Judy qui haussa les épaules.

— Oh, ne gaspillez ni votre temps ni votre salive ! Je me doute que votre cerbère jurerait sur toute une pile de Bibles que vous êtes le Prince de Galles s'il vous prenait l'envie d'affirmer la même chose !

— Et vous ne pourriez pas vous tromper davantage. Carlo est profondément croyant, il ne ment jamais. Et il vous aime bien, ce qui est inhabituel. La plupart du temps, il ne supporte pas mes petites amies.

Judy n'y voyait là aucun titre de gloire.

— Je ne suis pas votre petite amie ! Je ne suis même pas votre *amie* ! Je ne veux pas que vous parliez de moi en ces termes, ni à votre entourage ni... à personne !

Il l'écoutait sans broncher, avec une sorte d'intérêt poli horripilant. Au moment où elle envisageait de s'en aller en claquant la porte, il laissa tomber :

— C'est à Mme Montgomery qu'il faut vous en prendre.

— Je ne connais aucune Mme Montgomery.

— Elle habite, je crois, l'appartement situé au-dessous du vôtre.

— Oui, peut-être. Et alors ? Je n'habite ici que depuis un an et Marco est le seul voisin que je connaisse.

Une étincelle s'alluma tout à coup dans les yeux de Gianluca qui supputa :

— Parce qu'il vous a draguée ?

— Eh bien… oui. Comme tout ce qui porte jupon, je pense.

— Vous a-t-il invitée chez lui ?

— Que voulez-vous dire ?

Il eut un geste agacé.

— Vous savez bien ce que je veux dire, ne soyez pas obtuse ! Avez-vous couché ensemble ?

Elle fut surprise de le voir abandonner son flegme habituel alors qu'elle avait vainement tenté de le faire sortir de ses gonds tout à l'heure.

— Je serai obtuse si j'en ai envie et tant mieux si ça ne vous plaît pas ! rétorqua-t-elle.

— Votre âge mental chute de minute en minute.

Elle haussa les épaules et, pour la première fois depuis qu'elle était entrée dans la chambre, elle eut la curiosité de jeter un regard autour d'elle.

Une grande baie vitrée s'ouvrait au sud sur une délicieuse terrasse en teck décorée de plantes vertes. Sur trois stores, un seul était relevé pour laisser entrer la lumière. A côté, les lattes de bois entrouvertes filtraient les rayons lumineux dans lesquels dansaient des particules de poussière dorée. Dans la pièce, l'atmosphère était fraîche, reposante. La décoration aux tons clairs et sobres était rehaussée de quelques taches de couleur : le tapis jeté sur le parquet brillant, et deux peintures abstraites accrochées au mur.

Le mobilier réduit contribuait également à l'ambiance quasi monacale du lieu, en contraste total avec le lit qui, avec ses boiseries, paraissait presque incongru, voire décadent au milieu d'une telle simplicité. On ne voyait que lui dans la chambre.

— Vous aimez ? s'enquit Gianluca.

— Le décor en dit plus sur le compte en banque de celui qui dort là que sur l'homme lui-même… si tant est qu'il ait la moindre personnalité ! persifla-t-elle.

Il y eut un silence, suivi d'un brusque éclat de rire. L'ironie de Judy n'avait pas produit l'effet escompté. Tête rejetée en arrière, Gianluca s'esclaffait et la jeune femme, fascinée, suivait la danse de sa pomme d'Adam dans sa belle gorge brune. Il lui vint à l'esprit que si un photographe débutant avait immortalisé l'instant, sa carrière aurait démarré de façon fulgurante avec cette image toute en spontanéité, reflet de l'humanité d'une personne connue pour ne jamais extérioriser ses émotions.

Cette photo n'existerait jamais, excepté dans la mémoire de Judy où elle resterait imprimée à jamais.

Combien de fois vais-je me remémorer ce moment en me demandant ce qui me serait arrivé si j'avais accepté de l'épouser ? songea-t-elle.

Eprouverait-elle des regrets lancinants tout le reste de sa vie ? Qu'aurait dit David s'il avait su qu'un play-boy aussi riche que sexy avait demandé en mariage sa petite sœur adorée ? L'aurait-il félicitée de se cramponner à ses grands principes en dépit de l'opportunité mirifique qui s'offrait à elle ? Non, sûrement pas ! David était beaucoup trop intuitif, il aurait du premier coup identifié les sentiments qu'elle s'efforçait de cacher.

Gianluca avait enfin repris son sérieux.

— Vous ne m'avez toujours pas répondu, lui rappela-t-il.

— J'ai oublié la question.

— Avez-vous couché avec mon frère ?

— Cela ne vous regarde pas.

— Au contraire. En tant que futur mari, je me sens très concerné. J'ai le droit de savoir, il me semble. Et j'ajoute que, pour une psychologue, vous me semblez très coincée dès qu'on aborde le sujet de la sexualité !

Suffoquée, Judy mit quelques secondes à se remettre de cette attaque. Il en profita pour insister d'un ton faussement conciliant :

— Il ne doit pas y avoir de secrets entre nous, *cara*.

— Cela signifie-t-il que vous allez me dresser la liste interminable de vos maîtresses ? Au-delà du fait que cela ne m'intéresse que très moyennement, je vous préviens tout de suite que je n'ai pas beaucoup de temps à vous accorder !

Touché ! Le regard furieux qu'il lui décocha prouva à Judy qu'elle avait enfin réussi à percer sa carapace. Elle lui adressa un sourire suave pour mieux ponctuer sa victoire, sourire qui s'effaça d'un coup quand, changeant subitement d'expression, il s'exclama sur un ton de triomphe :

— Vous êtes jalouse !

8

Judy se sentait prête à l'étriper.

Tout du moins, elle aurait aimé gifler ce visage au rictus suffisant pour lui faire ravaler son affirmation. Mais Gianluca semblait avoir toujours une longueur d'avance sur tout le monde et, une fois de plus, il ne lui laissa pas le temps de se récrier. Ou était-ce une tactique délibérée pour l'étourdir et lui faire perdre ses moyens ? Quoi qu'il en soit, il enchaîna avec le sujet qu'ils avaient laissé entre parenthèses un peu plus tôt :

— Si je vous ai parlé de cette Mme Montgomery, c'est qu'elle s'est présentée à l'appartement au début de la semaine. Je n'étais pas présent et c'est Carlo qui l'a reçue. Renseignements pris, il se trouve que la quasi-totalité des résidents de l'immeuble ont eu droit à une visite similaire de sa part.

— Eh bien, pas moi, et je ne vois pas du tout le rapport avec…

— Elle est venue présenter une pétition pour se plaindre du tapage chez vous. Selon elle, on entend des pleurs d'enfants à toute heure du jour et de la nuit. Non seulement Carlo n'a rien signé, mais il s'est étonné qu'elle n'aille pas vous donner un coup de main si elle était gênée par les cris ! Comme elle s'offusquait, il lui a rétorqué que la solidarité anglaise laissait vraiment à désirer, et la dame est partie furibonde. Pourtant, Carlo ne cherchait pas à se moquer d'elle. Il faut dire qu'il ne comprend pas non plus que certains restaurants anglais soient interdits aux enfants. C'est si éloigné de la culture italienne ! Chez nous, ils sont considérés comme un don du ciel, pas une nuisance contre laquelle les adultes doivent se prémunir.

Ces différences culturelles étaient certes très intéressantes et, en d'autres circonstances, Judy aurait relancé la conversation. Mais pour l'instant, elle était bien loin de toutes ces considérations.

Elle avait honte. Horriblement. Epouvantablement.

Elle avait fait irruption ici forte de son bon droit, drapée dans sa supériorité vertueuse, sans s'arrêter une seconde au fait que, *peut-être*, Gianluca n'était pas responsable du forfait qu'elle lui reprochait. Elle avait vociféré, lui avait jeté à la figure des accusations cinglantes et, à présent, il était trop tard pour s'apercevoir que la chronologie des faits innocentait ce coupable pourtant tout désigné. En effet, les assistantes sociales avaient parlé d'une plainte émise quatre jours plus tôt. Or elle ne connaissait Gianluca que depuis deux jours !

Maintenant, elle se rappelait aussi que Mme Montgomery — la veuve revêche du troisième — s'était déjà opposée à d'autres locataires dans un litige semblable concernant un chat ou un chien…

Si elle avait pensé à tout cela !

Mais non. Elle avait foncé tête baissée. Et voilà pourquoi, mortifiée, elle se retrouvait dans l'obligation de présenter ses excuses à l'homme qu'elle détestait le plus au monde.

— Mme Montgomery a dénoncé le couple du rez-de-chaussée aux propriétaires quand ils ont acheté un chiot. Le bail le leur interdisait, avoua-t-elle d'un ton abattu.

— Cela semble être une habitude chez elle. Il y a des gens comme ça.

— Donc… ce n'était pas vous ?

— Non, désolé. Je suppose que Mme Montgomery n'a pas eu le soutien qu'elle attendait des autres locataires et propriétaires et que, par conséquent, elle s'est tournée vers d'autres moyens d'action.

Judy eut un petit gémissement.

— Oh, Seigneur ! Je… je vous dois des excuses, alors, fit-elle sans grand enthousiasme.

— Bah ! Epousez-moi et n'en parlons plus.

Comme si c'était le moment de faire de l'humour ! Elle lui jeta un regard plein de reproche et fut totalement déconcertée par l'éclat chaleureux qui brillait dans ses prunelles noires.

— Je sais bien que ce n'est pas une excuse pour mon attitude inqualifiable, mais… j'ai eu peur, très peur même, pendant la visite de ces deux femmes, même si cela c'est plutôt bien passé. La pensée que quelqu'un cherche à me retirer les enfants…

— Vous étiez prête à tout pour les garder. Je me trompe ?

— Non.

Judy était la première surprise de ce constat. Depuis quand ces enfants lui étaient-ils indispensables ? Elle qui se croyait nulle, parfaitement inapte à la responsabilité qui lui avait échue, elle qui avait supplié sa mère de venir la remplacer au pied levé… voilà que la perspective de voir partir ces têtes blondes la transformait en véritable furie prête à défendre bec et ongles son statut de « mère » !

— Nous venons enfin de nous découvrir un point commun, murmura Gianluca.

— C'est étrange… Il y a quelques jours seulement, j'aurais été soulagée si on m'avait délivrée de ce que je prenais pour un fardeau. Et aujourd'hui… Je sais, vous allez me dire que je ne suis pas leur mère biologique, que mes sentiments ne seront jamais aussi forts et sincères, mais…

— Je n'ai pas d'opinion toute faite sur vous. En contrepartie, je vous prierai de ne pas me juger si rapidement ! Je sais que vous aimez les enfants, le problème n'est pas là.

Perdue dans ses réflexions, elle secoua la tête.

— Au début, j'ai pensé que David était fou de m'avoir désignée comme tutrice légale. Evidemment, il n'avait personne d'autre sous la main, excepté maman, ce qui revient à dire qu'il n'avait pas le choix. D'ailleurs… Oh, mon Dieu ! s'exclama-t-elle tout à coup. Maman ! Je l'ai laissée avec les enfants. Il faut que je rentre…

Elle pivota vers la porte mais Gianluca, plus rapide, s'interposa. Elle leva sur lui un regard mi-irrité mi-suppliant.

— Gianluca, je dois vraiment y aller…

Le ton manquait de conviction. Il s'en aperçut.

— Ecoutez, Judy. Imaginez une existence où vous n'auriez plus à redouter la venue des assistantes sociales, où l'avenir des enfants serait assuré une bonne fois pour toutes. Cela ne mériterait-il pas un certain sacrifice de votre part ? Ne me faites pas l'insulte de prétendre que vous n'avez pas réfléchi à ma proposition. Même si vous n'avez cessé de la ridiculiser. Vous êtes une femme intelligente, ne laissez pas vos préjugés vous empêcher de prendre une bonne décision.

— Le mariage n'est pas censé être un sacrifice, je vous le rappelle !

Elle était presque soulagée de s'entendre parler normalement. Son cerveau avait une fâcheuse tendance à fonctionner au ralenti à proximité de Gianluca. En même temps que ses facultés intellectuelles diminuaient, ses sens s'exacerbaient et elle devenait une autre femme, une quasi-inconnue.

— Aux yeux des romantiques, *cara*, le mariage est supposé incarner beaucoup de choses qui n'existent pas dans la réalité.

— Comme c'est cynique ! Vous n'étiez donc pas marié à la mère de Valentina ?

— Non, je n'ai jamais été marié.

— Mais ne souhaitiez-vous pas l'épouser ?

— Je vous en prie, n'allez pas échafauder une idylle de roman à l'eau de rose contrariée par un funeste destin ! Bon sang, les femmes sont toutes les mêmes !

— Pas du tout, je…

— Ne mentez pas, vos yeux se mouillent déjà ! Je sais reconnaître cette expression. Et sachez que la sensiblerie m'exaspère.

— Merci de me prévenir ! Je tâcherai de m'en souvenir à l'avenir, répliqua-t-elle, froissée.

— Ah ! Vous admettez enfin que nous avons un avenir commun.

— Oui… dans vos rêves !

Toujours planté devant la porte, il enchaîna sans s'émouvoir :

— Je ne me suis jamais marié pour la simple et bonne raison que je n'en ai jamais éprouvé l'envie… jusqu'à aujourd'hui, naturellement.

— Mais vous ne voulez pas m'épouser ! Je veux dire… pas vraiment.

— Ah bon ? Je suis bien curieux de savoir ce qui vous permet d'avancer cela.

— Vous me l'avez dit vous-même : vous avez juste besoin d'une police d'assurance.

— Oubliez cela ! C'était une façon de parler. Pourquoi refusez-vous de croire que je m'intéresse réellement à vous ? Vous devez pourtant savoir que vous êtes une très belle femme.

Ben voyons ! Ce n'était guère original de la part d'un homme passé maître dans l'art de la séduction. Le « play-boy de l'année » pouvait certainement mieux faire ! Sans avoir une mauvaise image d'elle-même, Judy avait vu, au hasard des pages des magazines, le genre de filles qui l'attirait : grandes, minces, une ligne parfaite, une beauté flamboyante. Pensait-il vraiment lui faire gober, à coups de compliments banals, qu'elle représentait autre chose pour lui que sa « petite voisine » ?

Il se moquait d'elle.

— Bien sûr ! J'ai l'habitude de provoquer des embouteillages dès que je sors dans la rue, lança-t-elle en ricanant. C'est sûrement pour cette raison que vous désirez m'épouser, je suppose ?

— Le fait que vous soyez agréable à regarder est un plus, je ne vais pas le nier.

— Et vous voudriez me faire croire qu'à votre âge, vous n'êtes jamais tombé sur la bonne personne avant de me rencontrer ? Pourtant, sans vouloir vous vexer, vous n'êtes pas un perdreau de l'année.

— J'ai trente-deux ans et encore toutes mes dents. Mon père n'est toujours pas chauve, aussi si l'on en croit la génétique, j'ai de grandes chances de conserver les miens de longues années. Cela pourrait-il avoir une influence positive sur votre décision ?

— Non.

— Je n'ai jamais eu aucun motif pour me marier. Les gens le font d'ordinaire quand ils vont être parents, et j'avais déjà un enfant.

— Et l'amour ?

Elle se sentit rougir en le voyant esquisser un sourire et elle tourna la tête pour se dérober à son regard moqueur.

— L'amour ? répéta-t-il. C'est un bien grand mot pour désigner une émotion temporaire provoquée par un afflux d'hormones. Le mariage est souvent basé sur la présomption que ce déséquilibre hormonal durera toute la vie ! Croyez-vous vraiment, *cara*, que c'est l'amour qui fait battre votre cœur plus vite quand je m'approche de vous ? Non, cela s'appelle du désir, voilà tout.

Son regard s'était délibérément arrêté sur les seins de la jeune femme frémissants sous son décolleté. Machinalement, elle posa la main sur sa poitrine, dans un geste de défense.

— Moi aussi, je vous désire, poursuivit-il dans un souffle. Ne me prenez pas pour un imbécile alors que vous vous êtes montrée si franche hier soir. J'ai beaucoup apprécié votre honnêteté.

— Je n'étais pas moi-même hier soir ! Je ne pensais pas un mot de ce que j'ai dit.

— Oh que si ! Nos sentiments sont réciproques. Vous me plaisez, je vous trouve attirante. Pourquoi lutter ?

Il s'était avancé et, par réflexe, elle recula. Un pas, puis deux, jusqu'à ce qu'un obstacle de taille stoppe sa dérobade : le lit.

Doucement, Gianluca la prit par le poignet et posa sa main réticente contre son torse nu, entre les pans du peignoir. Judy frémit tandis qu'une onde électrique fusait sous ses doigts pour l'électriser tout entière.

— Lâchez-moi ! se rebiffa-t-elle en tentant vainement de se dégager de la main tiède qui retenait la sienne.

— Vous sentez comme mon cœur bat aussi ? Avouez que vous avez envie de moi. Dites-le moi, *cara*. De toute façon, je sais que c'est vrai. Vous croyez que je ne connais pas les femmes ?

— Oh si ! Dans ce domaine, vous excellez certainement !

Il ne la libérait toujours pas. Ses doigts devenaient brûlants sous les siens et percevaient les battements vigoureux sous la peau hâlée.

— C'est vous-même que vous leurrez, Judy. En niant l'évidence, vous refusez une solution pratique et efficace qui réglerait tous nos problèmes.

Elle baissa la tête. S'il pensait qu'elle retenait juste sa passion physique, c'était un moindre mal. Elle ne voulait même pas songer à l'humiliation qu'elle éprouverait si jamais il devinait les véritables émotions qu'elle tentait d'enfouir au tréfonds de son être !

— Et pourquoi vous obstinez-vous ? reprit-il, sûr de son fait. Parce que vous vous cramponnez puérilement à une chimère, à l'idée d'un amour romantique qui n'existe que dans les pages des fictions sirupeuses. Voyons, vous êtes adulte, vous devez regarder la réalité en face !

— C'est *votre* réalité, pas la mienne ! Vous vous amusez à piétiner les rêves et les illusions des autres, mais on n'est pas forcément ridicule parce qu'on pense différemment de vous ! En fait, vous êtes… sectaire !

Une lueur s'alluma dans ses yeux sombres, telle une braise rougeoyante. Judy ne broncha pas, décidée à lui tenir tête.

— Très bien, lâcha-t-il au bout d'un moment. Alors, dites-moi, cet homme idéal sur lequel vous fantasmez, qu'a-t-il de plus que moi ? Que possède-t-il que je n'aie pas ? A-t-il les cheveux blonds et les yeux bleus, des lunettes d'intellectuel, une nature sensible ? Doit-il vous réciter les sonnets de Shakespeare en guise de préliminaires ? Préférez-vous le genre bricoleur qui change de ses mains tous les fusibles de la maison ? Ou le style « aux petits soins » qui vous apporte le petit déjeuner au lit ?

Judy serra les dents sous cette pluie de sarcasmes et rétorqua :

— Je n'ai besoin de personne pour changer un fusible. Et l'apparence importe peu…

Il l'interrompit, sarcastique :

— Je vois. Vous ne vous souciez pas de son physique parce que c'est de sa précieuse âme dont vous tomberez amoureuse. Vous vous moquez de moi ou quoi ? Si vous vous fichez vraiment du physique, alors pourquoi me regardez-vous tout le temps avec des yeux de merlan frit ? Et quand vous êtes entrée dans la chambre, tout à l'heure, et que je ne portais rien… vous allez me dire que cela ne vous a pas troublée, peut-être ?

Ecarlate, Judy ne répondit pas. Il la lâcha brusquement et elle s'empressa de cacher sa main derrière son dos. Enfin, elle marmotta :

— Etes-vous satisfait ? Vous avez réussi à prouver que vous êtes irrésistible, et après ? Votre problème, c'est…

— Mon problème ? *Dio*, c'est vous qui avez un problème !

Vous êtes la femme la plus exaspérante que j'aie jamais rencontrée !

— Vous voulez savoir à qui ressemble l'amant idéal à mes yeux ? A n'importe qui sauf vous ! Vous êtes désespérant ! Il faut vraiment être l'homme le plus cynique du monde pour asséner vos théories lugubres sur l'amour et le désir ! Ne rêvez-vous donc jamais ? N'avez-vous aucun fantasme ?

— Oh si, j'ai des fantasmes ! contra-t-il aussitôt de sa voix veloutée. Voulez-vous les connaître ? Justement, vous y tenez un rôle tout spécial.

— Votre subconscient dépravé ne m'intéresse pas !

— Au contraire, je crois que vous seriez fascinée.

Elle ne l'avait pas vu bouger mais, tout à coup, elle était dans ses bras. Il la retenait captive, se penchait, et sa bouche n'était plus qu'à quelques centimètres de la sienne. Judy sentit son haleine sur ses lèvres et la pièce se mit à tourner autour d'eux. Le corps en feu, elle oublia toute rébellion pour ne plus penser qu'au baiser que tout son être réclamait.

— Vous voyez ? dit-il d'un ton victorieux. Vous tremblez dès que je vous touche. Votre amant idéal vous fait-il cet effet-là ? J'en doute fort ! Ecoutez, *cara*. Entendez-vous mon cœur qui bat pour vous ? Vous êtes si belle ! J'ai tant envie de vous !

— Vous n'êtes pas obligé… de me dire cela !

— J'ai envie de vous le dire. J'en ai eu envie dès que je vous ai vue, dès que vous avez ouvert votre porte pour me regarder de vos grands yeux clairs.

— Gianluca…

Il posa sa bouche sur la petite veine qui pulsait au creux de sa gorge. Judy retint un gémissement mais ne put s'empêcher de renverser la tête en arrière pour savourer cette caresse.

— Dites que vous allez m'épouser, chuchota-t-il, lèvres contre sa peau.

Judy ne trouva même pas la force de protester. D'ailleurs, elle avait oublié tous ses arguments. Eperdue, elle fit remonter ses mains sur ses larges épaules et s'arqua contre lui, tandis que son bassin s'imprimait contre le sien.

Gianluca émit un grondement sourd devant cet appel et fut lui aussi rattrapé par l'urgence de son désir. Saisissant son visage entre ses mains, il se mit à l'embrasser follement, dévorant ses lèvres offertes. Sa langue plongea à la découverte de sa bouche et Judy lui répondit avec une fougue égale.

Il crut qu'il ne parviendrait jamais à se rassasier d'elle et il lui fallut un long moment avant de consentir enfin à s'écarter. Il plongea alors ses yeux dans les siens, s'extasiant de la sentir si proche, si douce, si consentante. Haletant, il contempla son beau visage à la peau laiteuse, cette bouche merveilleuse qui l'obsédait, son petit nez droit, ses pommettes délicates sur lesquelles se découpaient les longs cils, les grands yeux tantôt bleus tantôt verts dont la pupille, dilatée sous l'effet de la passion, ne laissait voir qu'un mince cercle mordoré.

Tout naturellement, sa main trouva sa place sur la rondeur d'un sein dont la pointe lui effleura la paume. Doucement, il le pétrit et, à travers le T-shirt, agaça du pouce le téton dressé.

Judy gémit.

— Tu aimes ? chuchota-t-il.

— Oui… oui. Je t'en prie… fais-moi l'amour !

Il la souleva et alla la déposer sur la courtepointe en soie qui recouvrait le lit. Pendant un moment, il la contempla, puis il dénoua la ceinture de son peignoir.

La bouche de Judy devint sèche sous le coup de l'émotion, tandis qu'il se débarrassait du vêtement et qu'apparaissait ce corps splendide, image vivante de la perfection masculine qui n'aurait pu laisser aucune femme indifférente.

Gianluca, sentant qu'il la tenait sous son emprise, baissa sur elle un regard embrumé de passion qui acheva de la terrasser. Elle lui ouvrit les bras.

Ce fut elle qui ôta son T-shirt avec impatience, lui offrant ses seins qui se tendaient vers lui. Il leur rendit hommage en les couvrant de baisers, puis pressa les deux globes nacrés entre ses mains pour faire courir sa langue dans le sillon ainsi formé. Elle gémit encore et tenta de l'attirer, mais il résista, prenant plaisir à la faire languir. Ses mains coururent sur sa peau, l'effleurant à peine de caresses insidieuses.

— Gianluca !

Elle n'en pouvait plus, c'était trop fort, trop intense. Elle voulait sa bouche sur la sienne, son corps lourd sur le sien, elle voulait le sentir bouger en elle avec une lenteur torturante…

— Si tu ne m'embrasses pas, je vais mourir sur-le-champ !

— Tout doux, ma belle. Je ne veux pas te dévorer. J'ai trop attendu cet instant, je veux en profiter. Ce moment doit rester pour nous un souvenir inoubliable.

La seule pensée qu'elle puisse oublier ne serait-ce qu'une seconde de cette journée la fit sourire.

— Ne t'inquiète pas pour ça !

Penché sur elle, il chuchota passionnément :

— Dis-moi à quoi tu penses quand tu me regardes comme ça.

— Je ne veux pas parler !

Il rit, d'un rire de gorge qui l'enivra comme un vin capiteux, mais l'irrita aussi vaguement. Elle s'en voulait d'être sans défense devant sa science amoureuse.

— C'est un jeu que tu connais par cœur, n'est-ce pas ? demanda-t-elle d'une voix saccadée.

— Tu ne vas pas me reprocher d'avoir de l'expérience ?

D'une certaine façon, si. Elle connaissait la théorie, évidemment. Mais la pratique, c'était une autre paire de manches ! Comme le lui avait reproché sa mère, elle avait toujours évité l'intimité trop poussée avec ses anciens flirts. Bien sûr, à vingt-six ans, elle avait eu quelques aventures, mais toujours brèves et décevantes, car elle se refusait à feindre un empressement qu'elle n'éprouvait pas.

Avec Gianluca, il n'était pas question de feindre. Les émotions qu'il provoquait explosaient en elle ! Pourtant, elle se sentait maladroite, vulnérable. Une fois de plus, elle se demandait avec angoisse si elle serait « à la hauteur ». Elle voulait tellement que ce moment soit parfait !

Puis son regard croisa celui de Gianluca, et ses doutes s'envolèrent. Elle manquait peut-être de sophistication, mais ce qu'ils s'apprêtaient à vivre resterait pour toujours un instant hors du temps dans sa mémoire. Et tant pis s'il ne l'aimait pas. C'était déjà une chance inouïe de sentir son cœur battre, là, tout près du sien.

— Quand je te regarde, je pense que… je suis à toi ! souffla-t-elle.

Elle n'avait pas fini sa phrase qu'il roulait sur elle et capturait sa bouche dans un baiser avide. Puis, il partit à la découverte de son corps, le parsemant de baisers ou simulant de légères morsures qui lui arrachaient des plaintes et de petits cris de plaisir.

— Ça te plaît, *cara* ?

— Oui, oui… J'en ai envie depuis si longtemps ! Depuis que je t'ai vu… Oh, mon Dieu ! J'ai tellement envie de toi, Gianluca !

— Je suis tout à toi, *cara*.

Elle roulait la tête de droite à gauche, perdue dans son délire voluptueux. Avec son odeur virile, la douceur de sa peau salée, la dureté de ses muscles, il avait l'effet d'une véritable drogue sur elle, au point qu'elle fut bientôt incapable de contrôler les mots et les sons qui jaillissaient de sa gorge.

— Gianluca… je ne sais pas… je ne sais pas si…

— Chut ! Tu es parfaite, *cara*. Ne pense à rien, à rien d'autre que nous.

Il poursuivit en italien, de sa voix envoûtante, tout en achevant de la dévêtir. Judy se retrouva nue en un tournemain sans avoir compris comment. Bientôt, il ne lui resta plus que le minuscule triangle de soie noire qui cachait les boucles de sa toison, au creux de ses cuisses. Les doigts de Gianluca coururent le long de son ventre et ne tardèrent pas à trouver leur chemin sous cette barrière légère, avant de s'immiscer dans la moiteur de son intimité.

Ses caresses transportèrent Judy au paradis et elle ne se rendit même pas compte qu'il faisait glisser le triangle d'étoffe soyeuse le long de ses jambes. Elle l'entendit prononcer une suite de mots italiens au moment où il se positionnait entre ses cuisses ouvertes, mais l'impatience reflétée par son regard fiévreux et ses traits crispés n'avait pas besoin d'être traduite. Finalement, il plongea en elle d'un profond coup de reins, tout en soufflant à son oreille :

— Tu m'appartiens !

Lentement, il se retira d'elle, avant de revenir de nouveau, lui arrachant un cri. Petit à petit, le plaisir monta dans un tourbillon délicieux, de plus en plus rapide, de plus en plus violent. Lorsqu'il atteignit son paroxysme, Judy enfonça ses dents dans la chair de son épaule, le corps cabré par les spasmes qui, l'un après l'autre, réjouissaient sa chair la plus secrète. Gianluca cria lui aussi et, pantelants, ils retombèrent sur le lit.

Ils demeurèrent un long moment ainsi, Gianluca le visage enfoui contre son sein. Puis, il roula sur le dos et Judy se nicha contre lui, la tête calée sur sa poitrine.

— C'était incroyable… et parfait, comme dans mes rêves, chuchota-t-elle, avant d'ajouter, malicieuse : Tu vois que les fantasmes correspondent parfois à la réalité !

— Epouse-moi.

Le silence retomba et les secondes s'égrenèrent. Judy se sentit tout à coup légère, comme libérée d'un grand poids.

— D'accord, murmura-t-elle.

Gianluca, qui avait apparemment un appétit insatiable et un grand pouvoir de récupération, décida que le lit était l'endroit idéal pour célébrer leur accord, et il l'attira dans ses bras pour la faire basculer sous lui.

Un peu plus tard, ils gisaient enlacés, fatigués, en nage mais extatiques, après une seconde étreinte encore plus ardente que la première.

— Je n'avais pas du tout prévu de passer ma journée de cette façon ! dit Judy en souriant, tandis que Gianluca jouait avec une de ses boucles brunes.

— Ah non ? Que comptais-tu faire ?

— Je voulais prendre le… Oh, Seigneur ! Les enfants ! *Maman !* s'exclama-t-elle soudain dans un sursaut qui la fit jaillir hors du lit.

Avec fébrilité, elle entreprit de rassembler ses vêtements que Gianluca avait éparpillés dans toute la pièce. Amusé, il l'observa et fit remarquer :

— Si les enfants sont avec ta mère, il n'y a pas lieu de s'inquiéter.

— On voit bien que tu ne la connais pas !

Ayant enfilé son T-shirt à l'envers, Judy avait sauté dans son pantalon qu'elle s'évertuait à boutonner de ses doigts tremblants. Lorsqu'enfin elle y parvint, Gianluca avait eu le temps de se lever et de passer son peignoir.

Comme elle s'apprêtait à s'élancer hors de la chambre, il lui vint à l'esprit que, bien qu'ils soient tombés d'accord, ils n'avaient toujours pas abordé les modalités pratiques du mariage.

La main sur la poignée de la porte, elle se tourna vers lui.

— Gianluca, as-tu déjà réfléchi… à la date et au reste ? J'imagine qu'il y a des démarches administratives et toute une organisation…

Elle n'ajouta pas que, de toute façon, elle avait besoin de temps pour s'adapter à cette idée, sans parler des enfants qu'il allait falloir mettre au courant.

Très sûr de lui, il répondit :

— Samedi.

— Samedi ?

— Oui, le mariage aura lieu samedi.

— Tu… tu plaisantes ? bégaya-t-elle.

— Pas du tout. Ne t'inquiète pas, tu n'as qu'à t'en remettre à moi. Si ton passeport est en règle, je m'occuperai des formalités pour les enfants.

— Mon passeport ? Oui, il est à jour, mais… pourquoi en aurais-je besoin ? Tu ne veux tout de même pas partir en lune de miel ?

Accepter de l'épouser, c'était déjà faire un grand saut dans l'inconnu. Mais là… tout s'emballait, la situation lui échappait totalement. Correction : elle avait commencé à lui échapper dès qu'elle avait fait la connaissance de Gianluca !

— Nous nous marierons dans la chapelle du palais que possède ma famille à Venise.

— En… Italie ?

Cette fois, il rit franchement devant sa stupeur.

— Ensuite, nous partirons en lune de miel, que cela te plaise ou non, enchaîna-t-il d'un ton sans réplique. Notre mariage sera conventionnel, mais personne ne pourra prétendre qu'il s'agit d'une union de convenance. *Personne !*

Judy prit alors conscience de l'énormité de ce qu'ils s'apprêtaient à faire. Une duperie, ni plus ni moins, voilà de quoi il s'agissait. Ils allaient faire croire à tout le monde, amis et parents, qu'ils se mariaient par amour, alors que la réalité était tout autre…

Gianluca pourrait au moins cesser de jouer la comédie une fois la porte refermée entre eux et le monde extérieur. Mais elle-même n'aurait pas ce confort, car elle devrait continuer de lui mentir. Pour Gianluca, ce mariage était une entente qu'ils contractaient de leur plein gré, à égalité, et qui ne ferait souffrir personne. Si elle flanchait et lui dévoilait ses véritables sentiments, cela changerait complètement la donne.

— Gianluca, je ne crois pas que… je ne me sens pas capable de faire ça.

— Cesse de dire des bêtises !

— Les gens vont se rendre compte de la supercherie !

— Ils ne verront que ce que nous voudrons bien leur laisser voir. Aux yeux de tous, nous formerons un couple parfait. Ils s'en persuaderont aisément en voyant le temps que nous passerons dans la chambre à coucher ! conclut-il d'une voix rauque.

Une flamme s'était allumée dans son regard. Judy frissonna avant d'être envahie par une vague de chaleur, et elle sut que jamais elle ne pourrait résister à sa volonté tant qu'il éveillerait des émotions aussi violentes en elle.

Comment le lui faire comprendre sans se trahir ?

Impuissante, elle opta pour le silence et s'enfuit de la chambre.

9

En entendant le bruit de course dans le couloir, Lyn Lloyd se redressa sur le canapé et glissa ses pieds douloureux dans ses escarpins aux talons vertigineux.

— Judy, tu te rends compte de l'heure qu'il est ? s'exclama-t-elle à l'entrée de sa fille.

Sa voix d'ordinaire bien modulée n'avait plus rien de distingué. Elle éteignit la télé d'un geste sec, se leva, et lissa du plat de la main sa jupe chiffonnée.

— Je viens te voir et que fais-tu ? Tu disparais à peine la porte ouverte sans dire un mot ! Moi, j'appelle ça de l'impolitesse pure et simple ! Voyons, je ne savais même pas où tu étais ! Les enfants ont réclamé à manger, il a fallu que je leur prépare le repas, que je les baigne… As-tu la moindre idée de mon état de fatigue, à présent ?

Elle aurait certainement continué sur sa lancée si elle n'avait finalement remarqué la pâleur de sa fille, ainsi que la lueur étrange qui habitait son regard.

— Mais qu'est-ce qui t'arrive ?

— Je crois que… Non, en fait, j'en suis sûre : je viens de me fiancer.

— Tu t'es… fiancée ? Toi ? Dis-moi, Judy, tu n'aurais pas bu, par hasard ?

— Non, mais j'envisage de commencer.

— Oh, Seigneur ! Tu es sérieuse ? Tu es vraiment fiancée ? Comment est-ce possible ? Et regarde dans quel état tu es : cette tenue… et tes cheveux ! Judy, le fait d'avoir des enfants ne t'autorise pas à te négliger. A ce propos… ton futur mari est au courant ? Non, j'imagine que tu ne le lui as pas dit…

— Si, il connaît Amy et les jumeaux.

— Et que fait-il dans la vie ? A-t-il une bonne situation ? Oh, je sais ! Tu vas me dire que l'argent importe peu, mais crois-moi, la vie est beaucoup plus difficile quand on n'en a pas. Et avec trois petits…

— Inutile de te tracasser sur ce point, maman. Gianluca est financièrement très à l'aise. En tout cas, ce n'est pas pour mon argent qu'il désire m'épouser.

Cette information ne parut pas apaiser Lyn Lloyd qui, au contraire, devint toute pâle.

— Mon Dieu ! C'est précisément ce que je craignais ! gémit-elle.

— Pardon ? De quoi parles-tu ?

— Tu es convaincue que si je n'avais pas divorcé de ton père, ton enfance aurait été beaucoup plus heureuse, n'est-ce pas ? Eh bien, tu te trompes ! Mais il ne s'agit pas de cela pour l'heure…

— Et de quoi donc, alors ?

— Tu es en train de t'attacher à un minable quelconque dans l'unique but de garantir une sécurité matérielle aux enfants !

Lyn était intuitive. Il y avait assez de vérité dans cette assertion pour mettre Judy mal à l'aise, même si on ne pouvait décemment pas qualifier Gianluca de « minable », et même s'il se trouvait que Judy était follement amoureuse de lui.

Indéniablement, il n'aurait pas offert de l'épouser si, de son côté, il n'avait cherché une épouse pour des raisons pratiques.

La mine coupable de Judy n'échappa pas à sa mère qui, atterrée d'avoir deviné juste, plaqua la main sur sa bouche dans un geste théâtral.

— Tout est ma faute ! dit-elle avec une douleur emphatique.

Judy se retint de secouer la tête. C'était typique de sa mère, ça ! Il lui avait fallu attendre vingt-sept ans pour avoir cette illumination.

Lyn poursuivait son mea culpa :

— Au téléphone, j'ai bien senti que tu étais au bout du rouleau. J'ai été trop dure avec toi, je l'admets. Après avoir raccroché, j'ai essayé de penser à autre chose, mais je n'ai pas réussi. Je me remémorais sans cesse l'accent désespéré de ta voix. Cela me hantait…

— Maman, calme-toi, voyons. La situation n'est pas si catastrophique. Tu avais raison. Il suffisait de prendre un peu de recul et…

— Je pensais t'avoir appris qu'il est essentiel pour une femme de conserver son indépendance financière, Judy. Les relations amoureuses ne durent jamais longtemps, mais ton compte en banque te sera fidèle toute ta vie…

Judy se retint de protester. En dépit de son agacement, elle avait conscience que sa mère, à sa manière maladroite, était pleine de bonne volonté et ne parlait que dans son intérêt.

— Voilà pourquoi j'ai discuté de la question avec mon comptable, reprit Lyn.

— Ton comptable ?

— Il m'a conseillé de te faire don tout de suite de l'argent qui, de toute façon, te reviendra à ma mort. C'est fiscalement intéressant et surtout, c'est maintenant que tu en as besoin.

— Oh, maman !

Judy était réellement touchée par ce geste inattendu de la part d'une mère plutôt frivole et égocentrique. Bien que Lyn fasse souvent des cadeaux à ses enfants, elle leur donnait très rarement de l'argent. Son enfance défavorisée — qu'elle évoquait rarement — l'avait rendue très parcimonieuse et David avait l'habitude d'en plaisanter en prétendant qu'elle avait « des oursins dans les poches ».

— Ne t'emballe pas, il ne s'agit pas d'une somme faramineuse ! s'empressa de préciser Lyn. Je veux juste que tu saches que tu n'es pas obligée de lier ton existence au premier venu. Le problème, Judy, c'est que tu n'as pas confiance en toi et que tu n'as pas conscience de tes qualités. Tu es une jeune femme intelligente et pleine de charme, mais si tu ne te portes pas d'estime, personne ne le fera !

Judy s'approcha de sa mère pour la serrer contre elle avec émotion et l'embrasser sur la joue.

— C'est la chose la plus gentille que tu m'aies jamais dite, maman !

— Hum… eh bien, voilà, murmura Lyn, un peu gênée

mais manifestement apaisée. Inutile d'en faire tout un plat, ce n'est pas grand-chose, finalement.

— Je veux juste te remercier de te soucier de moi et des enfants, répondit Judy, souriante en dépit de ses yeux embués. En vérité, je n'ai pas besoin de ton argent. Je n'en veux pas.

Lyn la considéra avec surprise, avant de se récrier :

— Tu ne vas pas t'obstiner à épouser un looser ? Je te l'interdis, Judy !

Judy éclata de rire.

— Gianluca n'est pas un « looser », comme tu dis. Et je ne l'épouse pas faute de mieux.

Avant que Lyn puisse répondre, une voix masculine s'éleva de l'entrée de l'appartement, faisant sursauter les deux femmes :

— Je suis ravi de t'entendre prendre ma défense, *cara*.

Judy se sentit devenir cramoisie.

— Gianluca ! Que… que fais-tu là ?

— Tu n'es pas contente de me voir ? J'ai eu peur que tu te sentes seule sans moi.

— Toujours aussi présomptueux ! J'allais justement inclure cette précision à ma description qui était loin d'être finie.

— Qu'allais-tu ajouter ? Que j'étais charmant, adorable, doué d'une intelligence supérieure ?

— Plutôt arrogant, sectaire et intransigeant !

Le rire de Gianluca mit fin à cet échange mi-figue mi-raisin. Lyn, qui y avait assisté avec une évidente perplexité, referma enfin la bouche et s'éclaircit la voix :

— Judy, vas-tu enfin me présenter à… Seigneur ! s'exclama-t-elle en portant la main à sa gorge. Vous ressemblez tellement à…

— Maman, voici Gianluca Di Rossi. Mon futur mari.

Lyn eut un petit hoquet et un son indéfinissable jaillit de ses lèvres.

— Tu… tu vas épouser… Gianluca Di Rossi ? Ce… ce n'est pas une plaisanterie ?

Bien que cette stupéfaction ne soit guère flatteuse, Judy pouvait la comprendre.

— Non, ce n'est pas une plaisanterie, maman. Gianluca, je te présente ma mère, Lyn Lloyd. Maman, je suis désolée de t'annoncer la nouvelle de but en blanc. C'est un peu précipité, je sais. Et… je m'excuse également de t'avoir laissée seule dans l'appartement. Ce n'était pas prévu non plus, je ne savais pas que j'allais m'absenter… si longtemps, acheva-t-elle, les joues en feu.

Gianluca intervint avec malice.

— Ne rougis pas, *cara*. Ta mère ne va pas t'en vouloir d'avoir perdu la notion du temps en compagnie de ton futur époux.

— Oh, euh… non, bien sûr, bredouilla Lyn.

— C'est moi qui suis à blâmer, je le crains, madame Lloyd. J'ai si peu d'occasions d'avoir Judy pour moi seul que cela me rend un peu égoïste.

Tandis qu'il prononçait ces mots, son regard croisa celui de Judy qui sentit un frisson délicieux parcourir son dos jusqu'au creux de ses reins. Puis, une mélancolie poignante lui noua la gorge. Bien sûr, devant sa mère, il jouait le fiancé épris et cela ne signifiait rien. Mais cela ne l'empêchait pas, elle, d'avoir des réactions bien réelles.

Gianluca enchaînait :

— Je suis ravi de faire votre connaissance, madame Lloyd. C'est si gentil à vous de venir donner un coup de main à Judy. Elle en a bien besoin, même si elle est trop têtue et trop fière pour l'avouer.

— C'est tellement vrai ! opina Lyn avec une animation subite. Et c'est comme ça depuis qu'elle est toute petite ! Si je vous racontais…

— Hum, hum ! coupa Judy, bras croisés sur la poitrine. Je ne sais pas si vous avez remarqué, mais je suis là !

— Moi aussi, je suis là pour toi, ma chérie. Et tant que tu auras besoin de moi, je répondrai présente, affirma Lyn, des larmes dans la voix.

Judy n'aurait pas été plus surprise si sa mère s'était métamorphosée sous ses yeux en extra-terrestre. Cela aurait en partie expliqué cet incroyable revirement. Plus vraisemblablement, elle s'efforçait d'impressionner Gianluca favorablement en lui montrant combien, au fond, elle compatissait aux problèmes de sa fille chérie.

A peine cette pensée peu charitable lui eut-elle effleuré l'esprit qu'elle se reprocha son cynisme. Sa mère venait au contraire de lui démontrer à quel point elle se souciait de ses déboires.

— Je pense que personne ici n'est près d'oublier ta présence, commenta Gianluca, pince-sans-rire, avant d'échanger un regard de connivence avec Lyn qui, manifestement, était déjà tombée sous le charme.

— Depuis combien de temps vous connaissez-vous ? s'enquit-elle avec curiosité.

— Bah ! Il y a des gens qu'on côtoie toute une vie sans jamais vraiment pouvoir cerner leur personnalité… et d'autres qu'on a l'impression d'avoir toujours connus alors qu'on vient juste de les rencontrer.

— Oh, c'est tellement vrai ! approuva Lyn, qui ne parut pas s'apercevoir que Gianluca avait habilement éludé sa question.

— Non mais… je rêve ! s'exclama Judy en levant les yeux au plafond.

Gianluca vint près d'elle et lui glissa un bras autour de la taille, avant de demander d'un air innocent :

— Tu disais, *cara* ?

Mais Lyn, qui les regardait d'un œil nostalgique, ne laissa pas à Judy le temps de répondre :

— Quel beau couple vous formez ! Il est dommage que tu ne sois pas blonde, Judy, mais bon… Avez-vous fixé une date pour le mariage ?

— Samedi prochain, répondit Gianluca négligemment.

Une fois le choc passé, Lyn se reprit. L'esprit pratique, elle fournit à son futur gendre une liste de choses à faire concernant le traiteur, les invitations, les fleurs, etc.

Au beau milieu d'une discussion animée sur le nombre de convives qui seraient capables d'assister à la cérémonie en étant prévenus si peu de temps auparavant, elle se tourna brusquement vers sa fille et lui suggéra :

— Pourquoi ne vas-tu pas nous préparer une tasse de thé, ma chérie ?

Définitivement exclue de la conversation, Judy se résigna.

La bouilloire venait de se mettre à siffler quand Gianluca vint la retrouver dans la cuisine.

— Qu'y a-t-il ?

— Rien du tout ! répliqua-t-elle en posant sèchement le carton de lait sur le plan de travail.

— Je déteste les bouderies. Tu ferais mieux de m'expliquer ce qui se passe.

— Ce qui se passe ? Eh bien, il se passe qu'il s'agit de *mon* mariage ! Oh, je sais que ce n'est pas un mariage banal, il n'empêche que j'apprécierais d'avoir voix au chapitre. En l'occurrence, j'ai l'impression que si je ne me présentais pas à la cérémonie, personne ne le remarquerait !

— Moi je m'en apercevrais, sois-en sûre !

A ces mots, Judy sentit son cœur bondir dans sa poitrine. Elle baissa la tête pour cacher son trouble, avant de lui lancer un regard incertain.

— C'est vrai ? Oui, mais évidemment… tu as besoin de moi.

— Exactement. J'ai besoin de toi, confirma-t-il.

— Pour Valentina.

Ses lèvres sensuelles dessinèrent un sourire étourdissant et il acquiesça encore :

— Bien sûr. Quelle autre motivation pourrais-je avoir, *cara* ?

Judy avait bouclé sa valise la veille. Sa mère — qui peinait toujours à croire que sa fille était sur le point d'épouser l'un des célibataires les plus convoités du monde —, avait proposé d'emmener les enfants au zoo afin de lui ménager un moment de détente avant le vol.

Alors que Judy était déjà la proie d'une nervosité grandissante, Lyn lui avait fait remarquer :

— J'espère que tu te rends compte que la planète tout entière va avoir les yeux braqués sur toi. Il faut que tu paraisses à ton avantage, chérie.

— Tu dis cela pour me détendre ? Je te préviens que c'est complètement raté !

— Sois réaliste, Judy. La période qui précède le mariage est toujours stressante pour n'importe quelle femme. Or, je te rappelle que tu n'épouses pas le premier venu ! Songe à tous ces mannequins superbes qui s'affichaient avec Gianluca et tu comprendras que tu dois prendre soin de ta personne. Tu lui dois bien ça. Un homme en vue comme lui ne peut pas se permettre d'être accompagné d'un laideron.

— Vois-tu, maman, j'essaie plutôt d'oublier les top models avec qui Gianluca est sorti dans le passé, rétorqua Judy, caustique.

— Et à quoi cela rime-t-il, je te le demande ? Une fois de plus, tu manques de confiance en toi.

— Avec toi dans les parages, c'est vraiment étonnant !

Lyn passa totalement à côté du sarcasme et répliqua d'un ton plein d'assurance :

— Je veux juste t'aider. Et, quand tu es assaillie par le doute, souviens-toi : c'est *toi* qu'il a choisie, pas elles.

Judy se mordit la lèvre. Bien sûr, sa mère ignorait la raison essentielle qui avait poussé Gianluca à demander la main d'une petite brune insignifiante quand toutes les beautés de la planète se disputaient ses faveurs. Lyn elle-même voyait là un véritable mystère qu'elle n'était pas parvenue à élucider, mais il faut dire que l'amour maternel n'avait jamais aveuglé sa logique personnelle.

Judy se rappelait parfaitement que sa mère l'avait un jour emmenée à une fête d'anniversaire, l'année de ses huit ans. Juste avant de partir, elle lui avait chuchoté :

« Et tu sais, ce n'est pas grave si tu n'es pas la plus jolie de ces petites filles. Il ne tient qu'à toi d'être la plus intéressante ! »

Aujourd'hui, Judy pouvait en sourire. Mais à l'époque, elle avait accusé le coup. A huit ans, on n'a pas spécialement envie d'être « intéressante » ! Et, *a posteriori*, elle s'étonnait même d'avoir eu le cran de se présenter chez sa petite copine sans s'être au préalable caché la tête sous un sac !

— Justement, est-ce que je ne risque pas de me couvrir de ridicule si j'essaie de rivaliser avec ces créatures de rêve ? insista-t-elle dans un soupir.

— Bien sûr, tu peux miser sur l'effet de la nouveauté… mais cela n'a qu'un temps, crois-en mon expérience. Non, il faut faire un effort, ma petite.

Judy partit d'un rire désabusé.

— Tu es en train de me dire que la lune de miel est terminée avant même que le mariage ait eu lieu ?

— Je te conseille juste de faire au mieux avec tes atouts !

s'exclama Lyn, agacée par son refus de prendre la question au sérieux.

Quelques heures plus tard, les conseils maternels ayant finalement convaincu Judy, celle-ci put mesurer le degré d'implication attendu d'elle en voyant débarquer dans son appartement le staff au grand complet d'un célèbre institut de beauté londonien : coiffeur, coloriste, manucure, maquilleuse-visagiste, tout ce beau monde armé jusqu'aux dents de crèmes, lotions, sèche-cheveux et fards divers.

Lorsqu'elle se retrouva seule deux heures plus tard, Judy avait un peu l'impression d'être une voiture qu'on vient de passer au lavomatic.

Ses cheveux, subtilement éclaircis de mèches « cannelle », étaient lissés par la magie d'un élégant brushing. Les ongles de ses mains et de ses pieds étaient laqués de plusieurs couches de vernis d'un rose « papaye » tellement tendance que, dixit la manucure, on ne le trouverait pas dans le commerce avant l'automne prochain.

Confrontée à cette information, Judy avait pris la mine béate qui s'imposait.

On l'avait exfoliée, huilée, massée jusqu'à ce que sa peau rosie soit aussi satinée que celle d'un bébé.

« Et maintenant ? », se demanda-t-elle face à son double impeccablement maquillé dans le miroir de la chambre. Gianluca allait-il tomber follement amoureux d'elle parce qu'elle portait « Terre de brume » sur les paupières ?

N'était-elle pas plutôt en train de commettre la pire erreur de toute son existence ?

Elle était figée devant la glace depuis un long moment, comme si elle attendait une réponse de son reflet, quand un bruit dans le séjour attira son attention. Songeant tout d'abord qu'il s'agissait sans doute d'un employé de l'institut de beauté qui se trouvait encore là, occupé à rassembler son matériel, elle serra la ceinture de son court peignoir blanc en éponge et passa dans l'autre pièce, sans même prendre la peine de chausser ses pieds nus.

— Vous avez oublié quelque… Oh ,Marco, c'est toi ! s'exclama-t-elle en le reconnaissant.

Comme à l'accoutumée, le jeune homme était vêtu à la dernière mode d'une chemise et d'un blazer du même créateur. Ses yeux noirs étaient cachés derrière des lunettes de soleil italiennes.

Maintenant qu'elle connaissait son demi-frère, Judy ne put s'empêcher d'établir la comparaison, qui n'était pas vraiment à l'avantage de Marco, du moins à son avis. Les gens avaient-ils tous le même réflexe ? s'interrogea-t-elle. Si oui, ce devait être très pénible, voire écrasant pour le jeune homme, qui devait vivre constamment dans l'ombre d'un aîné pour qui tous les superlatifs étaient de mise.

— Que fais-tu ici ? s'étonna-t-elle.

— J'espère que je ne t'ai pas fait peur. C'est un type avec un sèche-cheveux qui m'a fait entrer.

— Avec une mèche bleue ? C'était Rick. Il a dit que mes cheveux représentaient un défi à ses compétences capillaires.

— Quel frimeur ! Enfin, il s'est plutôt bien débrouillé. Ça te va pas mal.

— Merci, dit-elle, un peu nerveuse. Si tu cherches Gianluca, il n'est pas là. Hum… c'est normal, nous ne vivons pas ensemble, après tout.

— Non, vous allez juste vous marier.

Le regard brun de Marco, ouvertement admiratif, s'appesantit sur sa silhouette. Si Gianluca l'avait contemplée de cette façon, Judy se serait aussitôt liquéfiée. En l'occurrence… cela ne lui faisait ni chaud ni froid !

Avec un soupir, Marco reporta son attention sur le visage de la jeune femme.

— Je viens d'apprendre la nouvelle, et il fallait que je vérifie de mes propres yeux si c'était vrai. Maintenant, j'en ai la preuve, admit-il en désignant l'émeraude biseautée que Judy portait à la main gauche.

— Il est vrai que tout s'est enchaîné très vite…

— Gianluca n'a jamais obéi aux mêmes règles que le commun des mortels. Il se situe toujours au-dessus du lot. Quand il veut quelque chose, il se sert, voilà tout. Mais suis-je bête ! Tu le sais déjà.

Curieusement, Marco semblait trouver tout naturel que

Gianluca soit tombé amoureux d'elle, alors que Judy s'était préparée à affronter un scepticisme généralisé de l'entourage de ce dernier.

— Oui, tout a été très vite, répéta-t-elle. Parfois, je me demande si tout cela est vrai ! Ce que je n'arrive pas à savoir, c'est s'il s'agit d'un rêve ou d'un cauchemar…

Trop tard, elle prit conscience de la bizarrerie de son propos. Une fois de plus, elle avait parlé sans réfléchir. Quelle fiancée éprise aurait parlé de « cauchemar » en évoquant son futur mariage ?

De fait, Marco la considérait d'un air étonné.

Un peu tard, elle tenta de se rattraper :

— Rends-toi compte : l'organisation de la cérémonie, les valises, tout ce remue-ménage… alors que je ne suis pas encore redescendue de mon nuage ! prétendit-elle.

Ce mensonge parut le satisfaire, néanmoins elle se promit d'être plus prudente à l'avenir. Gianluca serait furieux si les gens en venaient à soupçonner la supercherie. Et si celle-ci était découverte, la raison même du mariage n'existerait plus.

Le problème, c'est qu'en compagnie des personnes avec qui elle se sentait très à l'aise — comme par exemple Marco —, il était difficile de se surveiller plus de cinq minutes. Fatalement, plus le temps passait, plus elle risquait de se trahir.

Aussi, mieux valait changer de sujet au plus vite.

— Je t'offre un café ou autre chose ? proposa-t-elle avec un grand sourire.

— Une bière, si tu as.

— Bien sûr.

Elle alla chercher une bouteille dans le réfrigérateur de la cuisine et revint la lui donner.

— Ça ira ?

— Très bien.

Il décapsula la bouteille et but une gorgée à même le goulot avant de déclarer :

— Je suis crevé à cause du décalage horaire ! Je ne suis même pas passé chez moi, je suis venu directement à ton appartement parce que je pensais y trouver Gianluca.

— Tu étais en voyage ?

— Tu n'avais pas remarqué ? fit-il, mi-amusé, mi-vexé. Eh bien, autant dire que je ne t'ai pas manqué ! Ce n'est pas la délicatesse qui t'étouffe. Quand je pense que j'étais amoureux de toi…

Judy balaya cette déclaration d'un geste désinvolte. Il lui était impossible de prendre au sérieux les propos de ce dragueur impénitent.

— Voyons, tu sais bien qu'il n'y aurait jamais rien eu entre nous. Je ne t'ai jamais donné de faux espoirs, Marco, et de toute façon, je sais que tu t'en remettras très vite.

— Hélas, tu as toujours été immunisée contre mon charme ! Mais tant que tu n'étais liée à personne, il m'était toujours permis d'espérer. Maintenant… bah ! ne t'inquiète pas, je ne vais pas t'importuner avec mes états d'âme.

— Tant mieux, parce que ce serait inutile en plus d'être gênant, confia-t-elle avec franchise.

Il grimaça.

— Aïe ! Femme cruelle ! Enfin, tu as raison. Superficiel et vaniteux comme je suis, je ne vais pas rester malheureux très longtemps. Je suis un dandy, pas un guerrier, et je ne m'aventurerai pas sur le territoire de mon prédateur de frère… même pour ma ravissante rose anglaise ! acheva-t-il avec galanterie.

— Je suis sûre que Gianluca ne ferait pas ça, lui non plus.

— Tu crois ça ? Ma foi, tu as encore beaucoup à apprendre sur lui.

Judy se rembrunit. Marco enchaînait déjà :

— C'est pourtant la première fois qu'il me considère comme un rival potentiel. Il est vrai qu'il n'a jamais eu l'intention d'épouser les autres… En tout cas, il s'est débrouillé pour m'envoyer au diable vauvert. Mais bon, je ne vais pas me plaindre, c'est moi qui ai réclamé plus de responsabilités professionnelles ! conclut-il avec un haussement d'épaules.

Judy éclata de rire.

— Mais qu'est-ce que tu racontes ? Je ne vois pas de quoi tu parles !

— Oh rien, je réfléchis tout haut. Dis-moi, il semble que Gianluca ait mis une véritable armée au travail pour la préparation du grand jour ! Ce sera un mariage en grande pompe et, comme tout le monde, j'ai reçu ma part de boulot. Donc, quand tu verras mon cher frère, explique-lui que tout est en ordre. Je le mettrai au courant des détails demain. Et maintenant, embrasse-moi, petite sœur !

Judy lui présenta sa joue de bon cœur.

— Hé ! Je mérite mieux que ça, non ?

Sans prévenir, il lui saisit le menton et lui planta un baiser dur sur les lèvres. Surprise, Judy rejeta aussitôt la tête en arrière.

— Qu'est-ce qui te prend ?

Marco ne souriait plus du tout.

— Heureusement que je suis un type superficiel et vaniteux, sinon j'aurais pu ne pas me remettre d'un coup pareil, murmura-t-il d'un ton sinistre.

Une bordée de jurons indubitablement italiens retentit tout à coup près de la porte. Marco recula d'un bond comme s'il avait été brûlé. Ses yeux se fermèrent brièvement, puis il pivota face à Gianluca campé sur le seuil, une expression furieuse sur les traits.

— Eh, salut ! Je te cherchais justement, lança-t-il avec un sourire tendu.

Le ton léger n'amadoua en rien son frère qui lui répondit d'une voix grondante, toujours en italien. Judy l'entendit prononcer son prénom et enragea de ne pas comprendre un mot de l'échange. Elle vit Marco rougir vivement et secouer la tête en signe de dénégation. Sa réponse fut cependant hésitante et son attitude traduisait un évident malaise, si bien que Judy s'interrogea : les deux frères avaient-ils l'habitude de telles frictions ? Ou s'étaient-ils récemment heurtés pour unc raison quelconque ?

La discussion dura encore quelques minutes, durant lesquelles Gianluca devint de plus en plus acerbe et agressif, Marco de plus en plus penaud.

Enfin, Gianluca reporta son attention sur Judy. Il était temps !

— Qu'as-tu fait à tes cheveux ? grommela-t-il, ses épais sourcils noirs rassemblés en une seule ligne menaçante sur son front mat.

— On m'a fait un brushing. Tu n'aimes pas ?

— Non.

Il n'était pas question de pleurer pour un motif si dérisoire, c'eût été pathétique. Mais le simple fait d'en avoir envie emplit Judy de désarroi.

— Marco aime bien, *lui*, se défendit-elle.

— Marco s'en va, trancha-t-il d'un ton impérieux, sans même regarder son frère.

Marco se racla la gorge avec embarras et confirma :

— Je suis déjà en retard. Il faut que je me dépêche. Merci pour la bière.

Judy eut pitié et lui adressa un sourire plein de gentillesse pour tenter de compenser la dureté inexplicable de Gianluca à son endroit.

— Dommage. Cela faisait longtemps qu'on ne s'était pas vus. A bientôt, Marco.

Ce dernier déguerpit sans demander son reste. Comme elle se tournait vers son futur mari, Judy fut abasourdie de constater qu'il était toujours furieux.

Qu'avait donc fait Marco pour le mettre dans un état pareil ? Elle ne put contenir sa curiosité plus longtemps.

— Que lui as-tu dit ? Je n'ai rien compris à ce que vous racontiez.

Gianluca examinait ses chaussures italiennes, apparemment plus intéressantes que la question qu'elle venait de lui poser. Irritée par sa nonchalance, elle reprit :

— Tu lui as parlé sur un de ces tons ! Je ne vois pas ce qui t'autorise à faire preuve d'une telle violence. Tu ne peux pas montrer un peu plus de considération envers les gens ?

— De la considération ? répéta-t-il dans un sursaut, comme si elle venait de proférer une énormité.

— Oui. Je trouve que tu as été très grossier avec lui.

— Je t'ai entendue rire de la cage d'escalier de l'immeuble ! Je rentre chez toi et que vois-je ? Mon frère qui te fait un numéro de charme, quasiment collé à toi…

Un nouvel éclat de rire stoppa cette volée de reproches. Judy n'avait pu se retenir. Si c'était comme ça qu'il comptait justifier son humeur de dogue… c'était grotesque !

— Oh, ça te fait rire ? Alors, tu trouves très drôle de te

conduire comme une traînée avec mon propre frère ? jeta-t-il avec fureur.

Le rire de Judy s'étrangla dans un hoquet d'indignation.

— Moi, une traînée ?

— Et comment appelles-tu une fille qui reçoit un étranger en petite tenue, qui se laisse embrasser et tripoter en riant à gorge déployée ?

Il s'était mis à arpenter la pièce, tel un fauve en cage. Judy n'en croyait pas ses oreilles. A l'entendre, elle avait organisé une mise en scène érotique pour mieux séduire Marco ! Tout ça parce qu'elle lui avait offert une bière, vêtue de son vieux peignoir tout râpé !

— Voyons Gianluca, c'est ridicule…

— Tout le monde peut voir que tu es nue là-dessous ! Tu crois que Marco ne s'en est pas aperçu ? Ou alors… il était déjà présent avant que tu sois rhabillée ? Depuis combien de temps était-il là ? ajouta-t-il d'une voix soupçonneuse.

Judy croisa les bras pour réprimer son envie de le gifler. S'efforçant de conserver son sang-froid, elle rétorqua d'un ton glacé :

— Si tu me crois capable de coucher avec ton demi-frère dès que tu as le dos tourné, nous ferions mieux d'annuler ce mariage tout de suite.

La réplique fit mouche. Le silence retomba et Gianluca parut se calmer. Machinalement, il se frotta le menton, puis reconnut :

— Non, je ne t'en crois pas vraiment capable.

— Alors, pourquoi l'as-tu dit ?

— Mon frère… a une certaine réputation avec les femmes.

— Alors que toi, tu es innocent comme l'agneau qui vient de naître ! ironisa-t-elle, soufflée par son toupet.

— Il ne s'agit pas de moi ! Marco peut paraître charmant mais, au fond, c'est un opportuniste. Pour lui, te trouver en peignoir seule chez toi est une occasion à ne pas manquer. Bon sang ! Quel homme un tant soit peu viril ne serait pas tenté ? acheva-t-il en donnant un coup de poing sur la table.

— Et moi ? Je n'ai pas mon mot à dire ?

Furieuse, elle lutta contre les larmes qui menaçaient de déborder… quand tout à coup, la lumière se fit dans son esprit.

— Tu es jaloux ! s'exclama-t-elle, sidérée.

— Comment ne le serais-je pas ? Je suis italien, je ne supporte pas l'idée qu'un autre homme te touche… ou te regarde !

— Et moi, dans tout cela ?

— Tu es ma femme. Bientôt mon épouse. Tu m'appartiens.

La féministe qui sommeillait en Judy aurait dû se rebeller immédiatement devant une telle possessivité. Une femme n'était pas un objet qu'un homme pouvait prendre, manipuler ou rejeter à sa guise. Oui, voilà ce qu'elle aurait dû lui clamer ! Sauf qu'elle en était bien incapable, vu l'état de trouble dans lequel sa revendication machiste l'avait plongée.

— Nous ne sommes pas encore mariés…

C'est tout ce qu'elle avait trouvé à répondre et cela sonnait terriblement faux.

— Ne me provoque pas, *cara*.

Leurs regards se nouèrent. Ils ne se défiaient plus, mais entraient en communion. Judy nota l'éclair malicieux qui dansait maintenant dans les prunelles noires, et elle comprit soudain qu'elle le jugeait sur des stéréotypes. Gianluca était peut-être outrecuidant et tyrannique, mais il avait le sens de l'humour, et savait se montrer attentionné et prévenant. En définitive, il l'avait toujours traitée en égale.

La larme qui perlait au bout d'un cil finit par tomber et rouler sur sa joue. Elle ne fit pas un geste pour l'essuyer. Gianluca s'approcha lentement. Ses bras forts se refermèrent sur elle. Silencieux, il se pencha et, du bout de la langue, suivit le tracé humide de la gouttelette salée.

— J'adore ton goût, chuchota-t-il. Pourquoi pleures-tu ?

— Je ne pleure pas, prétendit-elle, bien incapable d'expliquer ses émotions paroxystiques.

— Réponds-moi. Pourquoi ?

— Parce que… parce que tu trouves mes cheveux horribles ! finit-elle par lâcher avec un demi-sourire.

Elle renifla. Il se recula légèrement pour la considérer avec sérieux et enroula une mèche lisse et brillante autour de son index.

— Je ne les trouve pas horribles, mais je préfère tes boucles. J'adore cacher mon nez dedans. Et ton parfum naturel est bien plus agréable que cette odeur de laque !

Judy posa la joue contre son épaule et, avec un soupir de bonheur, savoura la force qui émanait de ce corps puissant.

— C'est vrai ? Rick voulait à tout prix me couper les cheveux. Il disait qu'une coupe courte amincirait mes joues et mettrait mes pommettes en valeur.

— Qui est cet imbécile ?

Elle sourit contre son pull.

— Un coiffeur. Il faisait partie de l'armada cosmétologique dont maman a commandé les services pour me transformer en mariée acceptable.

— C'est une plaisanterie ?

— Pas du tout. C'est même son cadeau de mariage. Je sais, c'est idiot, mais… n'oublie pas qu'elle ignore pourquoi tu m'épouses. Et ne t'inquiète pas, je ne lui dirai rien. Promis, juré ! conclut-elle pour détendre l'atmosphère.

— Ta mère n'a rien compris et ce Rick encore moins ! Ton visage et tes pommettes sont parfaits ainsi.

— Pour revenir à notre discussion… J'espère que Marco n'est pas fâché. Je suis déjà morte d'appréhension à l'idée de rencontrer ta famille, et il est le seul que je connaisse pour le moment. Je ne voudrais pas perdre son amitié.

— Tu n'as pas à te tracasser. Les miens te traiteront avec tout le respect qui t'est dû. Quant à Marco… je l'ai un peu bousculé. Rien de grave.

— Tant mieux ! fit-elle, réellement soulagée. Que lui as-tu dit au juste ?

— J'ai simplement détaillé tous les sévices que je lui ferais subir s'il avait l'audace de poser un doigt sur toi à l'avenir.

— Oh ! gémit-elle. Gianluca, je ne vais plus oser croiser son regard !

— J'espère bien de toute façon que tu n'auras plus l'occasion de le rencontrer de sitôt. J'y veillerai !

— Tu es incorrigible ! Et comment comptes-tu t'y prendre ? En m'enfermant à double tour dans ma chambre ?

— Ce sera plus simple, répliqua-t-il avec malice. Je suis

l'employeur de Marco et mes affaires l'amènent à voyager dans le monde entier.

— C'est donc vrai que tu l'as délibérément éloigné de Londres ces derniers temps ?

— Ma foi… il se trouvait déjà à l'étranger, je me suis simplement arrangé pour prolonger son séjour. Cela me semblait logique, étant donné que je n'avais pas bien cerné votre relation.

Il semblait effectivement penser que cette conduite n'avait rien d'anormal, qu'il avait juste agi au mieux étant donné les circonstances. Judy demeura perplexe et vaguement mal à l'aise. Il est vrai que Gianluca avait veillé à l'organisation de son prochain mariage avant même de la connaître. En fait, elle aurait pu être n'importe qui, du moment qu'elle répondait à ses critères !

Ce constat lui fit l'effet d'une douche froide. Parfois, elle oubliait un peu vite le contexte de leur étrange union. Il fallait des anecdotes comme celle-ci pour le lui rappeler et la ramener brutalement sur terre.

— Et si Marco et moi avions été amants ? lança-t-elle, bravache.

— Je me serais arrangé pour te le faire oublier.

— Oh, c'est trop fort ! Tu n'as pas le moindre scrupule, décidément ! Pour toi, les gens ne sont que des pantins que tu manipules à ta guise, n'est-ce pas ? Mais je te préviens, je n'ai rien d'une marionnette. Tu ne me feras pas faire ce que je n'ai pas envie de faire.

— Je le sais bien, et je n'ai pas essayé. Tu ne vas pas prétendre que je t'ai forcée à venir dans mon lit, *cara*. Alors n'essaie pas de me faire passer pour une sorte de monstre machiavélique ! C'est de ton plein gré que tu m'épouses.

Judy frémit intérieurement. Il avait raison, c'était indéniable.

Goguenard, il insista :

— En réalité, ce ne sont pas mes méthodes qui te gênent, mais juste ma franchise. Si tu préfères te voiler la face comme une gamine, libre à toi. Moi, j'ai l'intention d'être honnête jusqu'au bout. Même si ce que j'ai à te dire ne te fait pas plaisir.

Le silence retomba. Judy avait le cœur serré par le discours de Gianluca. Mais en acceptant d'épouser un homme qui ne l'aimait pas, elle s'était librement exposée à cette souffrance qu'elle devait désormais apprendre à gérer.

— C'est vrai, j'ai réagi de manière exagérée, admit-elle. Je n'aurais pas dû. Je te prie de m'excuser.

Cette capitulation inattendue le désarçonna visiblement. Après quelques secondes d'hésitation, il répondit :

— Moi aussi, j'ai été un peu loin avec Marco. A ma décharge, il faut dire qu'il a l'habitude de tourner autour de mes petites amies. La réaction classique du cadet qui tente de prendre sa revanche sur l'aîné, je suppose… Il n'a jamais été très mature, de toute façon. Mais c'est la première fois que je réagis de façon aussi violente, je te le promets.

— Vraiment ?

— Oui. J'ai pris peur. Je ne sous-estime pas son charme et… tu es une femme passionnée.

— Seulement avec toi, corrigea-t-elle. La vérité, c'est que je ne suis pas du tout attirée par Marco.

Elle soutenait hardiment son regard. Gravement, il lui posa les mains sur les épaules et l'attira à lui. Sa bouche vint cueillir sur ses lèvres un baiser qui, aussitôt, plongea Judy dans un océan de désir. Mon Dieu, c'était incroyable ! Il lui suffisait de la toucher pour qu'elle perde toute notion de la réalité…

— Fais-moi l'amour.

Le cours de ses pensées s'arrêta au moment où elle se rendit compte qu'elle avait prononcé ces mots à voix haute. Rougissante, elle se reprit :

— Je veux dire… si tu as le temps.

— Je crois pouvoir aménager mon emploi du temps surchargé en conséquence, murmura-t-il avec un lent sourire sensuel.

— Tu te moques de moi, n'est-ce pas ?

Ignorant son regard de reproche, il acquiesça avec un sourire espiègle :

— Ce genre d'interlude sensuel est en passe de devenir l'un des principaux plaisirs de ma vie, *cara* !

10

Judy appréhendait de prendre l'avion avec trois petits enfants, mais le voyage se déroula dans les meilleures conditions possibles. Bien sûr, bien des difficultés s'aplanissaient lorsqu'on volait à bord d'un jet privé avec un personnel aux petits soins pour ses passagers !

Après avoir discuté un instant avec le pilote, Gianluca revint s'asseoir à côté de Judy et lui annonça :

— Nous devrions atterrir vers 15 heures. Qu'est-ce que tu lis ?

— Oh, des bêtises…, répondit-elle vaguement en s'empressant de refermer le magazine qu'elle tenait et qui parlait du mariage récent d'une vamp de la jet-set. C'est vraiment pour passer le temps. Les potins, les célébrités… Quelle vie usante quand on y pense ! Imagine un peu : ne pas pouvoir sortir de chez toi sans être apprêté de la tête aux pieds parce qu'une armée de photographes t'attend au coin de la rue !

Elle eut un petit rire et, comme le silence se prolongeait, elle réalisa tout à coup qu'elle s'adressait à un homme lui-même pourchassé par les paparazzi, et dont l'existence remplissait les colonnes de la presse à scandale.

— Je… je ne parlais pas pour toi !

— Ah ! Cela me rassure.

Son ironie la piqua au vif et elle rétorqua :

— Comme je suis bête ! J'oublie que tu te fiches de l'opinion des autres.

— A une exception près : celle du juge qui décidera ou non de m'accorder la garde définitive de Valentina.

Son regard erra du côté de la petite fille qui, inconsciente de l'inquiétude paternelle et très concentrée, était occupée à tresser les cheveux de Sophia. Celle-ci, ravie, n'avait jamais été plus sage.

Devant ce spectacle attendrissant, Judy se sentit fondre d'amour. Du coup, partageant l'angoisse de Gianluca, elle lui pressa le bras dans un geste qui se voulait rassurant.

— Cela n'arrivera pas. Nous ne nous laisserons pas faire, affirma-t-elle.

Elle le lâcha aussitôt, soucieuse de ne pas lui imposer une intimité dont il ne voulait pas forcément en dehors de la chambre. Il s'en aperçut et, un brin caustique, remarqua :

— Je ne brûle pas, tu sais. Et nous devrions peut-être prendre l'habitude d'avoir ce genre d'attentions l'un pour l'autre. Cela conforterait les gens dans l'idée que nous formons un couple uni.

— Oui, pourquoi pas ? acquiesça-t-elle sans battre un cil pour ne pas trahir à quel point ce commentaire la blessait.

Elle savait bien qu'elle ne pouvait décemment rien espérer d'autre. Et pourtant, cela ne l'empêchait pas de désirer quelque chose qu'elle n'aurait jamais. C'était stupide, mais c'était ainsi.

« Bon sang, tu ne vas pas te mettre à vivre dans un monde de fantasmes ! Tu lui plais, mais il n'est pas amoureux de toi. Admets-le une bonne fois pour toutes ! », se tança-t-elle.

Elle se hâta de détourner le cours de la conversation :

— Carlo s'occupe vraiment très bien des enfants, mais quatre, c'est quand même une sacrée charge de travail pour une seule personne, tu ne trouves pas ?

— Si, et justement, je viens d'engager une nurse.

Elle sursauta et se récria sans réfléchir :

— Une nurse ? Mais je ne t'ai jamais dit que je voulais une nurse !

— Tu m'as dit que tu désirais poursuivre ta carrière, tout en sachant les enfants entre de bonnes mains. Je ne vois pas de meilleure façon d'y parvenir.

Poussée dans ses retranchements par sa logique implacable, elle bredouilla :

— Oui, mais… c'était avant !

— Que veux-tu, alors ? s'enquit-il d'un ton patient.

— Je sais surtout ce que je ne veux pas. Par exemple, que

les enfants soient obligés de s'adresser à une étrangère quand ils ont besoin de leur…

Elle laissa sa phrase en suspens. Elle n'était pas leur mère, pourtant elle ne pouvait imaginer de faire élever les trois petits par quelqu'un d'autre.

— Tiens, tiens ! Se pourrait-il que ton instinct maternel se soit épanoui dernièrement ? Accepter une aide domestique ne signifie pas que tu doives renoncer à ton rôle d'éducatrice, voyons. Quand nous aurons des enfants…

— N… nous ? Des… enfants ?

— Tu n'as pas envisagé cette éventualité ? Pourtant, nous n'avons jamais pris de précautions. Tu ne prends pas la pilule, n'est-ce pas ?

Muette, Judy se borna à secouer la tête. Le chaos total régnait dans son esprit. Aussi incroyable que cela paraisse, elle n'avait jamais pensé à cette possibilité. Son regard tomba sur son ventre, à demi caché sous le magazine. Seigneur, en ce moment même, elle était peut-être enceinte !

Cette idée n'avait rien de terrifiant en soi, au contraire, elle lui paraissait soudain très séduisante. Imaginer qu'un petit être grandissait en elle, l'enfant de Gianluca…

Seigneur, il avait dit *des* enfants !

Il finit par s'étonner de son mutisme persistant :

— Cette perspective te met dans un drôle d'état, on dirait. Pourquoi ? C'est tout de même très banal, non ?

— *Des* enfants ?

— Un pour commencer, *cara*. Tu n'es pas une machine.

— Il n'y a pas de quoi plaisanter ! s'irrita-t-elle.

— Je suis très sérieux. Un enfant est une responsabilité pour toute la vie, je ne perds pas cela de vue.

— Oh, je comprends ! C'était délibéré, alors ? Tu n'as pas pris de précautions pour avoir un argument supplémentaire au cas où je n'aurais pas voulu t'épouser ?

Judy regretta ses paroles dès qu'elle les eut prononcées. Gianluca la considéra avec stupeur et s'écria :

— Il se trouve que tu es la seule femme avec qui j'aie eu des relations sexuelles non protégées !

— Il y a là-bas une petite fille qui est la preuve vivante du contraire ! riposta Judy dans un chuchotement étouffé.

Elle glissa un regard vers Valentina, avant de reporter son attention sur Gianluca. Celui-ci ne répondit rien, et une minute s'écoula. Enfin, il laissa échapper un soupir exaspéré et gronda :

— Pense ce que tu veux, après tout !

Puis, se levant d'un mouvement fluide, il traversa la carlingue pour aller rejoindre les enfants à qui le dévoué Carlo était en train de servir une collation, non loin de Lyn Lloyd plongée dans la lecture d'un magazine de mode.

Déroutée, Judy se renfonça dans son siège. Qu'avait-il voulu dire ? Sans doute que la naissance de Valentina avait été désirée et prévue, alors que leur enfant — si jamais elle tombait effectivement enceinte — ne serait que le résultat fortuit d'une folle nuit de passion…

Elle passa le reste du voyage à faire semblant de dormir.

A l'aéroport, deux limousines vinrent chercher les passagers pour les amener jusqu'au *palazzo*. Voyant Carlo qui s'apprêtait à remonter dans un des véhicules, Gianluca quitta Judy un instant et s'en alla trouver son employé. Il s'ensuivit une conversation qui éveilla la curiosité de la jeune femme. Celle-ci augmenta quand elle vit Carlo, d'ordinaire taciturne et peu loquace, s'animer brusquement et argumenter son propos en agitant les mains.

— Que se passe-t-il ? s'enquit-elle en s'approchant.

— Carlo n'a pas mis les pieds dans la maison depuis des années, répondit Gianluca, sans daigner expliciter davantage les réticences du baby-sitter.

L'attention de Judy fut détournée par l'apparition, sur le perron de la noble demeure, d'une élégante silhouette féminine encadrée par deux domestiques en uniforme.

— Ma belle-mère, Lucilla, annonça Gianluca d'une voix inexpressive.

Lyn, qui se tenait juste derrière sa fille, se pencha pour lui glisser à l'oreille :

— Attention ! Les perles sont vraies, pas le sourire !

Lucilla Di Rossi descendit les marches d'une démarche royale. Son regard condescendant passa sur les visiteurs, puis s'arrêta sur Carlo et s'écarquilla, avant de revenir se poser sur Gianluca.

— Tu ne vas tout de même pas introduire cet individu dans la maison ? s'exclama-t-elle en guise de salutation.

Impassible, Gianluca se tourna vers Carlo :

— Emmène les enfants dans la nursery, tu veux bien ? Ils sont fatigués.

Carlo opina du chef et, laissant la petite Amy dans les bras de Judy, il entraîna les jumeaux et Valentina.

Lucilla Di Rossi se mit à invectiver contre son beau-fils — inutile de parler couramment l'italien pour comprendre la teneur de son discours. Toujours stoïque, Gianluca ne chercha pas à l'interrompre et, quand elle se tut enfin, il se contenta de décréter :

— Carlo reste ici.

Manifestement furieuse, Lucilla se détourna de lui pour remarquer enfin la présence de Judy.

— J'imagine qu'il a omis de vous préciser que l'homme qui s'occupe de vos enfants a un casier judiciaire ! C'est un repris de justice ! lança-t-elle d'un air venimeux.

Judy sursauta. Un sourire rusé apparut sur les lèvres de Lucilla Di Rossi lorsqu'elle vit son expression choquée.

— Ah ! Je savais bien que tu ne lui avais rien dit ! jeta-t-elle à Gianluca.

Lyn Lloyd se lança à l'assaut des marches du perron en annonçant :

— Je vais voir les enfants !

Reprenant ses esprits, Judy s'interposa aussitôt.

— C'est inutile, maman. Carlo est avec eux, ils ne manquent de rien.

Les yeux de Lucilla étincelèrent.

— Il me semble, ma chère, que je vais devoir me montrer un peu plus claire. Savez-vous de quoi cet homme s'est rendu coupable ? Il…

— Non, ne vous donnez pas ce mal. Si Gianluca a confiance en lui, cela me suffit. Je ne trouve rien à y redire.

Sur le perron, Lyn paraissait dubitative et angoissée.

— Tu es sûre, chérie ?

— Tout à fait, maman.

Judy chercha la haute silhouette de Gianluca. Leurs regards s'accrochèrent et un contact silencieux se noua entre eux. Fascinée, elle demeura immobile à savourer tout ce que lui disaient ses yeux noirs.

La magie s'estompa finalement. En dépit de ce préambule désagréable, Gianluca procéda aux présentations selon les formes et, à l'instar des autres, Judy fit comme si la scène précédente n'avait pas eu lieu. Souriante, elle dit ce que les circonstances et la politesse exigeaient d'elle, même si intérieurement elle nageait en pleine confusion.

Etait-il possible qu'elle ait deviné juste ? Que Gianluca éprouve de réels sentiments pour elle ? Ou était-elle folle de donner tant de signification à un simple regard ?

— Elle pèse son poids. Tu veux que je la prenne ?

La voix de Gianluca la tira de son introspection. Elle mit un temps avant de comprendre qu'il parlait d'Amy. Intimidée tout à coup, elle hocha la tête et lui tendit le bébé. Ils tressaillirent à l'instant où leurs mains se frôlèrent, puis Gianluca emmena la petite fille dans le grand vestibule.

Judy lui emboîta le pas. Ils gravissaient le grand escalier à double révolution quand, jetant un coup d'œil par-dessus son épaule, elle s'avisa que les autres avaient disparu.

— Où est maman ?

— Sa chambre se trouve dans l'aile droite, mais je peux lui en faire attribuer une autre si tu veux qu'elle soit plus près de toi.

— Non, non, c'est parfait.

— Ce n'est que pour une nuit. Demain, nous dormirons dans la chambre de la tour.

— Peut-on voir le Grand Canal de la fenêtre ? Je sais que tu dois avoir l'habitude, mais moi, c'est la première fois que je viens à Venise.

Il sourit.

— Le Grand Canal ? Je crois que oui, mais j'avoue que je ne pensais pas passer notre nuit de noces à admirer le panorama. Hum… à propos de Carlo…

— Cela n'a pas d'importance, je t'assure.

— Au contraire. Quand j'avais dix ans, il était le chauffeur de mon père. Nous sommes devenus proches et cette amitié m'a rendu la vie, disons, plus supportable. Ma belle-mère n'a jamais apprécié que nous nous entendions si bien, évidemment. Des objets se sont mis à disparaître de la maison et, un jour, on les a retrouvés dans la chambre de Carlo. J'ai carrément accusé Lucilla de les avoir cachés là et elle n'a même pas nié. Mais je n'avais que dix ans et personne ne m'a écouté. Carlo a été arrêté et il a écopé d'un an de prison avec sursis. Ensuite, avec son casier judiciaire, il n'a pas pu retrouver d'emploi.

— Et ton père ?

— Je crois qu'il se doutait de ce qui s'était passé en réalité. Mais il ne s'est jamais intéressé qu'à ses livres.

— Pas à ses employés ou à toi, c'est cela ?

— Judy…

— Non, laisse-moi parler, dit-elle en s'immobilisant sur le palier pour le regarder droit dans les yeux. Je trouve épouvantable qu'un homme, même s'il a eu le cœur brisé par la mort de sa femme, se réfugie dans la littérature sans plus se préoccuper de sa famille. Quel genre de père abandonne ainsi son enfant ?

— Un père qui ne mérite pas son fils, répondit une voix grave derrière Judy.

Stupéfaite, elle fit volte-face et se retrouva devant un homme de haute taille, aux tempes grisonnantes et au visage altier sillonné de fines rides. Il avait un regard infiniment triste.

— Judy, je te présente mon père. Papa, voici ma future femme, le Dr Judith Lloyd.

L'homme garda le silence un long moment, tout en examinant à loisir Judy dont les joues avaient viré à l'écarlate. Enfin, il commenta :

— Eh bien, tu peux te vanter de m'avoir surpris, fiston.

Et, sur ces mots énigmatiques, il s'éloigna dans le couloir. Judy se mordit la lèvre.

— Mon Dieu, pourquoi ce genre de choses n'arrive qu'à moi ? se désola-t-elle.

— Je suis impressionné. Tu t'es posée en chevalier redresseur de torts pour prendre ma défense.

— Je suis désolée ! Cela ne me regardait pas, mais quand tu m'as parlé de ton enfance, j'ai réagi de manière épidermique, j'étais indignée…

— Ainsi, tu as pitié de moi ?

Cette fois, elle le fusilla du regard.

— Je ne sais pas comment tu t'y prends pour déformer tout ce que je dis ! s'emporta-t-elle.

Ils n'eurent pas le loisir de prolonger la conversation car une domestique apparut dans la cage d'escalier et apprit à Gianluca que le visiteur qu'il attendait venait d'arriver.

— Très bien, j'arrive tout de suite, Silvia. Veuillez conduire le Dr Lloyd dans la nursery, puis lui montrer sa chambre.

Judy reprit Amy dans ses bras. En voyant Gianluca s'éloigner, elle sentit sa gorge se nouer. Elle avait l'impression de se retrouver seule au monde dans cette grande maison hostile.

— Gianluca ?

— Oui ? fit-il en se retournant à demi.

— Tu seras là ce soir… au dîner ?

— Je serai toujours là pour toi, *cara*, répondit-il avec gravité.

11

— Attention à ta coiffure ! dit Lyn en faisant glisser la robe de satin ivoire sur la tête de sa fille.

Judy leva les bras et s'efforça de protéger les boucles savamment ondulées qui lui auréolaient la tête. Elle regarda les plis soyeux du vêtement retomber le long de son corps, puis elle se tourna pour observer son dos dans la psyché, tout en se tortillant pour tenter de remonter la fermeture Eclair.

— De quoi ai-je l'air ?

— Tiens-toi tranquille ! Seigneur, si tu épouses un homme qui va hériter de ce palais, il va falloir que tu adoptes des manières un peu plus raffinées, ma petite !

— Je sais, c'est assez écrasant, hein ?

En marchant dans les immenses couloirs de pierre du *palazzo* où l'écho de ses pas résonnait longuement, Judy avait le sentiment que toutes les générations de Di Rossi l'épiaient et la jugeaient sans indulgence.

— Bah, la plomberie laisse vraiment à désirer ! répliqua Lyn, toujours aussi pragmatique. Voyons, arrête de gigoter si tu veux que je ferme cette robe ! Là, bien... Il ne faut pas te laisser intimider, Judy. Je me suis laissé dire que sans l'argent de Gianluca, tout ce beau monde ne mangerait pas à sa faim, et le palais aurait depuis longtemps piqué une tête dans le Grand Canal. Entretenir tout cela doit lui coûter les yeux de la tête. Enfin, il en a les moyens.

— Je crois que son père ne m'aime pas.

Judy n'avait parlé à personne de l'incident qui s'était produit quelques minutes à peine après leur arrivée.

— Je ne vois pas ce qui te fait dire ça, chérie. Stefano m'a paru tout à fait normal pendant le dîner, si l'on excepte le fait qu'il n'a pas articulé plus de deux mots. Peut-être était-il déçu que Gianluca ne soit pas présent ?

— Oui, peut-être, marmonna Judy en baissant la tête.

Elle se souvenait du ton fervent qu'avait adopté Gianluca pour affirmer qu'il serait toujours là pour elle. Pourtant, il n'avait même pas fait l'effort d'assister à l'interminable repas qui s'était déroulé le soir même !

Et dire qu'elle avait donné un tel poids à ses paroles !

— Redresse-toi… voilà ! dit Lyn en lissant le corsage de la robe. As-tu remarqué, quand nous avons pris le petit déjeuner, que la pièce était pleine de photos de Marco et qu'il n'y en avait pas une seule de Gianluca ?

— Je ne suis pas descendue déjeuner ce matin, maman.

— C'est une erreur. Il ne manquerait plus que tu fasses une crise d'hypoglycémie et que tu t'évanouisses dans la chapelle ! Tu sais ce que je ferais si j'étais mariée au très sexy Stefano ? Je m'empresserais de faire disparaître le portrait de sa première femme, la mère de Gianluca. Il lui ressemble beaucoup, tu ne trouves pas ?

— Maman, Stefano Di Rossi est marié à Lucilla !

— Oh, ne monte pas sur tes grands chevaux. Je ne lui tourne pas autour, si c'est ce que tu crains. Il est très séduisant, mais trop intellectuel pour moi. Je préfère les hommes plus actifs. Bien sûr, quand on peut avoir les deux… mais ne rêvons pas ! Sauf toi qui as une chance extraordinaire.

Judy, qui se sentait de plus en plus mal à l'aise, fut soulagée quand Lyn se tut enfin et recula pour l'envelopper d'un regard admiratif.

— Tu es parfaite !

— Vraiment ?

— Juge par toi-même.

Judy fut émue de voir les larmes perler aux yeux de sa mère.

— Maman, tu ne peux pas pleurer, tu vas abîmer ton maquillage !

— Tu as raison, se contenta de répondre Lyn, émue, en se tamponnant délicatement les paupières à l'aide d'un mouchoir en papier. Bon, eh bien, à tout à l'heure, ma chérie.

Judy paniqua.

— Tu t'en vas ?

— Ne t'inquiète pas, tu ne seras pas seule…

Sur ces entrefaites, quelqu'un frappa à la porte de la chambre. Les deux femmes échangèrent un regard étonné, et Lyn alla ouvrir.

— Oh, c'est vous… J'allais justement me sauver. A tout à l'heure !

Lyn s'éclipsa après avoir envoyé un baiser à sa fille du bout des doigts. Judy se décomposa en reconnaissant la haute silhouette de l'homme debout sur le seuil.

— *Signor* Di Rossi ? Je… entrez, je vous en prie. Je suis prête.

Inquiète, elle le regarda s'avancer dans la pièce après qu'il eut refermé la porte derrière lui. Pourquoi diable cet homme austère et silencieux venait-il la trouver en cet instant précis, juste avant la cérémonie… sinon pour tenter de s'opposer au mariage ?

— Ma chère Judy… puis-je vous appeler Judy ?

— Bien sûr.

— Permettez-moi de vous dire que vous êtes magnifique.

— Merci, balbutia-t-elle.

— Vous vous demandez certainement ce que je fais là, n'est-ce pas ? C'est bien naturel. Je voulais juste… enfin, j'espérais que vous accepteriez ceci en cadeau de mariage.

Il venait de sortir de la poche de sa veste un petit écrin de cuir qu'il lui tendait. Sidérée, Judy mit quelques secondes avant de réagir. Elle s'en saisit d'une main tremblante, l'ouvrit, et découvrit sur un lit de satin blanc un anneau en or gravé, visiblement très ancien et fait pour une main masculine.

— Il est très beau, dit-elle en levant un regard interrogatif sur Stefano Di Rossi.

— La mère de Gianluca me l'a offert le jour de notre mariage et j'ai pensé que, peut-être, vous seriez heureuse d'en faire présent à mon fils à votre tour. Je lui ai déjà donné l'alliance que portait sa mère afin qu'il vous la passe au doigt.

— Merci de tout cœur, murmura Judy, réellement touchée par ce geste. Cette idée me plaît beaucoup !

— Parfait.

Comme toujours, il demeurait laconique, mais Judy eut l'impression qu'il était satisfait. Il se détourna et, au moment de sortir, il ajouta :

— Je comprends pourquoi mon fils est tombé amoureux de vous.

Vous vous trompez, il ne m'aime pas! songea Judy qui, déjà bouleversée, dut lutter contre les larmes qui menaçaient.

Stefano à peine sorti, on frappa de nouveau à la porte. Judy prit le temps de se ressaisir avant d'ouvrir. Elle aperçut tout d'abord un gros bouquet que le livreur tenait à hauteur de son visage.

— Elles sont ravissantes ! Merci. Voulez-vous les mettre… Papa ! s'exclama-t-elle, comme l'homme baissait brusquement les fleurs qui dissimulaient sa figure. Mais… que fais-tu là ?

— Bonjour, ma chérie. J'arrive tout droit de l'aéroport. Tu es sublime.

— Mais… comment… ?

— Ton mari est quelqu'un de très têtu, figure-toi, dit l'homme qui ressemblait comme deux gouttes d'eau à David, dans une version plus mûre. Il a insisté, insisté… Il semblait persuadé que tu serais heureuse de voir ton vieux père à ton mariage.

Judy comprit que le ton faraud de son père masquait une grande appréhension. Il n'était pas du tout sûr de l'accueil qu'elle lui réserverait.

— Gianluca avait raison ! s'exclama-t-elle, en larmes cette fois, en lui ouvrant les bras pour l'embrasser avec fougue.

— Eh ! attention aux fleurs !

Il la serra brièvement contre lui, avant de s'écarter et de murmurer d'une voix enrouée par l'émotion :

— Ma chérie, je ferais bien deux fois le tour du monde en avion pour revoir cette expression dans tes yeux !

— Je n'arrive pas à croire que tu sois bel et bien là !

— Nous avons laissé passer du temps… trop de temps ! Mais il n'est pas trop tard pour refaire connaissance, qu'en dis-tu ?

— C'est une excellente idée !

— Nous nous en occuperons plus tard. Pour l'heure, je crois que tu as un rendez-vous plus important. Prête ?

Souriant, il lui tendit son bras que Judy accepta après avoir pris une profonde inspiration.

— Prête ! acquiesça-t-elle dans un souffle.

Il ne lui restait plus qu'à prier pour être capable de marcher vers l'autel sans trébucher et prononcer ses vœux sans bégayer.

Ses craintes se révélèrent infondées. La cérémonie se déroula sans la moindre anicroche. La minuscule chapelle au charme centenaire embaumait l'encens et le parfum des fleurs blanches. Parmi la mer de visages tournés vers elle, Judy n'en vit qu'un. Elle eut l'impression que tout se passait comme dans un rêve, dans une réalité différente que seuls Gianluca et elle pouvaient atteindre.

Alors qu'elle apparaissait sur le parvis à son bras, avant de rejoindre le grand salon du *palazzo* où devait se tenir la réception prévue pour les invités, Gianluca lui chuchota à l'oreille :

— Tu trembles. Tu ne te sens pas bien ? Tu veux t'asseoir un instant ?

— Je serai contente de prendre l'air, avoua-t-elle.

— Suis-moi.

Il l'entraîna alors vers une partie du jardin qu'elle ne connaissait pas. Il s'agissait d'une petite cour entourée de haies qui la mettaient à l'abri des regards. Une charmante fontaine en occupait le centre et rafraîchissait l'atmosphère.

Gianluca fit asseoir Judy sur le banc en fer forgé surmonté d'une pergola en bois aux lattes entrelacées de plantes grimpantes. La jeune femme s'efforça de respirer profondément et calmement.

— Ça va mieux ? s'enquit Gianluca au bout d'un moment.

— Oui… L'épreuve est passée.

— D'ordinaire, on attend d'avoir découpé le gâteau pour éprouver des regrets.

Elle le considéra avec surprise.

— Mais je ne regrette rien ! Pourquoi dis-tu cela ? Est-ce que toi… tu regrettes maintenant de… ?

— La seule chose que je regrette est de devoir retourner avec les autres, coupa-t-il avec fermeté. La réception va durer des heures et des heures, alors que je ne désire qu'une chose : me retrouver en tête à tête avec toi !

— A ce propos, je ne t'ai pas remercié pour avoir invité mon père. C'était une attention très délicate de ta part.

— J'espérais te faire plaisir.

Il l'enveloppa d'un regard brûlant qui la fit frissonner.

— Judy, il y a tant de choses que je veux te dire ! Mais si je commence maintenant, quelqu'un va forcément venir nous déranger… et je ne veux pas être interrompu ! Veux-tu me retrouver ici, ce soir, vers 10 heures ?

Déconcertée, Judy hocha la tête. Puis, Gianluca lui saisit la main et l'entraîna vers le palais.

Durant les heures qui suivirent, Judy bavarda, rit et dansa comme n'importe quelle jeune mariée. Mais ses pensées la ramenaient toujours vers cette étrange conversation et le rendez-vous que Gianluca lui avait fixé. Il était vain de se creuser la cervelle pour savoir ce qu'il avait l'intention de lui dire, et pourtant elle ne pouvait s'en empêcher ; d'autant moins que, dès qu'elle tournait les yeux vers celui qui était désormais son mari, elle se rendait compte qu'il la fixait d'un regard intense, pénétrant et presque angoissé.

A chaque fois, elle en conçut un trouble violent et souvent générateur d'incident : elle cassa deux verres et écrasa les orteils d'un charmant diplomate en retraite.

La fête battait son plein quand elle se retrouva en train de danser avec Marco qui était un cavalier exemplaire.

— Ne te fais pas de souci, j'ai demandé la permission à Gianluca, lui dit-il, narquois, en la voyant jeter quelques coups d'œil autour d'elle.

— Idiot ! Dis-moi, Marco, cette femme là-bas, dans la robe prune… Qui est-ce ? Elle n'a cessé de m'observer pendant toute la soirée.

Marco tourna la tête et répondit :

— C'est Natalia Corradi, la grand-mère de Valentina. Une vieille mégère ! L'homme assis à ses côtés est son fils Laurent ; la blonde, l'épouse de ce dernier.

— Oh… je comprends mieux sa curiosité, souffla Judy, avant de demander : S'il te plaît, Marco, tu veux bien te diriger subrepticement vers la grande porte, là-bas ? Comme ça, je vais pouvoir m'éclipser ni vu ni connu pour aller dire bonsoir aux enfants.

— A vos ordres, madame ! fit-il en l'entraînant dans un rapide tourbillon.

Judy passa la demi-heure suivante en compagnie des petits. Elle promit à Valentina et à Sophia qu'elle leur donnerait les fleurs de sa couronne pour les conserver entre les pages d'un livre, jura ses grands dieux à Joseph qu'elle ne l'obligerait plus jamais à porter un costume de cérémonie, et passa plusieurs minutes à la recherche du doudou d'Amy.

Lorsqu'elle parvint enfin à se glisser hors de la maison, la nuit n'était pas encore totalement tombée, même si les étoiles commençaient déjà à piqueter le ciel. Une longue bande rougeâtre éclaboussait encore l'horizon.

Frissonnante, Judy glissa sur ses épaules nues le châle en soie d'une légèreté arachnéenne qui complétait sa robe de mariée. Puis, d'un pas vif, elle se dirigea vers la petite cour à la fontaine.

Elle poussa le ravissant portail en fer forgé qui grinça dans la nuit et retint une exclamation de ravissement en découvrant l'endroit doucement illuminé par des lampions qui lui conféraient une ambiance irréelle. Ses talons cliquetèrent sur les dalles claires et polies par les ans, ponctuant le ruissellement argentin de l'eau sur la faïence de la fontaine.

L'air sentait bon le jasmin et la glycine. Ce lieu était d'une telle beauté qu'on aurait pu se croire dans un conte de fées ! songea-t-elle, émerveillée.

Alors qu'elle s'avançait, des spots invisibles et judicieusement placés s'allumèrent automatiquement pour éclairer un coin resté dans l'ombre.

Surprise et ravie, Judy découvrit une petite table en fer forgé au plateau de mosaïque, deux chaises et un seau à glace dans lequel reposait une bouteille de champagne.

Souriant, elle se pencha pour feindre d'examiner l'étiquette, puis envoya une pichenette sur la flûte en cristal étincelante qui tinta haut et clair dans l'air vénitien.

— Vas-tu me rejoindre ou espères-tu que je boive cette bouteille toute seule ? demanda-t-elle finalement.

Comme elle s'y attendait, la silhouette de Gianluca se détacha de l'ombre.

— Tu avais deviné ?

— Je sais toujours quand tu es là, répondit-elle simplement.

— Tu es très belle, *cara*.

— Je ne sais pas si c'est vrai, mais je me *sens* belle, ce soir.

— Peut-être parce que tu commences à te voir à travers mes yeux. Champagne ?

— Je me sens déjà un peu pompette…

— Pourtant, tu n'as rien bu. Je le sais, je t'ai observée toute la soirée.

— Toute la soirée ?

— Chaque seconde, confirma-t-il d'une voix veloutée qui la fit frissonner.

— Je ne suis pas ivre de vin, mais de l'air de Venise et de son ambiance magique. Cette journée a vraiment été merveilleuse, Gianluca. Je n'arrête pas de me pincer pour vérifier que je ne rêve pas.

Le bouchon sauta dans un bruit joyeux. Gianluca servit Judy qui trempa ses lèvres dans le vin doré.

A cet instant, une voix féminine retentit non loin, pleine de sarcasme :

— Quel tableau romantique !

D'un même mouvement, Gianluca et Judy se tournèrent vers le petit portail qui venait de s'ouvrir pour livrer passage à la femme maigre et hautaine que Marco avait désignée tout à l'heure comme étant la grand-mère de Valentina.

Tandis que cette dernière approchait, Judy se rendit compte à sa démarche hésitante qu'elle avait dû abuser du champagne servi au buffet. Son chignon sophistiqué s'était desserré et quelques mèches grises retombaient sur ses joues empourprées.

En dépit de son hostilité flagrante, Judy éprouva une vague de compassion pour cette femme manifestement brisée par le chagrin et l'amertume. Ce devait être terrible pour elle de voir la mariée irradier de bonheur alors qu'elle prenait la place de sa fille, feue la mère de Valentina.

Quel que soit le litige qui l'opposait à Gianluca, Natalia Corradi devait beaucoup aimer sa petite-fille. Il aurait mieux valu pour tout le monde que les dissensions et les rancœurs soient oubliées au bénéfice des compromis. Judy le pensait sincèrement et, étant étrangère au conflit, elle espérait même apaiser les tensions en jouant un rôle de médiateur. Gianluca était intelligent, il comprendrait où résidait l'intérêt de Valentina.

— Asseyez-vous, je vous en prie, déclara-t-elle d'une voix bien articulée en désignant l'une des deux chaises.

— Ah… la parfaite épouse ! commenta Natalia Corradi, plus ironique que jamais.

— Personne ici ne vous empêche de voir votre petite-fille. N'est-ce pas, Gianluca ? fit Judy en prenant son mari à témoin.

Contre toute attente, celui-ci fit un pas en avant pour s'interposer entre les deux femmes, comme s'il cherchait à protéger Judy.

— Certainement pas ! contredit-il aussitôt. Elle a abusé de ce droit et il n'est pas question que je cède à l'avenir.

Le ton était inflexible. Désemparée, Judy objecta :

— Voyons, ne crois-tu pas qu'il serait plus raisonnable de…

— Tais-toi, Judy ! Tu ne sais pas de quoi tu parles ! lança-t-il d'un ton cinglant qui acheva de la déconcerter.

Natalia Corradi désigna la bouteille de champagne qui reposait sur la table.

— Vous ne m'offrez pas un verre ?

— Je crois que vous en avez assez bu pour ce soir, rétorqua Gianluca, la mine fermée, sans esquisser le moindre geste pour la servir.

— Et comment aurais-je pu endurer cette journée autrement ? persifla Natalia, avant de pointer vulgairement le doigt sur Judy. Est-elle complice de votre petit plan ? reprit-elle. Non, j'imagine que cette bécasse est persuadée que vous l'épousez par amour !

Elle ponctua sa déclaration d'un rire désagréable, mettant les nerfs de Judy à rude épreuve.

— Oui, c'est écrit sur sa figure qu'elle vous aime, la pauvre sotte ! Vous rougissez, ma petite ? Comme c'est attendrissant, vraiment !

Judy jeta un regard inquiet à Gianluca. Elle craignait un éclat de sa part mais, fidèle à son habitude, il se domina pour répondre en italien, d'un ton mesuré, mais froid et implacable. Quoique ne comprenant pas ce qu'il disait, Judy tressaillit tant le ton était dur. Elle vit Natalia Corradi se décomposer et vaciller. L'indignation la saisit alors.

Que Gianluca, un homme de pouvoir sûr de lui, profite de la vulnérabilité de cette femme la laissait non seulement pantoise mais écœurée !

Avec une exclamation indignée, elle s'approcha, prête à poser la main sur l'épaule voûtée de Natalia. A cet instant, cette dernière releva la tête et lui décocha un regard si méchant que, malgré elle, Judy recula.

— Il pense me faire taire, mais pas cette fois ! lança la vieille femme. Je crie vengeance pour ma fille ! Et si vous ne le savez pas encore, je vais vous dire, ma petite, quelle sorte d'homme vous avez épousé !

— Ne l'écoute pas, Judy. Elle est folle et plus venimeuse qu'une vipère ! dit Gianluca.

Hagarde, Natalia Corradi poursuivit :

— Je suis sûre qu'il ne vous a pas parlé de ma pauvre Maria ?

— Eh bien… Il m'a dit qu'elle souffrait d'une forme sévère de dépression post-natale…

— Et que c'est pour cette raison qu'elle a mis fin à ses jours ? Oui, c'est aussi ce qu'ont dit les médecins, mais il les a payés pour ça !

Les yeux emplis de larmes, Judy murmura :

— C'est tragique de perdre un enfant. Je comprends votre détresse, *signora* Corradi…

— Ce qui est tragique, c'est d'être séduite puis abandonnée, enceinte, à l'âge de dix-sept ans !

Judy se figea.

— Dix-sept ans… Non, ce n'est pas possible ! souffla-t-elle.

Elle pivota vers Gianluca, persuadée qu'il allait protester et rétablir la vérité. Son silence obtus déclencha un frisson glacé dans son dos.

— Dix-sept ans ! répéta-t-elle, incrédule. Et tu avais…

— Il avait huit ans de plus ! compléta Natalia. Nous ne savions même pas qu'il était le père de la petite avant d'ouvrir le journal intime de Maria, après son enterrement. C'est là qu'elle raconte comment il a abusé de sa candeur, puis comment il l'a quittée le jour où elle lui a annoncé qu'elle attendait un enfant.

Judy avait l'impression que le monde était en train de s'écrouler autour d'elle.

— Et aujourd'hui, reprit Natalia, frémissante de haine, il veut me séparer pour toujours du seul être qui me reste à chérir au monde !

Judy saisit Gianluca par le bras.

— Gianluca ! Réponds, enfin ! Dis-lui… dis-moi que ce n'est pas vrai !

Impassible, il répondit :

— S'il te plaît, Judy, va chercher Laurent Corradi. Dis-lui que sa mère est saoûle et demande-lui de venir la chercher.

— Gianluca !

— Vous voyez ! fit Natalia, triomphante. Il ne proteste pas parce que tout ce que je vous ai raconté est vrai !

— Gianluca, je t'en prie, dis quelque chose ! gémit Judy.

— Tout ce que je puis te dire, c'est que Valentina a toujours été une enfant désirée. Pour le reste… tu dois te fier à moi.

— C'est beaucoup exiger, il me semble !

— Le mariage est pourtant fondé sur une confiance mutuelle.

— Tu veux dire que je devrais me contenter de ta parole quand tu prétends n'avoir rien commis de répréhensible ? Ce serait bien pratique ! Mais puisque tu évoques notre mariage, je te rappelle qu'il est précisément basé sur un mensonge !

— A l'origine, peut-être. Mais tout a changé, tu le sais bien, Judy…

Elle secoua la tête pour l'arrêter. Il était en train de lui dire les mots qu'elle avait tant espérés, mais il était trop tard.

— Tu ne nies pas que Maria avait dix-sept ans à l'époque ?

— Comment le pourrais-je ?

Elle scruta ses traits qui n'exprimaient décidément ni remords ni humilité. Gianluca Di Rossi ne s'abaisserait certainement pas à se justifier, à se chercher des circonstances atténuantes, à évoquer le poids de ce fardeau moral qu'il traînait depuis des années. Oh non, pas lui ! Il était ce qu'il était, c'était à prendre ou à laisser, point final.

— Le véritable courage consiste à avouer ses fautes et à

en assumer la responsabilité. Je voudrais entendre ta version des faits, articula-t-elle avec difficulté.

— Ça ne m'étonne pas. Je sais que tu as un sens moral exacerbé.

Elle éclata :

— Comment oses-tu te moquer de moi ? Mon Dieu, tu n'as pas du tout l'intention de présenter tes excuses, n'est-ce pas ?

La nausée lui souleva le cœur. Elle éprouvait du dégoût envers lui et envers elle-même. Comment, après avoir été abusée et trompée de la sorte, pouvait-elle continuer de l'aimer malgré tout ?

Tournant les talons, elle s'enfuit à toutes jambes.

Elle réussit à gagner la chambre de la tour où ses affaires avaient été rangées. Quelqu'un avait allumé la veilleuse sur la table de chevet et retroussé l'élégante courtepointe en satin blanc semée de pétales de roses…

A cette vue, Judy ne put retenir ses larmes.

Elle se jeta sur le lit, sans souci de froisser sa belle robe ivoire, et se mit à sangloter éperdument.

Au bout de quelques minutes, elle parvint à se calmer. Résolument, elle se moucha, puis ôta fébrilement sa toilette qu'elle abandonna sur le sol. Ses sous-vêtements suivirent. Nue, elle passa dans la salle de bains adjacente et entra dans la douche.

Le jet d'eau glacé lui coupa le souffle et, quand elle réussit à régler la température de l'eau, elle s'était presque accoutumée à la sensation d'aiguilles qui lui transperçaient la peau.

Elle prit à peine le temps de s'essuyer et, comme elle retournait dans la chambre, elle se figea en apercevant Gianluca, debout dans l'encadrement de la porte. D'un geste instinctif, elle plaqua la serviette contre ses seins.

— Que fais-tu là ?

— C'est notre nuit de noces. Où suis-je censé la passer sinon auprès de mon épouse ?

— Je comprends ! Cela exciterait la curiosité des gens si

tu allais dormir ailleurs. Ils risqueraient de soupçonner que ce mariage n'est qu'une vaste supercherie !

Il ne répondit pas. Excédée, Judy lui tourna le dos et s'arrangea pour enrouler la serviette autour d'elle avant de nouer les extrémités sur sa poitrine. De nouveau, elle lui fit face.

— Daigneras-tu avoir une discussion avec moi, Gianluca ?

— Désolé, j'ai dit tout ce que j'avais à dire.

— Tu es plus têtu qu'une mule ! Mais je te garantis que tu vas m'écouter. J'ai réfléchi. Bien sûr, au début, j'ai été choquée par ce qu'a dit cette femme…

— Et tu as pensé que je m'étais conduit comme un monstre ?

— Non. Je sais que ça ne peut pas être vrai. Il y a forcément une explication que j'ignore.

— Vraiment ? Et à quoi penses-tu, Judy ?

— A rien. Je n'ai aucune idée de ce qui a pu se passer en réalité. J'ai simplement l'intime conviction que tu n'as pas pu te rendre coupable d'un tel forfait.

Un lourd silence accueillit ces paroles. Le visage de Gianluca demeurait dans l'ombre à peine éclaircie par le halo orangé de la veilleuse, si bien que Judy ne pouvait déchiffrer l'expression de ses traits.

Elle poursuivit avec irritation :

— Je sais que tu n'as pas l'intention de me dire ce qui s'est produit, parce que tu t'estimes bien au-dessus de cela. Quiconque *ose* te remettre en question en sera toujours pour ses frais, hein ? Mais permets-moi de te dire, monsieur Perfection, que si l'orgueil est une qualité louable, moi je suis un être humain avec toutes les failles que cela comporte… J'ai cru, en toute sincérité, pouvoir t'épouser et continuer de t'aimer en secret tout en sachant que mes sentiments n'étaient pas payés de retour…

Elle l'entendit pousser une exclamation assourdie mais, désireuse de ne pas se laisser interrompre maintenant qu'elle s'était lancée, elle enchaîna :

— Et ce soir, au moment même où j'apercevais une lueur d'espoir et que tous les écueils semblaient s'aplanir, cette femme est intervenue pour proférer toutes ces horreurs. Je voulais juste t'entendre dire que ce n'était pas vrai… cela m'aurait suffi. Mais non ! Tu es resté drapé dans ta dignité, fort de ta supériorité et de ton bon droit... comme si nous n'existions pas, ni elle ni moi ! Tu voulais de la confiance ? Eh bien, je t'accorde la mienne, même si c'est un peu tard. Et si tu ne parviens pas à me pardonner d'avoir écouté cette femme, tu es le pire imbécile qui soit sur terre, Gianluca. Parce que tu as besoin de moi ! martela-t-elle en guise de conclusion.

— Tu as terminé ?

Un peu essoufflée, Judy acquiesça d'un hochement de tête. Elle venait de jouer cartes sur table. Et bien qu'elle en soit la première surprise, elle ne le regrettait pas.

A quoi aboutirait cette incroyable audace ? Elle n'allait pas tarder à le savoir, constata-t-elle en voyant Gianluca s'approcher d'elle.

Doucement, il lui prit le visage entre ses paumes. L'expression de pure adoration qu'elle lut sur ses traits lui coupa le souffle et elle sentit une vague de soulagement et de bonheur l'envahir.

— Bien sûr que j'ai besoin de toi, *cara*. Je t'aime. Je le sais depuis longtemps déjà et j'attendais juste que tu t'en rendes comptes. Si je te laissais partir, je serais vraiment le crétin que tu m'accuses d'être !

— Je n'ai pas l'intention de partir, Gianluca. A moins que tu ne me chasses d'ici. Mais si tu m'aimes... pourquoi ne m'as-tu rien dit ? souffla-t-elle, torturée à la pensée des heures de désarroi qu'il aurait pu lui épargner.

— Et toi ? Tu ne me l'as jamais dit non plus ! Tu t'es toujours conduite comme si je n'étais rien d'autre qu'un objet sexuel pour toi.

— Hum... c'est vrai ! Mais j'adore également ton intelligence !

Secouant la tête, il l'attira dans le cercle de ses bras et l'embrassa sur le front. Puis, sa bouche glissa sur sa joue, son nez, au creux de son cou, avant de trouver enfin sa bouche gourmande.

Avec un soupir de bien-être, Judy noua les bras autour de ses épaules.

— C'est notre nuit de noces ! murmura-t-elle quand il lui permit enfin de parler. Mon Dieu, j'ai l'impression que cette journée a duré une éternité !

— Oui, c'est notre nuit de noces. Par conséquent, je crois que nous sommes obligés de faire l'amour.

— Pff ! quelle corvée ! s'esclaffa-t-elle, avant de lui offrir ses lèvres.

— Tu es réveillée ?

Judy ouvrit les yeux. Penché sur elle, Gianluca saisit délicatement un pétale de rose dans ses cheveux en désordre et souffla dessus pour le faire s'envoler. Judy s'étira langoureusement.

— Tu n'as pas dormi ? demanda-t-elle, étonnée.

— Non, je préfère te regarder.

L'amour intense que traduisait son regard l'emplit d'une félicité absolue.

— A propos de Valentina…, commença-t-il.

— Chut ! Tu n'es pas obligé, Gianluca.

— Si, je veux tout te dire. Mais tu seras la seule à savoir hormis une autre personne, et mes paroles ne devront en aucun cas franchir les murs de cette chambre. La vérité, c'est que Valentina n'est pas ma fille. Je n'ai même jamais rencontré sa mère.

Judy poussa un cri de stupeur et se redressa brusquement dans le lit.

— Tu n'es pas son père ? Mais alors… qui ?

— Je ne cherche pas d'excuse à Marco, mais il était très jeune, lui aussi.

— Marco ? Marco est le père de Valentina ?

— Oui. Quand les Corradi sont venus me trouver en m'accusant de bonne foi, j'ai tout de suite compris ce qui s'était passé. A l'époque, Marco n'hésitait pas à usurper mon identité pour épater la galerie. Par exemple, je recevais beaucoup d'amendes pour excès de vitesse !

— Mais pourquoi n'a-t-il pas assumé ses responsabilités ? Pourquoi n'a-t-il pas élevé sa fille ?

— Quand je l'ai convoqué, il m'a tout avoué. Pour lui, il s'agissait juste d'une aventure d'une nuit, et quand la fille lui a annoncé qu'elle était enceinte, il a paniqué. Il redoutait surtout de décevoir sa mère. C'est en partie la faute de Lucilla qui l'a toujours placé sur un piédestal.

— Ainsi, tu t'es substitué à lui pour rattraper son erreur ?

— Ce n'était pas une erreur, c'était un bébé, corrigea-t-il avec un soudain accent de tendresse. Marco n'avait aucune stabilité, tant sur le plan financier qu'émotionnel. Que serait-il advenu de Valentina s'il avait dû s'en occuper ? C'est une Di Rossi, je ne pouvais pas l'ignorer.

— Aussi, tu as gardé le silence face aux accusations des Corradi ?

— Oui. A l'époque, ils faisaient profil bas. Ils ne voulaient surtout pas que leur précieux nom soit traîné dans la boue et, pour la même raison, ils ont étouffé l'affaire du suicide de la jeune fille. En fait, ils ont été enchantés que je réclame le bébé et n'ont fait aucune difficulté. Cela les débarrassait. C'est par la suite que l'attitude de Natalia a changé. Elle ne s'est jamais remise de la mort de Maria. Je pouvais le comprendre et tolérer sa violence envers moi, mais le jour où elle a commencé à l'exercer contre Valentina, j'y ai mis le holà. Je sais bien que certains considéreraient que j'ai outrepassé mes droits, et que mon intervention dans cette histoire était répréhensible et immorale, ajouta-t-il dans un soupir. C'est mal de mentir, d'accord. Mais aucun enfant ne devrait avoir à souffrir de l'absence ou de l'indifférence de son père. Alors, dans cette optique, je persiste à croire que j'ai fait le bon choix. Et maintenant, il n'est plus question de revenir en arrière. Valentina est ma fille.

— Notre fille, rectifia Judy en souriant. A peine mariés, nous voici déjà à la tête d'une nombreuse famille ! Quatre enfants… les gens vont penser que c'est suffisant.

— Et tu vas t'arrêter à leur opinion ?

— Non ! J'aimerais beaucoup te donner un enfant ! avoua-t-elle en se nichant contre lui.

— Moi aussi, j'en rêve, Judy. Mais je ne veux pas te presser. S'il est trop tôt pour toi, si tu ne te sens pas tout à fait prête, j'attendrai. C'est aussi simple que ça.

— Je suis prête ! Faisons ce bébé tout de suite, Gianluca !

Sur ce, il l'embrassa, la couvrant de baisers voraces, et la flamme du désir grandit rapidement entre eux.

— Cela ne marchera peut-être pas du premier coup, la prévint-il, comme leurs lèvres se séparaient un instant.

— Ce n'est pas grave, ce sera très agréable de persévérer !

Et Judy, tout au bonheur qu'il lui avait fait découvrir et qu'il lui promettait pour l'avenir, s'abandonna entièrement dans ses bras.

MAGGIE COX

Pour une seule nuit d'amour

HARLEQUIN

Titre original :
THE ITALIAN'S PREGNANCY PROPOSAL

Ce roman a déjà été publié en 2012

1

Bliss ne put s'empêcher de jeter de nouveau un coup d'œil discret à sa montre dès que son chef eut tourné le dos. Etourdie par les effluves des parfums alignés sur les étagères du stand où régnait maintenant une chaleur étouffante, elle avait l'impression de se trouver dans une fumerie d'opium. Sans parler de ses yeux qui la brûlaient à cause de l'ombre à paupières qu'on lui avait demandé de porter pour en assurer la promotion. Elle n'avait qu'une hâte : s'en débarrasser, tout comme du fond de teint, du blush et du rouge à lèvres qui transformaient son visage au point qu'elle avait du mal à se reconnaître dans une glace. Elle allait devoir endurer cette torture deux heures encore…

Pourquoi avait-elle accepté ce travail dans ce grand magasin de luxe fréquenté par une clientèle de femmes aussi fortunées que désœuvrées ? Elle aurait été bien en peine de le dire. Ou plutôt si, elle le savait : pour assurer la soudure entre deux jobs, elle s'était laissé persuader par sa meilleure amie, qui travaillait là elle aussi, de postuler pour cet emploi. Trudy, qui adorait la vente, considérait ce lieu comme un vrai petit paradis. Mais pour Bliss, plus le temps passait et plus la parfumerie prenait l'allure d'une antichambre de l'enfer.

— Excusez-moi… Je voudrais choisir un rouge à lèvres.

— Certainement, madame, répondit Bliss à la cliente qui s'était avancée vers elle. Avez-vous déjà une idée de la teinte que vous recherchez ? Je vais vous montrer les derniers… Madame ? Oh, mon Dieu !

Avant que Bliss ait eu le temps d'esquisser le moindre geste, sa cliente, une frêle jeune femme très brune, s'était effondrée sur le sol. Sa petite fille, dans une poussette, se mit aussitôt à hurler de terreur.

Bliss s'agenouilla précipitamment près de la femme, tout en cherchant en même temps à apaiser l'enfant. Comme un attroupement commençait à se former, elle fit son possible pour écarter les curieux. Elle desserra le col du luxueux manteau de l'inconnue.

— Je me sens si mal… si mal…, balbutia cette dernière dont la peau mate avait pris une teinte presque terreuse.

Comme Bliss écartait des mèches brunes de son front moite, les paupières de la jeune femme se soulevèrent un instant, révélant des yeux d'un bleu surprenant.

— Je vous en prie, prenez soin de ma fille, murmura encore l'inconnue d'une voix tremblante avant de sombrer dans l'inconscience.

— Ne vous inquiétez pas, je m'occuperai d'elle, promit Bliss en jetant un coup d'œil inquiet au bébé qui s'était brusquement calmé.

— Que se passe-t-il ? demanda soudain le chef de rayon qui s'était approché en fendant la foule. Vous connaissez cette personne ?

Visiblement, il n'appréciait guère cet incident qui venait perturber l'impeccable organisation de son emploi du temps…

En dépit de l'agacement qu'elle sentait poindre en elle, Bliss lui répondit avec amabilité :

— Pas du tout. Il s'agit d'une cliente qui se trouvait dans le rayon et qui a été prise d'un malaise. Pourriez-vous appeler une ambulance ?

Quelques minutes plus tard, les secours arrivèrent dans un concert de sirènes et de crissements de freins.

Bliss, après avoir vérifié que la cliente respirait normalement, l'avait installée aussi confortablement que possible. Elle fut toutefois soulagée de pouvoir la confier aux ambulanciers. Fidèle à sa promesse, elle s'était aussi chargée du bébé auquel elle avait donné à boire. Puis, comme l'enfant commençait à gémir en jetant à la ronde des regards apeurés, elle l'avait prise dans ses bras.

L'un des deux ambulanciers lui fit signe d'approcher.

— L'enfant était avec elle ? demanda-t-il.

— Oui, et j'ai également récupéré son sac à main, acquiesça Bliss.

Elle lui montra la luxueuse besace qu'elle avait rangée dans la sacoche de la poussette de peur que quelqu'un ne la piétine ou ne s'en empare.

— Il doit contenir ses papiers d'identité, ajouta-t-elle.

— Prenez-le et montez dans l'ambulance avec le bébé. Comment vous appelez-vous ?

— Bliss Maguire.

— Vous êtes irlandaise comme moi, alors ?

— A moitié, répondit Bliss qui trouvait un peu étrange de discuter ainsi de ses origines dans de telles circonstances. Par mon père.

— Eh bien, Mlle Maguire, allons-y, conclut l'ambulancier en souriant gentiment.

Il devint vite évident que le bébé avait faim. Après s'être renseignée à l'accueil de l'hôpital, Bliss suivit les flèches menant à la cafétéria, en se félicitant d'avoir pensé à prendre son sac avant de monter dans l'ambulance. Ensuite, munie d'un sandwich et d'une tasse de thé, elle s'installa à un coin de table et prit la fillette sur ses genoux pour lui donner à manger. La petite fille avala avec empressement son pain au fromage et au concombre.

— Pauvre chérie ! Toutes ces émotions t'ont creusée, murmura-t-elle.

Se trouver séparée de sa mère dans des circonstances aussi dramatiques qu'inattendues risquait de lui causer un traumatisme. Pourvu que la jeune femme récupère vite ! Bliss espérait qu'un membre de la famille, alerté par l'hôpital, arriverait bientôt pour prendre en charge la fillette. Celle-ci serait certainement soulagée d'apercevoir un visage familier.

Bliss regarda l'enfant, qui lui tendait un petit morceau de pain. En riant, la jeune femme l'accepta et se mit à le mâcher avec une ardeur exagérée pour l'amuser.

— Mademoiselle Maguire ?

En entendant son nom, prononcé avec un léger accent, Bliss leva vivement la tête. Elle rencontra alors un regard d'un vert étincelant, comme elle n'en avait jamais vu ailleurs que dans les pages glacées des magazines de luxe… Récemment, un célèbre acteur de Hollywood était venu dans le magasin où elle travaillait : mais même ce bourreau des cœurs ne tenait pas la comparaison avec cet homme aux cheveux épais, d'un noir de jais, et à la silhouette longiligne que mettaient en valeur des vêtements d'une élégance à la fois confortable et raffinée.

— Oui ? balbutia-t-elle, tandis que son cœur se mettait à battre la chamade.

Inconsciemment, elle resserra son étreinte autour de la fillette, maintenant silencieuse, et se promit intérieurement de ne la confier à personne avant de s'être assurée de son identité.

— Je suis Dante Di Andrea, le frère de la jeune femme qui vient d'être admise dans cet hôpital. L'enfant que vous tenez dans vos bras est Renata Ward, ma nièce.

La fillette leva vers l'homme un regard indifférent. Aucune marque de reconnaissance, se dit Bliss, soudain en alerte.

— Vraiment ? demanda-t-elle.

— Vous mettez ma parole en doute ? lança-t-il sur un ton incrédule et offensé.

Visiblement, la simple idée qu'on puisse douter de ce qu'il affirmait ou qu'on conteste son autorité relevait pour lui de la pure folie…

— Pourquoi mentirais-je ? ajouta-t-il en foudroyant Bliss de son regard vert. Viens, Renata, je vais m'occuper de toi.

— Je crains de ne pas pouvoir vous remettre cette enfant aussi facilement, déclara Bliss en affectant un calme qu'elle était loin de ressentir. Je préfère que nous allions à la réception des urgences pour qu'on me confirme votre identité.

— J'apprécie beaucoup votre sérieux, mademoiselle Maguire, mais réfléchissez : comment aurais-je pu arriver jusqu'à vous sans avoir été auparavant identifié par le personnel médical ?

Il fronça les sourcils avant d'ajouter :

— Avez-vous eu le temps de parler à ma sœur avant qu'elle ne perde conscience ? Dans ce cas, vous avez sans doute remarqué qu'elle avait un accent italien, tout comme moi. C'est dans son sac qu'on a trouvé mon nom et mon numéro de téléphone.

C'était sans doute vrai, se dit Bliss sans pouvoir cependant se départir d'une certaine défiance. Elle ne voulait prendre aucun risque. S'il arrivait quelque chose à cette enfant qui lui avait été confiée par sa mère, elle ne se le pardonnerait jamais.

— J'ai effectivement eu le temps d'échanger quelques mots avec votre sœur, et c'est précisément pour ça que je tiens à vérifier ce que vous dites.

— Que vous a donc demandé ma sœur ? s'enquit Dante Di Andrea en la foudroyant du regard.

— De prendre soin de sa fille, comme je m'y emploie en ce moment même.

Elle se leva, serrant Renata qui s'était endormie contre sa poitrine. En dépit de son mètre soixante-dix, face à cet homme qui la dominait de quinze bons centimètres, elle se sentait presque petite.

— Dans ce cas, soupira-t-il, retournons à la réception où l'on vous dira que je suis bien Dante Di Andrea, le frère de Tatiana Ward. J'espère qu'alors vous voudrez bien me rendre ma nièce pour que je puisse prendre soin d'elle. *Sì ?*

Sous son regard plein d'arrogance, Bliss sentit son visage s'empourprer, mais s'abstint de répliquer. Compte tenu des circonstances, mieux valait éviter de discuter. Tout ce qu'elle voulait, c'était remettre Renata entre de bonnes mains.

Tenant fermement la petite fille, elle enfila le long couloir qui menait vers l'accueil. A sa grande surprise, la jeune femme réalisa qu'elle regrettait un peu que cet homme soit arrivé aussi vite à l'hôpital… Renata était si délicieusement douce et tiède au creux de ses bras qu'elle sentait se réveiller en elle, avec une force déroutante, un instinct maternel qu'elle avait toujours ignoré.

— Mademoiselle Maguire, déclara la réceptionniste, une femme entre deux âges et visiblement efficace, je peux vous assurer que M. Di Andrea est bien le frère de Mme Ward qui vient d'être admise ici même en observation. Cette fillette est sa nièce, Renata Ward.

La femme souriait patiemment à Bliss, comme si elle s'adressait à une enfant un peu entêtée.

Dante Di Andrea tendit les bras en direction du bébé, non sans pousser un léger soupir de soulagement. Tandis qu'il s'approchait d'elle, un parfum de santal enveloppa Bliss, qui ressentit une sensation aussi violente que s'il l'avait touchée.

— Ton oncle va s'occuper de toi, ma chérie, dit-elle à Renata. Il faut être sage, n'est-ce pas ? Ta maman sera bientôt là.

Etrangement, Bliss se sentait au bord des larmes. Au moment où Dante allait lui prendre la fillette des bras, celle-ci s'accrocha à la jeune femme en gémissant, agrippant fermement son chemisier de soie blanche.

— Allons, ma douce, allons… Tout ira bien. N'aie pas peur, dit Bliss en dépit de l'angoisse qui lui serrait le cœur.

Comme elle croisait le regard de Dante au-dessus de la tête de la fillette, la frustration et la colère qu'elle y lut la firent douter une fois de plus. Peut-être que cet homme n'avait jamais de sa vie rencontré la moindre résistance, mais elle ne se sentait pas pour autant prête à capituler devant lui.

— Donnez-moi ma nièce, mademoiselle Maguire, dit-il d'un ton ferme. Merci d'avoir pris soin d'elle en l'absence de sa mère, mais je voudrais maintenant aller voir ma sœur et lui amener sa fille.

— On dirait pourtant qu'elle ne vous a jamais vu, répliqua Bliss avec calme.

Renata s'accrochait au chemisier de Bliss avec une incroyable vigueur, ses petits poings crispés sur l'étoffe comme si sa vie en dépendait. Aussi, pourquoi Dante Di Andrea adoptait-il cette attitude aussi farouche ? Même s'il était bouleversé par le malaise de sa sœur, il aurait dû prendre sur lui pour ne pas effrayer la fillette.

— Et puis, comment pourrais-je vous la confier alors qu'il est évident qu'elle ne veut pas aller avec vous ? ajouta la jeune femme.

Pour toute réponse, Dante laissa échapper quelques mots d'italien sur un ton si violent que la réceptionniste elle-même lui jeta un regard apeuré. Ce qui n'ébranla toutefois nullement la détermination de Bliss : pas question de lui remettre Renata tant qu'il ne se serait pas calmé.

— Cette gamine est très timide. D'ailleurs, elle me connaît à peine, déclara-t-il en détournant les yeux, comme s'il répugnait à s'expliquer.

En dépit de son ton dur, Bliss ne put s'empêcher de ressentir soudain un élan de sympathie pour lui.

— Elle vient de perdre son père, ajouta-t-il. C'est d'ailleurs sans doute la cause du malaise de Tatiana.

— Je suis navrée de l'apprendre, monsieur Di Andrea.

Bliss soupira.

— Ecoutez, je ne cherche pas à créer des difficultés, mais simplement à m'assurer que tout va bien pour Renata, vous comprenez ?

Dante serra les dents. Les beaux yeux presque violets de cette jeune femme lui faisaient soudain oublier toutes ses certitudes quant à la froideur supposée des Anglo-Saxons. L'intérêt plein de chaleur qu'elle témoignait pour sa nièce le déconcertait et le touchait.

— Peut-être pourrions-nous nous asseoir un moment ? proposa-t-il en entraînant Bliss vers un banc situé un peu à l'écart.

A peine s'était-il assis à côté d'elle que Bliss se sentit troublée par cette présence si virile. Elle tenta vainement de se concentrer sur l'enfant qu'elle tenait sur ses genoux.

Si, comme elle l'avait entendu dire, la vie d'un Italien est inscrite sur son visage, Dante Di Andrea ne devait manquer ni d'expérience ni de confiance en lui. Avec son teint hâlé, son regard perçant et sa silhouette d'une rare élégance, il était doté d'un pouvoir de séduction qu'il exerçait avec une exceptionnelle arrogance…

Sentant que Renata s'était de nouveau endormie dans ses bras, Bliss lui caressa le front et déposa doucement sur sa joue encore mouillée de larmes un baiser furtif. Si elle ne rendait pas au plus tôt Renata à son oncle, on risquait de l'inculper d'enlèvement… Mais pourquoi son instinct s'éveillait-il ainsi pour une enfant qui lui était totalement étrangère, et alors que la maternité ne l'avait jamais attirée le moins du monde ? Il fallait qu'elle ait complètement perdu la tête, se dit-elle, submergée par les émotions contradictoires qui l'assaillaient.

— Qu'est-il arrivé au mari de votre sœur, demanda-t-elle, si je peux me permettre de vous poser cette question ?

Dante détourna le regard. Il n'avait aucune envie d'aborder ce sujet : le chagrin de Tatiana avait été si violent et si désespéré qu'il avait ébranlé l'équilibre de toute leur famille : lui-même, son frère Stefano, ses parents Antonio et Isabella, tous avaient vu leur vie totalement bouleversée quand Matt Ward, qui rentrait chez lui après avoir fêté une brillante promotion, avait été tué par un chauffard ivre. Tatiana était si amoureuse, si heureuse…

Dante n'avait pas pu s'empêcher d'envier sa sœur quand celle-ci avait épousé le jeune Anglais qu'elle aimait. Lui-même était convaincu qu'il ne serait jamais aussi heureux en amour : sa fortune considérable et son travail bien trop prenant lui apparaissaient comme des obstacles insurmontables. D'ailleurs, jamais il ne s'était vraiment intéressé aux femmes qui gravitaient autour de lui, attirées par sa richesse et son statut. Par le passé, il avait souvent regretté de ne pas jouir de la même liberté que Tatiana qui avait pu poursuivre ses études en Angleterre, sans responsabilités. Mais aujourd'hui, il ne ressentait plus la moindre jalousie, seulement du chagrin et des regrets à la pensée de ce bonheur saccagé et de Renata qui ne connaîtrait jamais son père.

Comme il baissait la tête, soudain accablé de tristesse, il eut la surprise de sentir la main de la jeune femme se poser sur son bras.

— Vous n'êtes pas obligé de me raconter. Je pense que vous devez avoir hâte de retrouver votre sœur. Tenez, Renata s'est endormie, prenez-la avec vous.

Sans dire un mot, Dante prit l'enfant dans ses bras. Au contact du petit corps qui s'abandonnait contre lui, son cœur se gonfla de tristesse. Il appréhendait la réaction de Tatiana quand elle le verrait arriver à son chevet, tenant Renata dans ses bras. Elle qui s'était toujours montrée si ouverte, si confiante, semblait désormais avoir perdu son extraordinaire joie de vivre. Et Dante aurait tant voulu lui permettre de la retrouver…

Il fut soudain arraché à ses sombres pensées par le regard de Bliss, toujours posé sur lui. Les yeux de cette jeune femme avaient la couleur des violettes. Avec son chemisier de soie blanche et ses épais cheveux noirs qui s'échappaient de sa queue-de-cheval, elle dégageait une troublante sensualité.

— *Grazie*, dit-il. On m'a dit que vous avez accompagné ma sœur en ambulance. Vous m'autoriserez donc à vous offrir un taxi pour rentrer.

— J'ai bien l'intention d'en prendre un, mais je préfère le régler moi-même, répondit-elle en se levant.

Elle sentit son regard se poser de nouveau sur elle avec une intensité qui la troubla. Cet homme dégageait une telle aura de séduction… Pour tenter d'en neutraliser l'effet, elle se concentra sur l'enfant endormie, pensant qu'ils formaient à eux deux un tableau très touchant : l'oncle, superbe de virilité, et son adorable nièce. En réalisant qu'elle ne les reverrait sans doute plus jamais, elle sentit son cœur se serrer.

— Laissez-moi au moins votre adresse, mademoiselle Maguire. Ma sœur tiendra sûrement à rester en contact avec vous, ne serait-ce que pour vous remercier de votre aide.

— Je vous en prie, c'était tout naturel. Mais si je veux moi-même l'appeler pour prendre de ses nouvelles, je dois demander Mme Ward, n'est-ce pas ?

— Oui, Tatiana.

— Quel joli nom !

— Tout comme Bliss. *Felicità.*

— Pardon ? s'étonna-t-elle.

— C'est comme cela qu'on dit « bonheur » en italien. Mais je crois que je préfère ce prénom en anglais, remarqua-t-il avec un sourire qui fit littéralement fondre la jeune femme.

Comment pouvait-il exister des êtres aussi irrésistiblement attirants que Dante Di Andrea ? se demanda-t-elle. Ils n'avaient échangé que des propos parfaitement anodins, et pourtant, sa voix teintée d'un léger accent était si sensuelle qu'il semblait à Bliss qu'il lui faisait l'amour avec des mots. Elle croisa les bras sur sa poitrine, comme s'il avait pu deviner les sensations brûlantes qu'il provoquait en elle…

— J'espère que tout va bien aller pour votre sœur et son

bébé, et aussi pour vous, dit-elle précipitamment. Maintenant, je dois partir.

— Laissez-moi vos coordonnées, je vous en prie, dit Dante en écartant doucement l'enfant pour sortir de sa poche de costume un petit carnet et un stylo.

Sans protester, Bliss y inscrivit son adresse et son numéro de téléphone. Pourtant, lorsqu'elle lui avait dit qu'elle ne se souciait guère qu'on la remercie, elle était sincère. Peut-être allait-il penser qu'elle avait changé d'avis et qu'elle attendait une récompense. Cette seule idée la fit frémir.

— Eh bien… au revoir, dit-elle en adressant au bel Italien un timide sourire d'adolescente.

Puis elle tourna les talons.

2

Bliss prit peu à peu conscience de la sonnerie persistante du téléphone. Elle se dressa sur son lit, les yeux encore lourds de sommeil, et s'empara du récepteur posé sur la table de chevet. Elle étouffa un bâillement avant de répondre :

— Allô ?

— Mademoiselle Maguire ?

En une seconde, elle recouvra toute sa lucidité : cette voix au léger accent étranger ne pouvait appartenir qu'à Dante Di Andrea.

— Oui, c'est moi, répondit-elle tout en passant dans ses cheveux une main tremblante.

— Dante Di Andrea à l'appareil. Vous vous souvenez de moi ?

Comme s'il était possible qu'elle l'ait oublié... Depuis qu'elle l'avait quitté, Bliss n'avait cessé de repenser à leur rencontre.

— Oui, bien sûr, balbutia-t-elle d'une voix curieusement rauque. J'ai appelé l'hôpital hier soir et j'ai appris que votre sœur avait pu rentrer chez elle. Comment va-t-elle ?

— *Depressa ed afflitta.* Elle est encore très déprimée et affectée. Elle dort très mal ces temps-ci. C'est d'ailleurs la raison pour laquelle elle s'est évanouie devant vous, et...

Bliss perçut son hésitation.

— Son mari est décédé il y a six semaines seulement, reprit-il d'une voix crispée, et elle a du mal à retrouver la force de vivre.

— Je suis désolée..., murmura Bliss.

— Pourrais-je vous voir ? enchaîna Dante.

— Pardon ?

Le cœur de Bliss s'était mis à battre avec une violence presque alarmante. Un instant, elle crut avoir mal entendu.

— Je vais être très franc avec vous, mademoiselle Maguire. Ma sœur a besoin d'aide. Matt, son mari, avait perdu ses parents, et jusqu'à ce que ma mère puisse venir d'Italie, elle sera seule avec Renata et moi. Ces derniers temps, j'ai pu prendre quelques congés pour l'aider, mais je n'ai aucune expérience des enfants. Nous avons besoin de quelqu'un qui s'occupe de ma nièce jusqu'à ce que Tatiana soit rétablie.

Tout en remontant machinalement les bretelles de sa chemise de nuit, Bliss, en proie à un tourbillon d'émotions contradictoires, mit un moment à comprendre de quoi il était question. Etait-il réellement en train de lui proposer de venir s'occuper de Renata ?

— Monsieur Di Andrea, répondit-elle, je crains de ne pouvoir accepter votre proposition. J'ai beau trouver votre nièce absolument adorable, je dois travailler pour gagner ma vie. Si votre sœur veut que je vienne l'aider après mon travail, je ferai mon possible pour…

— Si vous venez vous installer chez nous pour prendre soin de Tatiana et de Renata jusqu'à ce que ma mère arrive, je vous paierai un salaire extrêmement généreux pour vos services. Et si vous devez renoncer à votre poste actuel, je m'engage à vous trouver par la suite un emploi mieux rémunéré. Je ne manque pas de relations dans le monde des affaires, mademoiselle Maguire, cela me sera très facile.

Bliss n'en doutait pas. Il était clair que Dante Di Andrea avait suffisamment confiance en lui pour remuer des montagnes s'il le voulait. Mais elle, désirait-elle vraiment abandonner son emploi pour accepter l'offre d'un homme qu'elle connaissait à peine ? Pour être honnête, jamais elle n'avait eu la vocation de la vente.

— Vous avez dit « vous installer chez nous ». Ne pourrais-je pas plutôt venir le matin et rentrer chez moi le soir ?

— Depuis que son père n'est plus là, Renata se réveille de nouveau la nuit, alors que Tatiana n'est pas en état de s'occuper d'elle. Il vaudrait mieux que vous emportiez ce qu'il vous faut pour séjourner un moment chez nous.

— Monsieur Di Andrea, pourquoi ne pas vous adresser à une agence spécialisée dans le baby-sitting ?

— Je ne veux pas confier ma nièce à une étrangère !

— Mais je *suis* une étrangère, rétorqua Bliss, interloquée. Vous me connaissez à peine.

— Dès que je vous ai aperçue, tenant Renata dans vos bras, j'ai su qu'elle se sentait bien avec vous. Et comme vous l'avez réconfortée, elle se souviendra de vous.

— Mais vous, en revanche, elle avait l'air de vous avoir oublié, ne put-elle s'empêcher de dire.

Elle l'entendit soupirer à l'autre bout du fil.

— Je n'ai guère pu consacrer de temps à Tatiana depuis la naissance de Renata. En fait, la petite me considère comme un étranger. Mon travail en Italie m'accapare terriblement. Depuis la mort de Matt, je n'avais pas revu Renata. Après les obsèques de mon beau-frère, j'ai été dans l'obligation de rentrer à Milan, auprès de mes parents. La santé de mon père s'était brusquement dégradée, et ma mère n'a même pas pu se déplacer pour venir soutenir sa fille… J'essaie de résoudre tous ces problèmes. Mais pour le moment, tant que ma mère n'aura pas engagé une personne de confiance pour prendre soin de mon père, Renata et Tatiana ont besoin de quelqu'un qui s'occupe d'elles.

— Et c'est sur moi que s'est porté votre choix ? demanda Bliss.

Elle repoussa la couette et sortit du lit pour enfiler ses ballerines, sans lâcher le téléphone.

— *Sì.* Accepterez-vous de nous aider, mademoiselle Maguire… Bliss ?

La décision de la jeune femme était déjà prise. Oui, elle était déterminée à accepter la tâche qu'on lui proposait. Et si, au magasin, ils faisaient des difficultés pour lui accorder un congé, elle y verrait un signe du destin : elle n'était vraiment pas faite pour la vente. Dieu seul savait d'ailleurs quel emploi lui aurait convenu… Pour le moment, elle ne demandait pas mieux que de s'occuper de cette adorable fillette. Et si cela lui donnait l'occasion d'apercevoir parfois le si séduisant Dante Di Andrea, pourquoi aurait-elle eu à s'en excuser ?

*
* *

Tatiana Ward occupait le rez-de-chaussée d'un immeuble de Chelsea Harbour. Quand Dante lui avait donné cette adresse, Bliss en avait eu le souffle coupé : dans ce genre d'endroit, le moindre studio se vendait facilement un million de livres. En pensant à la chambre où elle vivait elle-même, dans un quartier en pleine déconfiture, elle se sentit soudain tout excitée à l'idée de travailler dans un monde si différent de celui qu'elle avait connu jusque-là.

Ses parents étaient tous deux d'origine très modeste. Sa mère avait souffert d'une dépression chronique qui l'avait empêchée de travailler et qui l'avait menée au suicide, quand Bliss avait à peine seize ans. Après sa mort, la jeune femme avait dû trouver un emploi pour les faire vivre, elle et son père, de plus en plus dépendant de l'alcool. Quand elle avait eu dix-huit ans, il était parti en lui laissant seulement un mot où il regrettait de n'avoir pas été un père idéal et lui demandait de ne pas chercher à le retrouver.

Dès lors, Bliss avait décidé de tirer un trait sur ce passé malheureux. Mais dans certaines situations, elle se sentait encore, comme aujourd'hui, minée par un manque accablant de confiance en elle : son enfance avait été une suite d'épreuves dont elle ne gardait que des souvenirs aussi tragiques que douloureux…

C'était cette angoisse qu'elle ressentait actuellement, debout devant la porte d'entrée de cet appartement de Chelsea Harbour. Elle fit appel à tout son courage pour appuyer sur la sonnette de l'Interphone.

— *Ciao !*

— Monsieur Di Andrea ? C'est Bliss Maguire.

— Une minute, s'il vous plaît.

Bien qu'elle ait parfaitement reconnu la voix de Dante Di Andrea, Bliss ne s'attendait pas à ce qu'il vienne lui ouvrir en personne, avec Renata dans les bras. La jeune femme aurait voulu déposer un baiser sur la joue rebondie du bébé, mais elle craignit que son geste ne soit pas apprécié.

Quant à Dante, il était aussi beau que dans son souvenir…

— Bonjour. Est-ce que je peux la prendre ? demanda-t-elle en désignant Renata.

En voyant le bébé faire fête à la jeune femme, Dante murmura en italien quelques mots qui semblaient exprimer un mélange de surprise et de soulagement. Il lui tendit la petite fille.

— Entrez, mademoiselle Maguire. Nous vous attendions avec impatience.

L'appartement, où la lumière pénétrait à flots, était grandiose, avec de splendides parquets d'érable, des meubles élégants et des bibelots d'un goût exquis qui devaient constituer des proies faciles pour les petites mains curieuses de Renata…

Dante conduisit la jeune femme vers un salon meublé de canapés en cuir et de tables de verre au piètement d'acier étincelant.

— Asseyez-vous, je vous en prie. Je reviens tout de suite, dit-il.

Il quitta la pièce non sans jeter un regard inquiet à la fillette qui avait empoigné avec vigueur la chevelure de la jeune femme.

En attendant son retour, Bliss joua avec l'enfant, soulagée de sentir son cœur battre un peu moins vite que lorsque les yeux de Dante se posaient sur elle. Tenant toujours Renata dans ses bras, elle fit le tour de la pièce avant de s'arrêter devant une fenêtre pour observer les bateaux de plaisance qui dansaient avec légèreté sur le fleuve.

— Quelle vue magnifique, Renata. Tu en as de la chance ! déclara-t-elle avant de se souvenir de la perte terrible que l'enfant venait de subir et de se reprocher *in petto* son manque de tact.

Mais l'enfant continuait à lui sourire en la fixant de ses grands yeux bruns, sans paraître en proie à la moindre anxiété, avec ses joues rebondies creusées de fossettes attendrissantes sur lesquelles Bliss posa un petit baiser.

— Je vous suis très reconnaissant d'être venue si vite, mais où est votre valise ? J'avais cru comprendre au téléphone que vous aviez décidé de vous installer ici.

Dante observait Bliss d'un air vaguement perplexe. Dans sa chemise blanche immaculée, son pantalon noir à la coupe parfaite, il était d'une élégance infinie.

— J'apporterai mes affaires un peu plus tard. Je voulais d'abord discuter avec vous des conditions…

Bliss se tut, intimidée par le regard qu'il posait sur elle. Sous sa veste de cuir, elle portait un simple T-shirt noir ajusté et un jean usé, des vêtements qu'elle avait choisis parce qu'elle s'y sentait bien. Brusquement, un doute s'empara d'elle. Cette tenue n'était-elle pas trop décontractée ? En face de cet homme séduisant et élégant, elle se sentait maintenant mal habillée.

Dante plissa les yeux. Il ne pouvait s'empêcher d'admirer les courbes magnifiques que mettaient en valeur le jean et le T-shirt de la jeune femme. Avec ses yeux aux longs cils noirs et son sourire plein de sensualité, elle ressemblait à Claudia Cardinale dans ses premiers films. Oui, elle était d'une beauté fascinante. Même si, en cela fidèle à ses ancêtres, il n'avait jamais détourné la tête quand passait près de lui une jolie femme, cela faisait longtemps qu'un simple regard n'avait pas fait naître en lui une telle attirance. Soudain, il sentit le feu du désir monter au creux de ses reins, alors qu'il contemplait l'épaisse chevelure brune dans laquelle jouait doucement la lumière. Il eut envie d'y plonger les doigts et d'en humer le parfum.

— Je ne savais pas trop comment m'habiller, expliqua la jeune femme. Sans doute ne me reconnaissez-vous même pas sans mon maquillage. Quand on travaille au rayon cosmétiques d'un grand magasin, on est obligé d'utiliser les produits que l'on vend. La plupart du temps, j'avais du mal à les supporter jusqu'à la fin de la journée.

Elle s'interrompit, apparemment gênée.

Dante tentait de se concentrer sur des pensées plus appropriées à la situation. Le simple fait de désirer la femme qu'il avait engagée pour aider sa nièce et sa sœur le plongeait dans la plus grande confusion.

— Vous êtes parfaite, dit-il enfin.

Il aurait voulu lui dire que même sans maquillage, une beauté comme la sienne ne pouvait manquer de susciter l'admiration. Mais il préféra s'abstenir de tout compliment pour ne pas effrayer la jeune femme. Qu'aurait-elle pensé de lui ?

— J'apprends à mes dépens que lorsqu'on s'occupe d'un

enfant, mieux vaut choisir des vêtements simples et pratiques, dit-il sur un ton que son trouble rendait plus sec qu'il ne l'aurait voulu.

— Vous avez raison, acquiesça-t-elle en souriant.

Bliss se sentait soulagée que Dante n'évalue pas ses compétences en fonction de sa tenue.

— Voulez-vous que je lui fasse sa toilette ? proposa-t-elle.

— Volontiers. Je vais vous montrer la salle de bains, dit-il avec un sourire un peu forcé.

— Comment va votre sœur aujourd'hui ?

— Elle a passé toute la nuit ou presque à pleurer, mais au matin, elle a fini par s'endormir, répondit-il d'un air soucieux. Le médecin va passer la voir dans un moment pour l'examiner. Quand vous aurez lavé Renata, il faudra que nous parlions des modalités pratiques de votre travail, *sì* ?

Comprenant qu'il se sentait plus à l'aise sur des sujets moins personnels que la santé de sa sœur, Bliss le suivit le long d'un couloir avant d'arriver dans une salle de bains de marbre qui aurait pu appartenir à une star de Hollywood. Après lui avoir montré les étagères où s'empilaient des serviettes immaculées et parfaitement pliées, Dante resta sur le seuil tandis qu'elle faisait couler de l'eau et que Renata babillait gaiement.

— Vous trouverez ici tout ce dont vous avez besoin. Mais s'il vous manque quelque chose, n'hésitez pas à me le dire.

Comme il tardait à partir, Bliss sentit ses joues s'empourprer sous son regard.

— Qu'y a-t-il ? s'enquit-elle en levant les yeux vers lui.

— Vous vous y prenez si bien avec Renata ! Sans doute avez-vous grandi au milieu de nombreux frères et sœurs ?

— Non, répondit-elle en finissant de rincer le visage de la fillette avant de l'asseoir sur un tabouret pour la sécher. Je suis fille unique. Mais j'ai toujours adoré les enfants.

— Pourtant, vous ne vous êtes pas mariée ?

— Non, et je n'en ai pas l'intention. Le mariage ne m'intéresse pas beaucoup. Autant que je sache, il ne peut engendrer que de faux espoirs en l'attente d'un bonheur qui n'est le plus souvent qu'une illusion.

— Vous envisagez donc d'avoir des enfants sans être mariée ? demanda Dante en fronçant les sourcils.

Percevant sa désapprobation, Bliss ne put s'empêcher de laisser échapper un petit rire.

— Ce n'est pas non plus mon intention. Je me contenterai de gâter les enfants de mes amis.

Il laissa échapper quelques mots d'italien et Bliss lui jeta un regard réprobateur.

— J'aimerais bien comprendre votre langue, mais ce n'est pas le cas, déclara-t-elle un peu sèchement.

— Excusez-moi. Je disais simplement qu'il était dommage qu'une femme dotée d'un instinct maternel aussi fort que le vôtre envisage de vivre sans se marier ni avoir d'enfants.

— Peut-être, mais rien ne me fera changer d'avis.

— Quel dommage ! déclara-t-il.

Bliss eut l'impression que son regard s'était assombri.

— Et vous, monsieur Di Andrea, vous n'êtes pas marié ?

— Appelez-moi Dante.

La question le surprenait tellement qu'il mit quelques instants à recouvrer ses esprits. Sa mère ne manquait pas de lui rappeler, dès que l'occasion se présentait, à quel point elle regrettait qu'il soit encore célibataire. Certes, il était un homme d'affaires de premier plan dans le domaine de l'hôtellerie, et il avait largement contribué à accroître la fortune familiale en gagnant des sommes considérables avec une facilité presque effrayante. Quant à sa vie privée... Alors que son frère cadet, Stefano, qui le secondait dans le travail, était marié depuis presque huit ans et le père de trois enfants, Dante faisait figure de célibataire endurci, peu soucieux d'assurer sa descendance. Et contrairement à ce que sa mère espérait, il le resterait jusqu'à la fin de ses jours, à moins de rencontrer la femme exceptionnelle qui ne s'intéresserait pas d'abord à sa fortune.

— Je ne suis pas marié, répondit-il enfin. Ou plutôt si, mais à mon travail, comme vous dites ici.

— Ah bon.

Elle ne demandait pas : « Que faites-vous dans la vie ? » ou « Dans quelle branche travaillez-vous ? » Seulement « Ah bon »… Comme s'il l'intéressait si peu qu'elle n'avait aucune envie d'en savoir davantage.

L'attention de la jeune femme semblait s'être entièrement concentrée sur Renata qu'elle avait de nouveau prise dans ses bras après avoir terminé sa toilette. Sans pouvoir se l'expliquer, Dante en ressentit comme une blessure d'amour-propre.

— J'ai terminé, annonça-t-elle. Voulez-vous que nous parlions des modalités de mon travail ? proposa-t-elle.

— Oui. Allons dans la cuisine, je vais faire du café. Je suppose que vous avez déjà pris votre petit déjeuner ?

— J'ai grignoté une barre de céréales pendant le trajet. Je n'ai pas l'habitude de manger beaucoup le matin.

— Il ne faut pas faire si peu de cas de la nourriture.

— J'étais certaine que vous alliez me répondre de cette façon. Vous êtes bien italien ! s'exclama-t-elle avec un charmant sourire qui provoqua chez Dante une émotion qui le surprit une fois de plus.

— Vous sous-entendez que nous passons notre vie à manger ?

— Pas du tout. Mais la nourriture fait partie intégrante de votre culture. La nourriture, la famille et…

Bliss avait failli ajouter « l'amour », mais elle préféra s'abstenir en voyant se dessiner sur les lèvres sensuelles de Dante un irrésistible sourire. Cet homme ne pouvait faire le moindre geste sans qu'elle sente immédiatement un frisson délicieux courir le long de son dos. Pourquoi lui faisait-il cet effet ?

— *La dolce vita…*, acheva-t-il pour elle. Une sorte d'amour de la vie, non ?

Il avait prononcé ces quelques mots avec une intonation si sensuelle que Bliss en eut le souffle coupé.

— C'est vrai, dit-elle.

Convaincue que Dante lisait à livre ouvert dans ses pensées, elle se sentit honteuse de ne pas pouvoir détourner le regard de son visage.

— Venez d'abord prendre un café et manger un peu. Nous aurons tout le temps de parler ensuite.

Bliss le suivit, dévorant des yeux sa haute silhouette aux épaules larges et puissantes.

*
* *

— Alors, nous sommes d'accord ? Vous irez chercher vos affaires chez vous pour vous installer ici jusqu'à l'arrivée de ma mère.

— Du moment que votre sœur accepte que je reste chez elle, je suis d'accord.

Dante soupira de soulagement. Il jeta un coup d'œil à sa nièce qui, assise par terre, s'amusait à dessiner avec un papier et des crayons. Ses yeux s'emplirent de tendresse.

— C'est déjà assez terrible pour elle d'avoir perdu son père, murmura-t-il. Si maintenant sa mère ne peut même plus prendre soin d'elle…

— Cela ne durera pas. Votre sœur va bientôt se rétablir, j'en suis convaincue.

— Vous avez raison.

Curieusement, Dante se sentait heureux de pouvoir se confier à Bliss dont il appréciait le calme et la maturité. Exactement ce dont il avait besoin en ce moment. Lui qui se targuait d'être efficace dans tous les autres domaines se laissait très facilement démonter dans sa vie privée. Sans doute à cause du fossé qu'il avait toujours ressenti entre lui et les siens. Ce sentiment remontait à son enfance, lorsqu'il avait compris qu'Isabella n'était pas sa mère biologique.

Il était le fruit d'une liaison que son père avait eue dans sa jeunesse avec une Irlandaise. Mais les parents d'Antonio ne l'avaient pas autorisé à se marier et elle était morte peu après la naissance de Dante. Le cœur brisé, son père avait rompu avec ses parents et assumé seul l'éducation du bébé, avec l'aide de sa belle-sœur Romana. Jusqu'à ce qu'il rencontre Isabella Minetti, alors que Dante avait six ans. Un an plus tard, Stefano était né, suivi, dix-huit mois après, de Tatiana. Jamais Isabella n'avait fait de différence entre Dante et ses propres enfants, mais il s'était toujours senti lésé de ne pas être son fils biologique. D'autant que sa tante Romana n'avait jamais manqué de lui rappeler que si Antonio avait coupé les ponts avec leurs parents, il en était seul responsable. Chaque jour ou presque, elle lui avait répété qu'il avait bien de la chance d'être toléré dans leur famille, sans se priver de le traiter de « mauvaise graine d'Irlandais ».

Si Antonio avait appris cela, Dante était convaincu qu'il aurait prié Romana de quitter la maison. Mais il ne l'avait jamais su car le petit garçon n'avait jamais voulu dénoncer sa tante.

Pourtant, en grande partie à cause d'elle, il s'était toujours considéré comme un étranger tenu de faire perpétuellement ses preuves et il avait donc concentré toute son énergie sur son travail. Mais maintenant que sa sœur était plongée dans cette terrible tragédie, l'occasion lui était enfin offerte de lui prouver son attachement et son amour en faisant tout son possible pour l'aider. Et peut-être réussirait-il ainsi à détruire les barrières qu'il avait élevées dans son cœur...

— Cet après-midi, reprit-il, si Tatiana a envie de bavarder un peu, je vous conduirai auprès d'elle. Peut-être lui sera-t-il plus facile de se confier à une autre femme ? Même si ma mère l'appelle tous les jours, ce n'est pas comme si elle était là, vous comprenez ?

— Bien sûr, répondit Bliss, émue par cette sollicitude inquiète.

Bien que sa propre relation avec sa mère n'ait jamais été aussi intime qu'elle l'aurait souhaité, elle comprenait parfaitement ce qui pouvait manquer à Tatiana dans de telles circonstances.

— Je serai très contente de parler avec votre sœur, si vous pensez que cela peut l'aider. A propos, n'oubliez pas de me laisser votre numéro de téléphone quand vous partirez, au cas où j'aurais besoin de vous joindre.

Une lueur étrange passa dans les yeux de Dante.

— Cela ne sera pas nécessaire, déclara-t-il.

— Pourquoi ?

— J'ai l'intention de rester ici. N'est-ce pas ainsi que vous l'aviez compris ?

3

Jamais Bliss n'avait le moins du monde envisagé cette possibilité. Un flot d'émotions déferla sur elle. A l'idée qu'il lui faudrait dormir sous le même toit que cet homme si séduisant, elle se sentait soudain très vulnérable. Elle avait terriblement envie d'aider Tatiana et son adorable fillette, mais l'attirance irraisonnée qu'elle ressentait pour Dante n'allait-elle pas tout compliquer ? Elle n'avait pourtant pas l'habitude de réagir ainsi devant un homme, si beau fût-il. A se demander si elle n'était pas en train de perdre la tête…

En voyant l'expression ébahie de Bliss, Dante comprit que celle-ci réfléchissait à toute vitesse. Avait-elle l'impression qu'il l'avait prise au piège ? Il fit un effort surhumain pour détourner le regard de ses courbes voluptueuses, tandis qu'elle se levait de table, Renata toujours dans ses bras.

— Je comprends votre étonnement, mais il est indispensable que je reste ici pour veiller sur Tatiana et sa fille. S'il leur arrivait quoi que ce soit, jamais ma famille ne me le pardonnerait. Pas plus que je ne me le pardonnerais moi-même, d'ailleurs.

Il se dressa à son tour pour faire face à Bliss.

— Je suis incapable de prendre soin d'un bébé de l'âge de Renata, reconnut-il. Je n'ai aucune expérience des enfants. C'est pourquoi j'ai tant besoin de votre aide. Mon frère Stefano et moi travaillons dans le secteur de l'hôtellerie et nous possédons des hôtels en Italie, en Sardaigne, à Paris et même ici, à Londres, où nous dirigeons un petit établissement de luxe, à Belgravia. Nous y disposons d'une suite réservée à la famille. Mais je m'en voudrais d'y séjourner alors que ma sœur peut avoir besoin de moi. Vous comprenez ?

Bliss poussa un léger soupir de soulagement et sentit son corps se détendre un peu. Dante Di Andrea avait beau être riche et séduisant, il n'en avait pas moins gardé un sens élevé de ses devoirs envers une famille qu'il aimait à l'évidence énormément. Comment avait-elle pu croire un instant qu'il se sentait attiré par une femme comme elle et qu'il voulait la séduire ? Il avait sûrement des tas de petites amies dans le monde entier, toutes aussi séduisantes les unes que les autres.

— Très bien, monsieur Di Andrea.

Comme il fronçait les sourcils, elle se souvint qu'il tenait à ce qu'elle utilise son prénom.

— Je veux dire, Dante. Cette situation ne me pose aucun problème. Dès que votre mère sera arrivée d'Italie, je rentrerai chez moi, mais pour le moment, je suis ravie de pouvoir vous être utile. Renata s'est endormie. Puis-je la coucher quelque part ?

— Bien sûr, répondit-il en disposant quelques coussins sur le canapé.

Dès que Bliss y eut déposé l'enfant, il alla chercher un plaid de cachemire sur le bras d'un fauteuil pour en recouvrir la fillette. Tandis qu'elle le regardait s'affairer à cette tâche, la jeune femme sentit son cœur s'emplir de tendresse. Si, comme il le lui avait dit, cet homme n'avait aucune expérience des enfants, il n'en considérait pas moins sa nièce comme un trésor inestimable…

— Je vais en profiter pour faire un saut jusque chez moi et rassembler ce dont j'ai besoin. Puis-je appeler un taxi ?

— Inutile. Mon chauffeur sera devant la porte dans quelques minutes. Ne vous attardez pas trop, je vous en prie, sinon je vais croire que vous ne voulez pas revenir, dit-il d'un ton anxieux.

Sa voix traduisait une sorte de possessivité qui fit frissonner Bliss. Comment parviendrait-elle à maintenir entre eux la distance de rigueur dans une relation strictement professionnelle si elle ne réussissait pas à maîtriser ses propres réactions ? Il lui fallait absolument se ressaisir et se convaincre qu'elle était là pour travailler et non pas pour s'abandonner à des rêveries romantiques.

Car Bliss avait beau ne pas savoir encore ce qu'elle attendait exactement de la vie, elle était convaincue que l'amour n'y aurait pas sa place. La tragédie dans laquelle avait sombré le mariage de ses parents, leur incapacité à élever leur enfant, tout l'avait dissuadée de croire aux sentiments.

— J'avais déjà préparé mes bagages, déclara-t-elle avec une feinte assurance, mais en détournant le regard. Il ne me reste qu'à aller les chercher pour les ramener ici.

Dès qu'elle fut de retour, Dante la conduisit dans le salon où Renata était assise face à l'immense écran de télévision qui diffusait un programme pour les enfants. Avec un sourire coupable qui le rendait plus séduisant encore, il haussa les épaules.

— Nous avons regardé des dessins animés tous les deux et je dois avouer que cela m'a beaucoup plu. C'est une grande joie de rester à côté de ma nièce et de l'entendre rire de bon cœur. Voilà longtemps que je ne m'étais pas senti aussi heureux.

Pendant quelques secondes, Bliss resta à le regarder, incapable de détourner les yeux de ce visage qu'elle n'avait jamais vu si rayonnant. Sa mâchoire bien dessinée, son nez aquilin et sa bouche où l'arrogance laissait maintenant place à la tendresse et à l'humour, ajoutaient encore à la force de son regard. Elle ne s'en sentit que plus déstabilisée encore.

— Quand on prend le temps de s'amuser avec un enfant, de partager ses plaisirs et ses joies, j'imagine qu'on a l'impression de retrouver sa propre enfance, ajouta-t-il, tandis que la jeune femme se débarrassait de sa veste de cuir.

Elle lui sourit en retour, non sans remarquer le regard qu'il lui lançait, celui d'un homme en pleine possession de sa virilité et dont elle ressentait dans tout son corps l'extraordinaire magnétisme.

— Puisque vous voilà pourvue de vos bagages, je vais vous montrer votre chambre, ajouta-t-il abruptement avant de se diriger vers la porte.

Son cœur battait si vite que Bliss crut un instant qu'elle était en proie à un malaise. Furieuse contre elle-même, elle se passa la main dans les cheveux avec nervosité avant de saisir sa valise et de suivre Dante dans le couloir.

*
* *

— Socolat... bon.

Allongée par terre, Renata à califourchon sur l'estomac, Bliss ouvrait grand la bouche où la fillette laissait tomber une à une de petites pastilles de chocolat. Comme Dante avait disparu au fond de l'appartement pour passer quelques coups de fil, la jeune femme pouvait enfin se détendre en compagnie de sa petite protégée. Elle éprouvait un grand soulagement à l'idée d'avoir quitté son travail de vendeuse qui lui serait vite devenu insupportable.

Soudain, elle eut l'impression que Renata et elle n'étaient plus seules dans la pièce. Immédiatement, elle se releva, sans lâcher la petite fille. Appuyé contre l'encadrement de la porte, Dante les contemplait en silence.

— Vous auriez pu m'avertir de votre présence, protesta Bliss, furieuse d'avoir été observée sans le savoir.

— Vous n'ignorez pas que tout Italien qui se respecte ne perd jamais l'occasion d'admirer la beauté quand il la rencontre, rétorqua-t-il sans cesser de sourire.

Sentant son visage s'empourprer une fois de plus, Bliss tenta de dissimuler sa gêne en feignant de croire que ce compliment s'adressait non pas à elle mais à la fillette.

— Vous avez raison, elle est adorable. En grandissant, elle va briser tous les cœurs. Mais vous m'avez surprise.

— Je ne parlais pas seulement de Renata.

Désemparée par cet aveu, la jeune femme baissa les yeux, cherchant à maîtriser son trouble. Nul n'ignorait que les Italiens étaient des séducteurs-nés. Sans doute cet homme se comportait-il ainsi avec toutes les femmes qui passaient à sa portée... Il ne fallait surtout pas en faire une affaire personnelle.

— Vous aviez autre chose à me dire ? s'enquit-elle tout en se concentrant sur Renata qui gigotait entre ses bras.

Moins elle parlerait à Dante, mieux cela vaudrait pour elle. Avec lui, elle devait absolument s'en tenir à des échanges purement professionnels.

— Tatiana est réveillée et m'a demandé de vous conduire auprès d'elle avec Renata.

— Allons-y, répondit Bliss, soulagée.

Adossée à une pile d'oreillers immaculés, Tatiana Ward était étendue sur son lit, ses cheveux noirs dénoués sur les épaules. Aucune trace de maquillage sur son visage à l'ossature délicate et dont la pâleur faisait ressortir l'intensité de ses yeux d'un bleu profond.

Au moment où ils pénétraient dans sa chambre, la malade remonta sur sa poitrine son couvre-lit brodé, comme pour dissimuler sa chemise de soie, et Bliss comprit qu'elle n'était pas la seule à appréhender cette rencontre.

Dante murmura à sa sœur quelques mots en italien, puis se pencha vers elle pour l'embrasser sur la tempe. Tatiana lui pressa la main, comme pour le remercier de la soutenir dans son épreuve. Puis elle leva les yeux et tendit les bras à sa fille. Immédiatement, Bliss lui remit Renata, non sans l'avoir auparavant débarrassée de son petit paquet de chocolats, qu'elle déposa sur le coffre chinois en laque qui faisait office de table de chevet.

En contemplant les retrouvailles de la mère et de la fille, Bliss se sentit gagnée par une intense émotion. Puis Renata s'écarta et s'installa presque timidement sur les genoux de sa mère, sans quitter toutefois trop longtemps des yeux sa nouvelle amie.

— Comme c'est gentil à vous de nous aider. Dès que je vous ai aperçue derrière votre stand, j'ai éprouvé de la sympathie pour vous, dit-elle en regardant son frère comme pour chercher son approbation.

— Je suis heureuse d'avoir pu vous venir en aide, répondit Bliss. Mais n'en parlons plus. Comment vous sentez-vous ?

— Fatiguée. Incapable d'exiger de mon corps ce que je souhaiterais qu'il fasse. Vous devez me juger une bien piètre mère, répondit Tatiana dont les yeux bleus s'emplirent brusquement de larmes.

Sans réfléchir, Bliss se précipita vers elle et la prit doucement par les épaules.

— Compte tenu des circonstances, il est normal que vous vous sentiez épuisée et diminuée, mais cela n'enlève rien pour autant à vos qualités de mère. Vous avez juste besoin qu'on s'occupe de vous le temps que vous repreniez des forces. Je resterai ici aussi longtemps que vous aurez besoin de moi, je vous le promets.

— *Grazie.* Quelle chance j'ai eue de vous rencontrer ! Je sais que vous vous occuperez parfaitement de ma fille et pour moi, c'est ce qui compte le plus au monde.

Dante approuvait chaque parole de sa sœur. Quel pouvoir possédait donc cette ravissante Anglaise pour éveiller en lui des sentiments et un désir plus puissant qu'aucune autre femme ne l'avait fait dans sa vie ? Il avait envie d'attirer son attention comme un adolescent.

Tant bien que mal, il chassa ces folles pensées pour en revenir aux priorités qu'il s'était fixées. Dès que sa mère serait arrivée de Milan, il pourrait se consacrer de nouveau à son travail et oublier jusqu'au souvenir de Bliss Maguire… Mais il ne put s'empêcher de continuer à dévorer des yeux la gracieuse silhouette de la jeune femme.

Quand Tatiana se sentit fatiguée, ils quittèrent la chambre, et Bliss donna son bain à Renata. Puis elle la mit au lit. Pendant tout ce temps, Dante l'avait observée à la dérobée en admirant ses courbes voluptueuses.

Lorsque enfin, le soir venu, elle s'installa sur un canapé du salon, il n'avait plus qu'une idée en tête : satisfaire son désir très primitif de faire l'amour avec elle.

— Renata s'est endormie très vite, dit Bliss. La pauvre avait du mal à garder les yeux ouverts. Si elle se réveille cette nuit, ne vous faites pas de souci : comme je dors dans la pièce à côté, je l'entendrai et je m'occuperai d'elle.

Durant de longues secondes, Dante ne trouva rien à répondre tant il avait du mal à dominer l'émotion que faisaient naître en lui l'éclat des yeux mauves de la jeune femme, ainsi que la douceur de sa voix. Comment résister à tant de beauté ? Mais il l’avait engagée pour prendre soin de Renata et pas pour assouvir d’inavouables désirs.

— Dante ?

Il secoua la tête pour reprendre ses esprits.

— J’espère qu’elle ne se réveillera pas, répondit-il, et que vous pourrez passer une bonne nuit. Je me suis aperçu que s’occuper d’un enfant n’était pas une tâche de tout repos, en dépit de tout ce que cela peut apporter.

— Votre travail ne doit pas être facile non plus, fit remarquer Bliss.

— La difficulté réside moins dans le métier lui-même que dans le fait d’avoir à gérer de façon simultanée plusieurs hôtels situés dans des pays différents.

Effectivement, songea Bliss, cette tâche devait requérir des qualités particulières : de l’intuition, de l’énergie et un sens des affaires particulièrement développé. Et à observer le sang-froid et l’assurance dont cet homme faisait preuve pour gérer le quotidien, il était évident qu’il ne devait pas non plus en manquer dans sa vie professionnelle.

— Mon père avait pris un hôtel en gérance quand j’étais enfant, continua-t-il, et il a travaillé dur pour réussir à en devenir propriétaire. Au moment où nous sommes devenus adultes, mon frère Stefano et moi, il en possédait déjà plusieurs autres, ce qui nous a tout naturellement amenés à entrer dans l’affaire pour la développer à notre tour.

Dante s’abstint toutefois de révéler à son interlocutrice que lorsqu’il s’était associé à Antonio Di Andrea, celui-ci avait déjà perdu deux hôtels dans des investissements désastreux et était sur le point de devoir en céder un troisième. Après avoir suivi des cours du soir en comptabilité et en gestion, Dante avait quant à lui appris la pratique aux côtés de son père, et avait développé un instinct particulier pour redresser des affaires en difficulté. En deux ans à peine, il avait récupéré les deux établissements perdus et en avait acheté deux autres. Aujourd’hui, les hôtels Di Andrea avaient acquis une réputation internationale dans le domaine du luxe.

— Vous aimez votre travail ? s’enquit Bliss.

— C'est une véritable passion, répondit-il avec un sourire, amusé qu'on puisse lui poser une telle question.

— J'aimerais bien, moi aussi, trouver un travail qui me passionne, soupira-t-elle.

— Vous n'aimiez pas votre travail de vendeuse ?

— Vous plaisantez ? C'était l'enfer...

— Vous n'êtes pas allée à la fac ? demanda Dante.

Elle sourit tristement.

— Ma famille n'en avait pas les moyens. Dès que j'ai eu seize ans, j'ai dû subvenir à mes propres besoins.

— Vous ne viviez pas chez vos parents ?

Ravalant la détresse qui lui nouait la gorge, Bliss se décida pour la première fois de sa vie à baisser sa garde et à se confier à quelqu'un.

— Ma mère s'est suicidée quand j'avais seize ans. Quant à mon père, qui n'allait déjà pas très bien, il s'est alors totalement laissé aller. Il fallait que je veille sur lui nuit et jour ou presque. Et puis, deux ans après la mort de ma mère, il est parti. Depuis sept ans, je suis sans nouvelles de lui.

— Pour vous, cela a dû être... très difficile, déclara Dante après un long silence.

— Difficile ? Ce n'est pas le mot que j'utiliserais. On emploie ce mot pour désigner des problèmes que l'on peut surmonter. Alors que perdre son père et sa mère en moins de deux ans... Excusez-moi, je ne sais vraiment pas pourquoi je vous raconte tout ça. Je n'ai pas l'habitude de me confier si facilement à n'importe qui.

— Je voudrais tant ne plus être « n'importe qui » pour vous, Bliss. Et je suis désolé que vous ayez eu à subir des épreuves aussi terribles.

D'instinct, Dante avait compris à quel point il avait dû en coûter à la jeune femme de lui parler de son passé. Plus le temps passait et plus le respect qu'il ressentait pour elle augmentait...

— Allons, dit-elle en se levant, chacun doit surmonter ses propres difficultés.

Bliss s'en voulait. Elle en avait sûrement trop dit. Maintenant qu'il savait de quel milieu elle était issue, il risquait de ne plus avoir la même confiance en elle. Le cœur serré, elle sentit qu'il lui fallait à tout prix chasser les idées noires qu'avait fait naître en elle l'évocation de son passé. Pourquoi ne pas aller respirer un peu l'air de la nuit avant de se coucher ?

— Je vais faire un petit tour, dit-elle. Je peux prendre une clé pour éviter de vous déranger quand je rentrerai ?

— Vous n'en avez pas besoin. J'attendrai que vous soyez rentrée. Tant que vous vivez ici, vous êtes sous ma responsabilité. Ne restez pas dehors trop longtemps, je risquerais de me faire du souci. Il n'est jamais très sûr pour une jeune femme de se promener seule la nuit dans une grande ville.

Bliss était trop jalouse de son indépendance pour ne pas être tentée de rétorquer qu'elle n'avait nul besoin qu'on s'occupe d'elle, mais elle se sentit soudain trop lasse pour discuter. D'ailleurs, une partie d'elle-même, qu'elle avait jusque-là profondément enfouie, semblait se réjouir secrètement que quelqu'un ait envie de veiller sur elle.

— Je ne serai pas longue, promit-elle avant de s'éclipser.

Après avoir fermé la porte derrière elle, elle exhala un long soupir. Au fond, elle aurait préféré rester pour profiter de la quiétude de ce bel appartement.

Sans oublier, pour être honnête, l'homme merveilleux qui se proposait de prendre soin d'elle.

4

— Aujourd'hui, je vous emmène déjeuner en ville avec Renata, déclara Dante le lendemain matin après le petit déjeuner.

Bliss, qui était en train de nettoyer le visage de la fillette, lui jeta un coup d'œil étonné.

— Ne vous croyez pas obligé..., commença-t-elle en dépit de l'excitation qu'elle ressentait malgré elle à l'idée d'être vue en compagnie d'un homme aussi attirant.

— Un ami de notre famille, un prêtre originaire de Varèse, comme notre père, doit venir rendre visite à Tatiana. J'espère que sa présence pourra lui procurer quelque réconfort. Nous attendrons qu'il soit arrivé pour sortir. J'ai déjà réservé une table.

Il était évident qu'il n'y avait pas à discuter. Ce matin, Dante avait l'air profondément préoccupé, comme s'il n'arrivait pas à résoudre un problème qui l'accaparait. Sans doute était-ce à cause de sa sœur, se dit Bliss. Tatiana se sentait encore trop faible pour se lever. D'après le médecin qui l'avait examinée la veille, on ne pouvait pas dire encore avec certitude quand elle serait réellement remise du choc qu'elle avait subi. Chaque cas, avait il déclaré, était différent, même si le processus menant à la guérison était le même pour tous. Il allait falloir faire preuve de patience.

Une heure plus tard, l'aide ménagère de Tatiana, une Italienne souriante et bien en chair, fit son entrée dans la cuisine. Comme Bliss emmenait Renata dans le salon, Dante les y suivit.

— Je ne vous ai pas demandé si vous vous sentiez mieux aujourd'hui ? demanda-t-il à la jeune femme.

— Que voulez-vous dire ? s'enquit Bliss avant de comprendre qu'il faisait allusion à ce qu'elle lui avait révélé la veille. Je me sens très bien. Oubliez ce que je vous ai raconté, je vous en prie. Il était tard et je devais être un peu fatiguée.

Dante fronça les sourcils. Il se sentait incapable de se plier à cette demande. Même si en cet instant, la santé de sa sœur et de sa nièce demeurait sa priorité, il était intrigué par la jeune femme qui avait accepté de les aider. Quand Renata ferait la sieste et qu'ils se retrouveraient seuls, il se promettait bien de réussir à en apprendre davantage. Sans doute, tout comme lui, avait-elle pris l'habitude de dissimuler sa personnalité à ses proches. Dans ce cas, elle devait avoir besoin de se confier à quelqu'un qui la comprenne.

Quant à lui, pour la première fois dans sa vie que le travail avait jusque-là remplie tout entière, il avait l'occasion de consacrer du temps à sa sœur et à sa nièce et de réfléchir à ses relations avec les autres. Et pourquoi pas à celle qu'il entretenait avec Bliss ? Après tout, en tant que patron, il n'avait jamais minimisé l'importance de la communication avec ses collaborateurs…

Qui aurait pu croire qu'enrouler des spaghettis autour d'une fourchette soit aussi compliqué ? songea Bliss en évitant le regard de Dante qu'elle sentait peser sur elle. Quant à Renata, qui avait pris place entre eux sur une chaise haute, elle avait maintenant le visage presque totalement enduit de sauce tomate.

Dante réprima un sourire. Pour les clients de ce prestigieux restaurant italien, ils devaient avoir l'air de la famille type : *mamma, papà e bella bambina*. Il ne pouvait s'empêcher de couver d'un regard possessif la charmante jeune femme assise en face de lui : avec son chemisier rose pâle et son pantalon noir bien coupé, à peine maquillée, elle éclipsait toutes les autres dans la salle.

— En fait, cela n'a rien de difficile, déclara-t-il. Je vais vous montrer comment faire.

Joignant le geste à la parole, il enroula quelques spaghettis autour de sa propre fourchette et se pencha ensuite au-dessus de la table pour la lui tendre.

Bliss, médusée, tenta de les avaler aussi gracieusement que

possible. Cette tâche ne lui était pas rendue facile par le regard que Dante fixait sur elle. Même si elle ne pouvait nier qu'il fût un homme de devoir, ce dont témoignait son comportement envers sa sœur, elle n'en demeurait pas moins persuadée qu'il se servait sciemment de son charme pour jouer avec elle.

— J'ignorais que manger des spaghettis demandait tant de talent, dit-elle en s'essuyant les lèvres pour dissimuler sa confusion.

Soudain, un homme s'approcha de leur table.

— *Ciao*, mon cher Dante. Ça fait plaisir de te revoir… *è stato molto tempo.*

— Oui, dit ce dernier en se levant pour saluer un élégant et souriant quinquagénaire. Bien trop longtemps à mon goût, Raphaël.

— Cette splendide famille est la tienne ?

Avant que Bliss ait pu esquisser le moindre geste, le nouveau venu s'était déjà penché pour embrasser Renata sur les deux joues en dépit de la sauce tomate.

— Je te présente ma nièce, et Bliss, une amie, corrigea Dante d'un ton un peu sec. Quant à moi, je suis toujours célibataire, hélas.

— Comment ?

Tout en se redressant, Raphaël jeta à Bliss un regard appréciateur avant de se lancer dans un long discours en italien auquel Dante ne répondit que par un haussement d'épaules amusé.

— *Bellissima !* dit encore Raphaël en faisant le tour de la table pour venir embrasser Bliss à son tour. Je ne peux pas croire Dante quand il prétend que vous êtes seulement « amis ». Même de l'autre bout de la salle, quand je vous ai aperçus, j'ai tout de suite vu que vous n'aviez d'yeux l'un que pour l'autre.

Le visage en feu, Bliss ne sut que répondre. Apparemment, ce discours avait l'air d'amuser Dante qui ne se pressait pas de rétablir la vérité.

— Vous vous trompez, balbutia-t-elle. Je travaille pour M. Di Andrea, voilà tout.

— Vous allez merveilleusement bien ensemble tous les deux. C'est moi, Raphaël Destrieri, qui vous le dis. Vous êtes belle. Et vous êtes italienne. Pas vrai ?

— Non, répondit la jeune femme sans pouvoir réprimer un sourire. Ma mère était anglaise et mon père irlandais.

En entendant cela, Dante sentit son intérêt pour elle grandir encore. Elle était donc à demi irlandaise... Au simple nom de Maguire, il aurait pourtant bien dû s'en douter. En découvrant ce point commun entre eux, il sentit une bouffée de joie envahir sa poitrine. Son père Antonio lui avait toujours répété que sa mère était une beauté. Pour en témoigner, il ne possédait qu'une vieille photo qu'il conservait précieusement dans un tiroir de son bureau. Sa mère avait des cheveux noirs, tout comme Bliss, et des yeux verts, de la couleur de son île natale.

— Vous connaissez votre arbre généalogique ? insista Raphaël. Vous avez certainement des ancêtres italiens.

— Je ne crois pas, répondit la jeune femme en se concentrant sur la cuillerée de pâtes qu'elle tendait à Renata.

Une fois de plus, le passé resurgissait, songea-t-elle avec résignation tout en tentant d'échapper aux sombres pensées qui l'assaillaient. Inutile de penser que tout cela était très loin d'elle maintenant, si la moindre allusion à sa famille suffisait à la replonger dans ces difficiles années.

— Raphaël ! intervint Dante, Bliss ne tient peut-être pas à être soumise à ce genre d'interrogatoire. D'ailleurs quelle importance de savoir d'où l'on vient ?

— Au contraire, c'est primordial. Regarde, toi et moi : nous n'appartenons pas à la même famille, mais nous sommes liés parce que ton père et le mien sont originaires de la même petite ville d'Italie. C'est quand même quelque chose.

— Je ne dis pas le contraire.

Sous un calme apparent, Dante tentait de dissimuler les sentiments contradictoires qu'éveillait en lui cette discussion. Car depuis trente-trois ans, il n'avait cessé de se battre avec ses propres problèmes d'identité.

— Je maintiens simplement, reprit Dante, que tout le monde n'est pas aussi passionné que toi par ses origines.

Raphaël soupira avant de sourire en hochant la tête.

— Je vous en prie, dit-il en se tournant vers Bliss, pardonnez-moi si je vous ai blessée en quelque façon. C'était absolument involontaire.

— Mais pas du tout, protesta-t-elle. N'y pensez plus.

Au même moment, Renata tendit les bras à Bliss, qui s'empressa de la prendre sur ses genoux, sous les regards attendris des deux hommes.

Pour s'occuper de la fillette, elle avait des gestes aussi attentionnés que la plus dévouée des mères. A cette vue, le cœur de Dante se gonfla d'une joie inconnue. En italien, il confia à son ami que Bliss et lui devaient discuter de questions importantes et il promit à son ami de le rappeler un peu plus tard. Ils pourraient alors dîner ensemble et échanger des nouvelles de leurs familles respectives.

Raphaël s'empressa de saluer Bliss et caressa la chevelure brune de Renata avant d'échanger avec Dante une longue poignée de main et force tapes dans le dos.

— Quel homme charmant ! s'exclama Bliss quand il se fut éloigné, étonnée de l'expression préoccupée qui avait envahi les traits de Dante.

— Il s'intéresse beaucoup à l'art et sait reconnaître la beauté quand il la croise, murmura Dante.

Confuse, la jeune femme fit mine de ne pas comprendre le sous-entendu et déposa un petit baiser sur la tête de Renata.

— Tatiana ! Que fais-tu debout ? Le père Chinelli est parti ?

La jeune femme, vêtue d'une robe de chambre de satin rose, était assise sur un canapé. Ses longs cheveux étaient dénoués. Elle sursauta et se redressa quand ils entrèrent. Dans ses yeux d'un bleu profond, Bliss vit une lueur qui la poussa à serrer Renata plus fort dans ses bras. Dante semblait avoir remarqué, lui aussi, le changement intervenu chez sa sœur.

— Oui, le père Chinelli est parti, dit Tatiana. Merci de lui avoir demandé de passer. Cela m'a fait beaucoup de bien de parler avec lui.

— Effectivement, tu dois te sentir mieux, puisque tu as pu te lever.

— Il n'y a pas que cela. Maman a appelé pour me dire qu'elle avait enfin trouvé une infirmière compétente pour prendre soin de papa. Dès demain, elle va pouvoir venir s'installer ici. C'est merveilleux, n'est-ce pas ?

Merveilleux ? Dante se sentit soudain comme pétrifié. Si sa mère arrivait le lendemain, la présence de Bliss deviendrait inutile, et il n'aurait donc plus l'occasion de la voir. Il avait l'impression qu'un vide immense et douloureux se creusait en lui. Pourtant, il connaissait Bliss depuis trois jours à peine. Mais tout à l'heure, au restaurant, quand il lui avait approché cette fourchette de la bouche et qu'elle l'avait fixé de ses grands yeux violets qui étaient soudain devenus plus sombres… Le désir l'avait submergé avec tant de force ! Dieu merci, Raphaël avait fait son apparition juste à ce moment.

— Quelle excellente nouvelle ! s'écria-t-il d'une voix qu'il s'efforça de rendre réjouie. A quelle heure arrive-t-elle, pour que j'envoie une voiture la chercher à l'aéroport ?

Bliss s'étonna que Dante n'exprime pas davantage d'émotion. N'était-il pas heureux que sa sœur se sente mieux et que sa mère puisse enfin venir d'Italie pour l'aider ? Même si cela impliquait qu'ils pourraient désormais se passer de ses services…

A cette pensée, le cœur de la jeune femme se serra. Tandis qu'ils déjeunaient ensemble, tout à l'heure, il s'était produit en elle quelque chose d'étrange : elle avait pris conscience d'être vraiment amoureuse, pour la première fois de sa vie. Amoureuse au point d'en être presque terrorisée. Mais à quoi bon se faire du souci puisque après avoir quitté cette maison, elle ne reverrait certainement jamais Dante ?

Car rien ne pouvait naître de leur brève rencontre. Il vivait dans un monde trop différent du sien. Dès le lendemain, chacun retrouverait son univers familier et oublierait même que le destin les avait un instant réunis… Comme des étrangers qui échangent dans un train un regard bref et passionné avant de descendre dans des gares différentes.

— Elle devrait arriver vers 15 heures, répondit Tatiana. Même si je peux dès lors compter sur elle pour s'occuper de Renata, j'espère que vous accepterez de rester avec nous encore la nuit prochaine, Bliss.

— Bien sûr, répondit la jeune femme. Je suis si contente que vous vous sentiez mieux.

— *Grazie*… A propos, Dante, *mamma* assure qu'il y a un problème urgent à régler à l'hôtel de Milan. Il faudrait que tu te rendes au plus tôt là-bas.

Après avoir prononcé ces dernières paroles, Tatiana traversa la pièce pour embrasser sa fille que Bliss tenait toujours dans les bras. Puis elle quitta la pièce.

Une fois seuls, Bliss et Dante demeurèrent longtemps immobiles et silencieux. Enfin, il se tourna vers elle, sans pouvoir dissimuler son émotion.

— Quelle surprise ! avoua-t-il. J'étais loin de penser que ma mère réussirait à trouver aussi vite quelqu'un de confiance. A la seule idée de la voir bientôt arriver ici, ma sœur, qui a toujours été très proche d'elle, va déjà beaucoup mieux.

— Je suis certaine que la présence de votre mère lui apportera un grand réconfort.

— Mais vous ? Allez-vous retourner au magasin ?

Bliss acquiesça en dépit de l'angoisse qui lui étreignait le cœur à l'idée de reprendre son travail. Son responsable lui avait accordé un congé sans solde d'une semaine, il lui restait donc quelques jours pour chercher un emploi mieux adapté à ses goûts et à ses compétences.

— Je peux aussi m'accorder une pause, dit-elle avec un sourire contraint tout en serrant plus fort Renata contre elle. J'en profiterai pour remettre de l'ordre dans mon appartement, qui en a bien besoin.

— Mais vous n'avez guère envie de vous retrouver là-bas ? insista Dante.

— Non. Passer ma journée à vendre des parfums n'est pas vraiment ma vocation. Je préférerais me sentir plus utile.

— Vous voulez dire que vous aimeriez aider ceux qui en ont besoin ?

— Dans la mesure de mes possibilités.

— Dans ce cas, vous perdez votre temps au rayon cosmétiques, même si votre beauté incite sûrement les autres femmes à acheter les produits que vous vendez.

Bliss se força à sourire.

— Quant à vous, s'exclama-t-elle sur le ton de la plaisanterie, je suis sûre qu'à l'école maternelle, vous essayiez déjà de séduire vos petites camarades de classe en leur racontant des sornettes, répliqua-t-elle.

Elle se détourna pour cacher la tristesse qui gonflait son cœur.

Un homme aussi attirant que Dante, italien de surcroît, ne devait pas se priver de dispenser ses flatteries à toutes les femmes qui croisaient sa route. Comment aurait-elle pu être assez folle pour croire à ses compliments ? Il ne l'avait engagée que pour s'occuper de sa nièce. Maintenant que Tatiana semblait se rétablir, il était clair qu'il n'avait plus besoin d'elle. Pourtant, elle ne pouvait s'empêcher de se sentir déçue.

— Vous ne me croyez pas sincère ? dit-il en posant sa large main bronzée sur le mince poignet de la jeune femme dans un geste presque possessif.

— Que je vous croie ou non, quelle importance puisque nous ne nous verrons plus ?

Elle se dégagea.

— Mais Renata doit faire sa sieste. Excusez-moi, je vais aller la coucher.

— Vous, Bliss, vous m'oublierez vite. Mais pour moi, ce ne sera pas si facile, dit-il en se penchant vers elle.

Avant qu'elle ait pu esquisser le moindre mouvement, il avait posé sur ses lèvres un baiser si brûlant et si passionné qu'elle craignit un instant de lâcher l'enfant qu'elle tenait dans les bras.

5

— Pourquoi avez-vous fait une chose pareille ? protesta Bliss quand il s'écarta.

Durant ces quelques secondes, elle avait cru qu'elle ne pourrait pas résister à la sensualité brûlante qui émanait de cet homme. A présent, elle avait l'impression que rien ne comptait plus que son désir presque douloureux de sentir de nouveau les lèvres de Dante se poser sur les siennes, comme si leurs bouches se connaissaient depuis toujours.

Submergée par un flot dévastateur de sensations et d'émotions, Bliss plongea ses yeux dans ceux de Dante où elle lut qu'il était en proie à un trouble semblable au sien : comme pour recouvrer ses esprits, il passa une main qui tremblait un peu dans son épaisse chevelure noire.

— Faut-il réellement que je vous l'explique ? murmura-t-il d'une voix rauque.

Sans pouvoir répondre, Bliss tentait de maîtriser le tourbillon de sentiments contradictoires qui bouillonnaient en elle, sans y parvenir. Elle avait l'impression de sentir encore dans sa bouche la caresse de sa langue, elle était comme enivrée par son odeur virile…

Mais comment avait-il pu oser l'embrasser ainsi ? Et elle, que devait-elle faire ?

A ce moment, la main de Renata se posa sur sa joue, comme si elle avait deviné sa confusion.

— Je ne vois pas ce que vous voulez dire, balbutia-t-elle.

Il avait l'air en colère, ce que Bliss ne comprenait pas. C'était plutôt à elle d'être furieuse… Mais mieux valait quitter la pièce comme si elle n'accordait aucune importance à cet incident.

Pour lui, elle n'était sans doute qu'une jolie fille à son goût, qu'il oublierait très vite dès qu'elle serait partie.

— Je ne peux pas croire que vous ignoriez pourquoi je vous ai embrassée, dit-il d'une voix douce. Une femme aussi fine sait reconnaître le véritable désir quand elle le croise.

— Peut-être, je ne l'accueille pas forcément avec complaisance, dit-elle sans le regarder.

Et, tout en s'avouant intérieurement que sa sortie manquait de panache, elle quitta la pièce précipitamment, avant qu'il ait pu esquisser un geste pour la retenir.

Une fois sa valise bouclée, Bliss jeta un coup d'œil nostalgique à la chambre où elle avait dormi deux nuits durant. Elle admira une dernière fois les bateaux amarrés au pied de la maison. Leurs coques brillantes qui resplendissaient sous le soleil symbolisaient un monde diamétralement opposé à celui qu'elle avait connu jusque-là. Dante, au contraire, avait toujours appartenu à cet univers, songea-t-elle avec un mélange d'envie et de résignation. Un monde peuplé de riches chefs d'entreprise et de bienheureux fils de famille qui devaient faire face à des dilemmes qu'elle-même avait toujours ignorés : dans quelle île tropicale passer l'hiver ? Quel couturier choisir ce printemps ?

Elle soupira en pensant que si Tatiana ne s'était pas évanouie sous ses yeux ce jour-là, elle n'aurait pas vu sa vie bouleversée au point d'avoir tant de mal aujourd'hui à retrouver la dure réalité.

Dante devait sans doute être préoccupé par l'arrivée de sa mère et par les problèmes qui se posaient à Milan. Dans ce cas, pourquoi l'avait-il embrassée si passionnément ? Elle-même n'avait-elle pas senti une flamme inconnue brûler dans ses veines ? Comme si elle n'avait pas vraiment vécu jusqu'à cet instant…

— Bliss ? Vous êtes prête ?

La voix de Dante, de l'autre côté de la porte, la fit tressaillir et mit tout son corps en émoi. Les doigts crispés sur son sac, elle jeta un dernier regard par la fenêtre avant d'ouvrir.

— Je suis prête, lança-t-elle en évitant délibérément de le regarder.

*
* *

Tout en gravissant l'escalier, la valise de Bliss à la main, Dante fronça les sourcils en regardant discrètement autour de lui. Le contraste avec sa propre vie, confortable et protégée, lui était clairement apparu dès qu'il avait arrêté sa voiture devant l'immeuble décrépit que lui avait indiqué la jeune femme. Même s'il ne s'attendait pas à ce qu'elle vive dans le luxe, il ne pensait pas qu'elle habitait dans un tel quartier. Il en déduisait que son travail ne lui rapportait pas grand-chose, mais qu'elle n'avait guère le choix.

Quand il lui avait proposé de la raccompagner chez elle, elle avait accepté avec réticence, comme si elle voulait se débarrasser de lui au plus vite pour reprendre le cours habituel de sa vie. Mais lui n'avait aucune envie de la laisser partir. Le doux contact de ses lèvres l'avait enflammé aussi violemment qu'une allumette jetée sur une meule de paille. Il brûlait désormais d'une ardeur dont l'intensité le dépassait. Et cela l'effrayait. Cela faisait si longtemps qu'il affectait le plus grand détachement dans sa vie affective, en évitant de s'engager… Aujourd'hui, il se trouvait confronté à un désir qu'il ne parvenait pas à maîtriser mais auquel sa nature véritable, profondément passionnée, l'engageait à se livrer tout entier.

— Eh bien, me voilà arrivée, annonça Bliss lorsqu'ils furent sur le palier.

Après avoir fait jouer la clé dans la serrure, elle tourna vers lui son regard d'améthyste, dans lequel Dante lut comme de la mélancolie. Sans doute regrettait-elle d'avoir dû quitter Renata ?

— Puis-je entrer un instant ? s'enquit-il, obéissant à une impulsion soudaine.

En prononçant ces mots, il se sentit traversé par un courant violent, comme si les émotions qu'il avait étouffées couraient brusquement dans ses veines.

— Pourquoi ? demanda-t-elle dans un souffle.

En guise de réponse il posa la main sur son épaule et la poussa dans l'entrée, meublée avec une charmante simplicité : un tapis en jonc de mer et des murs blanc cassé conféraient une atmosphère calme et apaisante dans laquelle il se sentit immédiatement plus détendu. Il était soulagé de constater que Bliss vivait dans un endroit qu'elle avait su rendre beau. Même si l'extérieur de l'immeuble laissait à désirer, elle avait réussi à créer chez elle une oasis de quiétude.

— Il faut que je vous paie, déclara-t-il.

— Oh, je..., balbutia-t-elle tandis qu'il déposait sa valise sur le tapis.

De sa poche, il sortit une longue enveloppe de vélin crème qu'il lui tendit avec un petit sourire en coin.

— Ma sœur et moi vous remercions de nous avoir apporté votre aide avec tant d'efficacité et de gentillesse.

Soudain, l'idée d'accepter cet argent fit horreur à Bliss. Après tout n'avait-elle pas simplement agi comme tout être humain l'aurait fait à sa place ? Se faire payer pour aider une personne plongée dans l'embarras lui semblait absolument contraire à ses valeurs. D'autant qu'en deux jours elle s'était profondément attachée à Renata qui lui manquait déjà. En fait, la pensée qu'elle ne la reverrait plus suffisait à lui faire éprouver un vide douloureux. Comment allait-elle le combler, elle n'en savait rien.

— Je refuse tout paiement de votre part, Dante. J'ai été très heureuse de vous aider, votre sœur et vous, dans ces tragiques circonstances. Je ne tiens pas à en tirer profit.

— Nous nous étions pourtant entendus à ce sujet, protesta-t-il en fronçant les sourcils.

Bliss, les poings crispés, brûlait de le voir s'éloigner au plus vite afin de pouvoir enfin respirer librement. Jamais l'entrée de son appartement ne lui avait paru si étroite. Sans doute la haute silhouette de Dante lui faisait-elle perdre tout sens des proportions...

— Cet argent, vous l'avez gagné, tout comme notre reconnaissance. Vous nous blesseriez, Tatiana et moi, en le refusant.

— Pas question, ma décision est prise. Dites à votre sœur que je me sens privilégiée d'avoir pu m'occuper de Renata. Elle est tellement adorable, ajouta Bliss dont les yeux se remplirent de larmes.

— Mais vous pleurez ! Pourquoi ? s'écria Dante en laissant

tomber l'enveloppe par terre pour essuyer doucement les larmes qui coulaient sur les joues de la jeune femme.

— Je me comporte comme une idiote, murmura-t-elle d'une voix tremblante. Partez, je vous en supplie. J'ai besoin d'être seule.

Si la seule présence de Dante suffisait à la troubler à ce point, que deviendrait-elle s'il lui prodiguait des marques de réconfort ? Le seul contact de ses doigts sur sa joue avait suffi à provoquer en elle une onde de désir presque douloureuse qui la brûlait maintenant tout entière.

— Vous n'avez rien d'une idiote, Bliss. Vous êtes remarquable et si belle… *bellissima*.

— Taisez-vous ! lança-t-elle. Arrêtez tous ces compliments !

— Pourquoi voulez-vous m'empêcher de dire la vérité ? A moins que vous ne m'embrassiez pour m'en empêcher, je continuerai à la dire avec toute la passion que je ressens, jusqu'à ce que vous ne mettiez plus ma sincérité en doute.

— Je ne veux pas…

En sentant la bouche de Dante se poser avec fièvre sur la sienne, Bliss eut la sensation que le mur sur lequel elle s'appuyait devenait liquide. L'impérieuse avidité de ses lèvres l'empêchait de penser à autre chose qu'au désir grandissant qui l'avait envahie. Désormais, elle n'aspirait plus qu'à appartenir à cet homme… Les mains crispées sur la veste de Dante dont les doigts glissaient lentement vers sa taille, elle se mit à trembler. Il l'attira plus étroitement à lui pour approfondir son baiser.

Dante fit ensuite courir ses lèvres sur le cou de Bliss, avant de déchirer le chemisier de la jeune femme sans se soucier d'en défaire un à un les boutons.

Trop émue pour songer à protester, Bliss se cambra contre lui, avide de sentir le contact de sa peau douce et brûlante contre la sienne. Dans un souffle haletant, il lui murmura à l'oreille quelques mots en italien. Puis il écarta impatiemment le soutien-gorge de dentelle et posa ses mains hâlées sur ses seins laiteux aux bouts durcis par le désir. Elle gémit doucement sous ses caresses. En sentant la bouche de Dante descendre vers sa poitrine, elle fut traversée par des ondes de plaisir.

— Où est ta chambre ? demanda-t-il en plongeant dans ses yeux un regard possessif.

Pour Dante, plus rien ne comptait désormais que le désir fou de la posséder.

Sans un mot, Bliss se dirigea vers sa chambre.

Quand il la rejoignit sur le seuil, il s'était déjà débarrassé de sa veste et de ses chaussures, et avait ouvert sa chemise sur son torse aux muscles puissants. D'une main tremblante, le souffle court, elle ôta ce qui lui restait de vêtements. Entre eux, l'air semblait chargé d'un courant presque palpable. Malgré son manque d'expérience, elle se sentait sereine, tant le désir qu'elle éprouvait pour Dante lui semblait naturel. Il ne lui restait qu'à le suivre là où il voudrait l'emmener. Elle se savait prête à s'en remettre totalement à lui.

Comme fascinée par la beauté virile de son corps, elle admirait son torse large et bronzé, aux muscles bien dessinés sous une légère toison brune. Quand il s'approcha d'elle, un sourire plein de sensualité aux lèvres, un frisson la parcourut tout entière. Rapidement, il se débarrassa du reste de ses vêtements avant de la rejoindre au bord du lit. Là, il l'étendit doucement sur les oreillers.

Quand il la vit allongée, vêtue d'une simple culotte de soie et de dentelle noire qui mettait merveilleusement en valeur ses courbes parfaites, Dante sentit son désir s'accroître encore. Les battements de son cœur s'accélérèrent. Le corps de Bliss était une invitation au plaisir sensuel, qu'accentuait encore son innocence délicieuse.

Il fit lentement glisser sa culotte. Sous ses caresses de plus en plus précises, elle gémit doucement, ce qui excita Dante davantage encore. Il parcourut de ses lèvres le corps ravissant qui s'offrait à lui.

N'en pouvant plus, il plongea enfin au cœur de la féminité vibrante qui l'accueillit en se contractant doucement à son contact. La douceur et le goût de la peau de Bliss le plongeaient dans un ravissement proche de l'extase. Plus il la caressait et l'embrassait, moins il se sentait rassasié d'elle, tel un homme qui a dû jeûner pendant si longtemps qu'il ne parvient plus à assouvir la faim qui le tourmente.

Bliss gémit. Elle ressentait un plaisir d'une intensité presque insupportable, comme si elle avait enfin trouvé l'homme qu'elle recherchait inconsciemment depuis toujours. Sous ce regard qui semblait lire à l'intérieur d'elle-même, elle avait l'impression de renaître. Sous ses caresses, sa féminité s'épanouissait enfin. Elle se sentait belle et épanouie parce qu'il la désirait.

Elle se mit à onduler des hanches au rythme du corps de Dante. Quand le plaisir déferla sur elle en vagues successives, elle se laissa simplement aller, emportée par la force de ses sensations. Avant que son cœur n'ait repris son rythme normal, Dante la rejoignit dans l'extase.

Comme il s'écartait d'elle, un sourire comblé aux lèvres, le cœur de Bliss bondit soudain dans sa poitrine lorsqu'elle mesura les conséquences de l'acte qu'ils venaient d'accomplir.

— Dante ! Tu n'as pris aucune précaution ! Je ne prends pas la pilule…

Il se redressa sur un coude.

— Excuse-moi, Bliss, mais c'est arrivé de façon si naturelle. Je te jure que ta santé ne court aucun autre risque, mais je comprends que tu sois inquiète.

— Je suis convaincue que tout ira bien, répondit-elle en lui caressant tendrement les lèvres du bout des doigts.

S'emparant de sa main, il la porta à sa bouche pour en embrasser la paume.

— Tu m'as donné tant de plaisir… Un plaisir qu'un homme n'oublie plus jamais une fois qu'il y a goûté.

Devait-elle le croire ? songea Bliss. Elle ne pouvait s'empêcher de ressentir de la jalousie, en imaginant toutes les femmes avec qui il avait fait l'amour avant elle. Pour sa part, avant lui, elle n'avait connu qu'un seul homme, un lycéen de dix-huit ans alors qu'elle en avait seize seulement. Il passait pour le don Juan de l'école, et elle avait été fort surprise de constater qu'il était sincèrement amoureux d'elle. Quand elle l'avait quitté en prétendant avoir seulement voulu se débarrasser de sa virginité, il avait même pleuré. Ce qu'il ignorait, c'est qu'elle venait de perdre sa mère et qu'elle n'avait cherché, en s'offrant à lui, qu'à se convaincre qu'elle pouvait éprouver d'autres sensations que celle d'être prise dans un bloc de glace pour l'éternité.

— Tu me donnerais presque envie de te croire, dit-elle en posant la main sur le torse musclé de Dante. Mais c'est sans doute la dernière fois que nous nous voyons. Tu vas repartir en Italie, reprendre ta vie, et tu ne penseras plus à moi.

— Comment peux-tu dire une chose pareille ? protesta-t-il en s'asseyant sur le lit avant de poser la main sur le bras nu de Bliss qui ressentit un délicieux frisson. Tu crois que j'oublierai si aisément ce qui s'est passé entre nous, comme si cela n'avait aucune importance ?

— Tu sais aussi bien que moi que cela ne peut nous mener nulle part, répliqua-t-elle avec calme, mais sans pouvoir dissimuler l'imperceptible tremblement de son menton. Soyons réalistes. Tu dois rentrer chez toi. Quant à moi, je vais devoir trouver un nouveau travail. Enfin… Il ne faut pas que tu te fasses de souci. Ni toi ni moi ne sommes à la recherche d'une relation stable. Mieux vaut donc ne pas chercher à nous revoir.

Déçu et irrité, Dante se demanda si elle était sincère. Comment pouvait-elle faire si peu de cas de l'étreinte passionnée qu'ils venaient de vivre ? Pour sa part, il ressentait presque cela comme un sacrilège. Si elle s'était attendue à le voir s'éloigner sans un regard, elle était loin du compte : jamais il n'avait fait l'amour à la légère. Encore moins aujourd'hui alors qu'il sentait que son attirance pour Bliss allait bien au-delà du simple désir physique.

— Non, Bliss. Je ne peux supporter l'idée de ne plus te revoir. Même si je dois partir en Italie, je reviendrai. Pourquoi ne pas nous revoir de temps en temps quand je serai à Londres ?

— Tu y tiens donc vraiment ? Personnellement je ne crois pas que…

Il la fit taire d'un baiser passionné.

— Sois certaine que je veux absolument te revoir. Mais maintenant, je dois partir, comme tu le sais. Pardonne-moi, *dolcezza*. Je te jure que nous nous retrouverons bientôt.

En le sentant s'écarter d'elle, Bliss sentit son cœur se glacer. Elle éprouva un déchirement douloureux quand il ramassa ses vêtements tombés au pied du lit et se rhabilla. Pourtant, elle aurait dû être satisfaite qu'il ne se comporte pas comme un play-boy arrogant et indifférent. Elle avait du mal à croire qu'il ait vraiment l'intention de la revoir. D'ailleurs, même s'il était sincère aujourd'hui, qu'adviendrait-il une fois qu'il aurait retrouvé l'Italie et ses habitudes de milliardaire ? Mieux valait se comporter comme les femmes sophistiquées qu'il fréquentait d'habitude et le laisser s'éloigner sans rien attendre de plus. Même si elle devait en avoir le cœur brisé.

— Bliss ? dit-il tout en boutonnant sa chemise.

Etendue sur le lit, avec ses cheveux ébouriffés et ses épaules nues, elle était belle à damner un saint. Dante dut se retenir à deux mains pour s'empêcher de venir la rejoindre.

— Je te le répète, reprit-il, je reviendrai dès que possible.

Les lèvres serrées, Bliss remonta les couvertures sur sa poitrine avant d'acquiescer de la tête. Qu'elle le croie ou non, elle ne pourrait s'empêcher de l'attendre, elle le savait. Jamais elle n'oublierait sa beauté virile et la sensation de sécurité qu'elle avait ressentie au creux de ses bras. D'une certaine façon, elle se sentait désormais protégée par la promesse qu'il lui avait faite et elle en était profondément troublée. Mais n'était-ce pas se livrer à de vaines espérances ? Qu'allait-elle devenir s'il ne se manifestait plus jamais ?

— Dante ?

— Oui ? dit-il en lui jetant un dernier regard.

— S'il te plaît, embrasse Renata de ma part quand tu la verras.

— Bien sûr, dit-il avant de tourner abruptement les talons.

6

Comme l'affluence commençait à diminuer en cette fin d'après-midi, Bliss en profita pour faire une pause et observer dans un miroir ses yeux brillants et ses joues trop roses. Depuis le matin, elle ne se sentait pas en forme. Elle s'était réveillée avec la gorge douloureuse, fiévreuse et frissonnante, mais avait résolu d'ignorer ces symptômes pour se rendre à son travail. Et maintenant, à 17 heures, il était clair que sa température avait monté. Pourvu que ce ne soit qu'un rhume ! La semaine suivante, elle devait commencer à travailler comme réceptionniste dans un centre de psychothérapie et de relaxation qui venait d'ouvrir à côté de chez elle. Elle s'était dit que là-bas, au moins, elle se sentirait utile. L'environnement y était calme et des haut-parleurs diffusaient en permanence une musique apaisante destinée à rasséréner les patients et à leur faire oublier le stress du monde extérieur. Certes, ce n'était sûrement pas le point de départ d'une carrière éblouissante, mais elle avait au moins la perspective d'apporter son aide à des gens qui en avaient besoin. Quant au salaire, il était également assez intéressant.

Elle allait se détourner du miroir quand elle éprouva soudain dans la poitrine une sensation inquiétante, presque douloureuse. Inconsciemment, elle posa la main sur son ventre plat. Avisant le siège mis à la disposition des clientes qui désiraient un avis plus approfondi concernant leur maquillage, elle s'y laissa tomber, le cœur battant. L'idée qui l'obsédait depuis quelques jours et qu'elle tentait en vain de repousser lui revint de nouveau en tête.

Il y avait maintenant six semaines qu'elle avait fait l'amour avec Dante. Six semaines durant lesquelles il lui avait suffi d'évoquer les moments qu'ils avaient passés ensemble pour sentir une chaleur brûlante envahir de nouveau son corps… Comme elle le redoutait, en dépit de sa promesse, il ne lui avait pas fait signe. Il se trouvait sans doute encore en Italie, trop absorbé par son travail pour se souvenir d'elle.

Des larmes perlèrent aux yeux de Bliss à la pensée qu'elle s'était comportée de façon stupide, sans se soucier des conséquences de son acte. Des larmes de colère, d'ailleurs, plutôt que de chagrin ou de regret. Il s'était bien moqué d'elle et elle n'y pouvait rien.

Mon Dieu, pourvu que je ne sois pas enceinte ! songea-t-elle en fermant les yeux pour mieux supporter la détresse que faisait naître en elle cette supposition. Elle qui n'était pourtant pas du genre à fuir la réalité, voilà qu'elle s'était comportée en écervelée, réussissant à se convaincre qu'elle n'avait pas besoin de la pilule du lendemain.

— Que se passe-t-il, ma belle ? Tu ne te sens pas bien ?

Ouvrant les yeux, elle aperçut Trudy qui l'observait avec curiosité, debout à côté d'elle.

— Veux-tu que nous allions prendre un café après le travail ? proposa Bliss, trop heureuse de pouvoir partager ses craintes avec sa meilleure amie.

Même si elle n'avait d'autre envie que de se mettre au lit et d'y rester pour les jours à venir, elle savait qu'elle deviendrait folle si elle gardait pour elle son angoisse. Parler à Trudy, qui était souvent de bon conseil, lui avait toujours fait du bien.

— Rendez-vous au pub d'en face dans une demi-heure, répondit celle-ci.

— Donc il faut que tu prennes rapidement une décision ?

Bliss, qui n'avait pas encore touché à son café, fut soudain prise d'une nausée à la pensée d'en avaler la moindre goutte. Tout en tournant et retournant sa cuillère dans la tasse, elle tentait vainement de mettre un peu d'ordre dans les pensées qui se bousculaient dans sa tête.

— Prendre une décision ? Rapidement ? répéta-t-elle en faisant un effort désespéré pour se concentrer.

— Concernant l'enfant, Bliss. Tu ne m'as même pas écoutée.

— Mais si.

— Il va falloir que tu te décides, et sans attendre. Lundi, tu démarres un nouveau travail. Que vas-tu leur dire ?

— Inutile de s'affoler. Tant que je n'aurai pas fait de test, je ne suis pas sûre d'être enceinte.

Même à ses propres oreilles, sa voix manquait de conviction. Elle était enceinte de l'enfant de Dante, elle le savait. Le nier aurait été aussi infantile qu'irresponsable. Or elle s'était toujours targuée de refuser ce genre de comportement.

— Je n'envisage pas l'IVG.

Voilà. C'était dit. Elle avait enfin formulé à haute voix les mots qui l'obsédaient depuis une bonne demi-heure. Pourtant, elle se rendait bien compte des difficultés qui l'attendaient si elle décidait de devenir une mère célibataire. Toutefois, elle se sentait incapable d'interrompre cette grossesse. A cette pensée, tout son être se révulsait.

— Je savais que tu allais réagir de cette façon, murmura Trudy en lui prenant une main pour la serrer dans la sienne.

Sans chercher à la juger, Bliss sentait qu'elle acceptait sa décision.

— Cela risque d'être dur, tu sais. Et le père, cet Italien…

— Dante…, murmura Bliss sans pouvoir s'empêcher de rougir à la simple évocation de ce nom. Excuse-moi, je ne me sens vraiment pas bien, il faut que j'aille aux toilettes.

Repoussant violemment sa chaise, elle se hâta vers le fond de la pièce, abandonnant Trudy qui lui lança un regard inquiet.

Comme il n'avait pas trouvé Bliss chez elle, Dante fit le tour de l'immeuble pour tenter de rassembler ses idées, se demandant où elle pouvait être et dans combien de temps elle rentrerait. Il avait tellement hâte de la revoir qu'il se refusait à croire qu'elle était en voyage ou même absente jusqu'au soir.

Tout au long du trajet depuis l'hôtel Di Andrea de Belgravia, il n'avait cessé de penser à ce qu'il allait lui dire après ces six semaines d'absence. Inutile de chercher à s'excuser en alléguant les importantes négociations qu'il avait menées pour racheter deux nouveaux hôtels, l'un à Saint-Tropez et l'autre sur le lac de Côme, il s'en rendait bien compte…

Son père et lui avaient décidé de faire cadeau de l'hôtel de Côme à Tatiana. Malade, Antonio Di Andrea rêvait de voir sa fille et sa petite-fille revenir à la maison, et il pensait y parvenir par ce biais. Dans le cadre magnifique du lac de Côme, peut-être pourrait-elle surmonter la perte terrible qu'elle avait subie.

Tout occupé à aider son père à réaliser ses projets, Dante n'avait guère eu le temps, pendant la journée, de songer à Bliss Maguire et à cette matinée inoubliable où ils avaient fait l'amour. Mais la nuit, il s'était tourné et retourné dans son lit, le cœur et le corps brûlants à l'idée qu'elle aurait pu être là avec lui…

Après avoir garé sa Mercedes bleu sombre, il jeta un coup d'œil à sa montre, non sans prononcer quelques mots de frustration dans sa langue maternelle. 20 h 30 et toujours aucune trace de Bliss !

Soudain un taxi s'arrêta juste devant lui et la jeune femme en descendit, vêtue d'une courte veste de lin sur une jupe noire. Dante remarqua immédiatement qu'elle s'était fait couper les cheveux. Il la vit sourire et tendre un pourboire au chauffeur.

— Tu rentres bien tard, dit-il en la rejoignant.

En l'entendant, elle se tourna vers lui et une pâleur subite envahit son visage.

— Dante… Mais que fais-tu ici ?

— Je t'avais promis de revenir. Tu ne m'as pas cru ?

— Comment pourrais-tu me blâmer après six semaines sans la moindre nouvelle ?

— Je tiens toujours mes promesses. Si mon travail ne m'en avait pas empêché, je t'aurais contactée beaucoup plus vite, déclara-t-il, contrarié du peu de confiance qu'elle avait en lui.

— Comment vas-tu ? Et Tatiana et Renata ? demanda-t-elle sur un ton léger.

Bliss savait qu'elle devait à tout prix dissimuler le choc terrible qu'elle venait de ressentir en voyant Dante. Il paraissait si sûr de lui, et sa beauté, son élégance semblaient si déplacées ici… Même si elle n'avait rien oublié de la séduction qui émanait de toute sa personne, elle se sentait bouleversée.

— Tatiana va mieux, répondit-il Quant à Renata, elle occupe sa mère à plein temps.

— Je suis heureuse de l'apprendre, car je me faisais du souci pour elles.

— Je suis content de te rassurer. Pouvons-nous entrer ?

— Entrer ? répéta Bliss, les doigts crispés sur la clé qu'elle serrait dans sa paume.

Elle avait l'impression que tout se brouillait dans sa tête et que son corps brûlait de fièvre. Elle sentait ses genoux vaciller à la simple idée de faire de nouveau entrer cet homme dans son intimité. D'autant qu'elle ne pouvait s'empêcher de penser à ce qui s'était produit la dernière fois…

— Il est tard et je suis très fatiguée, balbutia-t-elle. Pourquoi ne pas remettre cette conversation à demain ?

— Pas question. Laisse-moi prendre ton sac. Je vais le monter.

— Je peux parfaitement me débrouiller seule, lança-t-elle, contrariée par le ton protecteur qu'il avait adopté.

Elle se sentait bien trop vulnérable pour accepter de recevoir des ordres de quiconque et particulièrement de lui. Sur le trajet du retour, elle avait acheté un test de grossesse et s'était arrêtée chez Trudy où elle avait vu ses soupçons confirmés. En le voyant, maintenant qu'elle était certaine d'attendre un enfant de lui, elle était prise d'une véritable panique.

Remarquant la pâleur de cire qui s'était répandue sur le visage de la jeune femme, Dante s'approcha, inquiet, pour soulever le lourd sac de cuir qu'elle portait à l'épaule. D'une main ferme il la guida jusqu'à la cage d'escalier.

— Tu as l'air très fatiguée, dit-il. Que t'arrive-t-il ?

Il lui prit la clé de la main. Après avoir ouvert la porte, il poussa Bliss dans l'entrée. Puis, se tournant vers elle, il l'examina d'un air suspicieux.

— Pourquoi as-tu coupé tes cheveux ?

— Je ne me sens pas très bien, murmura-t-elle.

Elle fit quelques pas dans le salon pour atteindre le canapé où elle se laissa tomber.

— Effectivement, tu n'as pas l'air en forme. Pourquoi es-tu allée travailler si tu te sentais si mal ?

Dante était sûr que la jeune femme avait de la fièvre. Elle qui s'était tant dévouée à Tatiana et Renata se retrouvait maintenant seule, sans personne pour s'inquiéter ni la soigner si elle était souffrante.

— Parce qu'il faut bien que je gagne ma vie, voilà tout.

Bliss aurait préféré éviter d'élever le ton, mais d'une certaine façon, la colère qui bouillonnait en elle lui permettait de juguler ses émotions qui devenaient de plus en plus envahissantes. Tout son corps aspirait à ce que Dante le prenne dans ses bras. Quelle pensée stupide ! Comment aurait-il accueilli cette preuve de faiblesse bien féminine ? Sans doute en tentant de s'échapper au plus vite ! Et si elle lui annonçait de surcroît qu'elle attendait un enfant ? Non, il fallait à tout prix éviter qu'il ne le devine.

— Tu as dîné ? demanda Dante en s'installant près d'elle sur le divan.

— Je n'ai pas faim. Quand es-tu rentré d'Italie ?

— Hier. J'ai passé la nuit à Belgravia.

— Dans l'hôtel qui appartient à ta famille ?

— Oui.

Jetant à la dérobée un regard au profil admirablement ciselé de Dante, Bliss dut s'avouer qu'il suffisait à cet homme de prononcer un mot pour que son cœur se mette à battre à tout rompre.

— Tu travailles trop, poursuivit-il. Pourquoi ne prendrais-tu pas des vacances avec moi en Italie ?

Cette proposition inattendue surprit tellement Bliss qu'elle fut prise d'une sorte de vertige et se retrouva au bord de la nausée, comme un peu plus tôt dans l'après-midi, au café. Craignant de ne plus pouvoir se contrôler, elle bondit vers la salle de bains, une main plaquée sur la bouche.

— Bliss ! Que se passe-t-il ? s'écria Dante en secouant violemment la porte qu'elle venait de verrouiller. Ouvre immédiatement ! Dis-moi ce qui ne va pas !

Quelques secondes plus tard, elle resurgit, le visage livide et les yeux pleins de larmes.

— Tu veux voir un médecin ? s'écria Dante, sentant monter en lui une angoisse qu'il n'avait jamais éprouvée jusqu'alors.

— Non. C'est inutile. J'ai un rhume, voilà tout.

Désespérée, Bliss souhaita qu'il se décide à partir au plus vite, de peur de voir s'effondrer toutes les résolutions qu'elle avait prises. Elle ne comprenait pas comment elle pouvait se sentir si faible et si vulnérable. Des défauts qu'elle exécrait particulièrement, elle qui avait toujours su que seule une force de caractère sans faille lui permettrait de survivre et de surmonter son passé.

— J'ai juste besoin de repos, reprit-elle. Peut-être ferais-tu mieux de me laisser.

— Quand je t'ai demandé de venir en vacances avec moi en Italie, tu ne m'as pas répondu, rétorqua sèchement Dante.

— A quoi bon ? soupira-t-elle. Tu crois peut-être que tu me dois quelque chose à cause de ce qui s'est passé entre nous ? Mais rassure-toi, en ce qui me concerne, tu peux partir la conscience tranquille.

— Tu n'as pas non plus encaissé le chèque que je t'avais remis, dit-il avec irritation. Je considère ce refus comme un affront. Et maintenant, tu vas plus loin encore en suggérant que je veux t'emmener en vacances parce que je me sens coupable d'avoir fait l'amour avec toi. *Il mio Dio !*

— Je refuse de discuter.

Désolée de se sentir si faible, Bliss se laissa tomber sur le canapé sans même ôter sa veste.

— Et je n'ai jamais eu l'intention de te faire un affront, poursuivit-elle.

Dante serra les poings. Il pouvait lire des signes évidents de fatigue sur le visage de la jeune femme. En dépit de toute la frustration qu'il ressentait, il comprit qu'il devait prendre en main la situation.

— Nous reparlerons de tout cela plus tard. Maintenant, tu ferais mieux d'aller te coucher. Si demain matin tu ne te sens pas mieux, j'appellerai un médecin. Je préfère rester auprès de toi cette nuit, au cas où tu aurais besoin de moi, déclara-t-il.

Il dénoua sa luxueuse cravate de soie tout en regardant Bliss comme s'il s'attendait à ce qu'elle s'exécute sur l'heure.

La jeune femme lui jeta un regard abasourdi tout en sentant son estomac se nouer de plus belle.

— Tu ne parles pas sérieusement ? protesta-t-elle.

— Et pourquoi pas ?

— Je n'ai aucune envie de te voir rester. Si tu es guidé par ton sens des responsabilités, laisse-moi te dire qu'il est absolument déplacé. Je suis capable de me prendre en charge toute seule.

— Je ne partage pas cet avis.

Il ôta sa veste et la suspendit au dossier d'une chaise, sans quitter Bliss des yeux un instant.

— Inutile de t'entêter, Dante. Je veux que tu t'en ailles, s'écria la jeune femme, redoutant qu'il ne comprenne qu'elle était enceinte.

— Excuse-moi de m'opposer à toi sur ce point. Tu as pris soin de ma sœur quand elle en avait besoin. Le moins que je puisse faire est de te rendre la pareille. Ce canapé m'a l'air très confortable et je compte bien y passer la nuit.

Une fois encore, Bliss sentit son cœur se soulever et n'eut que le temps de courir vers la salle de bains. Depuis la mort de sa mère, jamais elle ne s'était sentie aussi mal.

7

Bliss souleva le rideau et contempla l'aube maussade en soupirant. Elle regagna son lit d'un pas alourdi par la fatigue. A voir la couette et l'oreiller qui le couvraient, on aurait dit qu'une véritable bataille venait de s'y livrer et l'on comprenait aisément qu'elle n'avait guère dormi de la nuit. Elle se sentait absolument épuisée. Impossible d'envisager de se rendre à son travail…

La pensée que, de son côté, Dante avait sans doute passé une nuit affreuse sur son canapé ne la réconfortait guère. Aussi, pourquoi avait-il tant insisté pour rester ? Il fallait absolument qu'elle lui fasse comprendre qu'elle n'avait nul besoin d'un garde du corps… Il devait partir avant de se douter de l'état dans lequel elle se trouvait.

Tandis qu'elle nourrissait ces sombres pensées, Dante, après avoir longuement fouillé dans les placards de la cuisine, avait fini par dénicher du café et des tasses. Après avoir branché la cafetière, il s'étira longuement en faisant rouler sa tête d'un côté à l'autre pour tenter de débloquer son cou endolori. Mais même s'il n'avait guère fermé l'œil, il était si content d'être resté chez Bliss qu'il ne songeait pas à s'en plaindre.

A deux reprises au cours de la nuit, il avait passé la tête dans la chambre de la jeune femme qu'il avait trouvée complètement découverte, n'osant pas, toutefois, remonter ses couvertures car il craignait qu'elle n'ait de la fièvre. Sans se permettre de laisser son regard errer davantage sur les douces courbes de son corps, il avait espéré de tout son cœur que le lendemain, sa température serait revenue à la normale. Dans le cas contraire, il appellerait une amie de la famille qui pratiquait la médecine dans Harley Street pour lui demander son avis.

Mais selon lui, Bliss avait surtout besoin de vacances, et il espérait bien réussir à la convaincre de venir avec lui en Italie. Si elle prétendait ne pas pouvoir se libérer à cause de son travail, il lui assurerait qu'il lui trouverait un nouvel emploi à son retour. A dire vrai, il avait déjà songé à lui proposer un travail en Italie, pour la garder près de lui et la voir de façon plus régulière. Depuis qu'il l'avait quittée précipitamment après leur étreinte si passionnée, cette idée avait fait son chemin dans son esprit. Jamais encore, avec aucune autre femme, il n'avait senti déferler en lui un tel torrent d'émotions. Bliss faisait naître en lui un désir si brûlant qu'il lui suffisait de penser à elle pour sentir un trouble irrésistible envahir tout son corps.

— Je vois que tu as trouvé le café.

Enveloppée dans un mince peignoir de soie rose qui lui couvrait à peine les genoux, Bliss se tenait sur le seuil de la cuisine, les cheveux en désordre. Dante ne put s'empêcher d'admirer ses longues jambes et ses pieds nus aux ongles vernis de rose pâle.

— Tu as découvert mon seul vice caché : je suis absolument incapable de commencer une journée sans avoir avalé une tasse de café, reconnut-il en souriant. Tu en veux ?

— Non, merci, dit-elle en reculant d'un pas. Je... je préfère ne rien prendre ce matin.

Déjà, l'odeur puissante qui se dégageait de la cafetière fumante était parvenue aux narines de Bliss, lui donnant la nausée.

— Tu te sens toujours aussi mal ? demanda Dante.

Elle acquiesça de la tête, se sentant pourtant au bord du malaise, avant de quitter précipitamment la cuisine.

Cette fois, Dante réussit à atteindre la salle de bains en même temps qu'elle. Il lui prit doucement le menton et la força à se tourner vers lui.

— Je t'en prie, laisse-moi passer, balbutia-t-elle avec une telle impatience qu'il s'exécuta sur-le-champ.

— Bliss ! s'écria-t-il en voyant la porte se refermer violemment sur elle. Il faut que tu m'expliques ce qui t'arrive. Tu es gravement malade ? Je veux savoir la vérité !

Dante secoua anxieusement la porte verrouillée.

— Si tu n'ouvres pas tout de suite, j'enfonce cette porte. Tu m'entends ?

Pour toute réponse lui parvinrent des sanglots à demi couverts par des bruits d'eau.

— Bliss ! Ouvre tout de suite ! Sinon je…

Il s'arrêta brusquement en entendant qu'elle tirait le verrou. Tandis que la porte s'entrebâillait, il aperçut la jeune femme dont les yeux violets ressortaient démesurément sur la pâleur de son visage.

— Ça va mieux maintenant, murmura-t-elle.

Le prenait-elle vraiment pour un imbécile ? se demanda Dante, furieux.

— Tu vas arrêter de te moquer de moi ! répliqua-t-il.

— Je vais t'expliquer, souffla-t-elle. Laisse-moi seulement quelques minutes et je te rejoins dans la cuisine.

En remarquant la lueur de panique et de colère qui brillait dans les yeux verts de Dante, Bliss se sentit bouleversée. De toute évidence, il la croyait atteinte d'une grave maladie et elle devait le détromper au plus vite. Ensuite, il pourrait rentrer tranquillement en Italie…

Soudain, elle sentit une main pleine de douceur se poser sur son épaule. Sans prononcer un mot, Dante remplit d'eau tiède le lavabo, fit asseoir la jeune femme sur un tabouret et, avec un coin de serviette, lui baigna le visage avant de le sécher délicatement. Bliss, qui n'avait pas éprouvé depuis sa toute petite enfance l'impression délicieuse d'être ainsi prise en charge, eut bien du mal à ne pas fondre en larmes.

— Merci, murmura-t-elle.

— Tu veux te brosser les dents ? demanda-t-il en lui tendant sa brosse sur laquelle il avait étalé un peu de dentifrice.

Elle s'exécuta, non sans jeter un coup d'œil dans le miroir : elle était livide.

— Ça va mieux ? s'enquit-il.

Tout en replaçant la brosse sur son support, Bliss se reprit à espérer que Dante n'allait plus tarder à partir. Elle n'avait aucune envie d'être de nouveau prise de nausée devant lui. Il fallait donc qu'elle imagine une histoire assez convaincante pour qu'il soit certain qu'elle n'était pas à l'article de la mort...

— Bien mieux, merci. Je vais m'habiller.

— *Giusto un momento...*

— Pardon ?

Brusquement, Bliss capta la direction du regard de Dante et vit qu'il avait remarqué le test de grossesse qu'elle avait jeté dans la corbeille en osier, après l'avoir rapporté de chez Trudy. Luttant contre l'évidence, elle avait préféré le garder avec elle pour l'examiner tout à loisir, comme si cela pouvait changer quoi que ce soit. Comment avait-elle pu se montrer aussi stupide ?

Dante était furieux. Oui, Bliss l'avait pris pour un idiot ! La pâleur de son visage, ses nausées... Elle n'était pas malade, elle attendait un enfant. Et cet enfant ne pouvait être que de lui.

— Tu es enceinte ?

Le cœur de Bliss se mit à battre à un tel rythme qu'elle dut se rasseoir pour ne pas tomber.

— J'allais t'en parler...

— Je ne te crois pas, répliqua-t-il d'un ton dur. Pourquoi, dans ce cas, ne m'as-tu pas mis au courant hier, quand je suis arrivé ?

Il s'interrompit un instant.

— Tu as l'intention d'avorter, n'est-ce pas ? s'exclama-t-il, tremblant de rage.

Il aurait voulu la prendre par les épaules et la secouer, pour l'obliger à lui avouer la vérité, tant son instinct de protection était déjà grand vis-à-vis de cet enfant à naître.

— Pas du tout ! protesta-t-elle. Comment peux-tu penser une chose pareille alors que tu ne sais absolument rien de moi ?

— En tout cas, tu étais déterminée à me dissimuler ton état, et tu m'aurais laissé partir sans rien dire. Il est pourtant de moi, n'est-ce pas, Bliss ? Jamais tu ne pourras me faire croire que tu as connu un autre homme si vite après avoir fait l'amour avec moi.

Bliss baissa les yeux. Au moins, se dit-elle, il ne l'accusait pas d'être une fille facile. Comme s'il devinait qu'après ce qu'elle avait connu avec lui, aucun autre homme n'aurait réussi à la séduire.

— Je ne m'en suis rendu compte qu'hier, Dante, murmura-t-elle. Jusque-là, j'étais loin de m'imaginer que j'étais enceinte...

A présent, Bliss se sentait honteuse d'avoir cherché à nier l'évidence et de s'être menti à elle-même, tout comme elle avait voulu mentir à Dante. Mais tout s'était passé si vite et de façon si inattendue...

Parce qu'elle avait grandi dans une atmosphère chaotique, elle avait voulu construire sa vie d'adulte sur l'ordre et le contrôle de soi. Pourtant, le matin où elle s'était donnée à Dante, tous ces beaux principes avaient volé en éclats, elle était bien forcée de le reconnaître. Et alors qu'elle s'était convaincue qu'il s'agissait d'un moment d'égarement, elle devait faire face désormais aux conséquences de cet acte.

— Il faut que nous discutions des décisions que nous allons prendre, dit-il sur un ton si assuré que Bliss comprit qu'il savait déjà où il voulait en venir.

— Je veux garder cet enfant, dit-elle avec fermeté. Naturellement, tu auras un droit de visite.

— Non !

D'instinct, Dante se révoltait à l'idée d'être exclu, exactement comme il l'avait été dans son enfance, au point de se sentir différent des autres et même indigne d'être aimé. D'ailleurs, comment Bliss pourrait-elle assumer seule cette énorme responsabilité ? Il suffisait de poser les yeux sur son appartement pour constater que son cadre de vie manquait cruellement de confort. Jamais il ne la laisserait vivre ici avec son enfant... A l'idée qu'elle pourrait par la suite rencontrer un autre homme qui l'aiderait à élever leur enfant, Dante sentit les battements de son cœur s'accélérer, en dépit de tous ses efforts pour se contrôler. Non, son histoire ne pouvait pas se répéter ainsi...

— Comment ça ? répéta Bliss en croisant les mains pour tenter de dissimuler leur tremblement convulsif.

— Pas question de droit de visite. A moins que tu ne veuilles affronter les avocats les plus expérimentés dans ce domaine. Car jamais je ne supporterai d'avoir à demander l'autorisation de voir mon enfant ! Cet enfant, nous avons été deux à le faire, et j'ai la ferme intention d'assumer son éducation, tout autant que toi. Nous allons nous marier et partir vivre en Italie. Je n'envisage pas d'autre solution, *capisci* ?

N'en croyant pas ses oreilles, Bliss resta bouche bée. Quand ils s'étaient séparés, six semaines plus tôt, bien qu'il lui ait fait part de son désir de la revoir, elle n'avait pas voulu le croire. Et voilà qu'aujourd'hui, alors qu'elle était enceinte, il exigeait de l'épouser. Agissait-il par sens du devoir ou, pire, poussé par un sentiment de culpabilité ? Un mariage conclu dans ces circonstances ne pouvait que tourner au désastre, elle en était sûre.

— Un instant ! s'écria-t-elle en se levant. Je n'ai pas l'intention de me marier, je t'ai déjà dit pourquoi. Tu ne peux pas m'y obliger. Ma vie m'appartient et je suis libre d'en décider à ma guise.

— Demande-toi plutôt pourquoi tu es si pressée de refuser, rétorqua Dante en plongeant son regard dans celui de la jeune femme. As-tu pensé à toutes les difficultés que tu vas rencontrer si tu l'élèves seule ? Je suis riche, très riche, et je tiens à assumer mes responsabilités. Ce serait stupide de ta part de refuser à notre enfant une éducation harmonieuse entre deux parents dévoués à son bonheur. N'es-tu pas d'accord ?

Sans répondre, elle se contenta de croiser les bras sur sa poitrine.

— Il faut vaincre tes réticences, reprit-il, pour le bien de cet enfant. D'ailleurs, tu peux y trouver toi-même certains avantages. Je possède une belle maison à Rome et un splendide appartement à Milan. Jamais plus tu n'auras à faire un travail que tu n'aimes pas. Cela ne vaut-il pas un petit sacrifice ?

Comment pouvait-il penser qu'elle considérait le fait de l'épouser comme un sacrifice ? songea Bliss. Il n'avait donc aucune idée de la force des sentiments qu'elle éprouvait à son égard… Un mois plus tôt, la simple idée d'une liaison avec lui l'avait emplie de joie. Mais aujourd'hui, il n'était plus question de ça. S'il lui proposait le mariage, ce n'était que pour se comporter correctement vis-à-vis de l'enfant. Jamais il n'avait prétendu éprouver le moindre sentiment à son égard.

— Pourquoi es-tu revenu ? lança-t-elle, se sentant soudain très vulnérable.

Elle n'avait plus qu'un seul désir en cet instant, échapper au pouvoir de ces yeux verts qui la clouaient au sol. Il lui fallait retrouver son calme pour envisager la situation avec un semblant d'objectivité, ce dont elle se sentait absolument incapable tant qu'elle se trouvait dans la même pièce que Dante.

— J'ai adoré faire l'amour avec toi, tu sais, répondit-il avec un petit sourire. Quand un homme fait ce genre de rencontre, il a forcément envie de revenir.

— C'est donc pour cette raison ? demanda-t-elle, surprise, tandis qu'une onde de désir presque douloureuse se répandait au creux de ses reins.

Sous le regard insistant de Dante, elle avait maintenant l'impression d'être presque nue.

— Ne fais pas semblant d'en être offensée, Bliss. Tu es si belle, si sensuelle, cela ne doit pas t'étonner.

Embarrassée, Bliss baissa les yeux, dévorée à la fois de crainte et de désir à la pensée de devenir l'épouse d'un homme comme Dante Di Andrea. Se sentant dangereusement faiblir, elle tenta de se reprendre. Jamais elle n'accepterait de se marier. Tous les mariages qu'elle avait connus s'étaient terminés par des échecs, à commencer par celui, désastreux, de ses parents.

— Je te répète que je ne me marierai pas, affirma-t-elle. Jamais. Mais cela ne nous empêche pas de nous comporter en parents responsables. Des tas de gens…

— Je me moque bien des autres ! s'écria Dante sur un ton exaspéré. Nous avons conçu un bébé, toi et moi, et je veux en assumer la pleine responsabilité. Tu crois que je vais rentrer dans ma famille en Italie, et leur annoncer que j'ai abandonné la future mère de mon enfant en Angleterre ? J'ai une réputation à soutenir et jamais je ne la compromettrai parce qu'il t'a pris la fantaisie de te comporter de façon totalement irresponsable !

— Je ne me comporte pas de façon irresponsable ! Essaie de réfléchir : nous nous connaissons à peine et il faudrait que j'abandonne tout pour te suivre en Italie.

— En vivant ensemble, nous apprendrons à mieux nous connaître, déclara Dante. Je vais prendre des vacances pour avoir plus de temps à te consacrer. Tu ne manqueras de rien, je m'y engage.

— Ma vie est ici ! Lundi prochain, je dois commencer un nouveau travail.

Il secoua la tête avec agacement.

— Tu ne te poses jamais de questions sur la vie que tu mènes ici ? Tu n'as pas même de famille pour t'aider. Moi, je te propose une vie mille fois plus agréable. Si ta mère était encore là, si tu savais où se trouve ton père, crois-tu qu'ils seraient heureux d'apprendre que tu vas donner le jour à un enfant illégitime et te battre tout le reste de ton existence pour lui assurer un toit ?

Malgré la lueur d'espoir qu'elle ne pouvait s'empêcher de garder au fond du cœur, Bliss n'était pas prête à revenir sur sa décision.

— Mes parents avaient trop à faire avec leurs propres difficultés pour se faire du souci pour moi, dit-elle. Alors, que je reste ici ou que je déménage à l'autre bout de la planète, je crois que ça n'aurait rien changé pour eux.

En lisant la détresse sur le visage de la jeune femme, Dante comprit qu'une fois de plus, les fantômes de son enfance resurgissaient. En soupirant, il tenta de ravaler sa colère. Car il n'avait qu'un seul désir : prouver à Bliss qu'elle ne saurait trouver meilleur mari et meilleur père que lui. Comment pouvait-elle choisir de continuer à mener une existence aussi difficile, alors qu'il lui proposait de vivre avec lui en Italie dans un univers privilégié ? Sans parler du désir physique évident qu'ils ressentaient l'un pour l'autre… Même s'il ne se sentait pas encore capable de lui ouvrir totalement son cœur, il faudrait bien qu'elle lui fasse confiance.

— Excuse-moi, murmura-t-il.

— Ce n'est pas grave, répondit-elle en haussant les épaules.

Bliss se retint pour ne pas céder au désir de s'abandonner à la sollicitude de Dante. Mais elle n'avait que faire de sa pitié ni de son aide, si elle devait les payer de son indépendance.

— Tu sais, je ne suis pas la seule à avoir eu une enfance difficile, reprit-elle.

— Peut-être, mais je ne veux pas que notre enfant souffre de la même façon. Il passera toujours en premier.

— Je ne mets pas en doute ta sincérité, mais…

— Il n'y a pas de « mais », coupa-t-il en plongeant dans les yeux de Bliss un regard farouche. Dès maintenant, je prends tout en charge. Et pas question pour toi d'aller travailler lundi. Appelle-les tout de suite pour les avertir que tu as changé d'avis.

8

Après avoir passé quelques coups de téléphone, Dante revint dans la chambre où Bliss était en train de plier des vêtements. Bien qu'elle lui tournât le dos, elle semblait si accablée que son premier mouvement fut de la prendre dans ses bras pour la réconforter. Il s'abstint cependant, redoutant de commettre un impair. Nul doute qu'elle devait être la proie de sentiments contradictoires. D'autant plus que la perspective de se marier devait lui sembler mettre fin à tous ses projets d'indépendance.

Il était lui-même surpris de réagir de manière si passionnée à la pensée de l'épouser. Des femmes, il en avait connu beaucoup, trouvant tout naturel l'intérêt qu'elles lui portaient. Mais jamais il ne s'était imaginé passer le reste de sa vie avec aucune d'elles. Alors qu'aujourd'hui, depuis qu'il avait découvert que Bliss était enceinte, son désir de la protéger était devenu immense.

— Tout est réglé, annonça-t-il. Cet après-midi, tu vas venir t'installer dans notre hôtel de Belgravia. Tu n'as qu'à emporter quelques vêtements : on te fournira là-bas tout ce dont tu peux avoir besoin.

— Comment ? s'écria Bliss sur un ton de protestation incrédule. Excuse-moi de vouloir exercer un tant soit peu mon libre arbitre, mais je te rappelle que je ne t'ai pas encore donné de réponse. Ne crois pas que je vais t'accompagner à Belgravia ou en Italie pour la simple raison que tu en auras décidé ainsi. Je suis une femme indépendante. Même si cet appartement n'a pas grand-chose à voir avec celui de ta sœur à Chelsea, c'est chez moi et il me plaît. Rien n'a encore été décidé entre nous et rien ne le sera si tu persistes à te comporter en dictateur vis-à-vis de moi.

Dante se contenta de hausser les épaules.

— Je ne comprends pas que tu sois offensée alors que je ne me préoccupe que de toi et de notre futur bébé. Tu te sentiras forcément beaucoup mieux dans notre hôtel qu'ici. Sois honnête, Bliss, ce n'est pas un environnement convenable pour une jeune femme enceinte. Je manquerais à tous mes devoirs de futur mari et de futur père si j'acceptais que tu vives ici.

— C'est pourtant le lot de toutes les femmes célibataires du quartier, enceintes ou pas, au cas où tu l'ignorerais.

— Peut-être. Mais nous allons nous marier le plus vite possible. C'est le désir de mon père et de ma mère, tout comme le mien.

— Vraiment ? lança-t-elle en le fusillant du regard. Mais pour qui te prends-tu ? Et mon désir à moi, qu'en fais-tu ? Après tout, c'est moi qui porte cet enfant, c'est dans mon corps qu'il grandit, pas dans le tien ni dans celui de ton père ou de ta mère !

— Assez ! cria-t-il. Tu te laisses dominer par tes émotions. Compte tenu des circonstances, ton prétendu désir d'indépendance est ridicule. Tu n'as plus de famille pour t'aider, et il est normal que je t'aide. Je te suggère de prendre le temps de te calmer et de réfléchir. Pour l'instant, je dois retourner à l'hôtel pour y régler quelques affaires. Je reviendrai ensuite te chercher.

Au comble de la fureur, Bliss se demanda si cet homme avait une fois dans sa vie rencontré la moindre opposition. De son côté, son besoin impérieux de contrôler sa vie la poussait à se rebeller, même si elle commençait à admettre que Dante était animé à son égard des meilleures intentions.

Elle se sentait si fatiguée qu'elle doutait même de savoir prendre la bonne décision, aussi bien pour elle que pour son enfant. Au fond, Dante avait raison : ce n'était peut-être pas une mauvaise idée d'essayer d'envisager rationnellement — ce mot la faisait frémir — la situation.

— Très bien, je vais y réfléchir, dit-elle en s'asseyant sur le lit. Mais n'espère pas trop me faire changer d'avis. J'ai d'autres priorités. Mon indépendance, par exemple.

A sa grande surprise, le visage de Dante s'éclaira d'un

sourire si sensuel et si attirant qu'elle sentit un trouble délicieux l'envahir.

— Je suis convaincu que tu feras le bon choix, dit-il. Jamais tu ne voudrais refuser à notre enfant le droit d'avoir un père et de commencer sa vie sous les meilleurs auspices.

Sans doute… Mais Bliss n'en était pas moins effrayée, ou plutôt terrorisée, à la pensée d'épouser Dante Di Andrea qui semblait, du moins concernant les femmes, avoir adopté les idées plutôt réactionnaires du monde dans lequel il vivait. Un monde où les décisions revenaient en général aux hommes. Quelle place occuperait-elle dans la vie de Dante, tout entière dédiée au travail ? Prendrait-il en compte ses désirs à elle ? Elle n'en savait rien. Malgré ses doutes, la perspective d'emménager à l'hôtel avant de s'envoler pour l'Italie lui paraissait maintenant aussi folle que séduisante.

Ce dont elle était certaine, c'était qu'elle allait avoir un enfant dont l'avenir passait avant tout. Tenait-elle vraiment à ce qu'il connaisse des débuts difficiles auprès d'une mère qui aurait à peine les moyens de subvenir à leurs besoins à tous deux ? Elle avait déjà remarqué les visages aux traits fatigués et vieillis avant l'âge des mères célibataires qui vivaient dans le même immeuble qu'elle. Etait-ce réellement ce à quoi elle aspirait ? Pourquoi refuser la proposition de Dante, uniquement parce qu'elle avait juré qu'elle ne se marierait jamais ? Après tout, elle n'avait pas non plus prévu d'avoir un enfant, et le destin en avait décidé autrement…

Elle soupira.

— Je te promets de te faire part de ma décision à ton retour. Pour le moment, j'ai besoin de calme pour y réfléchir.

— Très bien, répondit Dante avant de se diriger vers la porte.

A peine arrivé à l'hôtel, Dante commanda des fleurs : d'énormes bouquets furent disposés dans la suite tandis qu'il arpentait les pièces pour débusquer la moindre imperfection. Il donnait des ordres précis à l'homme qui l'accompagnait : Guido Vaccaro, le directeur de l'hôtel, un jeune diplômé de

Milan sanglé dans un costume impeccable, prenait des notes d'un air concentré.

Dante désirait rendre justice à la beauté et à la grâce de Bliss en lui offrant un cadre où elle puisse enfin s'épanouir. A la pensée qu'elle aurait pu passer sa grossesse dans les mornes blocs de béton où elle avait vécu jusque-là, son sang ne faisait qu'un tour. Il pria notamment Guido de faire disposer une demi-douzaine de parfums variés dans la salle de bains de marbre qu'il allait partager avec elle. Non seulement des classiques, mais encore des créations plus récentes pour qu'elle fasse son choix.

Quand tout lui sembla enfin digne de sa future épouse, Dante se retira dans son bureau pour appeler ses parents, puis Tatiana.

A l'autre bout de la ligne, il entendit sa sœur pousser un cri de joie.

— Comment ? Tu vas épouser Bliss Maguire ! La jeune fille qui s'est occupée de Renata ! Elle est merveilleuse ! Tu as donc fini par tomber amoureux pour de bon ? Je suis si heureuse !

A demi assourdi par les bruyantes manifestations de sympathie de Tatiana, Dante ne put cependant s'empêcher d'émettre *in petto* quelques réserves. Non, il n'était pas amoureux. D'ailleurs était-il vraiment capable d'aimer qui que ce soit en dehors des membres de sa famille proche ? L'amour lui avait depuis toujours semblé présenter trop de dangers. Certes, Bliss lui avait énormément manqué pendant ces six semaines de séparation, il le reconnaissait volontiers. Et maintenant qu'elle portait leur futur enfant… A cette pensée, il sentit une joie profonde l'envahir jusqu'au plus profond de son cœur.

— *Mamma* et *papà* ont réagi exactement comme toi, dit-il en riant, les yeux fixés sur un vase plein de freesias délicieusement parfumés. Je dois dire que je ne m'attendais pas à ce que mon mariage provoque de telles réactions d'enthousiasme.

— Comme si tu ignorais à quel point nous nous sentons tous concernés par ton bonheur ! Cela m'attriste que tu nous juges d'une telle indifférence à ton égard, déclara-t-elle d'un ton plus sérieux.

Le commentaire de sa sœur avait touché un point sensible chez Dante. Il balaya cependant cette pointe de mélancolie avec détermination. Jamais il ne dévoilerait à quiconque ses secrètes faiblesses, pas même à sa sœur. Après son père, Antonio, il était le chef de la famille, et nul ne devait savoir à quel point il doutait de ses capacités à assumer cette responsabilité. Toute sa vie, il avait souffert de ses origines et de la façon dont, par sa faute, ses grands-parents avaient rejeté son père. Même Antonio ne s'était jamais douté du poids énorme qui pesait sur les épaules de son fils aîné. Et Dante espérait bien qu'il ne l'apprendrait jamais.

— J'ai une autre nouvelle à t'annoncer, *sorella piccola*. Je vais bientôt être père.

— Bliss attend un enfant ? s'exclama Tatiana. Pour quand ? Mais… cela signifie que vous étiez déjà ensemble quand elle s'est occupée de Renata ? Oh, Dante… C'est un accident ? Es-tu bien certain de vouloir l'épouser ?

— Mais oui, assura Dante, inquiet de l'anxiété qui avait envahi la voix de sa sœur. Je tiens absolument à me marier avec Bliss. Il n'y a aucun problème, je t'assure.

— Dans ce cas, je suis ravie. J'étais si triste… et voilà que tu m'apprends de si bonnes nouvelles ! *Mamma* et moi, nous allons nous occuper de Bliss, tu verras. Compte sur nous pour qu'elle soit la plus belle pour le jour de votre mariage. La date est fixée ?

D'après les renseignements qu'il avait obtenus, un délai de deux semaines était indispensable pour se marier au Royaume-Uni. Il ne lui restait donc plus qu'à convaincre Bliss de lui remettre les papiers nécessaires. Pourvu qu'elle accepte, se dit-il. Car il n'avait plus qu'une idée en tête : fonder une famille et assumer ses responsabilités vis-à-vis de son enfant.

— Dès que nous en aurons terminé avec les formalités d'usage, je te tiendrai au courant. Mais je voulais aussi discuter avec toi de ton propre avenir.

— *Mamma* m'a dit que vous en aviez parlé, *papà* et toi. Il serait question que je retourne m'installer en Italie avec Renata, c'est ça ?

— Tu as quelque chose contre cette idée ?

— Non, répondit sa sœur sans pouvoir retenir un soupir. Depuis que j'ai perdu Matt, la famille me manque énormément.

Mais nous pourrons en discuter plus tard, quand tu auras réglé les détails de ton mariage.

Soulagé d'avoir accompli au moins l'un des objectifs qu'il s'était fixés, Dante songea qu'il ne lui restait plus qu'à persuader Bliss de faire le bon choix : l'épouser.

Tout en contemplant le lit à baldaquin auprès duquel reposait sa modeste valise, Bliss tentait de reprendre ses esprits. Qu'était-il en train de lui arriver ? La veille encore, elle travaillait au rayon cosmétiques d'un grand magasin et vivait dans un petit appartement au cœur d'un quartier plus que modeste. Et voilà qu'elle venait de s'installer dans un luxueux hôtel de Belgravia avec la perspective d'épouser un richissime homme d'affaires italien dont elle attendait un enfant. Comme si elle avait été transportée d'un coup de baguette magique…

Mais en apercevant son visage dans le miroir de la coiffeuse, Bliss eut un mouvement de recul : dans son visage trop pâle, ses yeux cernés ressortaient avec une intensité presque inquiétante. Elle n'aurait pas su dire s'il fallait en accuser l'anxiété ou son état, mais elle était loin d'être au mieux de sa forme. Sans doute cela avait-il contribué à la faire céder si facilement aux exigences de Dante.

Dès qu'il avait été de retour chez elle, il lui avait une fois de plus énuméré toutes les bonnes raisons qu'elle avait de devenir sa femme, et en premier lieu pour offrir à leur enfant les meilleures chances. Bliss, qui n'avait pas d'autre désir, avait fini par se laisser convaincre. D'autant qu'elle se sentait soulagée à la pensée d'être enfin prise en charge, elle qui, depuis sa plus tendre enfance, avait dû assumer des responsabilités d'adulte. D'ailleurs, cela n'était peut-être pas sans rapport avec la fatigue intense qu'elle ressentait en ce moment et qui la privait de toute énergie.

Dante avait semblé très désireux d'obtenir son consentement. Et même si celui-ci ne l'aimait pas d'un amour véritable, Bliss savait qu'ils éprouvaient l'un pour l'autre une attirance indéniable. Même enceinte, il suffisait à la jeune femme de poser les yeux sur Dante pour se sentir défaillir, ce qui ne contribuait guère à lui faire envisager sa situation avec lucidité.

Le frottement étouffé de la porte sur l'épaisse moquette la fit tressaillir.

— Ne défais pas tes bagages maintenant si tu te sens fatiguée, dit Dante. Je vais appeler une femme de chambre qui s'en chargera.

Il avait ôté sa veste et retroussé les manches de sa chemise sur ses avant-bras bronzés, ce qui n'enlevait rien à sa séduction, bien au contraire. Pourtant, Bliss remarqua qu'un pli d'inquiétude crispait sa bouche : il n'était visiblement pas aussi à l'aise qu'il aurait souhaité le paraître.

— Je peux parfaitement m'en charger. Il suffit que je trouve mes repères, protesta Bliss avec un sourire contraint.

En fait, elle se sentait aussi empotée qu'une enfant de cinq ans. Mieux valait cependant ne pas révéler à Dante son embarras : si elle le lui avouait, il risquait d'en tirer avantage. Tout d'un coup, elle se demanda s'il avait l'intention de partager ce lit immense avec elle. A cette pensée, elle sentit son cœur s'affoler dans sa poitrine.

— Tu n'as besoin de rien ? s'enquit-il en jetant un regard inquiet à la ronde. Peut-être désires-tu te reposer un moment avant le dîner ? J'ai demandé qu'on nous le serve dans notre salon privé pour que nous puissions discuter en toute tranquillité. Et puis, nous nous sentirons plus à l'aise que dans la salle à manger qui risque d'être bondée.

Bliss retint un rire amer. Evidemment, avec la mine qu'elle avait ce soir, il valait mieux éviter qu'elle ne se montre en public. Sans doute était-ce pour cette raison qu'il avait rempli la salle de bains de parfums aussi coûteux. Une façon de lui rappeler que maintenant qu'elle vivait avec lui, il allait lui falloir tenir ce rôle de femme riche et désœuvrée qu'elle méprisait tant. Cette simple idée suffit à la faire sortir de ses gonds.

— Si tu préfères éviter d'avoir à te montrer en ma compagnie, dis-le franchement. Et puis, je te signale que tous ces parfums me rendent malade. C'est bien assez d'avoir eu à les supporter à longueur de journée quand je travaillais. Sache que ton argent et tout ce que tu peux acheter avec ne m'impressionne pas, et que tous tes cadeaux ne me feront pas changer d'un iota.

A peine eut-elle prononcé ces mots que Bliss les regretta. Pour se donner une contenance, elle ouvrit sa valise et en tira un pull. Il lui faudrait faire un petit effort pour soigner son apparence, ce soir. Car même si un jean et un T-shirt constituaient une tenue parfaite pour rester chez soi, ils ne s'accordaient guère au luxueux décor où elle devait évoluer à présent.

— Tu crois donc que j'ai honte de toi et que j'essaie de t'acheter ? dit Dante.

Il s'approcha d'elle et lui ôta des mains le pull qu'elle tenait. Il le jeta sur le lit.

La prenant délicatement mais fermement par le menton pour l'empêcher de détourner la tête, il plongea son regard dans celui de la jeune femme.

— Pourquoi tiens-tu des propos si blessants ? Et comment peux-tu avoir des idées pareilles ? Tu es la mère de mon enfant. J'ai commis une erreur en faisant monter ces parfums, mais je ne voulais pas t'offenser. Je ne cherche pas non plus à t'impressionner par ma richesse ni à te contraindre à quoi que ce soit. Je trouve cette idée insultante pour moi et, si je ne te savais pas enceinte, j'aurais bien du mal à garder mon calme.

En lisant la peur dans le regard de Bliss, Dante la lâcha brusquement avec un soupir d'exaspération. Il n'avait pas cherché à l'effrayer. Mais pourquoi n'arrivait-elle pas à comprendre qu'il n'avait qu'une idée en tête, leur assurer un bien-être total, à elle et au bébé ? En l'amenant ici, à l'hôtel, il n'avait aucune autre intention. Mais soudain, il sentit sa colère s'évanouir.

— Tu es si jeune et si belle, reprit-il avec plus de douceur. *Molto bella*, comme on dit en Italie. Comment pourrais-je ne pas être fier de toi ?

Levant les yeux vers lui, Bliss se sentit incapable de dissimuler son trouble. Lorsqu'il lui parlait de cette façon, il devenait irrésistible et plus rien ne comptait que le regard plein de désir qu'il posait sur elle.

— Je n'ai pas l'habitude d'évoluer dans le même milieu que toi, Dante, concéda-t-elle.

— J'aime ta façon de t'habiller, dit-il en suivant lentement du doigt le *L* du mot *Love* qui ornait le T-shirt de Bliss, tandis que sa voix devenait plus rauque. Mais si tu tiens à savoir la vérité, j'aime encore plus ce qu'il y a sous tes vêtements…

— Mais, Dante, nous…

— Chut ! murmura-t-il en lui posant un doigt sur la bouche, avant de prendre doucement les seins de la jeune femme dans ses mains.

Bliss sentit comme un ruisseau de feu descendre au creux de ses reins.

— Non, je t'en prie, Dante…

En voyant ses lèvres trembler et ses beaux yeux violets se voiler, Dante sut qu'elle lui demandait l'impossible. La beauté naturelle et innocente de la jeune femme le bouleversait. Mais soudain, il se souvint de l'enfant qui grandissait en elle et se dit qu'elle devait sans doute avoir davantage envie de se reposer que de faire l'amour. Pour cette nuit, mieux valait s'abstenir, mais demain… Il n'avait pas manqué de remarquer dans ses yeux le désir qu'avait fait naître sa caresse. Oui, pour cela au moins, il n'aurait aucun mal à la convaincre, il en était certain.

9

Dante attendait que Bliss ressorte de la salle de bains pour lui parler de ses projets pour la journée. Depuis qu'il l'avait entendue quitter sa chambre précipitamment, une demi-heure plus tôt, il n'avait cessé d'arpenter le petit couloir qui menait à la salle de bains, en proie à la plus grande anxiété. Même quand il avait dû procéder aux négociations les plus ardues, jamais il ne s'était senti aussi nerveux. Du moins avait-il le sentiment de contrôler la situation. Mais concernant la grossesse de Bliss, comment aurait-il pu influer sur le cours des événements ?

Une fois de plus, il regretta l'absence de sa mère qui aurait sûrement su réconforter la jeune femme dans ces moments difficiles. Il se promit de faire tout ce qui était en son pouvoir pour l'aider à supporter les souffrances inhérentes à son état. D'ailleurs, il avait pris rendez-vous dès ce matin avec le médecin qu'il connaissait à Harley Street, Sandrine Lantain.

— Tu es déjà prêt, tu dois sortir ? lui demanda Bliss qui sortait enfin de la salle de bains.

Dante était vêtu d'un élégant costume coupé sur mesure qui mettait en valeur sa haute silhouette musclée. Comme toujours quand Bliss se laissait aller à l'observer, il lui semblait impossible de raisonner…

— Nous allons sortir tous les deux, répondit-il. Je t'emmène voir une amie de la famille qui exerce à Harley Street.

Ce matin, Bliss avait voulu faire un effort d'élégance. Elle avait enfilé un cardigan vert clair sur un jean étroit ceinturé de cuir fauve. Pour tout maquillage, elle s'était contentée de souligner ses yeux d'un imperceptible trait d'eye-liner, ajoutant simplement une touche de blush sur ses joues et un soupçon de gloss sur ses lèvres. Elle avait pris plus de temps que d'habitude pour se coiffer, et elle n'était pas mécontente du résultat de ses efforts. Mais en l'entendant parler de Harley Street, elle se sentit de nouveau envahie par la crainte.

— Qui est cette amie ? s'enquit-elle en fronçant les sourcils. Elle est médecin ?

— Ton état nécessite un bilan de santé approfondi.

— Merci beaucoup, mais je préfère consulter mon propre gynécologue, répondit Bliss qui n'avait guère envie de discuter des détails de sa grossesse avec Dante.

Elle s'était toujours sentie d'une nature assez secrète, et l'idée de devoir partager avec lui les secrets de sa vie intime ne lui disait rien, même s'il était le père de son enfant.

— Sandrine Lantain est obstétricienne, Bliss. Elle a suivi Tatiana quand elle attendait Renata. Il faut que tu acceptes qu'elle t'examine. Je suis inquiet de te voir si malade le matin et j'aimerais avoir son avis.

— Toutes les femmes enceintes doivent supporter ces petits inconvénients. Il n'y a rien de plus à en dire.

— Tu parles d'expérience, je suppose ?

Blessée par ce sarcasme, elle détourna la tête.

— Tu as peut-être pris l'habitude de négliger ta santé, reprit-il, irrité, en la prenant par le bras. Mais maintenant que tu attends un enfant, il va falloir que tu changes.

— Laisse-moi tranquille, lança-t-elle en se dégageant, piquée au vif par la lueur dominatrice qu'elle avait vue s'allumer dans les yeux de Dante.

Elle avait l'impression d'être traitée comme une adolescente à qui on fait la leçon.

— Pourquoi me harcèles-tu ? Je ne t'ai pas demandé de revenir ! Si je veux élever cet enfant toute seule, à ma guise, tu n'as rien à dire. C'est moi qui le mettrai au monde et c'est moi qui en aurai la pleine responsabilité.

— Moi vivant, jamais ! cria Dante avec une telle détermination que Bliss sentit son sang se glacer dans ses veines.

En quelques secondes, elle venait de comprendre qu'elle ne pourrait pas s'en tirer à si bon compte avec Dante Di Andrea, surtout s'il considérait que l'existence de leur enfant était en jeu.

— Je veux bien supporter ton agressivité et tes caprices, continua-t-il, mais il y a quand même des limites que je ne te permettrai pas de dépasser. Si tu parles encore une fois d'élever seule cet enfant, je te montrerai ce dont je suis capable pour t'en empêcher. En moins de temps qu'il ne m'en faudra pour te traîner en justice, c'est toi qui devras me supplier de t'accorder un droit de visite. *Capisci ?* Et ne va pas croire que je parle à la légère.

Ravalant ses craintes et sa colère, Bliss le défia silencieusement du regard tandis qu'il la dévisageait avec le petit sourire satisfait d'un homme habitué à vaincre toutes les résistances.

— Et maintenant, conclut-il, je vais te conduire chez Sandrine. Dépêche-toi de te préparer, j'ai déjà pris rendez-vous. Un chauffeur nous attend en bas.

Bliss allait protester, mais Dante lui avait déjà tourné le dos, comme s'il n'y avait pas là matière à la moindre discussion.

— Comment peux-tu te comporter de cette façon ? lança-t-elle. En ce qui me concerne, l'incident est loin d'être clos.

— Eh bien, il va pourtant falloir que tu t'habitues à ce que j'aie le dernier mot, rétorqua-t-il.

Tout en se rhabillant à la hâte dans le cabinet prévu à cet effet, Bliss dut s'avouer que Sandrine Lantain s'était montrée charmante à son égard. Très professionnelle, mais aussi très chaleureuse. Pourtant, en ce moment, elle regrettait presque son petit appartement et la vie qu'elle avait menée avant de rencontrer Dante. Bien sûr, celui-ci semblait fermement déterminé à tenir à la perfection son rôle de père et de mari. Et puis, épouser Dante était sans conteste un meilleur choix que celui d'élever son enfant toute seule.

Elle soupira. Peut-être Dante se rendrait-il compte avec le temps qu'elle pouvait être plus pour lui que la mère de son enfant ?

Sans cesser de remâcher ces pensées moroses, elle regagna la salle de consultation où la gynécologue et Dante discutaient.

— Tout va bien ? s'enquit ce dernier avec une pointe d'inquiétude dans la voix, en se levant pour l'aider à s'asseoir.

— Très bien, merci, répondit-elle d'un ton sec.

En sentant la façon dont elle réagissait au simple contact de sa main sur son bras, Bliss devait reconnaître qu'en face de Dante, sa marge de manœuvre était très réduite... Envahie de panique, elle se dit qu'elle devait à tout prix veiller à ce qu'il ne prenne pas trop de place dans sa vie... et dans son cœur. Car les gens qui avaient compté pour elle avaient tous fini par lui faire défaut.

— Je regrette que vous soyez si malade le matin, intervint Sandrine. Toutefois, il ne faut pas vous faire de souci, cela ne va pas durer plus de cinq ou six semaines. Pour le moment, je vous suggère de suivre un régime et de bien vous reposer. Je vous propose quelques médicaments homéopathiques qui vous aideront à mieux supporter ces petits tracas. En ce qui concerne la posologie, conformez-vous aux instructions figurant sur les étiquettes. Par ailleurs, vous êtes en excellente santé et votre grossesse devrait se dérouler sans incident.

— Dieu merci ! s'écria Dante en saisissant la main de Bliss pour la serrer dans la sienne avec un soupir de soulagement.

Elle sentit son cœur s'emballer de nouveau à la pensée que quelqu'un se souciait désormais d'elle. Mais tout aussitôt, la froide réalité vint mettre un terme à ces folles pensées : Dante s'intéressait à l'enfant, pas à elle. D'un geste presque brutal, elle se dégagea.

— Cela dit, reprit Sandrine Lantain, j'aurais un conseil à vous donner. Laissez-vous offrir des vacances en Italie par votre merveilleux futur mari. Je connais sa mère : Isabella se fera un plaisir de vous dorloter. Et revenez me voir après votre mariage.

Sans trouver la force de résister au sourire chaleureux et confiant que la jeune femme lui adressait, Bliss acquiesça avant de se lever. Avec un léger pincement de jalousie, elle vit Dante embrasser Sandrine Lantain sur les deux joues.

Lorsqu'ils se retrouvèrent sur le trottoir sous un soleil très inhabituel à Londres en cette saison, Dante prit le bras de la jeune femme. Après cette consultation, il devait lui faire part de ses projets.

— Sandrine a raison, commença-t-il, tout en sachant que

Bliss allait lui en vouloir d'intervenir une fois encore dans sa vie. Tu as besoin de vacances. Dès que nous serons passés à la mairie, cet après-midi, je réserverai un vol pour Milan. Mes parents ont une maison de campagne à Varèse, l'endroit idéal pour te reposer. Si nous partons aujourd'hui, nous pourrons passer la nuit en ville, dans mon appartement. Puis nous irons à Varèse en voiture, demain matin.

Bliss se raidit avant de renoncer à toute discussion. Au fond, pourquoi ne pas s'offrir le luxe de quelques jours de répit et d'insouciance ? Il avait raison, tout comme Sandrine Lantain. Elle n'avait pu que trop rarement prendre de vraies vacances. Cela lui ferait le plus grand bien.

Ravalant l'indignation qui l'avait envahie devant sa conduite tyrannique, elle se força à sourire. Et lorsqu'il posa la main sur son épaule, elle n'eut pas la force de faire le moindre geste pour se dégager.

Tandis que la luxueuse Alfa Romeo filait silencieusement dans l'obscurité de la nuit italienne, Bliss s'abandonnait au confort de son siège, à peine consciente de l'air d'opéra que diffusait la radio.

En définitive, ils pourraient dès cette nuit coucher dans la maison de Varèse. Quand Dante le lui avait annoncé, elle n'avait pu s'empêcher de ressentir une certaine appréhension. Comment allait se dérouler cette première rencontre avec ses futurs beaux-parents ? Accepteraient-ils cette femme qu'ils n'avaient jamais vue, eux qui devaient avoir déjà jeté leur dévolu sur une riche héritière digne de leur fils aîné ? Ne seraient-ils pas furieux d'apprendre qu'elle était enceinte et de voir leurs projets ruinés ?

En la sentant s'agiter à côté de lui, Dante lui jeta un coup d'œil inquiet.

— Quelque chose ne va pas ? Tu ne te sens pas bien ? Si tu veux, nous pouvons nous arrêter.

— Ce n'est rien. J'ai juste un peu soif, répondit-elle en saisissant la bouteille d'eau posée à ses pieds pour boire une gorgée d'eau. Tu en veux ?

Per amor del cielo! gémit intérieurement Dante. Décidément, le moindre geste de Bliss suffisait à déclencher en lui une incontrôlable bouffée de désir. La voir poser sa bouche sensuelle sur la bouteille avait suffi à le troubler... Il lui devenait de plus en plus difficile de se concentrer sur le seul bien-être de la jeune femme. Avec sa chevelure brune tout emmêlée par le voyage, ses grands yeux violets un peu ensommeillés et ses lèvres un peu humides, elle était une incitation permanente au péché.

Délibérément, il concentra son attention sur la route qui serpentait maintenant à flanc de coteau, évitant de penser que ce soir peut-être, elle lui permettrait de partager son lit.

— Nous devrions arriver dans une petite heure. Je suis certain qu'Isabella nous aura attendus pour nous souhaiter la bienvenue.

— Isabella ? Tu veux dire ta mère ?

— *Sì*. Ma mère, dit-il en souriant à l'idée de revoir la femme qui l'avait élevé. Elle prétend qu'elle ne peut pas attendre demain pour te rencontrer. Mais depuis qu'il est tombé malade, papa, lui, doit se coucher très tôt.

Dans l'avion, Dante avait mis Bliss au courant des graves problèmes cardiaques qu'avait connus son père.

— Tu ne m'as pas dit comment tes parents avaient accueilli la nouvelle. Qu'ont-ils dit en apprenant que j'étais enceinte et que j'étais anglaise ?

— Enceinte de mon *bambino* ! rectifia-t-il en posant sur le ventre plat de Bliss un regard plein de fierté possessive. Tu veux savoir comment cela va se passer, *cara* ? Eh bien, ils sont ravis de rencontrer leur future belle-fille. Cela fait des années qu'ils attendent que je me marie et voilà qu'enfin leur rêve le plus cher va s'accomplir.

— Et ça ne leur fait rien que je ne sois pas italienne, comme toi ?

Cette question innocente provoqua chez Dante un tel choc émotionnel qu'il contracta la mâchoire. En lui renaissait le sentiment si familier d'avoir usurpé la place qu'il occupait dans sa famille. Une pièce rapportée, voilà ce qu'il était... Il aurait voulu pouvoir partager ce secret avec Bliss et lui révéler qu'ils avaient peut-être plus d'ancêtres communs qu'elle ne le croyait. Mais une part de lui-même se refusait encore à dévoiler le douloureux mystère de ses origines. Le moment n'était pas venu de lui apprendre qu'il était le fruit d'une liaison qu'Antonio avait entretenue bien avant son actuel mariage. Bliss avait assez à faire avec la perspective de rencontrer sa nouvelle famille, et ce récit ne pouvait que la conforter dans sa crainte de se voir rejetée. Dante comprenait parfaitement son appréhension. Mais à en croire la réaction d'Isabella quand il lui avait annoncé la nouvelle au téléphone, la joie et l'enthousiasme de ses parents sauraient vite balayer les doutes de la jeune femme.

— Non, répondit-il, ils ne regrettent pas que tu ne sois pas italienne, je peux te le garantir.

— Dante ! *Mio figlio più amato !* Comme je suis heureuse de te voir !

En sentant se refermer sur lui les bras de sa mère, Dante ne put s'empêcher de se sentir ému aux larmes. « Mon fils préféré », avait-elle dit. Même s'il avait souvent entendu ces mots, ils avaient toujours le pouvoir de le ravir.

En revoyant le porche encadré de jasmin odorant, et la petite silhouette de sa mère, il se demanda si cette fois, il saurait faire taire ses doutes et profiter sans réserve de son séjour dans sa famille. Allait-il se sentir vraiment accepté, sans s'imaginer qu'on l'aimait moins que son frère ou sa sœur ? Peut-être la présence d'une jolie jeune femme à ses côtés l'aiderait-elle à faire entrer la paix dans son cœur ?

— *Mamma!* s'exclama-t-il. Il est tard, tu n'aurais pas dû nous attendre.

Il embrassa Isabella sur les deux joues, tandis que celle-ci contemplait Bliss qui attendait à côté d'eux en silence.

— Bienvenue à toi aussi, ma fille. Entre, que je puisse te regarder à la lumière.

Raide d'appréhension, Bliss pénétra dans le hall à côté de Dante qui lui avait pris la main, comme pour la rassurer. Isabella, en dépit de sa petite taille et de ses formes un peu trop rondes, avait un visage d'une grande beauté, encadré de boucles brunes, et où resplendissaient des yeux aussi bleus que ceux de Tatiana. Et son sourire de *mamma* était si chaleureux que Bliss sentit bientôt la tension qui l'habitait se dénouer. Elle était touchée que cette femme qui ne la connaissait pas encore l'ait appelée « ma fille » et l'ait accueillie avec un enthousiasme qui attestait sa joie de voir son fils se marier.

— Je suis très heureuse de vous rencontrer, madame Di Andrea.

— Appelle-moi *mamma*, puisque tu es désormais ma fille, tout autant que Tatiana ou Monica, la femme de Stefano, dit-elle avant de serrer Bliss contre elle sans plus de cérémonie et de l'embrasser sur les deux joues. Mon fils avait bien raison de me dire que tu étais *molto bella*. Mais je ne vais pas te tenir debout toute la nuit. Quand on attend un bébé, il faut se reposer le plus possible, surtout les premiers mois. Viens, je vais te montrer ta chambre et te préparer quelque chose de chaud avant que tu te couches. Demain matin, tu feras la connaissance de mon mari, Antonio. Et pendant le petit déjeuner, nous aurons tout le temps de parler de votre mariage.

En jetant un coup d'œil à Dante, Bliss vit que celui-ci la regardait d'un air possessif. Aussitôt, elle comprit qu'il avait bien l'intention de partager son lit cette nuit. Et son sang se mit à courir si vite dans ses veines qu'elle faillit presque rater la première marche de l'escalier.

Leur vaste chambre à coucher, au sol dallé de pierres blanches et aux murs décorés de fresques, était meublée à l'ancienne avec un vaste lit à baldaquin drapé de damas rose. Malgré son extrême fatigue, il semblait à Bliss qu'elle ne pouvait se rassasier de tant de beauté. Pendant que Dante allait chercher leurs valises, elle fit le tour de la pièce en examinant chaque objet avec la plus grande attention. Son regard fut attiré par un cadre en argent qui contenait une photo de Dante en compagnie d'un homme grisonnant, au sourire éblouissant. Ce devait être son père, Antonio. Elle le trouva très beau, et, en notant son expression chaleureuse et ouverte, elle se sentit plus rassurée à la perspective de le rencontrer le lendemain matin.

— J'ai dit à *mamma* de te faire chauffer un peu de lait. Cela te convient ? s'enquit Dante en entrant dans la pièce avec leurs deux valises qu'il déposa par terre.

En le voyant, Bliss se sentit prise d'une telle émotion qu'elle chancela. En dépit du long voyage qu'ils avaient fait, il était toujours aussi séduisant. Alors qu'elle-même avait grand besoin d'un bon bain chaud.

— Ce sera parfait, merci, répondit-elle enfin. Mais je ne veux causer aucun dérangement.

— Quand tu connaîtras mieux Isabella, tu sauras qu'elle a besoin de se mettre en quatre pour ses enfants, répondit-il avant de laisser son regard glisser le long des cuisses de la jeune femme.

— Mais je ne suis pas sa fille, protesta Bliss. Elle me connaît à peine.

— Il faudra bien que tu t'habitues à sa façon de te materner… surtout maintenant qu'elle sait que tu vas lui donner un petit-fils, répondit-il en s'approchant d'elle sans cesser de l'examiner avec une troublante intensité.

— Pourquoi… pourquoi me regardes-tu de cette façon ? balbutia-t-elle, paralysée par le mystérieux pouvoir de ses yeux verts d'où émanait un désir presque hypnotique.

— Le voyage ne t'a pas trop fatiguée ?

— Que signifie cette question ? murmura-t-elle d'une voix soudain plus rauque.

Autour d'elle, elle avait l'impression que l'atmosphère devenait électrique.

— Tu n'en as vraiment aucune idée ? répondit-il en la prenant doucement par le cou avant de laisser ses doigts glisser lentement le long de sa gorge dans une caresse sensuelle.

Bliss se lova contre lui sans pouvoir retenir un gémissement de plaisir. Pourtant, une pensée insidieuse ne cessait de la tarauder depuis qu'ils étaient arrivés.

— C'est… c'est dans cette chambre que tu as coutume de séjourner quand tu rends visite à tes parents ? finit-elle par demander.

— Mais oui. Pourquoi cette question ?

— Et quand tu viens ici, tu emmènes souvent des… amies ?

La main de Dante remonta soudain de la gorge de Bliss à son épaule tandis qu'une lueur énigmatique s'allumait dans ses yeux fascinants.

— Jamais aucune d'elles n'a pénétré dans cette maison, Bliss. Tout cela se passait dans mon appartement de Milan.

— Et tes parents ne seront pas choqués que nous partagions la même chambre avant notre mariage ? s'enquit Bliss, qui préférait ne pas s'attarder sur les aventures passées de son futur mari.

Dante fronça les sourcils. Même s'il comprenait que Bliss prenne en compte l'opinion de ses parents, il se sentait frustré. Cherchait-elle à l'éloigner ?

— Franchement, je crois que ça leur est égal. Sinon, *mamma* n'aurait pas fait monter nos deux valises dans la même chambre. Et puis, ajouta-t-il en fixant son ventre plat d'un air éloquent, il est un peu tard pour de tels scrupules, tu ne penses pas ?

Offensée par ces paroles, Bliss releva le menton avec fierté.

— Qu'il soit trop tard ou pas, mieux vaut attendre d'être mariés pour partager la même chambre sous le toit de tes parents. Tu n'es pas d'accord ?

Sans chercher à dissimuler sa déception, Dante s'éloigna d'elle à grands pas pour se poster à l'autre bout de la pièce, les traits crispés par la colère.

— Tu fais cela pour me contrarier, n'est-ce pas ?

En voyant son regard plein de frustration, Bliss eut du mal à ne pas éclater de rire.

Mais elle aussi allait se sentir bien seule dans ce grand lit. En pensant à la passion avec laquelle ils avaient fait l'amour, six semaines plus tôt, elle aurait sans doute le plus grand mal à trouver le sommeil.

10

Debout sur la terrasse qui faisait le tour du dernier étage de la villa, Bliss observait l'immense étendue verdoyante qui s'étendait à ses pieds, tout en respirant à pleins poumons l'air chargé des senteurs du jasmin tout proche.

Depuis la veille au soir, un fragile espoir renaissait dans son cœur : même si Dante s'était senti frustré quand elle avait suggéré qu'ils ne partagent pas la même chambre, il lui avait cependant souhaité une bonne nuit et lui avait recommandé de ne pas se lever trop tôt. Elle savait qu'il avait fait un réel effort pour la comprendre et respecter sa volonté.

Tout en admirant la vue, elle se prit à espérer qu'il ne lui en voulait pas trop. Quant à elle, sans doute exténuée, elle avait finalement sombré dans un sommeil sans rêves auquel seules ses nausées matinales avaient réussi à l'arracher.

— *Buona mattina.*

Soudain, elle sentit les mains de Dante se poser sur ses bras nus. Au contact de ce corps qui la frôlait, son cœur se mit à battre follement tandis qu'un long frisson la parcourait tout entière. Il émanait de lui un merveilleux parfum, chaud et sensuel comme la campagne méditerranéenne.

— Bonjour, murmura-t-elle.

— J'adore cet endroit.

— Oui, la vue est fantastique.

— Je veux parler de *cet* endroit, dit Dante d'un ton taquin en pressant les lèvres sur la nuque de la jeune femme.

— Tu m'as manqué, cette nuit, avoua-t-elle, affolée par cette caresse. Mais arrête, tes parents pourraient nous voir…

Elle se tourna vers lui et sentit immédiatement ses seins se durcir au contact de son torse puissant.

— Et que verraient-ils ? Leur fils n'a-t-il pas le droit de montrer à la charmante jeune femme qu'il va épouser à quel point elle lui plaît ?

— Tu n'es pas obligé de te marier avec moi, Dante, répondit Bliss en cherchant à échapper à son regard.

Même si elle était enceinte de lui, Bliss ne comprenait pas vraiment l'impatience de Dante. Pourquoi l'avait-il choisie, elle, parmi toutes celles qui ne demandaient qu'à se laisser séduire ? Une petite vendeuse qui, avant de le rencontrer, n'avait pas la moindre idée de ce que la vie pouvait offrir. Alors que lui, il possédait tout. Pourquoi était-il donc si pressé de se marier avec une femme dont il n'était même pas amoureux ? Simplement parce qu'elle attendait un enfant de lui ?

— Que signifie cette phrase ? dit-il en reculant d'un pas, l'air contrarié.

— Je sais bien qu'il faut aller vite à cause du bébé. Mais, pour moi, on doit se marier quand on s'aime et pas parce qu'on y est forcé, dit-elle avant de regretter aussitôt les mots qui lui avaient échappé.

En parlant ainsi, elle avait l'impression d'avoir mis son cœur à nu. Comme Dante ne disait rien, elle fit mine de s'éloigner pour se donner une contenance.

— Si c'est ce qui te chagrine, finit-il par répondre, il me semble que si tu m'en donnes le temps, j'arriverai à faire un bon mari. Vous ne manquerez de rien, notre enfant et toi, et surtout pas d'affection, car je saurai me montrer aussi attentionné que fidèle.

Sans douter le moins du monde qu'il ait dit la vérité, Bliss regretta seulement qu'il n'ait pas employé les mots qu'elle brûlait d'entendre : « Je t'aime. »

— Tu oublies pourtant l'essentiel, se contenta-t-elle de répondre.

— *Buongiorno !* Cela fait si longtemps que j'attends ce moment que je ne peux plus attendre.

En levant les yeux, Bliss vit s'avancer vers elle un homme de haute taille, en bras de chemise, qui s'appuyait sur une canne. Avant qu'elle ait pu faire un geste, il l'avait prise dans ses bras et la serrait contre son cœur.

— Vous êtes certainement Antonio, le père de Dante. Moi aussi, j'étais très impatiente de vous rencontrer.

Tout en l'étreignant, le vieux monsieur lui murmura à l'oreille quelques mots de bienvenue avant de se tourner vers son fils, le visage rayonnant de joie.

— Elle est charmante, Dante. Absolument charmante. Tatiana ne s'est pas trompée en me disant que j'allais l'adorer ! Ma petite Bliss, je n'ai pas besoin de vous regarder plus longtemps pour savoir que vous allez faire de mon cher fils le plus heureux des hommes.

— Voilà longtemps que je n'avais pas vu ton père aussi en forme, dit Isabella à Dante tout en disposant des fruits dans une corbeille.

Elle s'arrêta pour contempler longuement son fils qui, depuis un moment déjà, arpentait la véranda.

Avec une intuition toute maternelle, elle le sentait préoccupé, sans doute par son prochain mariage.

— Tu sais à quel point ton bonheur lui importe, ajouta-t-elle.

— Vraiment ? répondit Dante qui sentait poindre dans son cœur un doute trop familier.

— Comment peux-tu réagir ainsi ? s'étonna Isabella. Ton père vénère jusqu'à l'air que tu respires.

— Tu ne crois pas qu'il m'en veut ? Parce qu'à ma naissance, ses propres parents l'ont rejeté ?

— Comment peux-tu proférer une pareille absurdité ? s'exclama Isabella, visiblement stupéfaite. Comme si Antonio t'en avait jamais voulu ! C'est lui qui s'est éloigné de ses parents, parce qu'ils refusaient sa relation avec Katherine, ta mère. Jamais Antonio n'a regretté d'avoir rompu avec eux. Ils se sont toujours comportés comme si tu n'existais pas et il a dû se battre pour t'élever. Comment peux-tu lui reprocher quoi que ce soit ?

— Je ne lui reproche rien, rétorqua Dante qui fixait sans

le voir l'horizon, les doigts crispés sur la balustrade de la véranda. Si je suis différent, ce n'est pas sa faute.

— Comment ça, différent ? demanda Isabella en s'asseyant sur une chaise sans se préoccuper davantage de sa corbeille de fruits.

— Enfant, je me sentais différent, expliqua Dante en lui jetant un bref regard. Illégitime. Et j'étais jaloux de Stefano et de Tatiana. Pendant longtemps, j'ai vécu seul avec *papà*, mais il passait sa vie à travailler et n'avait guère de temps à me consacrer. Ensuite, vous vous êtes mariés. Quand mon frère et ma sœur sont nés, vous les avez aimés parce qu'ils étaient vos enfants à tous les deux. Alors que moi, je n'étais pas du même sang. Chaque jour qui passait, je ressentais cette différence. Alors j'ai essayé de travailler de plus en plus dur pour attirer l'attention de mon père et éviter qu'il ne regrette mon existence. Et toi aussi, je voulais que tu m'aimes et que tu sois aussi fière de moi que de Stefano et de Tatiana.

Il leva enfin les yeux vers sa mère qui courut vers lui pour le prendre dans ses bras en pleurant.

Tout en lui caressant les cheveux, Isabella sentait le désespoir l'envahir à la pensée que son fils avait si longtemps douté d'un amour qu'elle avait toujours considéré comme acquis.

— Mais, Dante, tu as toujours été mon premier *bambino*, et je t'ai aimé à l'instant même où je t'ai vu. Tu avais l'air si sérieux avec tes grands yeux verts si tristes et inquiets. Et un premier enfant occupe toujours une place spéciale dans le cœur d'une mère. Mon fils, je donnerais ma vie pour toi, et je mourrais heureuse d'avoir pu le faire.

— Moi aussi, *mamma*, balbutia Dante d'une voix que l'émotion brisait.

Bliss, qui s'était assoupie au soleil sur la terrasse, tressaillit en entendant un bruit derrière elle. Elle enleva ses lunettes de soleil et fut étonnée de voir Antonio qui la regardait, debout à côté de sa chaise longue. Puis il s'assit à côté d'elle, tout en continuant à la fixer de ses grands yeux bruns.

— Vous rendez-vous compte de ce que vous avez fait pour moi, Bliss ?

Ne comprenant pas exactement où il voulait en venir, la jeune femme resta silencieuse.

— Excusez-moi pour le cliché, mais vous avez fait de moi le plus heureux des hommes. De mes trois enfants, Dante est celui pour qui je me suis toujours fait le plus de souci parce que, contrairement à Tatiana ou à Stefano, quand quelque chose ne va pas, il a tendance à se replier sur lui-même. En se mariant avec vous, il apprendra à partager ses soucis. Vous saurez l'aider et le réconforter.

En entendant ces paroles, Bliss se sentit envahie par une telle souffrance qu'elle dut remettre ses lunettes de soleil pour dissimuler son visage. Certes, elle était amoureuse de Dante et ne demandait pas mieux que de l'aider et de le réconforter quand il en aurait besoin. Mais même s'il lui avait promis de se montrer un mari affectueux et attentionné, il ne ressentait pas d'amour pour elle. Dès lors, comment pouvait évoluer leur relation ? Comme une plante qu'on oublie d'arroser, elle se flétrirait et ne tarderait pas à dépérir.

Bliss frissonna.

— Votre fils est un homme de cœur, monsieur Di Andrea.

Qu'aurait-elle pu dire d'autre ? Dante, au moins, n'avait pas cherché à échapper à ses responsabilités.

— Appelez-moi Antonio, je vous en prie. Faites-moi cet honneur, *piccola*. Moi qui viens de perdre un gendre, je remercie Dieu de me donner une nouvelle fille si adorable.

— Vous êtes très gentil.

— Bliss, sachez que je ne dis jamais que ce que je pense. Je n'oublie pas que vous avez aussi aidé ma fille quand elle en avait besoin. Mon cœur se réjouit que vous donniez un enfant à mon fils et je ne m'étonne pas qu'il soit tombé amoureux de vous dès qu'il vous a vue.

Heureuse de pouvoir cacher son désarroi derrière ses verres teintés, Bliss eut cependant bien du mal à ravaler ses larmes. Non, Dante n'était pas amoureux d'elle, mais elle n'allait pas décevoir Antonio, qui adorait son fils, par un tel aveu.

A cet instant, Dante fit son apparition sur la terrasse. Il était magnifique dans sa chemise blanche et son pantalon couleur sable. Il avait les pieds nus.

— *Papà*, l'infirmière m'a chargé de te rappeler que c'est l'heure de ton médicament.

— Ah ! Celle-là ! Quel dragon ! Ta *mamma* a dû la recruter dans l'armée.

Comme Bliss se levait pour aider le vieux monsieur qui semblait batailler avec sa canne, Dante se précipita et passa le bras autour de sa taille pour le soutenir.

— Dragon ou pas, elle est là pour ton bien, *papà*, et tu dois faire ce qu'elle te dit.

— D'accord, mais inutile de te comporter comme si j'étais un enfant. Reste ici avec Bliss et profitez de votre tête-à-tête avant que *mamma* ne vienne discuter mariage avec vous. As-tu annoncé à ta fiancée que quelques proches passeront ici cet après-midi pour faire sa connaissance ? N'ayez aucune crainte, ma chère enfant, ce sont des gens charmants qui ne demandent qu'à partager notre joie.

Malgré ces paroles rassurantes, Bliss était loin de se sentir tranquille. Brusquement, son mariage lui semblait bien trop réel et trop proche. Une fois que tout le monde serait au courant, il lui serait bien difficile de revenir en arrière. Sans parler de la déception d'Isabella et d'Antonio qui lui avaient ouvert leurs bras avec tant de gentillesse…

Dante perçut la panique dans le regard de Bliss et lui prit la main. En la voyant assise sur la terrasse en train de discuter avec son père, il s'était senti envahi par une bouffée de joie profonde. Dans son dos-nu à fines bretelles et son jupon blanc, pieds nus, ses cheveux sombres dénoués sur la nuque, elle était adorable et si désirable…

— Tu ne veux pas aller à l'intérieur ? lui proposa-t-il dès qu'Antonio se fut éloigné.

Bliss, qui venait de déboucher son tube de protection solaire, lui adressa un bref sourire derrière ses lunettes noires.

— Je me sens bien ici, au soleil, après la grisaille de Londres.

Ces quelques mots plongèrent Dante dans le plus total ravissement. De nouveau, à la pensée que la jeune femme portait un enfant de lui, il sentit renaître en lui ce sentiment à la fois possessif et protecteur qui commençait à lui devenir familier. Il aurait voulu que leur mariage ait lieu non pas dans deux semaines, mais le jour même…

Il s'assit sur la chaise que son père venait de quitter et prit le tube de crème des mains de la jeune femme.

— Fais glisser tes bretelles, je vais t'aider, chuchota-t-il d'une voix rauque.

Bliss s'exécuta d'une main tremblante, tout en se félicitant de ne pas être en maillot de bain, comme elle en avait eu dans un premier temps l'intention. Mais sous les mains de Dante qui effleuraient doucement ses épaules pour répartir la crème, elle sentit son corps s'épanouir peu à peu et les pointes de ses seins se durcir de la façon la plus indiscrète. Il avait suffi que Dante la touche pour qu'elle réagisse comme s'il avait entrepris de lui faire l'amour, là, en plein air. Et cette pensée était si ensorcelante qu'elle faillit la lui suggérer à l'oreille. Mais, Dieu merci, au dernier moment, elle eut la force de se mordre les lèvres…

Dante, sentant le trouble qu'il provoquait chez Bliss, sentit sa bouche se dessécher, mais il continua imperturbablement à étaler la crème sur la gorge de la jeune femme, non sans tenter quelques furtives explorations un peu plus bas, dans une zone qu'il aurait voulu caresser non seulement de ses doigts, mais aussi de ses lèvres et de sa langue…

— *Santo cielo !*

Dans son trouble, les mots lui avaient échappé.

— Que se passe-t-il ? s'enquit Bliss en lui faisant face.

— Je voudrais te montrer quelque chose, répondit-il en lui jetant un regard de feu.

— Où donc ? murmura-t-elle d'une voix troublée.

— Quand nous serons seuls, tous les deux.

Sans quitter Bliss des yeux, Dante étendit une couverture à l'ombre d'un bouquet d'arbres avant de la prendre dans ses bras et de la faire asseoir à côté de lui à l'abri des épais feuillages.

— Si tu as des scrupules à partager ma chambre dans

la maison de mes parents, ici, tu devrais te sentir plus libre, murmura-t-il en lui adressant un regard d'une brûlante éloquence.

Loin de chercher à résister, Bliss se sentait une fois de plus sans défense devant le désir de Dante. Posant le doigt sur son menton, il suivit d'abord la ligne de son cou avant de s'aventurer plus bas, beaucoup plus bas, au plus profond de son décolleté.

— Tu ignores ce que j'ai enduré la nuit dernière à la pensée que je ne pouvais même pas te toucher alors que tu étais si proche, dit-il en se pressant doucement contre elle.

Il prit le visage de Bliss entre ses paumes et posa sa bouche sur la sienne dans un baiser brûlant dont la ferveur balaya les derniers doutes de la jeune femme. Comme par magie, elle se sentit transportée dans un monde de sensations exquises où la raison ne tenait plus de place. Elle avait l'impression que, sous les doigts experts qui l'exploraient tendrement, son corps devenait presque fluide, tandis qu'au-dessus de leurs têtes le soleil filtrait paresseusement à travers les arbres.

Comme les baisers de Dante devenaient plus passionnés, ses caresses plus précises, Bliss ferma les yeux et se laissa aller contre lui, sans chercher à retenir ses gémissements de plaisir. Mille liens invisibles semblaient relier son corps frémissant à la nature environnante, à l'air tiède et lumineux, et à la terre sur laquelle ils étaient allongés. Jamais elle n'avait connu de sensation si exaltante. Des larmes de plaisir et de reconnaissance lui montèrent aux yeux quand Dante, après l'avoir débarrassée de ses vêtements, la pénétra enfin, l'inondant d'un plaisir sans cesse renouvelé…

— J'ai bien peur de ne plus pouvoir aligner deux idées raisonnables aujourd'hui, tellement tu me rends fou de désir, déclara Dante en tournant vers Bliss un visage aux traits détendus.

En le voyant ainsi, la jeune femme se sentit envahie de joie et d'un espoir si intense qu'elle ne put lui répondre tout de suite. Au fond, pourquoi leur vie ne continuerait-elle pas ainsi ? Quand ils étaient seuls tous les deux, tout lui paraissait possible.

De peur de briser ce sentiment d'harmonie profonde qu'elle puisait dans ses bras, Bliss se contenta de prendre le visage de Dante entre ses mains et de plonger son regard dans le sien.

— Pourquoi ne pas goûter tout simplement notre plaisir, murmura-t-elle, sans chercher à réfléchir davantage ?

— *Sì, carina.*

Joignant le geste à la parole, il fit doucement glisser les bretelles du haut de Bliss, dénudant sa poitrine magnifique sur laquelle le soleil posait comme des gouttes de lumière.

— Tu as raison, *bellissima.* D'ailleurs, n'as-tu pas fait de moi ton esclave ? Passons toute la journée ici, sans nous préoccuper de rien d'autre que de notre plaisir, comme tu dis si bien, reprit-il en effleurant du bout des doigts les seins de la jeune femme.

— C'est… c'est impossible, dit-elle sans pouvoir réprimer un faible gémissement. Tu oublies que tes parents attendent des invités.

A cette idée, Bliss se sentit soudain coupable. Que penseraient Antonio et Isabella s'ils la voyaient revenir en retard et toute rouge encore de leurs ébats ? Mais comme elle tentait de s'écarter, Dante lui prit les poignets et lui jeta un regard si éloquent qu'elle en eut le souffle coupé. Puis il la fit doucement rouler sur le dos et se pencha au-dessus d'elle.

— Nos amis peuvent attendre. Même *il Presidente* en personne ne saurait s'opposer au désir que je ressens pour toi.

11

Tout en sirotant son cocktail de fruits, Bliss jeta un regard discret aux invités rassemblés sur la terrasse. Au milieu de cette foule de gens vêtus avec une élégance recherchée, elle avait bien du mal à dissimuler son anxiété. En dépit de son calme apparent, elle était loin de se sentir du même monde qu'eux. Le brouhaha de voix qui se mêlait au tintement des verres et de la vaisselle lui parvenait comme étouffé par une invisible cloison. Si quelqu'un avait eu à désigner un intrus dans cette assemblée, nul doute que son regard se serait immédiatement porté sur elle, songea-t-elle en observant l'impressionnante rangée de voitures qui stationnaient sur le parking : trois Ferrari, une Rolls, une Lamborghini et plusieurs autres du même style.

Qu'allaient penser ces gens en découvrant que Dante épousait une modeste jeune femme, sans argent ni relations ? Elle redoutait qu'il ait honte d'elle et qu'il ne soit embarrassé quand on lui poserait des questions comme : « Qui sont ses parents ? Que font-ils ? » Tant qu'ils étaient restés seuls, tous les deux, couchés dans l'herbe, elle était parvenue à se convaincre que tout irait bien, mais maintenant… Maintenant, elle se sentait de nouveau torturée par le doute.

— Je n'arrive pas à croire que mon cousin vous ait abandonnée ici toute seule, dit soudain une voix à côté d'elle. Cela fait un moment que je vous observe et comme il n'a pas l'air de se montrer, je ferai moi-même les présentations : je suis Alessandro Visconti. Vous devez être la charmante personne qui a fini par conquérir son cœur.

En tournant la tête, Bliss aperçut un jeune homme de vingt-trois ou vingt-quatre ans, brun, très élégant et discrètement parfumé. Sans rien laisser paraître de son malaise, elle accepta la main qu'il lui tendait avec nonchalance.

— Oui, je suis Bliss Maguire.

« Et loin d'être conquis par moi, ajouta-t-elle *in petto*, votre cousin se sent forcé de m'épouser parce que je suis enceinte. »

— Dante a bien de la chance, continua Alessandro en la gratifiant d'un regard éloquent. Oui, bien de la chance, si je peux me permettre de donner mon avis.

« Pourquoi ce coup de téléphone dure-t-il si longtemps ? » se demanda Bliss. Cela faisait maintenant presque un quart d'heure que Dante l'avait quittée. Elle se sentait seule, certaine que tous les regards étaient fixés sur elle. Il lui manquait affreusement, comme si, en quelques jours, il avait pris une place prépondérante dans sa vie.

— Eh bien… Alessandro… vous travaillez sans doute dans l'hôtellerie, vous aussi ? dit-elle avant d'avaler précipitamment une gorgée de jus de fruits.

— Pas du tout, répondit-il d'un air narquois. Vous avez devant vous le mouton noir de la famille, un bon à rien qui se contente de voyager d'un casino à l'autre en dilapidant l'argent de ses parents sans penser au lendemain.

— Et cela vous arrive de gagner ? s'enquit Bliss, touchée par la franchise dont faisait preuve le jeune homme.

— Parfois, répondit-il en haussant les épaules. Quand c'est le cas, j'en fais profiter les bonnes œuvres pour éviter de me sentir trop coupable.

Bliss, un peu plus détendue, se mit à rire de cette boutade, au moment même où Dante surgissait à côté d'eux.

— Qu'y a-t-il de si drôle ? lança-t-il d'une voix presque irritée en les toisant de toute sa hauteur.

— Je révélais simplement à ta charmante fiancée que je suis la honte de la famille. Tu ne me démentiras pas, n'est-ce pas ?

— C'est effectivement un rôle dans lequel tu te complais, Alessandro, rétorqua Dante sans dissimuler sa désapprobation.

Curieusement déçue de l'attitude de Dante, Bliss voulut prendre la défense du jeune homme.

— Mais personne n'est parfait, tu ne crois pas ? dit-elle.

— Je crois que tu es restée trop longtemps au soleil, répondit-il d'un ton glacial. Tu ferais mieux de rentrer. Je t'accompagne.

— Voyons, je n'ai pas envie…

Dante la prit par le bras en lui jetant un regard si expressif qu'elle préféra se taire et le suivre. Une fois qu'ils furent dans sa chambre, Bliss, furieuse, se dégagea de la main qui l'emprisonnait.

— Peux-tu m'expliquer pourquoi tu t'es comporté aussi grossièrement vis-à-vis de ton cousin ? lança-t-elle.

— Tu ferais mieux de ne pas parler de ce que tu ignores, répliqua Dante, apparemment au comble de la rage. Alessandro est un jeune imbécile qui, par son comportement épouvantable, a conduit sa mère au bord de la dépression, sans parler de sa façon de dépenser l'argent de ses parents au casino et avec des femmes. Et chaque fois qu'il retourne auprès de ses malheureux parents, ceux-ci lui pardonnent. Ils le croient quand il leur promet de s'amender !

— Tu parles comme si c'était à toi qu'il faisait du mal…

Dante se détourna un instant pour se passer la main sur le visage et tenter de retrouver le contrôle de lui-même. Au fond, Bliss n'avait pas tort de prétendre qu'il en voulait à Alessandro : celui-ci avait beau se comporter de la pire manière, son père et sa mère n'en continuaient pas moins à l'adorer et à se montrer fiers d'un fils capable de jouer à la perfection son rôle de play-boy italien. Et voilà que Bliss semblait sur le point de succomber à son tour au charme de ce prétentieux… Il sentit un courant de colère brûlant se répandre en lui.

— Tu n'as pas à t'intéresser à mon cousin, murmura-t-il entre ses dents. N'oublie pas que désormais tu m'appartiens et que les autres hommes ne te concernent plus. Tu as compris ?

Bliss se raidit sous le choc. Pouvait-il croire qu'elle se sentait attirée par un homme du genre d'Alessandro, alors qu'ils avaient fait l'amour si passionnément quelques heures plus tôt ? Des larmes de colère et d'humiliation lui montèrent aux yeux.

— Comment peux-tu me parler ainsi, comme si j'étais ta chose ? Je n'appartiens à personne d'autre qu'à moi-même !

Il lui répondit par un flot de paroles en italien. Quand il eut fini d'exhaler sa fureur, il se tut et baissa les yeux. Puis il reprit sa respiration avant de la fixer de nouveau, mais cette fois avec une expression pleine de remords.

— Peut-être es-tu dans le vrai, reconnut-il tout en tentant de dominer l'émotion qui l'avait envahi.

— Dans le vrai ? s'étonna Bliss sur un ton encore cinglant.

— Au sujet d'Alessandro. Effectivement, il me fait du mal.

Percevant dans le regard de Dante la trace d'une très ancienne blessure, Bliss se demanda ce qui pouvait le mettre dans un tel état. En quelques occasions déjà, elle avait perçu chez lui les traces d'une fêlure, sans croire pourtant qu'un homme si brillant et si séduisant puisse manquer d'assurance.

A cette pensée, sa colère retomba brusquement. Elle se souvint qu'Antonio lui avait révélé que son fils aîné avait toujours paru incapable de se confier, même au sein de sa propre famille.

— Que s'est-il passé, Dante ? S'agit-il seulement de ton cousin, ou bien y a-t-il autre chose ?

Dante s'approcha d'une fenêtre et contempla le petit bois de châtaigniers, au-delà de la terrasse où les invités se prélassaient au soleil de l'après-midi.

— Isabella est la mère de ma sœur et de mon frère, mais pas la mienne, dit-il sans tourner la tête. Ma vraie mère était irlandaise. Cela t'étonne ? Elle s'appelait Katherine O'Brien. Mon père est tombé fou amoureux d'elle dès qu'il l'a vue. Mais quand elle s'est trouvée enceinte et qu'il a voulu l'épouser, ses parents à lui se sont catégoriquement opposés à cette union. Ma mère est morte peu après. Pendant six ans, mon père m'a élevé seul tout en travaillant. Durant la journée, il me confiait à ma tante, une femme qui désapprouvait jusqu'à mon existence. Après la naissance de Stefano, puis de Tatiana, je n'ai jamais plus été le *numero uno* dans le cœur de mon père. Tu dois me juger terriblement égoïste, mais j'ai souvent eu l'impression d'être une pièce rapportée dans cette famille. *Capisci ?*

Ainsi, songea Bliss, si Dante travaillait si dur, c'était pour que les siens soient fiers de lui, comme s'il avait sans cesse à gagner leur approbation, à leur prouver quelque chose. Qu'il était aussi digne d'amour que son frère et sa sœur ? Quelle idée grotesque ! Il ne se rendait même pas compte de ce que Bliss avait d'emblée perçu comme une évidence : que sa famille l'adorait et l'aurait adoré tout autant s'il avait été un plombier et non un brillant chef d'entreprise. Il n'y avait qu'à voir la façon dont Tatiana le regardait, tout comme Antonio et Isabella !

— Tu n'as pas à te montrer jaloux de ton cousin, dit-elle après un silence. D'après ce que j'ai constaté, toute ta famille t'admire et t'adore, j'en suis convaincue. Tu ferais mieux de laisser tes doutes de côté et remercier le ciel qu'il en soit ainsi. Essaie de le comprendre…

Elle s'approcha pour lui poser la main sur le bras.

— Si notre enfant a des ancêtres irlandais, quelle importance ? Le père de Renata n'était-il pas anglais ? Et pourtant, Antonio parle toujours de son gendre avec beaucoup de respect. Il lui importe peu que Tatiana n'ait pas épousé un Italien, c'est évident.

Il se tourna vers elle.

— Mon père n'est pas à blâmer. Jamais il n'a fait la moindre différence entre ses enfants. Mais ma naissance a causé une rupture entre ses parents et lui, et a privé Stefano et Tatiana de tout contact avec leurs grands-parents. Tu dois comprendre… qu'il m'est difficile d'évoquer tout cela. Jusqu'à aujourd'hui, je n'en avais parlé à personne. Mais je te promets que notre enfant, lui, ne manquera de rien. Et jamais il ne se sentira en trop, je le jure. D'ailleurs, ses grands-parents seront en adoration devant lui, j'en suis sûr.

— Du moment qu'il se sent aimé, rien ne peut lui manquer, Dante.

— Tu as raison, répondit-il en effleurant du bout des doigts la joue de la jeune femme.

Le coup de téléphone qu'avait reçu Dante quelques minutes plus tôt le rappelait à Milan de toute urgence pour ses affaires. Il partit dès le lendemain matin, après avoir expliqué à Bliss qu'il ne resterait pas plus de deux ou trois jours absent. Il lui recommanda de se reposer le plus possible, sans chercher à faire quoi que ce soit.

Lorsqu'il prit congé d'elle, avec un rapide baiser, Bliss vit une ombre passer dans son regard, comme s'il regrettait sa franchise de la veille. A la pensée qu'il ne lui faisait pas encore suffisamment confiance, son cœur se serra. Lorsqu'il lui avait révélé le secret de sa naissance, elle avait espéré qu'ils apprendraient vraiment à mieux se connaître. Mais ce matin, en le voyant partir, elle se sentait pleine d'incertitudes concernant leur avenir. Que vaudrait leur mariage s'ils en étaient réduits à se dissimuler sans cesse leurs sentiments ?

Elle se dirigeait vers la véranda pour s'y asseoir et lire un moment, lorsque Isabella apparut dans le hall accompagnée d'Alessandro Visconti.

— Vous avez un visiteur, ma chérie. Et même si je n'approuve pas entièrement sa présence, il vous tiendra compagnie cet après-midi, pendant que j'accompagnerai Antonio à l'hôpital pour sa visite de contrôle.

Bliss aurait préféré passer l'après-midi à lire tranquillement plutôt qu'à converser avec un quasi-inconnu, mais elle s'abstint de tout commentaire. Tout le monde se montrait si empressé à son égard qu'il aurait été discourtois de se montrer désagréable.

— Merci beaucoup. J'espère surtout que tout se passera bien à l'hôpital.

Une lueur fugitive d'inquiétude vint assombrir le regard d'Isabella, vite éclipsée cependant par la chaleur de son sourire.

— Moi aussi, évidemment, je souhaite que les nouvelles soient bonnes, affirma-t-elle. D'ailleurs, depuis que vous êtes arrivés, Antonio a l'air d'aller beaucoup mieux. Ne restez pas trop longtemps au soleil, *mia cara*. A tout à l'heure. *Arrivederci*.

— Ainsi donc, je vais vous avoir à moi tout seul cet après-midi, murmura Alessandro en suivant Bliss sur la terrasse.

Tandis que celle-ci s'installait confortablement dans un fauteuil, il resta debout, fixant d'un regard un peu trop insistant ses jambes nues révélées par son short blanc.

— C'est peut-être un peu excessif, répondit Bliss, non sans imaginer le froncement de sourcils désapprobateur avec lequel Dante aurait accueilli la remarque du jeune homme.

Elle préférait se montrer dissuasive : même si elle avait trouvé ridicule la jalousie de Dante, elle commençait à comprendre ce que dissimulait le sourire charmeur d'Alessandro. Elle préférait garder ses distances.

— Vous vouliez voir votre cousin ? s'enquit-elle en prenant un magazine.

— Comme je n'avais rien d'autre à faire, je suis venu présenter mes respects à mon oncle. A vrai dire, je ne suis pas en odeur de sainteté dans ma famille, surtout auprès de Dante, d'ailleurs. Bien qu'il n'ait qu'à claquer des doigts pour que les femmes se jettent à ses pieds, il se comporte avec elles en parfait gentleman. Ma mère me dit toujours : « Pourquoi ne prends-tu pas modèle sur Dante ? » Mais je crains fort que ce ne soit guère dans ma nature.

Il traversa la véranda à grands pas et fit mine de se pencher un instant au-dessus de la balustrade blanche pour examiner le paysage, avant de se retourner vers Bliss avec un sourire charmeur.

— Je pourrais vous emmener faire un tour dans ma nouvelle voiture. Pour tout avouer, elle appartenait à mon père, mais j'ai réussi à le convaincre de me la donner.

— Vous arrivez toujours à vos fins, n'est-ce pas, Alessandro ? remarqua Bliss non sans se remémorer fugitivement sa propre enfance.

— Sans doute. Mais je sais me montrer irrésistible, vous ne trouvez pas ?

— Tout le monde ne se laisse pas manœuvrer si facilement que vous semblez le croire.

— Je comprends pourquoi mon cousin est tombé amoureux de vous. Vous n'êtes pas seulement belle, vous êtes aussi très intelligente. Dante a toujours dit qu'au-delà de la simple attirance physique, il attendait d'une femme d'autres qualités.

Serait-elle capable, se demanda Bliss, de continuer longtemps à susciter l'intérêt de son futur époux ? Car il était clair qu'il ne l'aimait pas. Elle déglutit avec peine pour tenter de chasser la boule d'angoisse qui s'était formée dans sa gorge. Dans quelques jours, leur mariage serait célébré dans ce lieu de rêve. Et pourtant, elle se sentait désespérée à l'idée que Dante pourrait ne jamais l'aimer.

Soudain, elle éprouva le besoin impérieux de respirer le grand air.

— Si vous en avez toujours envie, je veux bien aller faire un tour avec vous, proposa-t-elle.

— Tout l'honneur sera pour moi, *signorina*, répondit Alessandro avec un sourire.

Installée dans le coupé rouge vif, les cheveux au vent, Bliss regardait la campagne italienne en songeant qu'elle avait réellement changé d'univers. Mais, même si elle était loin de bouder son plaisir, elle ne se laissait pas impressionner par tous ces signes extérieurs de richesse.

Depuis qu'elle se savait enceinte, elle nourrissait en effet au plus profond d'elle-même un secret espoir, celui d'entendre Dante lui dire enfin qu'il était amoureux d'elle. Alors, mais alors seulement, leur mariage aurait pris tout son sens. Mais comme il lui semblait fort improbable que Dante lui fasse une telle déclaration, elle devrait bien se résigner à épouser un homme qui ne l'aimerait sans doute jamais.

— A quoi pensez-vous ? s'enquit Alessandro sans tourner la tête, car il s'était visiblement mis en tête d'impressionner la jeune femme par une conduite sportive.

— Je pense que vous allez un peu trop vite à mon goût, répondit Bliss, l'estomac chaviré par les coups d'accélérateur.

— On dit pourtant que la vitesse est un aphrodisiaque, déclara Alessandro sans ralentir le moins du monde.

— Arrêtez-vous immédiatement, répondit Bliss, secouée par des nausées de plus en plus violentes.

— Pourquoi ? Je suis certain qu'en réalité, vous êtes ravie.

— Mon Dieu…, gémit la jeune femme. Je vous en prie, Alessandro !

Lui jetant de nouveau un coup d'œil de côté, le jeune homme sembla enfin prendre conscience de son malaise.

— Que se passe-t-il ? Vous êtes malade ? demanda-t-il en ralentissant enfin.

— Je crois… je crois que c'est le bébé. Je suis en train de le perdre…

*
* *

Exaspéré par la malheureuse infirmière qui lui avait demandé quels étaient ses liens de parenté avec la *signorina* Maguire, Dante s'en prit ensuite à l'interne de service qui refusait de lui donner la moindre information. Au bout d'un moment, il consentit à s'asseoir dans la salle d'attente. Face aux murs blancs décorés d'affiches proclamant les dangers du tabac et de l'alcool, il sentait une sueur froide l'envahir.

En entendant la voix de sa mère au téléphone, il avait d'abord cru qu'il était arrivé quelque chose à Antonio. Puis, quand Isabella lui avait annoncé l'hospitalisation de Bliss et les circonstances de son malaise, il avait eu envie d'étrangler Alessandro de ses propres mains. Immédiatement, il avait sauté dans une voiture et parcouru les quarante-huit kilomètres séparant Milan de Varèse. Pourtant, si Bliss perdait cet enfant, il serait le seul fautif, car jamais il n'aurait dû la laisser dans ces circonstances. Les affaires qu'il lui avait paru si urgent de régler lui semblaient maintenant dérisoires, même si elles se chiffraient en millions de dollars.

Il se prit la tête dans les mains en gémissant et adressa à Dieu une courte prière. Depuis que Bliss lui avait annoncé sa grossesse, il ne vivait plus que dans la pensée du bébé à venir. Il avait enfin compris à quel point il avait toujours désiré être père.

— *Signor* Di Andrea ? Je suis Angelo Berticelli, le médecin de garde. Je crois que vous devez épouser bientôt la *signorina* Maguire, n'est-ce pas ?

— Comment va-t-elle ? s'écria Dante en se levant, la gorge serrée. Puis-je la voir ?

Il lui fallait absolument faire sortir Bliss de ce petit hôpital public et exiger qu'elle soit transportée dans une clinique privée dès que possible. Comment Sandrine avait-elle pu passer à côté de ce problème lorsqu'elle l'avait examinée ? Jamais il n'aurait dû faire confiance à une amie de la famille. Mais s'il restait la moindre chance de sauver l'enfant, il ferait tout, oui tout…

— J'ai pris sur moi de contacter le chef du service d'obstétrique pour qu'il vienne examiner la *signorina* Maguire. Bien que nous ayons pratiqué un certain nombre de tests, il me semble préférable d'avoir son avis. Il sera là dans moins d'une demi-heure. Mais nous avons déjà administré un calmant à la patiente qui paraissait assez agitée à son arrivée.

Agitée ? Cela signifiait-il que Bliss souffrait ? se demanda Dante en blêmissant. Elle, si sereine d'ordinaire, il avait du mal à l'imaginer dans un tel état. *Santo cielo!* Elle devait avoir si peur !

— A-t-elle perdu l'enfant ? demanda-t-il sans lever les yeux.

— Je crains de ne pas pouvoir vous répondre, *signor* Di Andrea. L'obstétricien le fera après avoir examiné la *signorina* Maguire. Restez ici, une infirmière viendra vous chercher dès qu'il sera arrivé.

— Je ne peux pas demeurer ainsi sans rien faire, répondit Dante qui pour la première fois de sa vie se sentait impuissant et inutile, un sentiment qui lui semblait particulièrement douloureux.

— Je regrette, *signor* Di Andrea, mais il n'y a pas d'autre solution, dit le médecin avec un sourire d'excuse avant de s'éloigner, le laissant seul dans la pièce.

12

Bliss avait l'impression d'émerger avec difficulté d'un épais brouillard cotonneux qui la retenait prisonnière. Tandis qu'elle s'efforçait de soulever les paupières, elle prit brusquement conscience que l'horrible douleur qui lui tordait les entrailles s'était apaisée. Prise de panique, elle tenta de se redresser. Cela signifiait-il qu'elle avait perdu son bébé ? Pourquoi ne sentait-elle plus rien ?

— Que se passe-t-il ? dit la voix de Dante, tout près de son lit.

Dans les quelques mots qu'il avait prononcés, Bliss perçut une telle angoisse qu'elle laissa brusquement retomber sa tête sur l'oreiller.

— Je ne savais pas que tu étais ici, balbutia-t-elle, la gorge serrée, craignant qu'on ait déjà annoncé à Dante la perte de leur enfant.

— Naturellement, je suis là. Crois-tu que j'allais rester à Milan après avoir appris que tu étais hospitalisée ici ?

Dante scruta le visage de la jeune femme. Il aurait souhaité la serrer contre lui pour mieux la protéger, elle qui paraissait si vulnérable dans sa mince chemise d'hôpital. Mais mieux valait faire preuve de courage et éviter de lui transmettre sa propre inquiétude.

— J'aimerais boire quelque chose, murmura-t-elle.

Il saisit la bouteille posée sur la table de nuit et remplit d'eau un gobelet en plastique. Prenant Bliss par les épaules, il l'aida à se soulever et à avaler quelques gorgées. En la sentant si fragile contre lui, il fut envahi par une bouffée d'anxiété tellement violente que les larmes lui montèrent aux yeux. Pour elle, il se sentait prêt à affronter la terre entière…

— Merci. Cela m'a fait du bien.

Se sentir protecteur était une chose, mais maîtriser l'émotion qui le submergeait en cet instant lui paraissait beaucoup plus difficile. Tout en aidant la jeune femme à se caler plus confortablement sur ses oreillers, il serra résolument les mâchoires.

— Dante… Ils t'ont dit quelque chose ? balbutia-t-elle, terrorisée à la seule idée de prononcer le mot « bébé ».

Terrifiée, Bliss ferma les yeux. Comment une femme était-elle censée se comporter dans de telles circonstances ? Comment pourrait-elle sortir de l'hôpital et reprendre le cours normal de ses occupations après avoir subi un tel traumatisme ? Elle qui avait déjà perdu ses parents et qui était restée si longtemps seule, voilà que le bonheur lui échappait à l'instant même où elle commençait à le croire possible.

— Non, *amorina*. Je ne peux rien te dire pour le moment. Le médecin qui t'a examinée doit revenir bientôt, c'est la seule chose dont je sois sûr.

Jamais Dante n'avait paru aussi déprimé. Au point qu'en dépit de sa propre angoisse, elle ne put s'empêcher de lui adresser quelques mots de réconfort :

— Dante… je suis certaine que tu auras d'autres enfants. Ton avenir est devant toi. Je regrette tant de n'avoir pas pu…

Sa voix se brisa, l'empêchant de continuer.

Dante se redressa vivement dans son fauteuil. Comment pouvait-elle songer à s'excuser dans un tel moment ? se demanda-t-il. Et que signifiait cette allusion à d'autres enfants qu'il pourrait avoir ? Comme s'il envisageait de refaire sa vie avec une autre femme ! Cherchait-elle à lui faire comprendre qu'une fois sortie de l'hôpital, elle envisageait de se séparer de lui ? A cette idée, il se sentit comme anéanti et, ne sachant comment exprimer son chagrin, il prononça la seule phrase qui lui vint à l'esprit :

— Que faisais-tu en pleine campagne dans la voiture d'Alessandro ?

La violence de l'insinuation dissipa définitivement le brouillard dans lequel Bliss s'était sentie plongée.

— Est-ce que tu m'accuses d'avoir provoqué moi-même

cet accident en allant faire un tour avec ton cousin ? s'exclama-t-elle en le fixant avec horreur.

— Il est clair que ce jeune imbécile conduisait beaucoup trop vite et qu'il t'a causé une peur mortelle. Mais il me le paiera, il ne perd rien pour attendre !

— Non, Dante. Il n'est pour rien dans tout ça.

— Comment peux-tu prendre sa défense ? lança-t-il en lui jetant un regard glacial. Sans doute aurais-tu préféré avoir une aventure avec lui plutôt qu'avec moi !

Trop bouleversée pour pouvoir répondre, Bliss le regardait, incrédule, quand le Dr Berticelli pénétra dans la chambre, suivi d'une infirmière.

— Comment vous sentez-vous, *signorina* ? dit-il non sans froncer les sourcils en semblant remarquer l'air troublé de la jeune femme.

— Je n'ai plus mal…, répondit-elle. Sans doute l'effet des calmants que vous m'avez prescrits. Mais cela veut-il dire que… je…

Elle dut s'arrêter, incapable de terminer la phrase qui allait définitivement sceller son destin. D'autant qu'elle sentait encore peser sur elle le regard courroucé de Dante.

— Vous semblez avoir maintenant récupéré, *signorina* Maguire. Vous n'avez pas perdu votre bébé, mais durant les mois qui viennent, il va vous falloir vous reposer davantage si vous voulez mener à terme votre grossesse. *Signor* Di Andrea, dès demain matin vous pourrez emmener cette jeune femme, mais à la stricte condition qu'elle ne se surmène pas. Si vous avez besoin d'autres conseils, je vous suggère, une fois rentrée, de revoir votre propre obstétricien. Je vais vous donner une lettre que vous lui transmettrez. Nul doute qu'après l'avoir lue, il fera le nécessaire pour assurer la surveillance dont vous avez besoin.

A travers les larmes, Bliss vit Dante se signer.

— Merci, murmura-t-elle. Merci, docteur. Je vous suis si reconnaissante de tout ce que vous avez fait.

— C'est tout naturel, *signorina. Signor* Di Andrea ? Pourriez-vous m'accompagner jusqu'au bureau pour une signature ?

Mais avant même que le Dr Berticelli ait eu le temps de

terminer sa phrase, Dante était sorti précipitamment, comme s'il venait de se rappeler une obligation d'une urgence absolue. Déçue qu'il ne partage pas avec elle la joie de savoir leur futur enfant hors de danger, Bliss laissa sa tête retomber sur l'oreiller.

En dépit de l'immense soulagement qu'il venait de ressentir, l'idée d'abandonner Bliss à l'hôpital pour la nuit angoissait terriblement Dante, qui aurait voulu la garder près de lui, à la maison. Pourtant, tout son bon sens le poussait à obéir aux ordres du médecin et à la laisser se rétablir là où l'on pouvait le mieux surveiller l'évolution de son état. Non, il ne fallait pas compromettre la chance qui leur était offerte alors qu'ils avaient eu si peur… Désormais, se jura-t-il, il veillerait lui-même à ce qu'elle ne prenne pas le moindre risque durant toute sa grossesse. Rien ni personne ne devait plus lui faire courir le moindre danger.

L'esprit confus, il appela ses parents sur son portable. Et en entendant Isabella pleurer de joie, pour la première fois depuis tant d'années, il accepta enfin de laisser libre cours à son émotion, en pleurant comme un enfant.

— Isabella prépare un dîner de fête. Seulement pour nous quatre. Mes parents, toi et moi. Te sentiras-tu la force d'y assister ?

— Bien sûr, acquiesça Bliss en relevant la tête pour regarder Dante sous les larges bords du chapeau de paille qui la protégeait du soleil.

Depuis qu'elle était sortie de l'hôpital, il la traitait comme un objet fragile qui risquait à tout moment de se briser. Pourtant, elle était plus solide qu'elle n'en avait l'air et assez sensée pour éviter désormais toute imprudence, même si ce repos forcé ne lui convenait guère. Ayant toujours dû se débrouiller seule, elle avait peine à accepter d'être prise en charge, malgré toute la gratitude qu'elle ressentait.

Par ailleurs, en dépit de la sollicitude dont il faisait preuve, Dante semblait maintenir entre eux une distance délibérée.

Depuis trois jours qu'elle était rentrée, il n'avait à aucun moment paru désireux de se retrouver en tête à tête avec elle, bien au contraire. Preuve qu'elle avait eu raison de penser que seul l'enfant l'intéressait. Après la naissance du bébé, sans doute serait-elle définitivement cantonnée dans son rôle d'épouse et de mère, songea-t-elle, le cœur brusquement serré.

— Je vais faire un tour, annonça-t-il. Puis-je te rapporter quelque chose ? Des magazines, un livre ?

— Je peux t'accompagner ? J'aimerais sortir, moi aussi.

Il resta quelques instants silencieux, visiblement indécis.

— A mon avis, mieux vaut que tu restes ici de peur de te fatiguer. Je ne serai pas absent longtemps.

— Ecoute, cet endroit a beau être magnifique, je commence à m'y sentir aussi prisonnière que dans une cage dorée. Même si le médecin m'a conseillé de me reposer, il ne m'a pas interdit de sortir.

— Dans deux jours, nous avons rendez-vous avec Sandrine en Angleterre. Après ce qui s'est passé, il faut qu'elle surveille ta grossesse de très près. Nous devons aussi penser à notre mariage. Je veux que tu te reposes au maximum pour être en pleine forme. Sans vouloir le moins du monde t'imposer ma volonté, c'est une question de bon sens.

— Comme si tu sous-entendais que j'en suis moi-même dépourvue ! rétorqua-t-elle, en proie à une brusque bouffée d'exaspération.

En l'entendant regimber, Dante la fixa en souriant d'un air amusé. Cela faisait un certain temps qu'il n'avait plus souri et Bliss s'en sentit heureuse.

— Je suis heureux de constater que tu as retrouvé tout ton mordant. Mais désolé, *piccola*, c'est non.

— Et pourquoi, s'il te plaît ? dit-elle en se débarrassant prestement de son chapeau. Pourquoi ne pourrais-je pas venir avec toi ? Parce que tu as rendez-vous avec une autre femme, peut-être ?

— Comment pourrais-je te tromper ? demanda Dante.

Il se sentait troublé qu'elle puisse seulement envisager cette possibilité. En la voyant si attirante dans son short rouge et son petit haut blanc décolleté, il sentit une bouffée de désir monter en lui et son cœur se mit à battre plus vite. Seul le souvenir du drame qu'ils venaient de vivre le retenait de l'entraîner de nouveau sous les arbres où, quelques jours plus tôt, ils avaient vécu des moments inoubliables.

— Tu suffis pleinement à me combler, *carina*. Je ne ressens pas le besoin d'aller voir ailleurs et j'espère bien que toi non plus, reprit-il, la gorge nouée en se rappelant avec quelle véhémence elle avait pris la défense d'Alessandro.

Au fond de lui, il redoutait qu'elle ne lui préfère son jeune et fougueux cousin. Mais même si c'était le cas, il saurait la faire changer d'avis, ne serait-ce que pour le bonheur de leur futur enfant.

Bliss croisa les bras et lui tourna le dos, dépitée. Elle était incapable d'apprécier la vue magnifique qui s'offrait à ses yeux, ni le parfum délicieux des chèvrefeuilles et des jasmins alentour. Pour être honnête, seule la présence de Dante comptait pour elle. Si seulement il avait pu comprendre à quel point elle l'aimait ! S'il l'avait aimée lui aussi du même amour sans limite, alors leur mariage aurait eu une chance de réussir…

— Comment peux-tu parler ainsi ? Depuis mon retour de l'hôpital, à aucun moment tu ne t'es approché de moi !

— Contrairement à ce que tu as l'air de penser, dit-il en lui prenant le menton presque brutalement, c'est pour moi une torture permanente de ne pas partager ton lit. Ta seule présence, la simple trace de ton parfum dans l'air, suffisent à susciter en moi un irrésistible désir. Mais je m'en voudrais de sacrifier notre futur enfant à des pulsions si égoïstes. Je regrette trop ce qui s'est passé l'autre jour sous les arbres et qui a peut-être provoqué…

— Tu t'imagines que c'est ce qui a déclenché mon malaise ! Oh, Dante, quelle idée ridicule !

En entendant ces mots, il se sentit si soulagé qu'il eut l'impression de revoir enfin le ciel après un long séjour dans une prison obscure. Lui qui, durant toute son enfance, s'était senti responsable de la rupture entre son père et ses grands-parents, ne pouvait supporter l'idée d'avoir fait courir le moindre risque à leur futur enfant.

— Quand un homme est confronté à ce genre d'événement, il lui vient des pensées folles, reconnut-il en caressant doucement les cheveux de Bliss.

— Pourquoi toujours chercher à prendre tout sur toi ? murmura-t-elle en ravalant de son mieux les larmes qui lui montaient aux yeux.

L'angoisse que ressentait Dante au sujet de leur bébé lui faisait presque peur.

— Qu'as-tu dit ? lui demanda-t-il en la fixant d'un air profondément surpris.

— J'ai dit que tu prends toujours tout sur toi, qu'il faut sans cesse que tu endosses la responsabilité de ce qui se passe autour de toi. Mais au fond, nous sommes tous des adultes responsables de leurs propres décisions. Si ta famille savait à quel point tu te sens impliqué dans tout ce qui la concerne, elle en serait même gênée, j'en suis convaincue. Et je te comprends d'autant mieux que moi-même, j'ai toujours voulu assumer les problèmes de mes parents, persuadée que j'étais la cause de tous leurs malheurs.

Dante ne répondit pas. Il devinait la souffrance immense que suscitait encore chez la jeune femme l'évocation de ce passé douloureux.

— Pourquoi ta mère a-t-elle mis fin à ses jours ? finit-il pourtant par demander après un long silence.

Avant de lui répondre, Bliss dut baisser les yeux et respirer profondément, tant il lui en coûtait d'être ainsi confrontée aux événements qui l'avaient si profondément blessée.

— Elle restait parfois des heures entières assise à la fenêtre, figée, avec une expression bizarre…

Elle s'arrêta, jetant à Dante un regard où l'anxiété se mêlait au chagrin.

— Quel genre d'expression ? Essaie de m'expliquer.

— Comme… Comme si elle s'attendait à ce que quelqu'un entre et l'arrache à cette vie épouvantable. Naturellement, c'était impossible, puisque son malheur était en elle-même et nulle part ailleurs. Parfois, je me dis qu'elle ne comprenait pas ce qu'elle était venue faire sur terre. Elle avait l'air d'évoluer dans un monde à elle, où mon père et moi n'avions pas de place, en dépit de tous les efforts que nous tentions. Moi, je sentais qu'il allait se passer quelque chose et j'étais terrifiée…

Levant la tête, Bliss rencontra le regard de Dante, plein d'une compassion qu'elle eut d'abord bien du mal à accepter. Jamais auparavant elle n'avait exprimé ses sentiments avec une telle liberté, même devant son propre père…

— Et puis sa dépression s'est accentuée en dépit des médicaments que lui avait prescrits le médecin. Mon père ne savait plus comment s'y prendre. Comme il continuait à l'adorer, il a sombré dans la boisson pour oublier sa peine. Durant la semaine qui a précédé son suicide, elle s'est brusquement mise à s'intéresser à ce que je faisais et j'ai cru qu'elle allait mieux…

Sa gorge se noua et elle se tut, incapable d'aller plus loin. L'étreinte de Dante se resserra sur elle.

— En fait, reprit-elle d'une voix brisée, je suis convaincue qu'elle avait déjà pris sa décision et que c'était sa façon à elle de me dire au revoir.

— *Santo cielo !*

— Elle est morte d'une overdose de médicaments, continua Bliss, tremblante. Après… après, mon père a complètement lâché prise, comme si je n'existais plus. Moi j'ai essayé de vivre une vie normale, même si je me sentais comme anesthésiée et incapable d'éprouver le moindre sentiment. En fait, je ne pouvais rien pour lui. Non, rien n'aurait pu sauver notre famille, pas même un miracle. Un jour, en rentrant à la maison, j'ai trouvé son mot sur la table. Je mentirais si je disais que j'ai été très surprise…

— Et personne n'a pu t'aider à le rechercher ?

— Quand je suis allée à la police, on m'a dit que ce genre de disparition n'était pas rare et on ne m'a pas laissé beaucoup d'espoir. Mon père était parti de son plein gré et il était évident qu'il n'avait pas envie qu'on le retrouve. Je ne sais pas si tu peux imaginer ce qu'on ressent quand on compte si peu pour ses parents… Toi, au moins, tu es certain d'avoir été aimé, Dante, même si tu ne te rends pas compte de la chance que tu as eue.

— Mais aujourd'hui, Bliss, les choses ont changé et tu ne peux plus dire que personne ne t'aime.

— Ne crois pas que je recherche la pitié, balbutia-t-elle en cherchant à masquer de sa main sa bouche tremblante.

— Tu ne m'as pas compris, *amorina*, dit Dante en lui souriant tendrement. Je t'aime. Depuis l'instant où je t'ai rencontrée, mes sentiments pour toi n'ont cessé de gagner en intensité et en force. Je veux absolument t'épouser, Bliss, et je compte les jours qui nous séparent encore de cet engagement.

En levant les yeux vers lui, Bliss ressentit une émotion qu'elle n'avait jamais éprouvée avant cet instant, un mélange d'apaisement et de bonheur profond qui se répandait dans son âme tout entière. Il lui semblait rêver le plus merveilleux des rêves : Dante l'aimait. Réellement. Car elle savait qu'il ne pouvait lui mentir.

— Je… je croyais que seul l'enfant t'intéressait.

Dante pâlit en entendant cet aveu, mais s'appliqua à dissiper les craintes de la jeune femme.

— Je crois que cet enfant a simplement contribué à me rendre plus amoureux de toi encore. J'avais toujours eu envie de fonder une famille sans jamais rencontrer de femme susceptible de transformer ce désir en réalité. Jusqu'à ce que tu apparaisses. Toi.

— En es-tu certain, Dante ? demanda-t-elle en levant les yeux vers lui comme si elle redoutait de le voir brusquement disparaître. Je refuse d'être un fardeau pour toi. Je refuse que tu te sentes obligé de m'épouser parce que je suis enceinte. Je n'imagine pas de pire cauchemar.

— Jamais plus tu ne vivras de cauchemar, *tesoro*, dit-il avec une intensité qui fit courir le long du dos de Bliss un délicieux frisson. La vérité, c'est que je me sens honoré qu'une femme aussi belle, aussi tendre et aussi généreuse que toi accepte de partager ma vie. Je t'épouse parce que je t'aime à jamais.

— Dans ce cas, je peux être heureuse, dit-elle en lui souriant avec une tendresse infinie.

— Mais toi, Bliss, quand tu as dit que tu m'aimais, étais-tu sincère ? Je dois en être sûr.

— Oui, Dante, je t'aime moi aussi à jamais.

Elle se lova contre lui, la joue posée contre son cœur, tandis qu'il caressait doucement sa chevelure.

— Alors, tu ne préfères pas mon cousin Alessandro ? demanda-t-il d'un air taquin.

— Quelle idée ! rétorqua Bliss en s'écartant pour lui administrer une pichenette sur l'épaule. Il n'y a qu'un seul homme au monde qui me plaise et tu sais parfaitement de qui il s'agit. Il est insupportable et despotique, mais il a un cœur d'or et je ne peux m'empêcher de l'aimer.

Vivement, elle passa ses bras autour de la taille de Dante pour l'attirer à elle de nouveau.

— Parfait, répondit-il en se penchant sur elle. Tout homme doit savoir ce que sa femme pense sincèrement de lui. *Ti amo*, Bliss. De tout mon cœur…

Renonçant à exprimer son émotion avec des mots, il la serra contre lui comme si sa vie même en dépendait, et déposa sur ses lèvres un baiser passionné auquel elle répondit avec fougue.

Epilogue

Dix-huit mois plus tard

En descendant de sa voiture, Dante se laissa guider par les éclats de rire qui lui parvenaient de la terrasse située à l'arrière de la maison. Abandonnant sa valise sur l'allée de gravier, il eut du mal à résister au désir de se mettre à courir. Depuis une semaine qu'il était parti sur le lac de Côme pour aider Tatiana à superviser les aménagements du nouvel hôtel dont elle allait prendre la direction, il avait hâte de retrouver Bliss qu'il avait laissée chez ses parents. Il brûlait de la revoir et de lui annoncer, ainsi qu'à sa famille, les excellentes nouvelles qu'il leur apportait.

— Dante !

Debout derrière Antonio qui tenait sur ses genoux le petit Roberto, Bliss avait senti la présence de son mari avant même qu'il tourne le coin de la maison, et une joie rayonnante avait envahi son visage. Elle était de nouveau enceinte, de six mois maintenant, mais plus désirable que jamais dans un ensemble blanc sans manches. Avec son teint délicatement hâlé, elle respirait un tel bonheur de vivre que Dante aurait voulu l'emmener immédiatement à l'écart pour lui expliquer en détail à quel point elle lui avait manqué.

Il savait que ses parents ne seraient pas choqués qu'il l'embrasse la première. Pourtant, en voyant que leur baiser se prolongeait avec une intensité presque embarrassante, Antonio ne put s'empêcher d'intervenir.

— Allons, allons ! Tu devrais au moins laisser respirer

cette malheureuse. On dirait que tu as été absent six mois et pas une petite semaine, lança-t-il en clignant de l'œil en direction de sa femme.

Isabella, assise dans un fauteuil, tricotait tranquillement pour le futur bébé.

— D'ailleurs, reprit Antonio, nous sommes impatients que tu nous donnes des nouvelles. Comment va ma Tatiana chérie ?

— Eh bien figurez-vous qu'elle est tombée amoureuse, répondit Dante en passant le bras autour de la taille de Bliss avec un sourire complice. D'un jeune entrepreneur nommé Raphaël, chargé de construire l'extension de l'hôtel. Au lieu de travailler, elle passe les trois quarts de son temps à l'observer de sa fenêtre.

— Dans ce cas, j'ai hâte de le connaître car il doit être extrêmement beau, remarqua Bliss d'un air malicieux.

— Je trouve cette remarque parfaitement déplacée, lança Dante en riant, avant de s'emparer de Roberto qui trônait toujours sur les genoux de son grand-père, et de le faire sauter en l'air.

En observant son mari, Bliss sentit son cœur se gonfler de joie. Même si elle avait toujours su qu'il ferait un excellent père, elle le trouvait formidable de patience et d'amour vis-à-vis de leur fils.

Quant à Antonio, il faisait preuve envers elle de plus d'attention que son propre père n'en avait jamais montré. Et voilà qu'un second enfant allait venir mettre un comble à leur bonheur… Le médecin qui avait examiné Bliss à la maternité de Milan l'avait déclarée en pleine forme, et toutes les inquiétudes qu'elle avait connues lors de sa précédente grossesse n'étaient plus qu'un mauvais souvenir. Elle se sentait absolument heureuse.

— Va donc te changer pour être plus à l'aise, proposa Isabella à son fils avec un sourire. Et emmène ta femme. Il me semble qu'un peu de repos ne lui fera pas de mal. *Papà* veillera sur Roberto jusqu'à votre retour.

— *Grazie*, répondit Dante en embrassant tendrement sa mère sur la joue.

A l'idée de se retrouver seul avec Bliss, il sentit une onde de désir le parcourir de la tête aux pieds. Il posa son fils dans les bras d'Antonio, puis entraîna vivement la jeune femme dans la maison.

Avant d'entrer dans leur chambre, il lui prit le visage entre ses mains et lui jeta un regard d'amour passionné, tout en remerciant silencieusement le ciel de lui avoir permis de la rencontrer.

— Tu ne te sens pas trop fatiguée ? s'enquit-il, un peu anxieux, en jetant un coup d'œil au ventre qui s'arrondissait.

— Le voyage depuis le lac de Côme a vraiment dû t'épuiser, Dante ! Comment peux-tu imaginer que je rêve en cet instant d'autre chose que de me mettre au lit avec mon merveilleux mari ? dit-elle avant de le pousser dans la chambre dont elle referma vivement la porte.

Composé et édité par HarperCollins France.

Achevé d'imprimer en août 2019.

CPi
BLACK PRINT

Barcelone

Dépôt légal : septembre 2019.

FSC
www.fsc.org
MIXTE
Papier issu de sources responsables
FSC® C108412

Pour limiter l'empreinte environnementale de ses livres, HarperCollins France s'engage à n'utiliser que du papier fabriqué à partir de bois provenant de forêts gérées durablement et de manière responsable.

Imprimé en Espagne.